Schwäbische Idylle

Ein anekdotischer Krimi

von Georg E. Schäfer

Vermächtnis:
Gute Nacht, ihr Lieben.
Der Tod holt mich zu sich her.
Nur die Spuren sind geblieben.
Sagen kann ich euch nichts mehr.

Für Leon, Paul und Jona

Impressum:

Bibliografische Information der Deutschen Nationalbibliothek: Die Deutsche Nationalbibliothek verzeichnet diese Publikation in der Deutschen Nationalbibliografie; detaillierte bibliografische Daten sind im Internet über dnb.dnb.de abrufbar.

© Georg E. Schäfer im September 2020

Herstellung und Verlag: BoD Books on Demand, Norderstedt

ISBN: 9783752605860

Vorbemerkung:

Alle Personen dieses Buchs sind frei erfunden. Allerdings hat der Autor sie oft in tatsächlich vorgekommene Ereignisse gestellt. Diese spielten sich sämtlich außerhalb der hier gewählten Orte, aber im Württembergischen, ab. Weil es viele Szenen dieses Romans, den man auch Krimi nennen kann, tatsächlich gab, ist es ein „anekdotischer Krimi". Unsere Kinder und Enkel fragen immer wieder, wie es früher war.

Das war der erste Anstoß, dieses Buch zu schreiben. Nun, hier finden sie dazu Antworten, auch unerwartete. Etwa: Auch in pietistisch geprägten Gegenden ist die Liebe in vielerlei Varianten mächtig und zu vielen Überraschungen gut. Und wen interessiert, welche kapitalen Gaunereien („Crime") die Dörfler als normal ansahen, findet hier viele Belege. Einige Personen des Romans sind unehelich geboren, was zur Handlung wesentlich beiträgt. Wer denkt, dies sei in der „guten alten Zeit" nicht typisch gewesen, wird auf den Bericht des Oberamts Ulm aus dem Jahr 1832 verwiesen. Dort wird berichtet, das gut 20% der Kinder des Oberamts unehelich geboren wurden. Wer weiß wie etwa Bauern oder „die Herrschaft" damals ihre Mägde missbrauchten, wird diese Zahl nicht übertrieben finden.

Wer den schwäbischen Dialekt kennt und mag, findet in den Fußnoten Stoff in Hülle und Fülle zum Schmunzeln und Lachen. Der Autor hat der örtlichen Bevölkerung aufs Maul geschaut. Und „Maul" ist dort eine geläufige, keineswegs beleidigende Bezeichnung für den „Mund". Wer die Tiefen der Persönlichkeiten erkennen will, wird auch die Dialekt-Fußnoten lesen. Dabei werden Nuancen spürbar, die im hochdeutschen Dialog nicht rüberkommen können.

Die Handlung liegt in einer idyllischen, charmanten Boom- und Wissenschafts-Region Süddeutschlands. Auch das spielt eine Rolle.

Dialektforscher können die schwäbischen Sätze dem Brenztal und seinen Nebentälern zuordnen. Lediglich die Aussprache war und ist von Ort zu Ort unterschiedlich, mal mit mehr Melodie, mal mit größerer Rauheit. Wer von Heidenheim mit der Benztalbahn nach Langenau fährt, kann an der Aussprache treffsicher erraten, wo der Sprecher aussteigen wird.

Wer wissen will, was der Sinn dieses Romans ist, kann das am Ende nachlesen. Da sind ein paar Erklärungen, die natürlich nicht nur für diesen Roman gelten. George Bernard Shaw hat seine Stücke auch immer erklärt. Das hilft doch etwas.

Inhalt

1 Rundgang

Marie arbeitete am Design ihrer Frauen-Mode, als sie unruhig wurde, weil ihr Mann seit zwei Stunden nichts von sich hören ließ. Ohne ihr zu sagen, wohin er ging, verschwand er ab und zu. Nie hatten sie voneinander verlangt, dass sich einer von ihnen abmelden muss, wenn er etwas unternimmt. Aber es kam ihr vor, als ob ihr Mann in den letzten Monaten häufiger seine Freiheit suchte. Eine unverfängliche Bemerkung schien ihr angebracht. „Du trödelst wieder. Falls du die Pralinen suchst, sie sind bei mir.", rief Marie lachend aus ihrem Atelier.

„Das Zeug löst sich nicht in Wasser auf. Wie soll ich da eine Infusion herstellen?", kam es von Hans genervt aus dem Labor zurück. Die Tür war nur leicht angelehnt.

„Deshalb legen die eine Anleitung bei. Wetten, die hast du noch nicht gelesen.", spottete Marie. Sie kannte ihren Hans. Er las Anleitungen bei Medikamenten so ungern wie bei Smartphones, Fernsehern und Computern.

Einige Minuten blieb es ruhig. Dann kam von Hans die Antwort, während er ins Atelier trat.

„Das ist pfiffig.[1] Das Krebsmedikament bindet sich an ein Zuckermolekül. Weil Krebszellen die am schnellsten wachsenden Zellen im Körper sind, fressen sie viele Kohlehydrate, also Zucker. So kommt mit dem Zucker das Medikament bevorzugt an die Krebszellen. Dort hemmt das Medikament das Wachstum, schon ist die Krebszelle tot, weil sie das nicht verträgt. Das ist genial. Ich muss Glucose in das Wasser geben, dann löst sich das Medikament auch auf."

„Starke Technik. Zucker als Henkersmahlzeit für Krebszellen. Hat man auch nicht an einem Vormittag erfunden.", meinte Marie anerkennend.[2] Sie reichte ihm eine Tasse Kaffee, zu der sie auf die Untertasse eine Schweizer Praline gelegt hatte.

---

[1] Im Original sagte er: „Dia send Käpsala. Keed grad von mir sei. Des isch wia en dr Politik. Muascht schmiera. Wenn se vollgfressa send, nao passiert was da wilsch."

[2] Im Dialekt sagte sie wohl eher: „Sodde Vereckerla machat die. Kaasch iatz au et saga, dass die nex wissat. Dao hats wiedr Doktor-Titel gea en dr Forschung."

„Ja, das ist kostspielig.", murmelte Hans als er, die Praline schon im Mund, mit seinem Kaffee auf den geliebten Gesundheitssandalen zurück ins Labor schlurfte. Einhundertzwanzigtausend Euro war eine hübsche Summe. So hatte Hans eine Behandlung des Blutkrebses Multiples Myelom hochgerechnet. Was wäre, wenn die Apotheke, wie die Zeitung in einem Fall kürzlich berichtet hatte, aus Geldgier gepanscht hätte? Hans ging das durch den Kopf, als er die Infusion für seine ehemalige Tanzschulpartnerin Elisabeth in seiner Praxis jetzt mit einer Glucose-Lösung mixte. Elisabeth bestach ihn vom ersten Kennenlernen bis heute mit ihrem Liebreiz, den zwei süßen Grübchen bei ihren Mundwinkeln und etwas Geheimnisvollem, das sie immer umgab und das sie zu schützen wusste. Sie konnte Menschen für sich einnehmen, und sie wissen lassen, dass sie nur einen Aspekt von ihr sahen. Er freute sich, wie immer, sie wieder zu treffen. Jetzt durfte er ihr sogar medizinisch helfen. Der Tag fing gut an, fand er.

Den Blick von seinen Behandlungsräumen in der malerischen Villa an diesem sonnigen Nachmitag im September über das Tal zur Charlottenhöhle und bis zur Kaltenburg empfand der pensionierte Dorfarzt Dr. Hans Emmerda als Sinnbild für seine Heimat. Die offenbar vor Millionen Jahren geformte, mal tropisch bewachsene und mal bei Eiseskälte erstarrte, jedoch immer malerische Landschaft verharrte heute still in der flimmernden Sonne. Einer dieser Tage war es, die in uns auf geheimnisvolle Weise ein Sommergefühl entflammen, das uns auch im Winter mit Wehmut an die warme Jahreszeit zurückblicken lässt. Die Farben der leuchtenden Wiesen, das Licht des Himmels und der Talhänge, die Atmosphäre der jetzt im Spätsommer schon herbstlich bunten Bäume und Wälder nahm er fast stündlich neu und anders wahr. Die reizvolle Natur im Tal und den Hügeln um das Dorf hatte Dr. Emmerda zu unendlich vielen Fotografien animiert. Die Alb ist und war bekannt als Landschaft ständiger Wandlungen. Nicht nur Jahrtausende verwandelten ihre Pflanzen und Tiere, auch im Jahreswechsel fasziniert sie uns täglich. Morgens, beim Aufstehen, begeistert uns etwa der Mond, wie er klar vom wolkenlosen Himmel scheint. Beim Frühstück verschleiert der Himmel langsam, um beim Verlassen des Hauses kurz danach der strahlenden Sonne überraschende Durchblicke zu bieten.

Über seinen Blumenbeeten summten die Bienen und weitere Insekten. Als er den Garten zur Straße hin verlassen wollte, hielt er noch einmal an. Der Sommerflieder, den seine Frau erfolgreich als Nahrung für die gefährdeten Insekten gepflanzt hatte, war voll farbenfroher Schmetterlinge. Einige

Rosen blühten am gepflasterten Weg zum Gartentor, nur verschmäht von den Insekten, und dahinter lag der faszinierende Blick auf das Tal. Sollte er seine Kamera holen und wieder einige Bilder komponieren? Er entschied sich dagegen. Zu viele hatte er schon auf seinem Bilder-Speicher.

Dr. Emmerda trug eine leichte, beige Cordhose mit einem rot-beige-karierten kurzärmligen Hemd. Bei den Sandalen hatte er in die nobleren, schwarzen Slipper gewechselt. Als Arzt musste er auf seine Erscheinung achten, war sein Motto. In der linken Hand trug er seine praktische Medizintasche. Seine Frau Marie, nett und brünett, schaute mit Lockenwicklern im Haar aus dem Fenster im ersten Stock.

„Gehst du jetzt ins Dorf? Dann bring zehn Eier von der Wiesen-Marie mit.", rief Marie aus dem Panorama-Fenster. Hans Emmerda vermied, wann immer möglich, unklare Gefühlsbewegungen in seinem Innern. Darum wäre er den Auftrag gerne los geworden. Zu der Wiesen-Marie hegte er aus guten Gründen gemischte Gefühle. Sie heute zu besuchen, war ihm unangenehm. Er versuchte, den Auftrag komplizierter zu gestalten, um ihn los zu werden.

„Du wolltest doch künftig nur Bio kaufen!", stellte sich Hans etwas dumm.

„Die Hühner der Wiesen-Marie haben eine ganze Wiese für sich allein. Das ist Bio genug für uns zwei.", gab seine Frau Marie zurück und betonte so, dass kein Widerspruch mehr möglich war. Die Wiesen-Marie war ihre innige Freundin.

„Dann werfe eine Tasche oder einen Korb herunter.", grummelte Dr. Emmerda.

„[3]Zehn Eier kannst du in der Hand oder in deiner Arzttasche ohne weiteres tragen. Ich such dir jetzt keine Tasche. Jetzt muss ich die Fenster putzen und mich dann anziehen[4]. Ich gehe mit der Becker Ilse noch einkaufen."

---

[3] Vielleicht so: „Ha moisch du, i hao nex zom doa? I ka et bloß wia du a weng zom Schwätza zo de Leit. Wenn d'Feaschtr dreckat send, nao sieht mrs. Wenn deine Patienta lengr huaschtad, noa hoißts bloß, dass ma di nomaol braucht."
[4] Statt „anziehen" würde sich eine Schwäbin „richten". „Herrichten" wäre etwas anderes, übertrieben und eher für Gegenstände als für hübsche weibliche Wesen gedacht.

Widerrede war auch hier sinnlos, wusste Hans aus dreiundvierzig Ehejahren.

„Noch was. Heute Nachmittag wollen wir Zoe anrufen. Überlege dir was."

Damit verschwand seine Marie wieder im Haus.

Dr. Emmerda drehte sich wortlos um und nahm den Weg zum Tal, an seinem bis weit nach unten reichenden Gartenzaun entlang, rechts der Garten-Pavillon für Familienfeste und Partys, seine paar Weinreben, die er hatte um zu beweisen, dass auch auf der Schwäbischen Alb trinkbarer Wein gedeiht, danach vorbei am Friedhof und der Kirche. Dieser Friedhof, das wusste seine Familie aus vielen seiner Bemerkungen, war für ihn der schönste der Welt. Dort oben, am höchsten Zipfel mit dem besten Rundumblick, wollte er später begraben werden. Das sollte, meinte er, ein kleines Dorf seinem langjährigen, unermüdlichen Dorfarzt zugestehen können. Obwohl inzwischen pensioniert, versah Dr. Emmerda immer noch seinen medizinischen Dienst in der Gemeinde, falls dies in einer medizinisch oder seelisch besonderen Lage den Dörflern wichtig erschien. Eine unvorhergesehene Geburt, ein schwerer Sturz vom Dach bei bäuerlichen Bauarbeiten, etwa wenn der Patient krankgeschrieben war und eigentlich nicht arbeiten durfte, waren solche Fälle. Daneben gab es Fälle, in denen die Kinder zu viel getrunken und eine Alkoholvergiftung bekommen hatten. Die Eltern wollten da nicht immer in den Hauptort, nach Giengen, fahren oder den Notarzt rufen. Das ließ sich besser und unter der Hand mit dem vertrauten, verständnisvollen Dr. Emmerda regeln. Auch Depressive, Krebspatienten wie Männer mit Prostataproblemen und ihre Angehörigen wollten nicht kurz und bündig in einer Kleinstadtpraxis, die auch 2019 häufig noch effiziente Zeitplanung als lästig und komplex empfand, nach womöglich stundenlangem Warten mit einem lapidaren Spruch abgefertigt werden. Besser war es doch, Dr. Emmerda auf einem seiner Rundgänge durchs Dorf oder in die Felder und Wälder drum herum in diesem Weltnaturerbe anzusprechen. Vom Wetter kam man angelegentlich, sofern die neugierige Nachbarin sich nicht sofort dazu gesellte, nach und nach auf des Pudels Kern. Dr. Emmerda wusste, wie man sich mit dem Fragesteller langsam in dessen Haus zurückzog, um dann einfühlsam das Gespräch zu lenken und es abzubrechen, wenn der Schmerz zu groß oder das Bewusstsein der Patienten noch nicht weit genug waren. Bei wütenden, empörten Berichten über die empfindungslosen, fremdwort-geilen Fachärzte konnte Dr. Emmerda auch Klartext sprechen, den Krankheitsstand in schwäbischer Umgangssprache skizzieren und letztlich einen Weg für die weitere Behandlung aufzeigen.

Dr. Emmerda war fast nichts menschliches fremd. Bloß ein Mord war ihm im Dorf noch nicht begegnet. Darauf brauchte er aber nicht mehr lange zu warten. Das wusste er allerdings noch nicht.

Dr. Hans Emmerda war nun am Ende seines Villengrundstücks angekommen. Dort hatte er vor vielen Jahren in den Gartenzaun eine Bank einbauen lassen, dicke Bretter, mit der Rückenlehne zum Garten, so dass vorbeigehende Spaziergänger sie als Ausblick nutzen konnten. Was erst als unnütze Geldausgabe erschien, wurde rasch angenommen. Hans Emmerda selbst und viele Spaziergänger setzten sich gerne auf diese Bank, mit dem Rücken zur Villa, und bewunderten den schönen Blick ins Tal.

Auch heute setzte er sich darauf, um über Zoe, seine jüngste Tochter, nachzudenken. Seine Hand spürte die gesägten Kerben, von damals als der junge Jakob Würmle die neue Bank als Bubenstreich durchsägen wollte, wofür seine Kräfte aber bei weitem nicht ausreichten.

Zweiundzwanzig Jahre alt studierte Zoe in Berlin Politikwissenschaften. Beim letzten Telefonat hatte sie gesagt, sie hätte sich in einen verheirateten Mann verliebt, der auch Kinder hatte. Marie und Hans Emmerda waren, was selten vorkam, sprachlos.[5] Erstmals sollte jetzt mehr darüber gesprochen werden. Endlich, dachte Hans Emmerda, war Zoe so weit, dass er sie in die USA, zu der EU oder nach China zu einem Praktikum hätte schicken können. Sie musste, um beruflich erfolgreich zu werden, die politischen Systeme der Welt kennen lernen. Vernetzen musste sie sich. Die Freunde, die sie in diesem Alter kennenlernen würde, könnten ihr später den Weg zu Präsidenten, zu Premierministern und zu Firmenchefs öffnen. Doch was machte sie? Sie verliebte sich. Wie sollte sie alle die notwendigen Erfahrungen sammeln, wenn sie fremder Leute Kinder erziehen musste? Hans Emmerda war immer der Liebling von Zoe gewesen. Stundenlang wanderten sie zusammen, wobei Zoe ihm alle ihre Geheimnisse und Sorgen anvertraute. Auf seinen Rat pflegte sie zu hören. Aber telefonisch konnte Hans diese vertrauensvolle Nähe nicht herstellen. Ihm fiel vorerst nichts Besseres ein, als Zoe ihren Verzicht auf Karriere vorzuhalten. Ihm schwante allerdings, dass diese Vorhaltungen seine Zoe halsstarrig und beratungsresistent werden ließen. Ihm fiel ein Satz ein, den ein Kollege oft sagte: „Kleine Kinder, kleine Sorgen, große Kinder, große Sorgen." Doch, wieso machte er sich Sorgen? Mit zweiundzwanzig weiß man, was man macht. Vielleicht sollte er sich zurückhalten. Loslassen! Wieso sollte Zoe den väterlichen Wunsch leben, in der internationalen Politik eine Rolle zu spielen? Er selbst hatte seinen Forschungs-Ehrgeiz aufgegeben. Mit Marie wurde er Dorfarzt. Vielleicht steckt doch alles in den Genen? Nochmals fuhr er mit seiner Hand über die gesägte Kerbe an der verwitterten, ungestrichenen Eichenholzlehne seiner Bank. Er würde den damaligen Übeltäter heute noch aufsuchen.

Nach einer Weile hatte er so wieder Ruhe gefunden, stand auf und setzte seinen Rundgang fort.

Die Luft roch typisch nach der spätsommerlichen Schwäbischen Alb. Die teils abgeernteten und teils frisch gepflügten Getreidefelder verströmten ihren jahreszeitlich sonderbar prägenden Duft, überlagert von dem unvergesslichen Geruch reifer Zwetschgen, frischer Hasel- und Walnüsse und frisch gepressten Apfelmosts. Der Herbst ist an diesem Fleckchen Erde ein paradiesischer Garten, wie wir schon aus der barocken

---

[5] Nun, ganz sprachlos waren sie nicht: „Dao denksch, hätsch ällas richtig gmacht, noa woiß du Denge nex andrs als mit so ma alda Depp rom zom macha. Ma sodd dia Kendr oifach bloß sprenga lao. Was regad mir os iatz dao auf?"

schwäbischen Schöpfung Sailers[6] wissen, mit Champions auf den Wiesen und Röhrlingen in den Wäldern. Die Jäger schossen Wild, die Bauern schlachteten Schafe, Rinder und Schweine. Von allem, was Felder, Wiesen und Wälder hergaben, bekam Dr. Emmerda wie seine Vorgänger seit Jahrhunderten etwas ab. Entweder kam ein Kind vorbei oder die Eltern kamen, durchaus auch mit dem Hintergedanken, eine Gelegenheit für ein ernstes Gespräch zu finden. Dr. Emmerda nahm die Besucher mit auf seine riesige Terrasse, mit dem herrlichen und schon beschriebenen berauschenden Talblick. Dort hatte er immer einen warm temperierten, nach Beeren und Blumen riechenden und schmeckenden Rotwein, oder einen kalten Weißherbst, den er anbot, um sich dann konzentriert und empfindsam seinen Gästen zu widmen. Seine Frau rief er dazu, falls die Besucher entsprechende Andeutungen machten, wie etwa „die Marie versteht dees sichr guat", was so viel hieß wie, dass seine Ehefrau Marie das Problem vielleicht etwas besser als ein Mann aufnehmen könnte und man sie doch dazu rufen sollte. Je nachdem, wie das Gespräch weiter ging, etwa wenn es immer mehr um an sich problemlose Frauendinge ging, dann nahm Dr. Emmerda den Ehemann auch mit in den Garten, um dort mit ihm zu besprechen, wie man die Bäume schneiden sollte und welche Fruchtfolge für Zwiebel angemessen wäre. Kaum einer erkannte den Bluff. Nur einer hatte ihn mal in den Arm genommen und gesagt: „Hans, lass den Quatsch. Jetzt gehen wir in deinen Keller, holen was Gutes zu trinken, und setzen uns weit ab von den Frauen auf eine Gartenbank."

Dr. Emmerda, mit Vornamen wie gesagt Hans, und seine Frau Marie waren folglich eine große Stütze für die Dörfler. Jetzt kam Dr. Emmerda bei seinem heutigen Rundgang an den ersten Bauernhof. Sohn und Vater Würmle waren mit dem zehnjährigen Sebastian bei der Birnenernte an einem sicher über hundert Jahre alten Birnbaum mit süßen Wasserbirnen, von denen viele auf dem Boden lagen, von Wespen umschwirrt and angeknabbert. Die Spatzen tschilpten in den drei riesigen Haselbüschen, die den traditionellen Bauerngarten gegen den Westwind schützten. Das Bauernhaus war im Frühjahr frisch gestrichen worden, weiß, mit blauen Fensterrahmen und netten gestickten Gardinen innen.

„Hans, grüß de!", rief der muskulös-schlanke, immer noch attraktive Großvater von Sebastian, gekleidet in einem blauen Arbeitsanzug, ließ seine Arbeit ruhen und kam auf Dr. Emmerda zu. Die Schwaben, von

---

[6] ... die Walter Frey unvergesslich im Theater in Herrlingen über viele Jahre aufführte

denen wir wissen, dass sie alles können außer Hochdeutsch, wollen wir hier unterstützen, indem wir ihre Dialoge ins Hochdeutsche übersetzen. In Fußnoten nehmen wir für die Genießer des lokalen Dialekts immer wieder treffende schwäbische Dialoge auf.

„Jakob, ich grüße dich auch. Du arbeitest ja mit wie ein Junger!"

„Ach Hans, ja, ich muss halt immer wieder ausruhen.[7]"

„Wenn dir sonst nichts fehlt, dann sei zufrieden.", meinte Dr. Hans Emmerda. Jetzt ließ auch der Sohn, von dem Dr. Emmerda wusste, dass er noch keine vierzig war, seinen Korb mit den gelben Birnen stehen und grüßte den angesehenen Arzt respektvoll. Den Sebastian schickte er in den Stall[8], um die geernteten Birnen an die Schweine zu verfüttern. Diese verantwortungsvolle Aufgabe freute den jungen Sebastian, der sofort loslegte.

„Ja, weißt du, ich habe halt immer schlimmere Probleme mit der Wasserleitung.", gestand der achtundfünfzig Jahre alte Großvater. Die Wasserleitung, dachte Dr. Emmerda, war wohl weniger das Problem. Der Großvater folgte jedem Rock, immer wieder auch erfolgreich, und da ging es mit seiner Leistungsfähigkeit wohl bergab.

„So ist das im Alter, Jakob[9]. Das haben wir schon im Studium gelernt: Die Männer bekommen im Alter das Wasser nicht raus, und die Frauen können es nicht halten."

„Witzbold. Hör mal Hans. Ich war jetzt in Ulm bei der Uni-Klinik. Die sagen, Krebs ist es nicht, aber gemacht werden muss es bald. Für nächste Woche habe ich einen Termin. Der Oberarzt sagt was von einem grünen Laser. Ja kann man denn in so einem intimen Bereich wie der Prostata mit einem Laser herum werkeln? Da darf nichts kaputt gehen. Ich glaube, ich sage den Termin ab. Bei allen meine Schulkameraden hat man das gefräst."

„Den Termin behältst du am besten. Mit dem Laser bist du nur zwei Nächte im Krankenhaus. Die Fräse blutet viel länger und das kann eine gute Woche dauern. Wenn eine Infektion dazu kommt noch länger. Weißt du,

---

[7] „Oh mei Hans, ich muas me halt emmr wiedr nahogga. Woisch, i bee a daubr Kerle worra."

[8] „Bua, d'Sei brauchat au Vitamine. Gib deane mal was Gsonds zom Fressa."

[9] Jakob heißt in Hürben und drum herum Jackl. Hans sagte wohl eher: „Des isch halt ällas a alts Glomb bei ons Alte. Dao kasch et zor Inschpektion."

wenn klar ist, dass es kein Krebs ist, dann ist der Laser heute das beste Instrument. Die Ulmer können das."

„Vater, das hat der Oberarzt auch gesagt. Er hat sich viel Zeit genommen, für das Gespräch mit meinem Vater. Und wir sind bloß AOK-Patienten. Schau, der Hans sagt's auch.", trug der Sohn zur Entscheidungsfindung bei.

„Du schwätzt halt was raus. Nachts mit deiner Uschi keine Ruhe geben und mich tagsüber auslachen.", grummelte der Alte.

„Bloß AOK? AOK oder privat, das ist dort einerlei, Jackl. Ich kenne keinen Fall, wo den Ulmern so eine Operation misslungen wäre. Ich kenne aber viele Fälle, wo die Ulmer misslungene Operationen von anderen Kliniken wieder repariert haben. Und ausgelacht hat er dich auch nicht."

„Der Junge hat einen ganz hintergründigen Humor, Hans. Dem trau ich nicht, so wenig wie vielen anderen. - Aber ja, wenn du das so siehst, dann lass ich den Termin. Ich danke dir herzlich.[10]", entschied Jackl nach kurzem Nachdenken, begleitet von einem Nicken seines Sohnes. So konnte man den Dr. Emmerda aber auf keinen Fall gehen lassen.

„Hans, wir schlachten morgen. Was ist dir lieber, Schnitzel oder Hals?[11]", fuhr der Sohn fort.

„Nun, Valentin, ihr müsst mir doch nichts bringen. Esst eure Sachen selbst. Ihr seid eine große Familie."

„Nein, nein, Hans. Das will ich auch.", unterstütze Jakob seinen Sohn Valentin.

„Meine Marie hat die Bauersfrauen und noch ein paar andere fürs Wochenende, ich glaube es ist der Samstag, zum Grillen eingeladen. Da könnte man noch ein wenig Hals brauchen, wenn ihr unbedingt wollt. Eure Mutter und Großmutter haben sich auch angemeldet. Ich grille."

„Das ist jetzt eine gute Idee. So machen wir's.", waren sich Valentin und Jakob einig.

---

[10] „Der Bua isch a ganz Hendrfotziger. Deam kasch koi Schrittle weit traua. Abr: Wenn`d moischt, nao gang i au na. Dank dr schee."
[11] „Hans, mir metzgad moara. Wit an Haals odr was von de Rippa?"

„Der Hals bringt mehr Geschmack, wenn er marmoriert ist. Da darf schon Fett dran sein. So trocken mögen unsere Landfrauen das nicht.", erläuterte Dr. Emmerda seine Auswahl. Klar war, dass auch Dr. Emmerda im Gegenzug Interesse für seine Gesprächspartner demonstrieren musste.

„Und die Landwirtschaft? Bringt die noch was ein?", fuhr Dr. Emmerda fort.

„Uns geht's ja gut, Hans. Denk ich zurück als ich Kind war, dann leben wir heute in Saus und Braus. Stabile Preise in der EU, davon hatten wir lange geträumt. Eine Mandarine zu Weihnachten war, als ich Kind war, unser Glück auf Erden. Ein paar Walnüsse am St. Martins-Tag[12], in den 60er Jahren mit ein paar Erdnüssen, war ein wunderschönes Geschenk. Wenn wir einmal im Jahr mit dem Opa nach Ulm wandern durften, weil er einkaufen musste, sprachen wir noch monatelang davon mit glühenden Wangen.", erzählte Opa Würmle.

„Ja, das stimmt schon, was der Opa sagt. Aber moderne Probleme sind, wie soll man den Mist entsorgen. Das wird immer teurer.", meinte Valentin.

„Ja, dann bring doch mir ein, zwei Fuhren für meinen Garten. Meine Kinder zwingen mich, jetzt biologisch zu wirtschaften. Mit Nitrophoska blau ist's jetzt aus."

„Gerne, Hans. Wann passt es dir terminlich?"

„Du kannst immer kommen. Wenn niemand da ist, dann lädst du halt da ab, wo die Erde aufgegraben ist. Das siehst du selbst."

„Gut. Ich lass das Grillfest der Bäuerinnen erst vorbei sein, sonst stinkts denen.", lachte Valentin.

Dr. Emmerda lachte mit. Alle Geschäfte konnten ausführlich besprochen und gut geregelt werden. Keiner blieb in der Schuld des anderen. Das ist in einer Gemeinschaft wichtig, wo einer auf Lebenszeit den andern als Nachbarn hat. Dr. Emmerda verabschiedete sich mit „Machat's guat!" und wollte gerade seinen Rundgang fortsetzen, als Jackl sagte: „Komm noch einmal her. Ich möchte ein weiteres Thema mit dir besprechen.[13]" So zog

---

[12] Das heißt hier „Nuss-Märte", weil die Kinder zur Einstimmung in die Weihnachtszeit eine Handvoll Nüsse und vielleicht noch ein paar gedörrte Zwetschgen bekamen, meistens irgendwie versteckt.
[13] Iatz gang nomaol her. I hätt noch was zom Schwätza.

er Dr. Emmerda zu einer entfernt stehenden, schattigen Sitzbank, wo sie sich niederließen.

„Du musst wissen, Hans, bei mir klappt es auch mit den Frauen nicht mehr so. Früher haben wir's fast täglich gemacht, dann noch einmal pro Woche. Aber das geht auch nicht mehr. Da gibt es doch Tabletten, oder?"

Eigentlich galt Jakob, medizinisch gesehen, heute noch als jung, aber das ist nicht unbedingt eine Frage des Alters. Dr. Emmerda dachte, dass sicher auch manche von Jakobs Freundinnen mit dem jähen Leistungsabfall auf manchen Spaß immer öfter verzichten mussten. Jakob Würmle war kein hochgewachsener Mann, eher klein von Statur. Diese Napoleon-Typen waren häufig erfolgreich, dachte Dr. Emmerda. Wieso bloß? Ersatz für den kleinen quirligen Jakob konnten seine Verehrerinnen im Dorf nicht einfach finden. „Alte Flinte streut.", heißt es im Witz. Aber sie streute halt immer seltener.

„Du meinst sicher Viagra. Ja, die kann ich dir verschreiben. Aber du musst eins wissen. Diese Tabletten wirken nur, wenn du richtig geil bist. Wenn du bloß halt gern tätest, dann helfen sie nicht. Lust erwecken die nicht. Nur wenn du echte Lust hast, dann helfen sie."

„Ja, da fehlt's halt auch.", gestand Jakob mit leiser Stimme und sorgenvoll gefalteter Stirn ein.

„Jackl, du hast immer Kraft für zwei und drei Frauen gehabt. Ist das jetzt alles vorbei?" Jakob nickte traurig.

„Ja, so kann das im Alter werden. Noch ein wenig zu bald bei dir. Die Frauen verändern sich auch, aber nicht so massiv wie wir Männer. Das ist wirklich schade. Ich traure der schönen Zeit auch nach, sehr sogar. Jetzt können wir halt nur noch den Jungen zuschauen und Essen und Trinken genießen."

„Da war ich noch nie ein Genießer, von Fressen und Saufen. Lesen ist auch nicht mein Ding, am Fernseher schlafe ich ein.[14] Hans, mein Leben ist sinnlos und freudlos. Und jetzt noch die Operation. Dann bin ich da vollends a Krüppel."

---

[14] „Woisch, mei Fahrrad war mei beschdr Begleidr. Mit deam bene ibrall rom komma. Sisch so viel schneller als laufa, dao hat ma me oft et gseah."

„Schwätz keinen Käs. Das macht dich nicht zum Krüppel, das zu denken wäre Quatsch[15]. Du kannst bloß keine Kinder mehr zeugen. Der Spaß bleibt, wenn die Lust da ist, wie mit zwanzig."

Jakob seufzte. Dr. Emmerda wurde klar, dass er sofort helfen musste.

„Jakob, hier ist ein Rezept für Viagra. Probier's mal. Wenn es dir so wichtig ist, dann wirkt das auch. Die Kasse zahlt es nicht. Der Spaß ist dir das sicher auch wert. Vielleicht schenkt dir das Mittel noch zehn oder zwanzig nette Jahre. So ging es schon vielen."

Hoffnung schrieb sich sichtbar mehr und mehr in Jakobs Gesicht.

„Aber eins muss ich dir auch sagen. Du hast dich viel versündigt im Leben, hunderte Mal Ehen gebrochen und tausende Mal die Unwahrheit gesagt. Die Grenzsteine am Acker hast du verrückt, wann immer du konntest. Da müssen doch auch ein paar uneheliche Kinder sein, oder? Du hast viel zu bereuen. Viel gut zu machen! Mache das, solange du noch lebst. Bei deinem Sündenregister ist die göttliche Strafe nicht weit. Zeit wird es, dass du sonntags in die Kirche gehst. Gehe in dich und tu gute Werke."

„Hans, ich weiß, dass du so religiöse Eruptionen hast.[16] So in der Art vom Ätna. Ich kann das nicht. Sei mir nicht böse. Meine Sünden trage ich gelassen. Ich habe damit mehr Freude geschaffen als Schaden angerichtet.[17]"

„Jackl, das sieht nicht jeder so. Du hast doch Feinde, Männer und Frauen." Jakob zuckte die Schultern. Das Thema schien ihm sichtlich einerlei zu sein.

„Meine Kinder müssen sich halt durchschlagen, wie viele andere auch. Ich gebe da kein Geld aus.", schloss Jakob das Thema für sich. An die unehelichen Mütter schien er nicht einmal ernsthaft zu denken.

Um nach dieser Konfrontation wieder Eintracht herzustellen, sprachen sie noch über ein paar Kleinigkeiten vom Dorfleben, etwa das neu gestrichene Rathaus und den neuen Brunnen, den man plante, und verabschiedeten

---

[15] „Schwätz et raus, dao wirsch doch koi Krippl. Iatz hao dr dees oft gnuag gsait."

[16] „I wois, dass du a Stondamensch bischt." Pietisten pflegen nachmittags am Sonntag einen zweiten Gottesdienst zu halten, die sog. Stunde.

[17] "Dr Hergott hat mi gmacht wia i bee. Dao ka doch i nex drfir."

sich wieder herzlich. Der Jackl blieb trotz aller neuen Hoffnung in Gedanken verloren und von Sorgen geplagt zurück. Natürlich hat der Valentin vierzehn Tage später zwei Wagen mit Mist gebracht und zudem seinen Pflug, um gleich alles zu verstreuen und unterzupflügen.

2 Elisabeth

Dr. Emmerda setzte seinen Rundgang fort. Bei dem herrlich warmen Spätsommernachmittag, jetzt zeigte das Thermometer auf 28 Grad im Schatten, hielt es kein Hürbener im Haus aus. Die Schatten waren noch kurz, der Teer der Straße floss in der sengenden Hitze und Dr. Emmerda suchte in Gedanken bereits die nächste schattige Rast. Er hatte Glück, denn bei dem Sonnenschein wollte jeder ins Freie. Irgendeine Arbeit ließ sich immer finden, die „unbedingt" jetzt und „unbedingt" draußen erledigt werden musste. So hielt es auch die pensionierte Lehrerin Elisabeth Faust. Sie hatte mit dreiundzwanzig den damals gleichaltrigen Ingenieur Helmut Faust geheiratet. Dr. Emmerda verfolgte ihren Lebensweg aufmerksam. Zusammen waren sie auf dem Gymnasium und im Tanzkurs. Dem schloss sich ein Frühjahr lang eine Liebelei zwischen Hans und Elisabeth an.

Elisabeth war ein Findelkind. Ihre kinderlosen, gut situierten wenn auch nicht reichen, Adoptiveltern fanden sie eines morgens in einem Körbchen warm eingepackt vor dem Haus. Elisabeth, hoch intelligent und ehrgeizig, ließen ihre Adoptiveltern das Gymnasium besuchen. Danach nahmen sie das Opfer auf sich und ermöglichten Elisabeth sogar ein Studium. Juristin wollte sie werden, was ihre Adoptiveltern allerdings nicht einsehen konnten. Nur Streithammel suchen diese windigen Anwälte auf, glaubten sie. Lehrerin war letztlich der Kompromiss.

Ohne dass Hans Emmerda dies verstehen konnte, war es plötzlich aus mit ihrer Liebe. Der hochgelobte junge Ingenieur-Student wurde Elisabeths Freund. Zwei Kinder bekamen die Fausts. Inzwischen verheiratet, wohnten die Kinder mit ihren Familien seit ihrer Heirat weit von Hürben entfernt. Gemeinsam und harmonisch hatten Elisabeth und Helmut ihre Kinder großgezogen. Oft mussten sie die Dienste von Dr. Emmerda nicht in Anspruch nehmen. Helmut hatte ihn jetzt noch der AOK als Hausarzt gemeldet. Das garantierte Dr. Emmerda einen ständigen pauschalen Honorarfluss. Elisabeth Faust war als baden-württembergische Lehrerin mit den damals kleinen Kindern privat versichert. Das kam das Land Baden-Württemberg billiger und brachte Dr. Emmerda nur Geld, wenn sie wirklich krank waren. Jahrzehntelang waren sie das gar nicht, weil Elisabeth umsichtig, regional und gesund selbst kochte. Die Kuchen und Brote stellte sie mit Vollkorn her, meist Hefeteig, den sie ordentlich fermentieren ließ, damit die Esser auch alles Gute aus dem Korn mitbekamen. Diese Erinnerungen gingen Dr. Emmerda durch den Kopf, ohne dass ihm dies richtig bewusst wurde, als er die Straße hinauf ging zu ihrem Haus.

Natürlich durfte man im Dorf nicht einfach faul die Beine von sich strecken und vor dem Haus im Schatten des großen Walnussbaums Kaffee und Kuchen zu sich nehmen. „Schafft die denn gar nichts!" hätte es sonst geheißen. Beim nächsten Treffen im Gasthaus oder in der Kirche wäre eine kleine, liebevoll-boshafte Bemerkung sicher platziert worden. Elisabeth wusste das nur zu gut.

„Grüß dich, Elisabeth! Kochst du Marmelade aus Zwetschgen?"

„Freilich Hans. Grüß Gott. Die eigene schmeckt halt besser und hat nicht so viel Zucker wie das Zeug aus dem Supermarkt, wo man nicht weiß was drin ist."

„Ja, da hast du recht."

„Bist du ein wenig unterwegs? Die Infusionen brauche ich heute noch nicht, oder? Komm, setzt dich zu mir. Willst du einen Kaffee?"

„Oh nein, Elisabeth. Hier ist deine Infusion für morgen. Lege sie in den Kühlschrank. Und: So viel Kaffee vertrage ich nicht mehr. Ein Glas Leitungswasser wäre mir angenehm. Wie geht's, wie steht's?"

„Hans, mir ist es zuwider, diese chemischen Substanzen zu nehmen. Du weißt, ich habe immer nur gesunde Kost selbst hergestellt, für mich und meine Familie auf den Tisch gestellt. Weißt du, dass in Spanien die Krankenversicherungen auch homöopathische Heilmittel bezahlen?" Hans verstand sie nur zu gut, denn Elisabeth war eine Top-Biologin mit breitem Wissen in der Heilkräuterkunde.

„Stimmt alles, Elisabeth. Aber das chemische Zeug hält dich seit über einem Jahr am Leben. Ohne das wärst du schon lange tot."

„Ich nehme dir das ab. Aber ich habe mit Heilkräutern schon Leuten geholfen, bei denen die Schulmedizin statistisch nicht erfolgreich ist. Ich suche und suche immer wieder was gegen meinen Myelom-Krebs. Aber manchmal verlässt mich die Kraft. Das ist ganz neu. Dann denke ich an dich. Ob wir nicht zusammengepasst hätten. Du hast auf eine Karriere verzichtet, ich auch. Dann bist du mein Traummann, seit unserem Tanzkurs. Morgens, nach einer qualvoll unruhigen Nacht, träume ich, dass du Schulmedizin praktizierst und ich Heilkunde anbiete. Dann hätte ich dich heiraten und ein Leben lang verknuddeln sollen. Wir würden reisen, sicher auf eine ganz eigene, auf unsere Art. Ach, Hans! Was ich damals vielleicht hätte besser machen können, kann ich vielleicht viel zu spät doch noch ändern."

Hans lachte freundlich: „Erzähl mir nichts. Du bist glücklich gewesen, Jahrzehnte. Heilkunde kannst du immer noch anbieten. Du wirst bald noch fitter sein."

„Trotzdem, auch die Molekularbiologen verstehen noch nicht, wie die Medikamente wirken. Nimm mal Denusomab, die Antikörper gegen Osteoporose. Niemand weiß, wie es auf Krebszellen wirkt, aber ich bekomme trotzdem monatlich eine Spritze. Als Biologin bin ich auch vom Fach. Ich traue mir zu, das zu beurteilen. Mir ist halt unwohl damit. Könnte ich doch meine Heilmittel im Kräutergarten selbst anbauen.", seufzte Elisabeth. Hans genehmigte sich ein drittes Stück Kuchen und schenkte sich Wasser nach.

„Ja, Elisabeth, ich weiß, dass du hier ein gigantisches Wissen hast und es klug einsetzen kannst. Dann vertraue dennoch einfach den weltweit vereinheitlichten Therapien deiner Ärzte. Niemand weiß mehr. Jeder würde gerne mit neuem Wissen berühmt werden und massig Geld verdienen."

Elisabeth griff zum Kaffee und sagte dann: „Heilung gibt's beim Multiplen Myelom nicht. Ich werde bis zu meinem Lebensende diese ungeliebten aber offenbar helfenden chemischen Medikamente und Infusionen brauchen, wenn die Forschung dabei stehen bleibt." Damit kürzte Elisabeth ihre eigene Träumerei ab, als bodenständiger Typ, den manche im Dorf als kühl kalkulierend charakterisierten. Ein schützender Panzer für eine sensible Seele konnte das auch sein. Sie kam gleich zum Kern. Hans erklärte ihr die Therapie.

„Bleibe besser beim grünen Tee. Der hilft zu verhindern, dass sich die Abfallstoffe deines Multiplen Myeloms, die Leichtketten, im Herz oder sonst wo einnisten. Das wäre dann eine wirklich lebensgefährliche Amyloidose. Egal, du hast das nicht. Und ja. Da kamen einige neue Medikamente, die Antikörper, auf den Markt. Chemo sind Gifte, Antikörper sind dagegen Mittel, die auf bestimmte Krebszellen zugeschnitten sind. Meistens führen sie dazu, dass die Krebszellen an sich selber sterben, der Apoptose. Du bekommst ein Antikörpermedikament. Morgen komme ich wieder zur Infusion. Ich hatte sie gerade zuhause aus dem Pulver hergestellt. Deine Blutwerte sind jetzt schon fast so wie bei einem Gesunden. Bleibe entspannt und habe Gottvertrauen. Bete. Das hilft der Therapie, sagt eine neue wissenschaftliche Studie. Die Infusion mit den Antikörpern hilft dir vielleicht nur zwölf oder zwanzig Monate, dann kommt was Neues, aber ein paar Wochen auf Reisen gehen könntest du jederzeit, ohne Komplikationen befürchten zu müssen. Ich würde dir Antibiotika mitgeben."

Schnell entschlossen ging Elisabeth ins Haus und kam kurz danach mit einer Kanne grünem Tee zurück. „Du weißt, ich fackle nicht lang herum. Danke für den Tipp. Hier, ich habe eine Tasse auch für dich."

„Nehme ich gerne, Danke.", meinte Hans.

„Zu dem was du vorhin gesagt hast. Ja, Hans, das würde ich so gerne machen. Du weißt, ich habe außer Biologie auch Spanisch und Französisch unterrichtet. Ich möchte nochmals nach Barcelona. Von der Altstadt aus möchte ich die Ramblas hinunter zum Meer schlendern, an den Markthallen und den ethnischen Restaurants vorbei. Unten im Hafen sind die aufs Meer hinausgebauten modernen Gebäude. Dazwischen sind Fischlokale, Windjammer, junge Leute, die tanzen und Akrobatik vorführen. Am nächsten Tag möchte ich die Gebäude von Gaudi besuchen. Die Sagrada Familie, den „Steinbruch", den Park, den Gaudi gestaltet hat.", sprach Elisabeth ihre Sehnsucht aus.

„Barcelona ist traumhaft, da hast du recht. Du willst aber hoffentlich nicht nach Spanien, wegen der homöopathischen Mittel? Hör auf, das ist Unfug. Mit unserer Therapie wirst du zwar noch viele Jahre leben, aber bescheidener und ruhiger angehen solltest du deine Ziele auf jeden Fall. Ich frage mich: Was hält dich ab, deinen Traum zu leben? Sind es Sorgen wegen dem Myelom, Geldsorgen?"

„Ich war schon mit Helmut dort. Wir hatten eine schöne und liebevolle Zeit."

„Elisabeth, deine Augen funkeln vor Vorfreude. Mach das wieder, mit Helmut zusammen. Helmut als dein Held rettet dich wieder aus den überschwemmten Landstraßen, von denen du mir schon erzählt hast, und ich darf gleichzeitig hier zuhause ein Buch am warmen Kaminfeuer lesen. Das täte euch beiden gut, Helmut und dir. Medizinisch mache ich dich dafür fit. Anrufen kannst du mich immer." Dann lachte Dr. Emmerda und meinte: „Nach eurer Reise komme ich wieder, dann sagst du mir, wie schon öfter, was dein Held getan hat, und dann kannst du weiter träumen."

„Hans, du bist mein Drachentöter, beim bösen Krebs-Drachen. Ich bin so froh, dass du gekommen bist. Ja, Sorgen halten mich zurück, aber ganz andere als du denkst. Helmut wird immer schwieriger. Seit zwei Wochen etwa. Er bleibt oft bis zehn oder elf Uhr im Bett. Teilnahmslos sitzt er dann herum, isst kaum oder gar nichts. An schlechten Tagen spricht er kein Wort mit mir. Zeige ich ihm Bilder von unseren früheren Reisen, dann sieht er nicht hin. Nur ins Leere geht sein Blick."

„Das hör ich jetzt zum ersten Mal. Ging das so schnell? Das sieht nicht gut aus, Elisabeth. Das geht in Richtung Depression. Nimmt er deine Krankheit so verzweifelt ernst? Du hast bei guter ärztlicher Betreuung noch mindesten zehn bis zwanzig Jahre zu leben. Statistisch ist das mehr als Helmut hat."

„Ja, er war noch vor einem halben Jahr ein Zahlennarr. Seit Jahren behandle ich Helmut ohne dein Wissen mit Heilkräutern gegen depressive Verstimmungen. Erfolgreich! So war und blieb er halt ein Ingenieur. Jetzt ist gar nichts mehr davon da. Irgendwas hat er im Internet gelesen, worüber er nicht sprechen mag und was ihn immer tiefer runterzieht."

Hans erinnerte sich, dass er Helmut vorgeschlagen hatte, als Rentner eine ehrenamtliche Arbeit zu übernehmen, und sagte: „Elisabeth, ich denke, es wäre gut gewesen, wenn Helmut sich als Rentner eine Aufgabe gestellt hätte."

„Aber, Hans, das hat er doch. Er hat bei der Batterieforschung in der Ulmer Universität mitgewirkt. Das hat ihn begeistert und er hat hierfür viel gelesen und Vorträge besucht.", erwiderte Elisabeth.

„Hat das seinem Leben wirklich einen Sinn gegeben? Hat er hierfür viel Zeit und Energie investiert?", wollte Hans, der das Ganze für eine faule Ausrede hielt, wissen.

„Natürlich Hans. Er hat ein komplexes Simulationsprogramm erlernt. Er war darin so kompetent, dass er Rechenzeit auf dem Münchner Hochleistungsrechner SuperMUC bekommen hatte. Das bekommen nur Forscher, die wirklich gut sind. Da hat er mit den Methoden der Theoretischen Chemie berechnet, wie Fluor-Atome auf Metalloberflächen Ladungen speichern können.", erklärte ihm Elisabeth. Doch bei Hans kam das nicht an. Diese Welt verstand er überhaupt nicht. Auch hatte er sein Vorurteil zu Helmut, dass dieser nicht genügend aktiv war, gebildet und davon kam er offenbar nicht mehr weg. Zuhören und sich in seine Patienten hineindenken hatte Dr. Emmerda nicht gelernt. Er war ein Arzt, wie Ärzte bei seinem Studium ausgebildet worden waren: Der Arzt weiß alles und der Patient muss tun was der Arzt sagt. Doch inzwischen wusste man, dass Ärzte sich in Patienten, deren Krankheiten sie als Ärzte nie aus eigenem Erleben kennengelernt hatten, mit Hilfe der Patienten hineindenken müssen. Dazu müssen Ärzte viel zuhören. Das gelang Hans nicht. Das war nicht das erste Mal, dass er diesen Fehler beging.

„Schick ihn doch am Montag mal bei mir vorbei! Und gib mir eine Liste deiner Heilkräuter. Wir schreiben dann zusammen einen Aufsatz für eine medizinische Fachzeitschrift. Wäre das was?"

„Ich weiß nicht, ob Helmut zu dir geht. Würdest du notfalls auch herkommen?"

„Selbstverständlich, Elisabeth!"

Jetzt kamen doch ein paar Tränen bei Elisabeth, die bislang trotz ihrer letztlich aussichtslosen Krankheit viel Stärke gezeigt hatte. Lehrerinnen scheinen doch zähe Frauen zu sein, ging es Dr. Emmerda durch den Kopf. Elisabeth war eine große, attraktive Frau, mit einem herzlichen, aufmunternden Lachen. Wie konnte man mit so einer Frau depressiv werden? Dr. Emmerda kam dann allerdings schon wieder in den Sinn, dass Helmut seinen Rat, sich eine ehrenamtliche Tätigkeit für seine Rentenzeit zu suchen, nicht angenommen hatte. Deutsch- und Mathematikkurse für Flüchtlingskinder hatte ihm Dr. Emmerda als mögliche Beschäftigung vorgeschlagen. Er habe so viel in Haus und Garten zu tun, kam als Ausrede. Das stimmte aber nicht, denn den Keller hatte er schon nach zwei Tagen aufgeräumt. Er sei halt so traurig, sagte Elisabeth und beendete damit Dr. Emmerdas Gedankenspiele. Nur noch an wenigen Tagen könne sie Helmut motivieren, sagte Elisabeth, der es sichtlich gut tat zu reden. Dann allerdings sei Helmut eher überschäumend, extrem eifrig und unermüdlich am Planen und Suchen im Internet. Nachts geistere er durchs Haus. Deshalb nehme sie jetzt abends Schlaftabletten. Sie werde aus ihrem Helmut nicht mehr schlau. Das alles wachse ihr über den Kopf. In der Onkologischen Tagesklinik an der Ulmer Uni-Klinik habe sie viele Leute in ihrer Lage getroffen. Fast alle, besonders die Männer, sähen ihrem unbestimmten Schicksal gelassen und unerschrocken entgegen. Dort würde während den Infusionen auch ernst gesprochen und Erfahrung ausgetauscht, aber ganz überwiegend sei man optimistisch-heiter, mache Späße, lache und habe großes Vertrauen in die Zukunft. Auch die Ärzte und die Krankenschwestern seien sehr positiv, hätten für jedes Wehwehchen einen Trick, um es verschwinden zu lassen oder erträglich zu machen. Sie alle, Therapeuten und Therapierte, seien sich einig, dass ein Wohlfühl-Leben wichtig sei. Niemand wolle qualvolle Wochen auf Krankenstation verbringen, angeschlossen an alle möglichen Apparate, solange es anders geht. Wobei man feststellen müsse, dass es immer anders gehe.

Einige Frauen fragten sich immer wieder, wieso sie solche Krankheiten wie Leukämie oder anderen Blutkrebs hätten, was sie falsch gemacht hätten und wofür Gott sie jetzt so bestrafe. Sie, Elisabeth, beschwerten solche Gedanken nicht. Gesünder als sie für ihre Familie gekocht hatte, konnte man nicht kochen. Ihr Beruf hatte sie nicht mit Giften in Berührung kommen lassen. Der Wille Gottes würde vor allem von den Ärzten und Forschern umgesetzt, die mit immer neuen Medikamenten den fantasievollen Mutationen der Krebszellen den Garaus machen. Die Lebensdauer sei so erheblich gestiegen. Sie sei Gott dankbar für die neuen Medikamente, Beten könne sie aber nicht. Wofür auch? Wer Krebs hat muss unheimlich viel selbst überlegen, in sich hinein hören und entscheiden, was gemacht wird. Ein Arzt, der zwar viel weiß, aber noch nie selbst so krank war, kann sich vieles wohl einfach nicht vorstellen.

„Ja, Hans. Ich könnte noch viele glückliche Momente im Leben haben. Mit Helmut, mit anderen Männern vielleicht, flirten, ganz harmlos natürlich. Aber Helmut verhindert das. Er zieht mich runter. Ganz tief runter."

Elisabeth rief Helmut, der schließlich auch vors Haus trat. Er stand da, wie eine große Puppe, roboterhaft rucklig und langsam in seinen Bewegungen. Sein Blick war auf die zwei Stufen zur Terrasse hinunter gerichtet. Als Dr. Emmerda ihn ansprach und ihn einlud, zu ihm zu kommen, nickte er wortlos. Schließlich schickte ihn Elisabeth wieder ins Haus, wobei er wiederum wortlos tat, was sie ihn anwies.

Dr. Emmerda hatte zwei Rezepte ausgeschrieben, für Elisabeth ein gut verträgliches Schlafmittel und für Helmut ein starkes Medikament gegen seine Depressionen.

„Elisabeth, hole das in der Apotheke. Ich sehe ihn mir in einer Woche nochmal an und rede mit ihm. Was du beschreibst sind Kennzeichen einer Depression, wenn auch etwas ungewöhnlich. Und überraschend schnell kam sie. Das könnte mit dem starken Medikament besser werden, sicher ist es allerdings nicht."

„Danke Hans. Du hilfst wie immer gleich, ohne lange herumfackeln. Danke. Bist mein richtig großer Schatz."

„Elisabeth, ich stehe zu dir, denn es kommen noch schwierige Überlegungen auf dich zu. Insgeheim wirst du auch daran denken, ihn in ein Heim zu tun. Vielleicht willst du dich noch von ihm scheiden lassen. Ich weiß, da denkt man radikal."

„Ja, Hans, der Kopf läuft und spinnt viele Gedanken. Was wäre wenn? Aber wir sind verheiratet, um zusammen zu sein, in guten wie in schlechten Tagen. Das haben wir vor Gott geschworen."

„Stimmt. Aber das ist christlich gesehen so gemeint, dass er jetzt bei dir stehen müsste, wo du doch Krebs hast, und nicht, dass er sich in eine Depression – ich sage mal etwas forsch – ‚flüchtet'. Diese Flucht ist biblisch gesehen eine Treulosigkeit und eine Sünde."

„Hans, das ist ein hartes und ungerechtes Urteil, fürchte ich. Da muss ich nachdenken. Ihn ins Heim stecken, sich scheiden lassen. Da hast du bei mir radikale Ideen ausgelöst. Dein christlicher Glaube ist nicht so ganz meiner. Sei mir nicht böse, wenn ich dazu Zeit brauche. Lass uns so auseinander gehen, dass ich Helmut zu dir schicke. Falls das nicht klappt, kommst du zu uns. Okay?"

„Ja, da will vieles im Kopf geordnet sein. Ruf mich an, sprech mich an, wann immer du jemanden brauchst. Kannst du mit den Kindern darüber reden?"

„Ja, die Kinder stehen felsenfest zu mir. Mit ihm am Telefon reden, können sie aber nicht. Entweder ist er total überdreht. Oder er sagt kein Wort."

„Und wenn die Kinder hier sind, am Wochenende?"

„Hans, die haben beide zwei kleine Kinder. Vor denen muss man den Opa mehr verstecken als man ihn zeigen kann. Die Kinder bekommen vor ihm Angst, in beiden Gemütslagen. Und so wie Helmut jetzt ist, kann ich ihn auch nicht alleinlassen und zu meinen Enkelkindern reisen. Das enge Verhältnis, das ich will, lässt sich so nicht schaffen. Wenn die Enkel krank sind, könnte ich helfen. So muss Vater oder Mutter zuhause bleiben. Herzlich gerne würde ich die auch unterrichten. Jetzt enttäuschen Opa und Oma."

Dr. Emmerda umarmte Elisabeth, die sich fest an ihn drückte. „So ist es, Elisabeth. Dann werden wir beide uns des Problems mit Helmut annehmen. Marie steht dir so bei wie ich. Auch wenn du dich nur mal fallen lassen und weinen willst. Auch das ist wichtig. Vergiss nicht, wenn auch du die Kraft verlieren würdest, dann wäre es kritisch." Beide schwiegen. Elisabeth spürte einen verlässlichen Freund neben sich.

„Du kommst doch auch zu uns zum Grillen mit den Landfrauen, oder?"

„Klar Hans, ich komme."

„Sag mal, du backst so gut. Könntest du nicht ein Doppelplatz machen? Ich denke, das wäre eine schöne Überraschung. Ich habe bislang nur von Käsekuchen und Sahnetorten gehört."

„Ja freilich, da backe ich nachher gleich ein Blech mehr. Ich finde, nach zwei Tagen schmeckt es besser als ganz frisch."

Rezept Doppelplatz

Das Doppelplatz ist ein Blechkuchen. Er besteht aus zwei Teigschichten, die innen mit Apfelkompott (ergänzt etwa um Rosinen und / oder Zwetschgen) gefüllt sind. Die Teigschichten macht man für Werktage aus Hefeteig, so wie er für Hefezöpfe im Schwäbischen gemacht wird. Für Sonntage verwendet man Mürbteig, wie er für Weihnachtsausstecherle genommen wird. Dann wird der Boden vom Doppelplatz ausgerollt, eher etwas dicker. Der Kompott kommt drauf, in der individuellen Komposition des Kochs oder der Köchin. Dann kommt ein dünner, ausgerollter Teig drüber. Da müssen Löcher rein, sonst kann die Feuchtigkeit nicht entweichen. Wer ein Doppelplatz macht, sollte gleich doppelt so viel machen als kalkuliert, denn es schmeckt herrlich und geht weg wie nichts.

Dr. Emmerda umarmte und danach küsste er Elisabeth - auf die französische Art oder doch etwas fester? - behutsam auf die Wangen. Ohne weitere Worte schieden sie voneinander, sicher, dass sie ein tiefes gegenseitiges Verstehen besitzen. Der Rundgang von Dr. Emmerda ließ, so waren seine Gedanken, noch einige solche Gespräche erwarten. Als Elisabeth das Gartentor hinter Hans schloss, dachte sie: „Hans und ich sind seelenverwandt. Haben wir es nicht beide faustdick hinter den Ohren? Wenn das die Leute im Dorf wüssten!".

„Hallo Hans, wo geht's hin?", rief ein kräftiger Mann um die Achtzig, aus einem Obstgarten, wo er mit der elektrischen Kettensäge, die er sofort abschaltete, einen gefällten Baum zerlegte.

„Ich schau, ob die Leute auch arbeiten, Franz. So wie du.", lachte Dr. Emmerda. „Wie geht's dir?"

„Oh mein Gott, Hans, eigentlich gut. Die Augen werden halt ein wenig schlechter, die Muskeln zwicken am Abend, die Frauen haben mich schon mehr gereizt und die Gelenke haben Kalk angesetzt."

„Ja, weißt du, das alles sind halt inzwischen richtig verlotterte Teile.[18]"

Franz lachte herzhaft über den Spaß. „Da hast du Recht. Trotzdem habe ich eine Regel. ‚Mache alles so hart wie möglich, dann bleibst du lange gesund!'. Vergessen wir diese Befindlichkeiten. Essen und Trinken geht nach wie vor. Das ist wichtig!"

„Recht hast du auf ganzer Linie. Machs guat, Franz."

„Du auch. Mache auch rechtzeitig Feierabend."

Lachend ging Dr. Emmerda weiter. Um die Ecke kam ein Polizeiauto, das seit einiger Zeit regelmäßig auch die Dörfer kontrollierte, vor allem seit es im Ort einige Wohnungen mit Asylbewerbern gab. Die waren recht tolerant aufgenommen und in die dörflichen Arbeiten integriert worden. Das erwies sich als nicht schwierig, denn die weniger Gebildeten unter den Asylbewerber kannten sich in bäuerlichen Arbeiten und im dörflichen Leben aus. Schwierig waren nur die halbstarken jungen Männer, die aber in Hürben nicht untergebracht worden waren. Das Polizeiauto hielt an, auch um Neues auszutauschen. Die Polizei schickte, wann immer möglich, dieselben beiden Polizeibeamten ins Dorf, um dort ein niederschwelliges Ansprechen der allseits bekannten Beamten sicherzustellen. Das waren der Brandner Sepp, Mitte Vierzig, braunes Haar, helle, wachsame Augen, und die Berger Rosie, noch in der Ausbildung, hübsch und mit einer raschen Auffassung und einem scharfen Witz. Heute war nur der Josef Brandner im Wagen, in Uniform natürlich.

„Hans, schaust du nach dem Rechten?", fragte Polizeihauptmeister Brandner.

„Freilich, Sepp. So wie du auch. Ganz gut ist es, wenn du immer wieder vorbeischaust. Unsere jugendlichen Alkoholiker sind bedeutend weniger geworden. Bloß ein Beispiel."

---

[18] Dees isch halt ällas a alts Glomb.

„Das sehen nicht alle so positiv. Eine junge Dame sagte mir, wahrscheinlich im Spaß mit einem Hauch von Ernst, es werde wegen mir viel weniger bei ihr gefensterlt. Zudem säuft jetzt mein Auto bei der Herumfahrerei und mein Chef sagt, ich muss mein Benzin bald aus eigener Tasche zahlen."

„Der blufft nur. Bring ihm ein paar frische Zwetschgen von deiner Spazierfahrt, oder ein paar Walnüsse. Die Elisabeth lässt dich sicher ein paar sammeln. Oder sie gibt dir gleich ein Beutelchen voll mit. Dann sorgt seine Frau dafür, dass du noch öfter hierher musst."

„Gute Idee. Ich sehe schon, ich muss endlich meinen Psychologie-Kurs bei der Polizeiakademie belegen. Danke Hans. Ich habe schon lange nicht mehr mit Elisabeth gesprochen. Die hat immer ein nettes Wort für mich."

„Und einen guten Kuchen hat sie auch immer. Mach's guat, bei deinem Urlaub auf der Polizei-Akademie."

„Ha, jetzt aber! Mach's besser!"

Der Pfarrgarten vor dem Pfarrhaus lag in Sichtweite. Die Kirchengemeinde hatte an nichts gespart. Den Garten mit den Rosenbeeten pflegte die Mesnerin. Die Äpfel erntete deren Mann, brachte sie zum Apfelmoster, von dem der Pfarrer dann seinen kostenlosen Apfelsaft und Apfelwein holen durfte. Das Pfarrhaus stand dem jungen Pfarrer mit seiner vierköpfigen Familie kostenlos zur Verfügung, er musste bloß den Gegenwert der bescheiden berechneten Miete versteuern. Der einzige im Ort, der einfach bloß hinsitzen durfte, ohne zu arbeiten, war Pfarrer Thomas Jessasle. Doch selbst ihm war bedeutet worden, dass ein paar aufgeschlagene Bücher, Schreibpapier und ein Federhalter auf dem Tisch besser aussähen als ein Weinglas neben einem Vesperbrettle mit Schinkenwurst drauf. Das könne man von einem Pfarrer doch erwarten, man zahle ja auch Kirchensteuer, und das nicht zu knapp. So thronte der Herr Pfarrer am massiven Kiefernholz-Tisch auf seiner geschützten Terrasse, äußerlich arbeitswillig und innerlich meditierend. In Hürben war es der Evangelische Pfarrer, die katholische Kirche konnte für so wenige Schäfchen im Ort keinen eigenen Pfarrer abstellen.

„Thomas, du hast es halt gut. Zu dir kommen die Leute, ich muss sie im Ort aufsuchen."

„Ja, Hans, aber es werden immer weniger. Bloß die Taufen haben etwas zugenommen, dieses Jahr."

„Deine Predigten waren auch schon inspirierender. Was ist los? Weißt du nicht, dass Apfelwein, in großen Mengen genossen, den Menschen verblödet. Müde oder vom rechten Glauben abgefallen? Gehst du jetzt zu den Gottlosen über?"

„Hans, ich trinke doch nicht viel Apfelwein, hör mal! Dir fallen immer Provokationen ein. Aber wahr ist, vor dir kann man nichts verstecken. Ja, du hast recht, meine Zweifel werden immer mehr. Was ist Dichtung, was ist Wahrheit im Neuen Testament? Die Bodenständigkeit des Alten Testaments gibt Trost."

„Und der Jesus war schon ein Radikaler, zumindest teilweise, wenn du ihn wörtlich ernst nimmst.", ergänzte Dr. Emmerda.

„Ja, ja. Und wenn es im Glaubensbekenntnis heißt ‚Da sitzet er zur Rechten Gottes…', dann wäre es schon gut, wenn ich die Fragen meiner pubertierenden Konfirmanden beantworten könnte. Die wollen wissen, wo die beiden denn rumsitzen. Und wenn es doch nur einen Gott gibt, wie ich ausführlich erklärt habe, wieso da dann zwei sind und der heilige Geist auch noch mitmischt und irgendwo herumwabert."

„Thomas, die Lehrer sagen mir auch, dass da schon die Eltern die Kinder munitionieren."

„Das ist mir gleichgültig. Die Fragen sind voll berechtigt! Und, was will ich mehr, als dass am Familientisch über Religion gesprochen wird?", entgegnete Thomas.

„Thomas, dir fehlt das Gottvertrauen. Glaube mir, das ist das Wichtigste für einen ausgeglichenen Lebensstil. Auch wenn du eine Todsünde begehen würdest, das Gottvertrauen darfst du nie verlieren."

„Hans, jetzt mal ehrlich. Tanzt du nicht im Wald als Druide, im weißen Hemd, zusammen mit ein paar Gleichgesinnten? Wo ist da dein Gottvertrauen?"

„Oh, Thomas Jessasle! Jetzt denk doch mal nach. Gott gabs doch schon bei den Steinzeitmenschen, oder? Deine Theologie sagt, Gott habe die Welt geschaffen. Ohne Heilige Schrift, ohne Römer, ohne Jesuskindlein, ohne Paulus und so weiter. Also, deshalb hatten die ersten Menschen halt Druiden, um unseren Gott, den wir später ausschmückten mit Jesus und Heiligem Geist und allem Brimborium, in ihrer Art und mit ihrem Verständnis zu ehren. Eure Theologie hat Paulus mehr bestimmt als Gott oder Jesus."

„Du meinst, das ist vorchristlich und nicht unchristlich."

„Jessasle, du bist halt doch blitzgescheit. Jetzt hast du das verstanden. Außerdem ist Religion schon immer Inszenierung. Es geht um Geschichten, nicht um historische Wahrheiten. Inszenierung, Thomas! Mach das mal, in deinen Predigten."

„Ja, und? Bist du jetzt Druide?", hakte der Pfarrer nach.

Dr. Emmerda ging darauf nicht ein. Der wechselte das Thema und sagte: „Deine Beerdigungspredigten werden dagegen immer besser, finde ich."

„Ja? Gibt's schon Kandidaten für Beerdigungen? Die Grippewelle hat noch nicht angefangen, oder?"

„Ach was. Nichts ist los. Du kannst dir noch Zeit lassen für deine morbiden Formulierungskünste."

„Sag das nicht. Wenn's kommt, kommt's oft schnell. Ich habe schon drei Beerdigungspredigten vorbereitet. Der Teufel hat mich geritten. Ich habe auch eine für einen Mord, hier in Hürben. Was würde ich da sagen?"

„Bei uns gibt's keinen Mord. Hör auf herum zu spinnen.", meinte Dr. Emmerda.

„Weißt du, meine Beerdigungsreden sind besser, weil es da keine Zweifel gibt. Tot ist tot."

„Sagst du so. Spielst du so naiv oder ist es doch der Äppelwoi? Du kennst die Hintergründe nicht, die Sorgen, die Zweifel, die Qualen und endlich das Loslassen oder etwas Nachhelfen durch die Angehörigen. Nachhelfen ist da schon auch mal dabei."

„Nachhelfen? Ist dir klar, was du sagst? Weiß das die Polizei?". Der Pfarrer war plötzlich aufgewühlt und nervös. „Dann habe ich Totschläger und Mörder um mich und weiß es nicht."

„Jetzt tu mal nicht so. Jessasle, du hast schon viele Totschläger und Mörder begraben. Vergisst du so schnell? Wieviel der Männer, die du begraben hast, hatten im Krieg jemanden erschossen? Wie viele haben zuhause die Frauen, die sich mit Kriegsgefangenen eingelassen hatten, gedemütigt, gemobbt und oft auch in Armut vertrieben mit ihren unschuldigen Kindern? Hat die Kirche geholfen? Nächstenliebe, höre ich immer, ist das Wichtigste. Nichts habt ihr gemacht. Genauso wie bei dem Liederdichter Jochen Klepper, der sich, seine jüdische Frau und seine jüngste Tochter im Nazi-Deutschland umbringen musste, verlassen von der eigenen Kirche, die jetzt noch seine Lieder singt, ohne sich im Geringsten zu schämen."

„Oh Hans. Das sind traurige Erinnerungen des Versagens. Diese Gedanken halten mich nachts oft wach. Hans, das darf nicht nochmals passieren. Auch nicht in einem Sterbezimmer, wie du es gerade hast anklingen lassen!"

„Ach Thomas. Was soll die Polizei tun, in einem Kranken- oder Sterbezimmer mit so vielen Optionen? Sollen sie vor jeder Beerdigung die Spurensicherung und die Forensiker schicken? Den Schmerz der Hinterbliebenen um ein, meist unbegründetes, schlechtes Gewissen erweitern? Als Arzt sehe ich viel, vermute mehr und schweige besser. Wenn ich sehe, dass ein Sterbender mit Diabetes noch Sahnetorte bekommen hat aber kein Insulin, dann veranlasse ich keine Blutuntersuchung. Die Familien danken es mir. Auch ich bekomme Spenden, so wie du."

„Hans, jetzt hast du meine Zweifel an meinem Pfarrdienst noch mehr verstärkt. ‚Leben wir, so leben wir des Herrn. Sterben wir, so sterben wir des Herrn. Ob wir aber leben oder sterben, wir sind des Herrn.' sagen wir im Gottesdienst bei den Verkündigungen eines Todesfalls. Ist das Trost? Was heißt das wirklich, Hans?"

„Thomas, der Satz ist Quatsch, korrekt gesagt: eine Tautologie. Wir glauben an den einen Gott, der ist natürlich im Leben und im Sterben da. Sonst gäbe es doch einen Lebens-Gott, einen Sterbe-Gott, einen Krankheits-Gott und die würden einander immer die Fälle überweisen, wie die Allgemeinärzte zu den Fachärzten. Das ist doch Blech. Ich frage mich auch vieles. Aber Kohelet in der Bibel und die Zen-Buddhisten haben recht. Diese Grübelei bringt überhaupt nichts. Ich verstehe das Christentum auch immer distanzierter, denke aber manchmal auch, dadurch vertiefter. Für so schwere Gedanken ist der Tag zu schön. Lass uns mal ein Gläschen Roten trinken. Auf meiner Terrasse, so in die Nacht rein. Da könnten wir das mal besprechen. Ruf an. Bis dahin: Gottvertrauen! Nimm dich und deine Zweifel nicht so wichtig. Jessasle: Gottvertrauen! Und inszeniere!"

„Ja, Hans. Ich glaube, das täte mir gut. Ich habe da mal eine Punktation gemacht. Ich gehe die nochmals durch. Dann heben wir ein Gläschen auf die heilige Dreieinigkeit."

„So machen wir's, Thomas. Schönen Tag noch!"

Die zehn Eier musste Dr. Emmerda noch von der Wiesen-Marie unten im Tal holen. Sie hatte ein verwinkeltes Haus, abseits vom Ort, unweit der Hürbe, durch ein mit Bäumen und Haselnussbüschen gesäumtes Gängle[19] erreichbar. Die Wiesn-Marie war gut zehn Jahre jünger als Dr. Emmerda, hübsch, ledig und niemand sah, wer zu ihr kam. Dr. Emmerda war immer wieder einmal ihrem Werben, ihren geschickt verhüllten und sichtbaren Reizen verfallen, im malerischen Garten, wo sie heute mit einer leichten Bluse und einem fast durchsichtigen, anschmiegsamen Rock ihrer Gartenarbeit nachging. Manchmal steckte sie sich in ein weißes Hemd-Kleidchen, so wie sich der Pfarrer das beim Druidentanz vorstellte. Niemand wusste davon, auch seine eifersüchtige Marie nicht, doch beide Marien waren im Grunde dicke Freundinnen. Sie trafen sich im Frauenkreis. Mindestens einmal im Monat fuhren sie gemeinsam nach Ulm „in die Stadt" zum Shoppen.

Die Wiesen-Marie konnte mit Hans nett reden, die „Chemie stimmte", man kam sich näher und ab und zu kamen sie sich ganz nahe. Hans Emmerda genoss diese Treffen, verdrängte sie aber auch wieder rasch, zumindest was seine Treulosigkeit betraf. Wir Menschen können in widersprüchlichen Gefühlen, Wünschen und Rechtfertigungen leben. Aber diesen Gefühls-Mix mochte er gar nicht, wenn er wieder von ihr weg war. Dafür hatte der Herrgott das Vergessen geschaffen.

Mit solchen gemischten „männlichen" Gefühlen, hoffend und zaudernd, ging er deshalb an diesem Tag zum Eier kaufen. Die Marie war im Garten, es umwehte sie ein Duft von Sommer, geheimnisvolle Lust lag in der warmen sommerlichen Luft. Diese verführerische Landschaft der Schwäbischen Alb zeigte sich heute in einer Variante, die besonders lebensfroh war. Die Wiesen-Marie hatte, so vermutete Hans Emmerda, wie manch andere Frauen auch, mehrere Verehrer aus dem Dorf. Fast alle waren nicht nur neben ihr, sondern mit ihr älter geworden. Kein Wunder, dass manche altersbedingt schwächelten. Dr. Emmerda kannte ihre Besucher nicht. Im Verdacht hatte er einige. Die Wiesen-Marie konnte schweigen, das wussten sie alle im Dorf. Je mehr er sich dem Haus näherte, gewann die Hoffnung von Dr. Emmerda die Oberhand über den bang empfundenen Treuebruch. In den Situationen wurde Dr. Emmerda gerne philosophisch. König David hatte mehrere Frauen, Kohelet der

---

[19] Schmaler Fußweg innerhalb eines alten Wohngebiets des Dorfes, nutzbar für Fußgänger, Radler und von Hand gezogene Leiterwägelchen

Prediger konnte die Lebenslust beschreiben. Luther hatte das Dogma der ehelichen Treue abgeschafft und nannte die Ehe „ein weltlich Ding nach Gottes guter Ordnung". Ganz so falsch konnte er nicht liegen mit seinem Verhalten, schien ihm.

Der Empfang im Wiesen-Häusle war herzlich und der Begrüßungskuss intensiv. Der Tag war rundum wunderbar. Dr. Emmerda, der die Sprache gerne wörtlich nahm, fand, dass Wunder in der Luft lagen. Sie galt es zu genießen. Riechen konnte er Blumen, Heu und die sirrende Hitze. Marie liebte vor allem die zärtlichen Gemeinsamkeiten. Mit allen Sinnen existieren, das sei doch herrlich. In diesem Garten, mit den vielen Blüten und den schwirrenden Insekten, bestand einvernehmliches Fühlen.

Es dauerte eine Weile, bis Hans Emmerda mit seinen zehn Eiern, die er diesmal gut bezahlte, von der glücklich strahlenden Wiesen-Marie weg und dann den Berg hinauf schritt, zu seiner Villa. Seine Marie und Bratkartoffeln mit Blutwurst erwarteten ihn. Für jeden machte sie noch ein Spiegelei, stellte ihrem Hans ein kaltes Bier auf den Tisch, und sie leerten die Bratkartoffelpfanne einmütig und fast wortlos. Das glückliche Erfühlen dieses wunderbaren Tages einte auch Marie mit Hans.

„Hans, was machen wir mit Zoe?", fragte ihn Marie.

„Mir ist nichts eingefallen, außer dass ich ihr vorhalten will, welche riesigen Chancen sie verspielt. Schau, sie könnte nach Indien, nach Russland oder China. Sie könnte die nächste Generation der Mächtigen dieser Welt kennen lernen. Sie spricht so viele Sprachen, ist so geschickt im Umgang mit fremden Kulturen, und wirft jetzt alles weg."

„Ja, Hans, das stimmt. Aber so werden wir unsere Zoe nicht umstimmen. Du bist und warst doch schon immer ihr Vertrauter. Du musst telefonieren."

„Nein. Ruf du an, Marie. Vertrauen verspielt man, wenn man was sagt, bevor es reif genug ist, gesagt zu werden. Ich sitze nur daneben und helfe dir, wenn mir etwas einfällt.", womit er Marie das Telefon reichte.

Zoe nahm ab. Lust zu reden hatte sie offenbar nicht, schon gar nicht gab sie nähere Hinweise zu ihrem Verliebten, nicht einmal wie ernst es ihr mit ihrer Liebelei war. Marie hatte ihr keine Vorwürfe, nicht einmal vorsichtige Vorhalte, gemacht. Das Telefonat war gut für den Zusammenhalt der Eltern mit ihrer Tochter. Ums Wetter ging es, was sie einkaufte, welche Filme sich Zoe angesehen hatte. Einsichten erhielten die Eltern jedoch nicht.

3 Der Tod feixt

Inga und Rolf aus Dresden hatten sich vorgenommen, nach und nach alle deutschen Welterbe-Stätten zu besuchen. Das Welterbe Eiszeitkunst Schwäbische Alb war dieses Jahr an der Reihe. Zeitlich waren sie flexibel. Ihre Wanderung mit leichtem Gepäck, wie zur Eiszeit, legten sie in den Sommer, mit Spielraum nach vorn und hinten. Im Winter hatten sie sorgfältig geplant. Anfangen wollten sie im Urzeit-Museum und Blautopf in Blaubeuren. Das realisierten sie auch in dem ungewöhnlich warmen und für ihr Vorhaben idealen Sommer. Nach Blaubeuren schauten sie bei der Sontheimer Höhle vorbei, um schließlich durch das malerische Blautal nach Ulm zu wandern, wo weitere Fundstücke aus der Eiszeit ausgestellt waren. Was anderes als im Freien zu übernachten kam nicht in Frage, in einem Schlafsack, den sie bei den warmen Nächten nicht einmal zumachen mussten. Abends nahmen sie ein Bad in dem klaren Wasser der üppig sprudelnden Flüsse am Rand der Schwäbischen Alb, morgens eine Katzenwäsche am Ufer. Für das Frühstück fanden sie immer die Filiale einer Bäckerei, vielleicht auch einen Gasthof, abends gab es ein Picknick und dazwischen irgendwo Kaffee und Kuchen. Leben und Fühlen der Steinzeitmenschen konnten sie auf diese Art imitieren, indem sie sich weitgehend treiben ließen, mit einem leichten Rucksack auf dem Rücken. „Ötzi-Style Wandern" wollten die beiden Foto-Narren ihre Fotosammlung am Ende des Urlaubs nennen.

Inzwischen hatten sie die schwarzen Madonnen bei der Vogelherdhöhle und in St. Ulrich gesehen und fotografiert, und nach einem kleinen Spaziergang durch das Lonetal die Kaltenburg bei Hürben erreicht. Die Einheimischen hatten ihnen diese Burg zur Übernachtung empfohlen, weil sie windgeschützte und überdachte Räume und einen Grillplatz hatte. Sie waren allein auf der Burg, als sie ankamen. Der Blick ins Tal, auf die Mündung der Hürbe in die urzeitliche Lone war einzigartig, weit und breit war kein Haus zu sehen. Der Halbmond schien abends vom wolkenlosen Himmel. Nach etwa zweiundzwanzig Uhr kam die Dämmerung, um Mitternacht bildeten sich Nebelschwaden in einer schwül-warmen Umgebung. Beide fotografierten die stetig wechselnden Farben, Schimmer und Lichter der Natur. Den Geräuschen des Waldes lauschten sie, doch leider ließen sich keine Waldtiere auf der Lichtung bei der Burg blicken.

Bei dem hellen Mond hätten sie herrliche Fotomotive abgegeben. Als Stadtmenschen konnten Rolf und Inga beide nicht schlafen. Zu sehr war ihnen bewusst, dass sie nicht mehr viele solcher romantischen Nächte erleben könnten, weil der Urlaub zu Ende ging.

„Lass uns ein Bad in der Lone nehmen. An dem Wehr, vor dem Zusammenfluss mit der Hürbe, staut sich das Wasser.", schlug Inga vor.

„OK. Ich nehme bloß unsere Wertsachen mit.", sagte Rolf.

Der Abstieg ins Tal war einfach. Dort zogen sie sich aus und legten sich in das Wasser, immer noch in der Hoffnung, Tiere fotografieren zu können. Von der Mündung der Hürbe her drangen Stimmen zu ihnen, eine männliche und eine weibliche Stimme. Personen konnten sie nur schemenhaft und auch nur dann, wenn die Nebelschwaden sie frei gaben, erkennen. Offenbar stritten sich die Beiden. Streit, jetzt um Mitternacht. Die Frauenstimme, eine hoch gewachsene Person, warf dem Mann offenbar vor, ihr nicht genug Geld zu geben.

„Du warst reich und hast mich, deine Tochter, nicht zu dir geholt."

„Das verstehst du nicht.", rief der Mann verärgert.

„Ich hätte Karriere machen können.", sagte die Frau erbost.

Die Personen bewegten sich in den immer wieder transparenten Nebelschwaden. „Mach Bilder.", flüsterte Inga zu Rolf, „Vielleicht gibt's doch was her, wenn wir die Aufnahmen im Winter auswerten.".

Da drüben ging es hoch her. „Du und Karriere. Lächerlich. Du bist granatenmäßig faul und dumm. Dir geht's besser als jedermann je erwartet hätte.", rief der Mann höhnisch. Das muss die Frau ins Mark getroffen haben. Mit schriller Stimme rief sie: „Du gibst mir den Wald, oder ich bring dich um, du dreckiger, geiler Hurenbock."

„So, so, eine Hure nennst du deine Mutter.", triumphierte die männliche Stimme und fuhr fort: „Von mir bekommst du gar nichts. Wenn du jetzt nicht abhaust, nehm' ich dich mal ordentlich her, du Zicke du blöde."

Daraufhin hörten sie nur noch einen Wutschrei, sahen wie die Frau dem deutlich kleineren Mann etwas an den Kopf hielt und ihn von sich stieß, Richtung Wiese. Danach platsche noch Wasser und es blieb ruhig. Offenbar, so vermuteten Inga und Rolf, deuteten Schritte an, dass die beiden wieder gegangen waren, in die Richtung wo sie hergekommen waren, also nach Hürben, entgegensetzt zu ihrem Pool in der Lone.

Lange blieben sie nicht mehr, weil sie inzwischen auch müde geworden waren. Zurück auf der Burg waren sie rasch eingeschlafen. Richtig warm wurden sie die Nacht über nicht, denn sie waren zu lange im Wasser geblieben. Als sie am nächsten Morgen bei herrlichem Morgenrot wieder aufwachten, waren die Erlebnisse der Nacht nur noch schemenhaft in ihrer Erinnerung. Beim Morgengrauen gegen fünf Uhr packten sie ihre Sachen und zogen weiter, den Berg hinauf in Richtung des Schlosses von Burgberg, auf der Suche nach einem warmen Kaffee mit Croissants oder Butterbrezeln. Das Schloss verfügte über keine Restauration, beim Ansehen der beiden verhungerten Dresdner schmolz der Schlossherrin das Herz. Sie lud sie in ihre Küche ein, bewirtete sie und fand, als sie hörte, was die beiden antrieb, dass sie das gut gemacht hatte.

Viele Fotos schossen sie vom Schloss und dessen Prunkräumen, die ihnen die Schlossherrin ausnahmsweise gezeigt hatte. Bei ihrer weiteren Wanderung ins Brenztal und zu der romanischen Kirche St. Georg im zweiten Sontheim, dem Sontheim an der Brenz, nach dem Sontheim bei Blaubeuren mit der dortigen Sontheimer Höhle, war die Sonne wieder im Zenit. Sontheim, so erzählte ihnen der Wirt des Gasthofs „Sonne" beim Frühstück, hätten die Kelten besiedelt und heiße eigentlich Süd-Heim oder Sonnen-Heim. Früher habe es hier Palmen und Bananenblätter gegeben. Das sehe man, wenn man das Torf im nahe gelegenen Donautal untersuche. Sie lebten doch jetzt in einer Eiszeit, meinte der Wirt, weil die Pole der Erde vereist waren, was offenbar erdgeschichtlich eine Seltenheit warf. So gesehen, fanden Inga und Rolf, sei es kein Wunder, dass Eiszeitmenschen diese Region besiedelten. Am Buigen, dem Umlaufberg der Brenz, und an anderen Stellen in den Tälern der Welterbe-Region hatten sie nach Süden ausgerichtete Kalkfelsen, ausgewaschen in der Form eines fokussierenden Lampenschirms, gesehen, die, windgeschützt, bei strahlender Sonne eine enorme Wärme aufnahmen und diese Wärme sogar für die Nacht speicherten. Wenn wir immer so leben müssten, meinten die beiden zueinander, wären wir auch in der Eiszeit auf mancherlei Komfort-Tricks gekommen. Die geistige Kapazität der Eiszeitmenschen war unserer heutigen ebenbürtig, meinten jedenfalls viele Forscher.

An dem Morgen wurde Jakob Würmle vermisst. Die sommerlich lauen Nächte wurden erst gegen Morgen kühl und frisch. Der Tag hatte mit wandernden Nebelfetzen begonnen. Über dem Talgrund schwebten

Dunstwolken. Zwischen ihnen sah man die grünen, fetten Wiesen, je nachdem wie der dünne Wind den Dunst von einer Talseite zur anderen und wieder zurückschob. Nur wer früh aufstand, konnte dieses mythische Schauspiel erleben. Bauern, Förster, Briefträger und Zeitungsausträger liebten diese vielversprechenden Morgen. Die Frische des Morgens würde gegen Mittag von einer trockenen, angenehmen oder einer drückenden Hitze abgelöst. Doch noch war es nicht so weit. Was kommen wird, blieb im Ungefähren, offen. Neblige Schwaden erhoben sich von den Talhängen langsam in die Höhe. Auf diesem Weg lösten sie sich auf und verschmolzen im klaren Blau des sommerlichen Himmels.

Dass Jakob Würmle nachts spät nach Hause kam, war normal, aber dass er überhaupt nicht kam war neu. Gewohnt waren sie, ihn morgens so gegen drei Uhr wieder zuhause zu haben, mit der fadenscheinigen und durch nichts zu beweisenden Aussage, er sei so lange am Stammtisch im Gasthof Felsen gesessen und habe politisiert.[20] Doch diesmal war er auch zum Frühstück um sechs Uhr nicht erschienen, eine arge Demütigung für seine Frau, die das obskure Nachtleben ihres Gatten jahrelang hingenommen hatte. Am Frühstückstisch sagte keiner etwas über den fehlenden Opa. Sebastian war aufgeklärt worden, schon vor Jahren, notgedrungen, und wusste zu schweigen. Opas Tasse war zuerst auf den Tisch gestellt[21] worden, um dann heimlich im Schrank zu verschwinden, sobald der Sachverhalt klar war. Offenbar beherrschten die Dörfler die hohe Kunst, auch offensichtliche Wahrheiten nicht anzuerkennen.

Zum Frühstück standen ein Dinkel-Vollkornbrot mit Zwetschgenmarmelade, Butter und ein Camembert bereit. Seit der Bäcker Brucker im Ort aufgegeben hatte, vor inzwischen achtzehn Jahren, begann Oma Würmle die Brote selbst zu backen. Wegen Opas latentem Alters-Diabetes gab es nur noch Vollkornbrot. Gut mit Hefe für einige Stunden angesetzt, wegen dem Vollkornmehl etwas flüssiger angesetzt als normal, mit Dinkel versetzt, und in einer Kastenform ausgebacken, schmeckte es allen vorzüglich. Jedesmal ging der Teig gut auf, das Volkkornbrot war locker und gerade richtig feucht. Wenn sie schon mal eins aus den Läden kauften, lachten sie über diese harten Steinbrote. Seit jeher tranken die Alten dazu eine große Tasse Kaffee und Sebastian eine heiße

---

[20] Ha woisch, dr Karle war dao, ond dr Friedr. Dia brauchsch nex fraoga, die warat henterher so bsoffa, dass dia nex mea wissat.
[21] na-gräumt (hin geräumt)

Schokolade[22]. Nach dem Frühstück, bei dem wie bei jeder Mahlzeit in den Bauernhäusern typisch wenig oder gar nichts gesprochen wurde, sagte der Bauer, was heute zu tun wäre und wen er bei welcher Arbeit gerne sehen würde. Dann ging man meistens einsilbig, oft gruß- und wortlos, auseinander.

Um sieben Uhr war der Opa Würmle immer noch nicht da. Das sorgte dann doch für sorgenvolles Grübeln, das jeder verspürte und dennoch für sich behielt. Valentin drehte bereits das dritte Teigkügelchen aus dem Vollkornbrot. Tatkraft war in solchen Situationen auf dem Dorf nicht möglich und eine offene, liebevolle Kommunikation zwischen Großeltern, Eltern und Kindern fand erst fünfzehn Jahre später ihren Weg in die Bauernhäuser der schwäbischen Dörfer. Dann klingelte das Telefon. Der Bauer musste es abnehmen. Er meldete sich mit „Würmle" und sagte dann lange nichts mehr. Schließlich beendete er das Gespräch mit: „Ich sag's der Oma und komme dann gleich runter. Adieu."

Mit langsamen schweren Schritten ging er zur Spüle, wo die Oma gerade das Frühstücksgeschirr abwusch. Sebastian wurde nicht weggeschickt. Das verhieß nichts Gutes, dachte der sich.

„Die haben den Opa gefunden, vorhin um sechs Uhr. Unten im Tal in der Lone. Er ist tot. Der Postbote Jarson Sokolo hat sein rotes Hemd von der Straße aus gesehen, als er vorbeigefahren ist, und hat dann nachgesehen, weil er den roten Fleck noch nie gesehen hatte. Die Polizei, den Notarzt und Dr. Emmerda hat er dann gleich angerufen. Die Spurensicherung und Dr. Emmerda sind noch unten. Ich muss jetzt runter."

Liebevoll drehte er sich zu seiner Mutter. Sie war ganz bleich geworden. Was sie gehört hatte, konnte sie gar nicht glauben. Alles ging so schnell. Noch vor ein paar Minuten war sie ganz sicher, dass es sich bloß um eine Liebelei handeln konnte. Plötzlich wurde vom Tod ihres Gatten gesprochen. Zu früh, viel zu früh, dachte sie. Wo sie doch so oft für ihn gebetet hatte, den Sünder durch und durch. Schlimmes hatte sie schon immer für ihren Jakl befürchtet. Irgendwie schien sie darauf vorbereitet, auf diese furchtbare Nachricht. Dennoch war ihr Gesicht, jetzt als sein Tod gewiss war, versteinert.

---

[22] Heiße Schokolade heißt seit jeher im Schwäbischen „an hoißa Kaba" oder „an hoißa Kakao". So wie jedes Papiertaschentuch „a Tempo" ist.

Ihr Sohn sagte zu ihr, indem er sie leicht und ungewöhnlich lange an sich drückte: „Mutter, du bleibst am besten hier. Man weiß ja nie, wie das aussieht. Ich telefoniere, sobald ich mehr weiß." Sie nickte still.

Sebastian und seine Frau umarmte der Jungbauer. Beide waren ebenfalls im Schock und konnten nicht glauben, was sie gehört hatten. Seine Frau nickte ihm bloß liebevoll zu und gab ihm durch dieses Zeichen der Liebe Mut. Sebastian drückte sie fest an sich. Der wusste nicht, ob es sich um einen Traum handelte oder um eine Art von Ernst, die er bislang nicht erfahren hatte und nicht verstehen konnte.

Der Jungbauer nahm sein Fahrrad und fuhr ins Tal. Dort lenkte er sein Rad nach rechts, Richtung Güssenburg und Hürbener Täle. Dann stieg er mächtig in die Pedale. Die Polizeiautos konnte er von weitem sehen, danach auch bald die Polizeiabsperrung. Von der Landstraße links ab, den Schotterweg zur Kläranlage entlang, standen vier Polizeiautos. Er legte sein Rad ins Gras, so dass es nicht überfahren wurde, und schritt zur Absperrung.

„Halt. Nicht näher kommen!", rief ein junger Polizist, offenbar etwas nervös, der dort den Zugang überwachte.

„Das ist der Sohn vom Jakob, der Valentin Würmle!", sagte Dr. Emmerda. „Den haben wir angerufen, damit er kommt." Er nahm wieder seine Arme vor die Brust. Seine dünnen Sommerschuhe steckten im Schlamm, der sich zwischen dem taufrischen Gras auf der Flussaue rasch gebildet hatte.

Dr. Emmerda fror in seinen leichten Sommerschuhen und seiner leichten Windjacke über dem T-Shirt. Jetzt, früh am Morgen, lag schon wieder im Jahr kalte Morgenluft wie ein See über dem Talgrund. Die Gräser trugen den in der Morgensonne silbern glänzenden Tau. Aus den Wäldern am Talrand stiegen Nebelfetzen langsam empor und lösten sich in der Morgensonne auf. An einem normalen Tag hätte Dr. Emmerda diese Naturphänomene mit seiner Kamera eingefangen. Heute war er noch ganz verschlafen. Da friert jeder schnell. Dr. Emmerda war am Vorabend auf einer Fortbildung über neue Kreislauf- und Krebsmedikamente. Das hatte ihn interessiert, auch wegen Elisabeth. Außerdem liebte er es, nach der Fortbildung beim nächtlichen Buffet noch ein paar Gläser Wein mit seinen Kollegen zu trinken und ein paar Happen zu essen. Um zwei schleppte ihn eine Kollegin ab, in deren Wohnung. Dort kamen sie sich näher und erst gegen vier Uhr machte sich Dr. Emmerda auf den Heimweg. Dann kam kurz nach sechs der Anruf vom Postboten. Und jetzt kam Valentin Würmle.

„Valentin, kannst herkommen. Der Herr von der Polizei sagt dir, wo du gehen darfst. Musst aufpassen. Alles ist halt ein wenig kompliziert." Valentin hatte wie jeden Morgen seine festen Stallschuhe mit groben Sohlenprofil angezogen und war jetzt froh darum.

„Guten Morgen.", grüßte Valentin Würmle erst mal alle. Sie beantworteten seinen Gruß mehr oder weniger deutlich. Danach führte ihn der Polizist, der den Zugang sicherte, auf einem schmalen Trampelpfad bis zum Zusammenfluss der beiden Flüsschen, also der Mündung der Hürbe in die Lone, an das Wasser. Dort lag immer noch sein Vater, umgeben von drei Mann der polizeilichen Spurensicherung. An der Uferböschung standen der Brandner Sepp und Dr. Emmerda.

„Guten Morgen Herr Würmle. Ich bin der Kriminalkommissar Karl Gscheidle aus Giengen. Ich leite hier die Ermittlungen. Ich gebe Ihnen einen ersten Einblick in unsere bisherigen Erkenntnisse zum Mord an ihrem Vater." Gscheidle war in Uniform, schlank, sportlich und unaufdringlich.

„Mord? Wer soll meinen Vater denn ermorden? Der ist doch überall beliebt! Und dann noch hier?", kam es spontan von Valentin Würmle. Seine Stirn legte er in tiefe Furchen und seine Augen hefteten sich durchdringend an den Kommissar.

„Ja, das ist unsere wichtigste Frage.", nickte ihm der Kommissar freundlich zu.

„Heute Morgen, etwas vor sechs Uhr, sah der Briefträger Ihren Vater im Wasser."

„Seit wann ist ein Briefträger um sechs in Hürben? Vor zehn kommen diese Gelbfüßler doch nicht aus ihrem Verteilzentrum. Hat der was mit dem Tod meines Vaters zu tun?" Valentin Würmle war sichtlich irritiert. Das alles passte für ihn nicht mit seinem Alltagsverständnis von seiner Umwelt zusammen

„Herr Würmle, das ist eine gute Frage. Das ist mir bislang nicht aufgefallen.", stellte der Kommissar Gscheidle offenherzig fest.

„Dem werde ich nachgehen. Jedenfalls von dem Platz, wo Sie stehen, sehen Sie wüste Würgemale am Hals Ihres Vaters. Wir haben seinen Körper inzwischen umgedreht. Diese Würgemale, die ungewöhnlich deutlich sind, hat er sich nicht selbst zufügen können." Er blickte Valentin Würmle an, der sich den Hals des Toten ansah und dann seinen Kopf zustimmend wiegte. „Das war Mord, Herr Würmle. Aber womöglich ist der Tatort nicht der Fundort der Leiche. Wir ermitteln das noch genau."

Valentin Würmle sah die Polizisten erstaunt an. Er sprach kein Wort. Der Bauer spricht nicht, solange er noch nachdenkt und zu keinem Schluss gekommen ist.

„Uns überrascht, Herr Würmle, wir finden keine Spur von einem Kampf. Wir fanden bislang nicht einmal eine Fußspur von einer zweiten Person, einem Fahrzeug oder einem Tier. Nichts. Rein gar nichts. Man könnte denken, Ihr Vater kam als gewürgter Mensch ganz allein hierher. Das können wir aber nicht glauben."

„Wie kam mein Vater denn hierher ins Wasser?", sprach Valentin Würmle mehr zu sich als zu den Umstehenden. Der Kommissar fühlte sich angesprochen.

„Wie es aussieht, kam er ganz allein und direkt von der Teerstraße.", sagte Karl Gscheidle, der Polizist.

Valentin Würmle meinte, „Dann müsst ihr halt noch suchen." und sah sich um. Das Wasser war hier klar, sauber und floss nur langsam. Eine leere Milchpackung sah er unweit seines Vaters liegen, eine dieser dünnen Plastiktüten, mit denen im Supermarkt Obst abgepackt wird, eine rote Zigarettenschachtel und eine ganze Reihe dickerer und dünnerer Stöcke und Steine.

„Wir haben wie die Indianer das Wasser aufgestaut, um dort nach Fußabdrücken zu suchen. Nichts haben wir bislang gefunden, weder in der Hürbe noch in der Lone.", weihte ihn der Kommissar in die Feinheiten der kriminalistischen Methoden ein.

„Gibt es da keine moderneren Methoden?", fragte der Jungbauer. Darauf erhielt er keine Antwort. Zu peinlich wurden seine bisherigen Einlassungen polizeilicherseits empfunden.

Ein blauer Mannschaftswagen der Polizei fuhr vor und acht Polizisten in den bekannten grünen Overalls stiegen aus, die Suchstöcke griffbereit in der Hand.

„Meine Kollegen werden jetzt die gesamten Flusswiesen langsam absuchen, Grashalm für Grashalm, und versuchen, eine zweite Spur zu finden.", sagte der Kriminalkommissar, indem er auf den

Mannschaftswagen zeigte. „Wir finden den Mörder Ihres Vaters, Herr Würmle. Das verspreche ich Ihnen."

„Wann ist denn das alles passiert?", richtete sich Valentin Würmle fragend an Dr. Emmerda, der mehr denn je fror.

„Valentin, das muss um Mitternacht herum gewesen sein. Weil die Leiche im kalten Wasser lag, kann man es nicht so genau sagen. Doch – lass uns erst deines Vaters gedenken. Der Herr sei seiner Seele gnädig und verzeihe ihm seine Sünden." Beide schwiegen. Die Besinnung tat ihnen beiden gut, hatte Jakob doch eine enge Beziehung zu beiden.

Die Kälte aus dem Tal und den Wiesen, die mit dickem Tau bedeckt waren, kroch in Valentin Würmle hoch. Er hatte sich eindeutig wie Dr. Emmerda zu leicht angezogen. Kein Wunder, denn er war gewohnt, sich für die schwere Stallarbeit zu kleiden, bei der man schwitzt und sich meistens im warmen Stall aufhält. Der Brandner Sepp merkte das und holte seinen warmen Polizeimantel aus dem Auto, legte ihn dem Valentin über die Schulter, und sagte: „Da brauchen wir jetzt schon noch ein paar Stunden." Der Valentin holte sein Smartphone aus der Tasche und machte ein paar Bilder, auch vom Würgemal am Hals.

„Wir untersuchen weiter, auch der Polizeiarzt da drüben. Sobald wir die Leiche freigeben können, rufen wir einen Bestatter an. Wahrscheinlicher ist aber, dass der Leichnam erst weiter untersucht wird. Wenn Sie mir Ihre Handynummer geben, rufe ich Sie an und informiere sie immer aktuell."

Valentin nickte.

„Bleiben Sie noch ein wenig. Sie müssen erst die Situation verdauen und in gewisser Weise Abschied nehmen. Wenn sie gleich gehen, bedauern sie das später. Kann denn die Frau des Mordopfers auch herkommen? Ich denke, ihr täte das auch gut. Der Anblick ist natürlich schockierend, aber nicht blutig oder sonst eklig." Dabei hatte der Kriminalkommissar auch im Sinn, die Betroffenen kennen zu lernen und zu sehen, wie sie sich in der Situation verhielten. Als Täter konnte er die Familienangehörigen nie ausschließen. Statistisch gesehen waren nahe Angehörige oft Täter oder in irgendeiner unvorhersehbaren Weise auch Mitschuldige.

4 Puzzle in der Nebelwand

Die Polizisten sprachen sich bereits zu dem Fall ab und hatten die Ermittlungen begonnen.

„Wieso ist der Arzt Dr. Emmerda vor der Polizei informiert worden? Was sollte das, denn auch er macht eindeutig Tote nicht mehr lebendig?", meinte der Leiter der Kriminalpolizei im polizeiinternen Gespräch. Der Brandner Sepp betreute Hürben als Ortspolizist, wegen Personalmangel allerdings mehr schlecht als recht.

„Das kommt auf den Dörfern öfter vor. Allerding spielt Dr. Emmerda hier im Ort eine besonders herausgehobene Rolle. Dabei ist er eigentlich immer, egal was passiert.", meinte der Sepp, der mit belehrender Stimme seine Funktion als Ortspolizist in Erinnerung brachte. „Emmerda versteht die Leute, ist ein wenig religiös und das spricht sie an." „Punktum", schien er mit seinem Nicken noch anzufügen.

„Ja, das besagt wenig. Theoretisch könnte er der Mörder sein, wegen seiner Religiosität. Das kommt schon mal vor, hier bei der pietistischen Grundhaltung. Auch dem Emmerda müssen wir im Zuge der Ermittlungen auf den Grund gehen. Dieser immer anwesende Arzt ist ein Hürbener Unikum. Notier dir das. Ich fühle, dass da etwas in der Luft liegt. Weißt du Sepp, der könnte das Opfer schon untersucht haben, vor uns.", schloss der Kriminalchef, als er sich bereits umwandte, um der Spurensicherung zuzusehen.

„Herr Kollege, das ist jetzt doch etwas weit hergeholt, oder?", spottete Sepp Brandner, so, dass ihn die anderen Anwesenden nicht hören konnten.

„Nein, finde ich gar nicht. Vielleicht hat er dem Mörder ein Beruhigungsmittel gegeben, mit dem der Ermordete manipulierbar wurde. Da gibt es viele Möglichkeiten.", meinte der Kriminalkommissar.

„Das läuft doch darauf hinaus, dass du Dr. Emmerda verdächtigst, er würde nicht entsprechend seinem ärztlichen Eid helfen, sondern morden?", trieb Sepp Brandner die Position des Kriminalchefs auf die Spitze. Der dachte nochmals nach.

„Ja, als Rächer von irgendwas. Wer weiß von uns schon, wie der Tote lebte und was er alles angestellt hatte.", sagte der Kriminalchef leise zu seinem Kollegen Sepp.

Valentin rief seine Mutter an, informierte sie und bat sie, mit dem Fahrrad zur Fundstelle herunter zu kommen. „Zieh dich warm an, es ist kalt hier.", fügte er noch hinzu, froh sich in den Polizeimantel kuscheln zu können.

„Was soll ich denn da anziehen? Wenn er tot ist, bin ich in Trauer. Dann muss ich in schwarz kommen. Mit einem schwarzen Kopftuch."[23], stellte Jakobs Frau fest, indem sie zeigte, dass sie trotz des schockierenden Trauerfalls immer noch einen kühlen Kopf bewahren konnte, wie es sich gehörte.

„Ich denke, das ist den Herren dort gleichgültig, wie du kommst.", meinte die Schwiegertochter, während sie das Frühstücksgeschirr etwas weniger geräuschvoll als üblich in die Spülmaschine stapelte.

„Den Männern ist immer alles egal. Aber mir nicht. Ich muss ja durchs Dorf. Hinterher sagt mir jede, die war in Trauer und ist trotzdem mit bunten Kleidern unterwegs gewesen.", ereiferte sich die Oma.

---

[23] Ja moisch, i ka dao em normala Häs drhekomma. Des seahnt doch d'Leit.

„Oma, darf ich mit?", wollte Sebastian wissen. Besser als Schule war dies allemal, fand er.

„Freilich Bub. Zieh dir aber was Ordentliches an."[24], sagte die Oma liebevoll und strich ihrem Sebastian über den Kopf.

Nach einer Weile kam die Oma ganz in schwarz gekleidet, umweht von einem leichten Mottenkugel-Duft, in die Küche zurück. Sebastian war auch neu eingekleidet worden. Er trug seine sonntägliche dunkle Stoffhose, akkurat gebügelt, und ein dunkles Hemd, darüber eine dunkle Strickweste.

„So, jetzt können wir zu den Herren ins Tal hinunterfahren.", sagte sie kurz angebunden, nahm ihren roten Fahrradhelm vom Kleiderhaken und ging mit Sebastian in den Fahrradschuppen.

„Sebastian, frag nicht so viel und benimm dich.", gab ihm seine Mutter noch mit auf den Weg. Jetzt war sie bereits dabei, den Spätzle-Teig zuzubereiten. Lieber ein paar Eier mehr mischte sie unter. Das ist gesund, hatte Dr. Emmerda vor vielen Jahren einmal gesagt. So was vergisst eine gute Mutter nicht.

Unten angekommen begrüßte der Brandner Sepp die Oma und den Sebastian. „In den Sumpf hier wärt ihr besser mit den Stallschuhen gekommen."

„Sepp, das können wir uns schon leisten, dass wir uns ordentlich was anziehen. Wo ist denn mein Mann?"[25]

Auf dem Weg zur Fundstelle des Toten schrie Sebastian plötzlich laut: „Da liegen ein Messer und ein Kälberstrick."

„Was liegt da? Ein Messer und ein Kälberstrick? Wieso haben das die Spurensicherer nicht gefunden?"

„Ich bin draufgetreten, mit meinen dünnen Sohlen von den Sonntagsschuhen. Da spürt man das. Und der Kälberstrick war auch in den Sumpf getreten. Die Polizisten haben alle so feste Schuhe."

Die Spurensicherer rannten gleich los. Auf dem Trampelpfad waren allerdings keine einzelnen Spuren mehr feststellbar. Sie fotografierten den Fundort und nahmen Erdproben. Das Küchenmesser kam in eine

---

[24] Wen zo deim doda Opa gasch, nao ziasch dr was rechts a.
[25] Des vrmega mr schon no, dass i sauber zo meim doda Ma komm.

Plastiktüte, der Kälberstrick in eine zweite Plastiktüte. Fundort und Zeitpunkt wurden darauf akribisch vermerkt. Sebastian sah staunend zu.

„Bub, merk es dir, bei einem polizeilich abgesperrten Ort darf man nichts anfassen und keine Beweisstücke berühren.", wurde Sebastian gescholten.

„Jens, spiel dich nicht auf. Der Weg ist von euch freigegeben und der Bub hat was gefunden, was ihr hättet finden müssen. Der hat eure Arbeit gemacht.", platzte es aus dem Brandner Sepp raus.

„Sebastian, das hättest du nicht besser machen können. Komm mit, jetzt gehen wir zum Opa. Erschrick nicht."

Mit den Worten nahm der Brandner Sepp den Sebastian väterlich zur Hand und führte ihn zu der Stelle, wo Sebastians Großvater im Wasser lag. Sebastian stand jetzt neben seiner Oma und seinem Vater. Die Oma hielt seine Hand. Beide verharrten gut fünf Minuten in dieser Stellung.

„Der Herr sei ihm gnädig. Er verzeihe ihm seine Sünden.", sagte Dr. Emmerda nochmals, jetzt mit der Oma und Sebastian neben sich. Der Kriminalchef hörte mit und runzelte die Stirn.

„Die Plastiktüte war gestern noch nicht da.", sagte Sebastian zu dem Spurensicherer, der am Fundort seine Sachen zusammenpackte.

„Willst du Neunmalkluger uns was beibringen? Vergiss es!", sagte ein Spurensicherer, indem er sich wieder auf den Weg machte, um den Suchteams, die einer neben dem anderen durch die Wiesen schlichen, zu helfen.

„Woher weißt du das, Sebastian?", wollte Dr. Emmerda mit leiser Stimme wissen.

„Wir haben gestern hier nach Froschlaich und Kaulquappen gesucht, Hans. Da drüber siehst du noch unsere Spuren, die Hecken entlang. Das waren der Frieder und ich."

Dr. Emmerda nickte und machte sich seine Gedanken. Valentin kam jetzt auch dazu.

„Deren Suche bringt ja nichts.[26]", meinte Sebastians Oma daraufhin. Dr. Emmerda lachte zustimmend.

„Und tot bleibt er allemal.[27]", ergänzte Valentin.

Den letzten Satz vernahm der Brandner Sepp, als er hinzutrat. Er meinte bloß lakonisch: „Ist halt Vorschrift."

Die Fünf standen wortlos beieinander, bis der Brandner Sepp fragte: „Wen wollt ihr als Bestatter?"

„Den Wannawetsch.", sagte die Oma und dreht sich zu ihm um. Wieder nach einer Weile sagte der Brandner Sepp, nachdem er sich dies auf einem irgendwo herausgerissenen Fetzen Papier notiert hatte, dass die Polizei ihnen Bescheid geben würde, sobald der Leichnam freigegeben und dem Bestatter überlassen wird.

„Ich danke dir, Sepp.", sagte die Oma, nahm den Sebastian mit und ging zurück zu ihren, am Rand des Feldwegs abgelegten, Rädern. Valentin Würmle blieb.

„Bub, egal was die dich fragen, du weißt nichts. Auch dem Sepp sagst du nichts.", sagte die Oma verschwörerisch zu ihrem Enkel, so wie man das auf dem Dorf in undurchschaubaren Situationen immer zu sagen pflegte.

„Ja, Oma.", nickte Sebastian ernst.

Kaum waren die beiden weg, näherte sich die Försterin im Forstauto, ihrem Mini-SUV, dem Tatort. Sie kam den Waldweg heruntergefahren aus Richtung Stotzingen, stieg aus, grüßte die ihr allesamt bekannten Polizisten und ging zur Leiche. Mit weißer Bluse, gut anliegender Försterhose und hübschen hellbeigen, langen und lockigen Haaren war sie ein Hingucker für alle.

„Ach, der Jakob Würmle. So schnell kann es gehen. Gestern hatte er im Dettinger Feld noch einen Streit mit dem Hörger Frieder.", sagte sie locker und wenig einfühlsam zu Karl Gscheidle, dem Kriminalkommissar, der bereits sein Notizbuch in der Hand hielt.

„Worum ging es dabei?", kam im amtlichen Ton zurück.

---

[26] Was dia raus brengat, kaasch glatt de Hasa geaba.
[27] On leabig machats an au nemme.

„Karl, beide sind rechte Schlitzohren. Wer da wem die Grenzsteine illegal versetzt hatte, habe ich nicht herausbekommen. Um den Sachverhalt ging es nicht. Beide haben einander mit Schimpfworten überhäuft.", erzählte die hübsche Försterin, jetzt ernsthafter.

„Wann war das?"

„Gestern, so um die Mittagszeit. Ich erinnere mich, die Mittagsglocken gehört zu haben."

„Ging es nur um Grenzsteine?" Die Försterin zögerte etwas, Gscheidle legte seine Stirn in Falten und blicke sie aufmunternd an.

„Nein, der Jakob war wohl auch hinter Frieders Frau her.", sagte sie schließlich.

„Mit Erfolg?"

„Eher nicht. Der Hörger Frieder hat bloß gedroht, wenn er nochmals käme, würde er ihn verhauen[28]."

„Was war dein Eindruck? War das eher ernst zu nehmen oder eine kleine Gockelei?"

„Schwer zu sagen. Aber Ernsthaftigkeit war da schon drin. Dem Frieder war es einfach in der Summe zu viel, offenbar.", sagte die Försterin, jetzt auch als Amtsperson, fürs Protokoll.

Die Försterin wollte gerade zurück in ihr Auto, als Karl Gscheidle sagte: „Wo kommst du eigentlich her um diese Zeit. Sag mir nicht, dass du heute schon dienstlich unterwegs warst."

„Ist doch egal. Ich habe halt den Weg genommen, den durch den Wald.", kokettierte die Försterin, was offenbar nicht gut ankam.

„Da ist gar nichts egal. Das ist ein Mordfall.", meinte der Kriminalkommissar und bluffte: „Der Briefträger kam auch von da. Der hat heute ebenfalls noch nichts gearbeitet. Wart ihr zusammen?"

„Karl, das ist nicht wichtig. Ich kann meine Aussagen zu dem Fall mit meinem Amtseid beeiden." Karl Gscheidle meinte, eine kleiner Rötung der Wangen gesehen zu haben.

---

[28] Nao hau i dir die Füß ab, dass du auf de Stompa hoim laufa kaasch.

„Jetzt aber raus mit der Sprache. Wo wart ihr? Was habt ihr gesehen?", sagte der Kriminalkommissar schneidend und ungeduldig.

„Karl, ich habe mich gestern um zehn mit Jarson Sokolo in der Forsthütte im Stotzinger Wald zu einem Schäferstündchen getroffen. Der ist echt lieb. Bei der Hinfahrt habe ich nichts bemerkt, offenbar auch Jarson nicht, sonst hätte er was gesagt. Dann wurde es halt etwas länger. Wir haben bis kurz vor sechs heute morgen zusammen die Sommernacht genossen."

„Na also. Wieso kommst du mehr als eine Stunde später als dein Lover? Was hast du noch vertuschen müssen? Ihr beide seid verdächtig. Das ist dir wohl klar.", sagte Karl Gscheidle, indem er sich Notizen machte.

„Ja, wieso wohl. Eine Frau braucht halt länger, um sich frisch zu machen.", kokettierte wieder die Försterin, diesmal sicher, dass es funktionieren würde. Das hatte sie richtig eingeschätzt, auch wenn die Antwort etwas herrisch zurückkam, musste sie doch schmunzeln.

„Das könnt ihr mir alles erzählen, wenn ich euch in den nächsten Tagen zum Einzelverhör einlade. Jetzt gib mir den Schlüssel von der Forsthütte. Wir versiegeln sie sofort."

Der Kriminalkommissar gab den Schlüssel mit einer entsprechenden Weisung an seinen Kollegen weiter, der sich sofort auf den Weg machte, um die Hütte für die Spurensicherung zu versiegeln. Dieser Polizist warf auch noch einen Blick ins Forstauto, bevor eine Weiterfahrt genehmigt wurde.

5 Emmerdas Résumée

Oben am Bauernhof angekommen, ging Sebastian in den Holzschuppen, um an seinem Aquarium für die Froschlaich und Kaulquappen weiter zu arbeiten. Die Glaswände, die ihm noch sein Opa zugeschnitten hatte, mussten mit Silikon in die gefrästen Holzfugen eingeklebt werden. Für den Boden des Aquariums hatte Sebastian vor zwei Tagen schon eine Glasplatte eingeklebt. Jetzt baute er weiter und dichtete, soweit er das verstanden hatte, alles ab.

Gegen neun Uhr war Dr. Emmerda bei seiner Frau in seiner Villa. Mit dem Frühstück hatte sie auf ihn gewartet. Nur ein paar Tassen Kaffee hatte sie getrunken.

„Was war heute schon los. Du warst lange Zeit fort."

„Der Jakl, weißt du, der Jakob Würmle, lag heute Morgen in der Lone. Der Postbote hat ihn nicht sicher erkannt, weil er im Wasser lag, nur so zwanzig Meter entfernt von der Straße. Die Spurensicherer haben wüste Würgemale entdeckt. Deshalb sind sie sicher, dass es ein Mord nach einem Streit war."

„Nimm ein Croissant. Ich habe sie selbst gebacken. Und: Was denkst du, was war?"

„Marie, ein Streit war sicher. Aber deshalb einen Mord annehmen, so weit will ich nicht gehen. Gewürgt hat man sich schon oft bei einer handfesten Diskussion, aber totschlagen?" Nach einigem Überlegen ergänzte Hans: „Die Würgemale sind schon heftig. Das ging, da hat die Polizei recht, über einen normalen Streit hinaus."

„Hans. Ein Mord, das passt nicht zum Jackl und nicht ins Dorf."

„So ist es. Dumm von mir, dass ich die Würgemale nicht fotografiert habe. Ich hätte sie dir gerne gezeigt."

„Wars kalt da unten, am Wasser?", fragte Marie, indem sie ihm nochmals einen heißen Kaffee in seine Tasse schüttete. Die Milch hatte sie auch angewärmt. So konnte sich Hans aufwärmen.

„Und wie. Unsere lebenslustige Försterin haben sie sich auch gleich vorgenommen. Die war mit dem Briefträger im Forsthaus im Stotzinger Wald." Hans lachte jungenhaft. Gedanklich war er offenbar mit der Försterin kurz in der Hütte. Doch er beherrschte sich gleich wieder.

„Nett. Sind die Polizisten neidisch, dass sie nicht dran waren? Aber was anderes: Wie wars gestern bei deiner Fortbildung am Abend?"

„Wahnsinnig interessant. Statt Chemo werden immer mehr Antikörper-Medikamente genutzt."

„Was ist denn das?", fragte Marie und strich sich Leberwurst auf ihr frisches Brötchen.

„Nimm mal die Elisabeth mit ihrem multiplen Myelom. Diese Krebszellen wollen wachsen was das Zeug hält. Sie fressen also Kohlehydrate und scheiden Abfallstoffe wie jeder lebende Organismus aus. Jetzt haben die einen Proteasomen-Hemmer gebastelt. Die Proteasomen sind Eiweiße, die für die Ausscheidungen in der Zelle zuständig sind. Diese Proteasomen-Hemmer kleben den Krebszellen also den Hintern zu. Daran gehen sie zugrunde. Apoptose heißt das. Außerdem lösen sie von der Oberfläche der Krebszellen die Signal-Eiweiße, die den körpereigenen Fresszellen sagen, dass sie diese Krebs-Zelle nicht fressen dürfen. Man nennt diese Eiweiße „Fress-mich-nicht-Proteine". Das Antikörper-Medikament baut die Proteine ab. Und schon fressen die natürlichen Killer-Zellen unseres Immunsystems die Krebszellen. Genial, oder?"

„Wirkt das Zeugs denn auf alle Zellen? Oder anders gefragt: Wie sind die Nebenwirkungen?"

„Das ist ja auch das Geniale. Diese Antikörper wirken ganz überwiegend nur auf die Krebszellen. Die Nebenwirkungen sind bei den meisten Patienten vernachlässigbar. Ein Beispiel ist Daratumumab. Das enthält Stoffe, die sich an die Krebszellen heften, so dass die Killer-Zellen des Immunsystems die Krebszellen fressen. Sauber erforscht und genial entwickelt. Das Medikament hat insgesamt sechs Wirkungskreise, wie es eine Krebszelle abtötet."

„Ohne Nebenwirkungen? Hans du träumst, oder? Obwohl, Hans, das könnte die Elisabeth doch auch bekommen!"

„Freilich Marie. Der Helmut könnte seine Depressionen vergessen. Vielleicht lebt die Elisabeth mit einer Antikörper-Therapie länger als ihr Mann. Aber ganz ohne Nebenwirkungen geht's tatsächlich nicht. Die

Sehzellen leiden unter den Proteasomen-Hemmern, denn sie müssen sich rasch erneuern. Manche Patienten leiden unter dem Medikament. Ihre altersbedingte Makuladegeneration beschleunigt sich, außer sie steuern durch Ernährung dagegen."

„Ach komm. Mit Ernährung kannst du doch gegen High-Tech-Medikamente nichts ausrichten!", zweifelte Marie.

„Doch, doch. Sehzellen enthalten unter anderem viel ungesättigte Fettsäuren. Das kann man mit Olivenöl sehr gut kompensieren. Zusammen gegessen mit Leber wegen den fettlöslichen Vitaminen A und E. Und Obst und Gemüse.", dozierte Hans, indem er seine Kaffeetasse umfasste und sich die Finger daran wärmte. Das Kuchenstückchen, das er sich schon auf den Teller gelegt hatte, stellte er wieder zurück. Er griff zum Vollkorn-Brötchen mit Blauschimmelkäse, der gesünderen Alternative. Marie lächelte ihn vielsagend und liebevoll an. Hans genoss dieses Zeichen der innigen Zweisamkeit. Marie nahm den Faden wieder auf.

„Ach, fängt der Helmut jetzt mit Depressionen an? Ein hilfreicher Ehemann? Da macht er es sich aber einfach. Für so einen Warmduscher habe ich ihn nicht gehalten. Depressionen sind teuflisch, wenn sie sich mal verfestigt haben. Ich habe bei unserer letzten Ärzteparty, wo die Arztfrauen auch dabei waren, mit Dr. Strahl gesprochen, weißt du, dem Neurologen. Der sagte, Krebs und HIV seien leichter in den Griff zu bekommen, als Depressionen, sobald Depressionen einmal von einem Menschen Besitz ergriffen haben.", sagte Marie.

„Ich befürchte, dass er da Recht hat. Dennoch will ich mit dem Helmut mal richtig hart darüber reden. Das muss man doch in seinen Schädel reinkriegen. Was meinst du?" Hans stellt seine Kaffeetasche nach diesem Spruch energisch auf den Tisch. Streitbereit sah er Marie an.

„Hans, das sehe ich genauso. Ich nehme ihn mir auch mal vor, wenn du willst. Wer weiß, ob das auch vom Gesprächspartner abhängt, was im Hirn ankommt. Erfahrungsgemäß ist das aber für die Katz."

Beide schwiegen einige Minuten. Sie wussten, dass dies heutzutage keine akzeptable Behandlung einer Depression sein konnte. Vor fünfzig Jahren hätte man das schon gewusst. Die Emmerdas waren offensichtlich überfordert.

„Ja. Und dennoch OK, Marie. So machen wir's.", meinte schließlich Hans.

Wieder stockte das Gespräch. Bis Hans sagte: „Angst scheint Elisabeth nicht zu haben. Hättest du Angst?"

Marie antwortete spontan: „Selbstverständlich hätte ich Angst. Ich könnte nachts nicht mehr schlafen bei einer solchen Diagnose. Blutkrebs ist doch eins vom schlimmsten was man haben kann. Stell dir vor, das Multiple Myelom zerstört dein gesamtes Immunsystem, weil der Körper keine weißen Blutkörperchen mehr produziert und zusätzlich die Knochen abbaut."

„Ja, eine tragisch verlaufende Krankheit. Viele lassen sich in die Krankheit fallen und werden apathisch. Andere kommen in eine Torschlusspanik. Einen kenne ich, der verkaufte sein Haus und kaufte in Südafrika ein Wohnmobil. Seine Restlebenszeit, meinte er, kann er so in der afrikanischen Savanne verbringen. Einen Flug nach Ulm, selbst mit stationärem Aufenthalt, könne er so finanzieren. Und irgendwann legt er sich unter einen Busch und stirbt in Würde und Ruhe, sagte er, weil weit und breit kein Notarzt ist, der ihn wiederbeleben könnte."

„Na, ja, der hat offensichtlich auch keine Angst.", bewertete Marie diese Haltung.

„Zweifellos. Er ist Single und hat nur noch seine Mutter, sonst keine Verwandten. Aber Elisabeth erweckt den Eindruck, als würde sie ihre Krankheit gar nicht sehen. Sie lebt weiter wie bisher. Manchmal denke ich, die Depressionen von Helmut machen ihr mehr Sorgen als ihre eigene Krankheit. Ich frage mich: Weiß sie etwas über das Multiple Myelom, was ich nicht weiß? Oder ist sie so religiös, dass sie ein enormes Gottvertrauen hat? Oder gibt es einen Freundeskreis, den wir nicht kennen, und in dessen Mitte sie geborgen ist?"

„Das wären Erklärungen. Hans, da hast du recht. Ein Geheimnis umweht unsere Elisabeth. Und das im Dorf, wo man sich seit Jahrzehnten kennt." Marie stand kurz auf, um aus dem Fenster nach dem Briefträger zu schauen. Offenbar hatte er keine Post für die Emmerdas, denn er nahm quer über den Garten der Nachbarin die Abkürzung zur oberen Höhenstraße. Hans atmete tief ein. Offenbar war er nicht mehr wichtig. Früher gab es keinen Tag ohne zumindest eine Hand voll Briefe für Dr. Emmerda.

„Marie, in Grenzsituationen zeigen Menschen ihr Innerstes. Was da rauskam, hat mich schon oft überrascht. Ich gestehe, ich grüble seit einigen Jahren deshalb gar nicht mehr darüber nach, wie sich solche

Menschen wohl verhalten. Ich versuche bloß, ihre Wünsche umzusetzen. Nicht immer kann ich sie verstehen."

Nachdenklich blieben sie sitzen. Hans kraulte seine Haare. Marie strich ihre Bluse glatt, bereits zum wiederholten Mal. „Kratz dich nicht immer, wenn du nicht weiter weißt.", murmelte Marie.

„Hans, machst du noch die Winterreifen auf eines unserer Autos? Falls doch Schnee oder Eis kommen. In Gramais, in Tirol, wo wir am Wochenende hinfahren wollen, kommt der Winter früher."

Gegen Abend klingelte es bei der Familie Würmle an der Haustür. Draußen war ein kräftiger Mann, der trotz der abendlichen Hitze über seinem T-Shirt einen leichten Trenchcoat trug. Sebastian ging nachsehen und kam in die Wohnküche mit den Worten zurück: „Columbo von der Polizei ist draußen und will euch was fragen.".

Valentin holte den Polizisten herein. Er sei Walter Zäh und Kriminalbeamter beim Landeskriminalamt in Bad Cannstatt. Alle erfuhren, dass Jakob Würmle nach Auffassung der Polizei eindeutig ermordet worden ist. Neben den großen Würgemalen, die zweifelsfrei auf eine gewaltige Kraftausübung zurück gehen und nachweisbar sogar die Luftröhre zeitweise zugedrückt hatten, habe er auch noch saftige Ohrfeigen bekommen. Das hätten die Gerichtsmediziner festgestellt. Bei Mord müsse man sorgfältig und umfassend ermitteln. Heute gehe das mit einem Computerprogramm, einem sogenannten Profiler. Das komme aus den USA und wisse mehr als jeder Kriminalbeamte. Ob er was trinken wolle, fragte ihn Valentin. Zäh fragte, ob er um diese Zeit noch eine Tasse Kaffee bekommen könnte. Es dürfe auch ein kalter Kaffee vom Nachmittagskaffee sein. Der Wunsch konnte ihm erfüllt werden. Zäh blühte sichtlich auf, nach dem ersten Schluck.

Eher bürokratisch als kreativ ging es los, mit Namen, Geburtsdatum, Verwandtschaft, Freunde und Bekannten und möglichen Feinden.

„Der Jackl hat keine Feinde gehabt.", sagte die Großmutter, die sich auch eine Tasse Kaffee genehmigt hatte, und jetzt sich und dem Kriminalbeamten Zäh noch ein Stück vom Hefekranz abschnitt.

Mit noch mehr Behagen und fast vollem Mund sprach Zäh: „Ob man Feinde hat, weiß man nicht immer. Was hat er denn nachts auf der Talwiese gemacht?"

„Das wissen wir nicht, da müsste man ihn schon selbst fragen." Die Spurensicherer könnten doch auch Tote reden lassen, sei in der Zeitung gestanden, meinte Valentin, und die baden-württembergische Polizei sei doch laut Innenminister die Beste in Deutschland. Die Polizei hätte doch Fotos gemacht und alles durchsucht. Valentin hatte sich ein Bierchen bringen lassen und öffnete die Flasche mit lautem Plopp.

„Der Innenminister ist auch nicht immer eine Hilfe für die Polizei![29]", stöhnte Herr Zäh und nahm sich zum Trost nochmals einen tiefen Schluck aus der Tasse.

„Und ich habe auch mitgeholfen und ein Messer und einen Kälberstrick gefunden.", stellte Sebastian seine Leistung nochmals deutlich heraus. Auch er hatte etwas Essbares gefunden. Zu einer Kola futterte er händeweise Kartoffelchips, die fettigen, naturnahen.

„Ja, Danke Sebastian, aber es hatte wahrscheinlich nichts mit dem Mord zu tun. Messer und Kälberstrick hatten keine biologischen Spuren. Herr Würmle hatte auch kein Handy dabei und in der fraglichen Nacht ist im Hürbener Tal kein Handy aktiv gewesen. Das haben wir schon alles geprüft."

„Und die Radarkontrollen sind auch ausgewertet?", wollte Valentin nach einem Schluck aus der Bierflasche wissen. „Vielleicht ist einer mit Hochgeschwindigkeit nach dem Mord getürmt."

„Nein. Danke. Daran hat noch keiner gedacht."

„Aha. Das schlaue Profiler-Programm ist scheints auch nur so gut wie ein Mensch."

„Ja, ich sage denen, dass das noch rein muss, ins Programm. Der Profiler hat eine Lernfunktion.", nickte der Kriminalbeamte, schob sich den Rest vom Hefekranz in den Mund und leerte seine Kaffeetasse dabei.

„Wann ging Herr Würmle denn aus dem Haus?"

„Das wissen wir nicht. Wir haben auf dem Feld gearbeitet. Der Jackl wird doch nicht kontrolliert."

---

[29] Deam sei domms Geschwätz hat mr grad no gefehlt.

„Ging er in ein Restaurant, den Felsen, oder die Höhlewirtschaft?", wollte der Kriminalbeamte Zäh wissen, der jetzt gestärkt, wach, aufrecht sitzend und aufgedreht seine Arbeit machte.

„Wer weiß? Da müssen Sie dort fragen. Er hat auch in fast jedem Haus einen Freund oder Klassenkameraden. Da trank er auch mal gern ein Bier.", sagte Valentin, der seine Flasche inspizierte und erfreut noch einen Rest Bier entdeckte.

„Aha. Da brauche ich dann eine Liste aller Freunde. Diktieren Sie mir bitte!", wies der Kriminalbeamte Valentin an, ganz in Chefhaltung und zack-zack-Manier. Valentin konnte betont langsam sein, vor allem, wenn er seine Bierflasche drehen konnte, um den Alkoholgehalt oder sonst was auf dem Etikett zu studieren. Dann nahm er Blickkontakt auf.

„Nehmen Sie am besten das Melderegister von Hürben. Jackl kannte alle und jeden.", antwortete Valentin trocken.

Wortlos saß der Kriminalbeamte vor seinem Profiler-Computer. Der inspirierte offenbar auch nicht mehr. Deshalb packte Herr Zäh alles zusammen und wollte sich verabschieden.

„Die Försterin hat doch vom Hörger Frieder und einem Streit berichtet. Was kam da raus?", wollte Valentin wissen.

„Da gehe ich jetzt hin. Dann wissen wir bald mehr. Danke für die freundliche Bewirtung. Ich hoffe, ich war nicht zu lästig." Und damit verabschiedete sich Herr Zäh.

„Der wird doch nicht glauben, dass wir ihm alles auf die Nase binden.", meinte die Oma.

„Unsympathisch war der.[30]", pflichtete Sebastians Mutter bei, allerdings war das nicht persönlich auf den Herrn Zäh bezogen, sondern nur halt so irgendwie gemeint.

„Nicht mal unsere Spuren vom Vortag, als wir Kaulquappen suchten, haben die gefunden.", trug Sebastian mit verächtlicher Miene bei. Man konnte die Polizei ja nicht einfach so unterstützen, dachten sie, denn das gehörte sich doch nicht.

---

[30] A aufblaosener Ochsafrosch"

„Was war das denn für ein Messer?", wollte Valentin von Sebastian wissen. Jetzt nahm er den letzten Schluck. Sebastian hatte seine Chips auch schon gefuttert, nur in der Kola-Flasche befand sich ein kleiner Rest.

„Das gehört dem Frieder. Er hat es gestern verloren. Gott-sei-Dank haben die nichts am Messer gefunden, sonst wäre sein Vater noch unter Mordverdacht."

„Das wäre unangenehm geworden.", meinte Valentin, „Wo wir uns doch vor Gericht streiten wegen der Gemarkungslinie bei den Äckern im Schlössle." Oma stellte den Hefezopf weg. Sebastian, der eine zweite Chipstüte öffnen wollte, bekam sie mit einem liebevollen Klapps abgenommen.

„Da siehst du, wie schnell man in was reinkommt. Du gehst jetzt zum Frieder seinem Vater, erzählst ihm alles, und machst Frieden. Die Rechtsanwälte müssen alles zurückziehen. Das ganze Papier wird sofort verbrannt.", gab die Oma die Weisung fürs weitere Vorgehen an.

Daraufhin rief Valentin beim Maier-Hof an und erfuhr, dass er sofort kommen darf.

Eine Weile später klingelte es erneut an der Haustür. Jetzt ging die Oma hin, sozusagen wegen der Alarmstufe 1. Draußen war wieder die Polizei, der Brandner Sepp.

„Schönen Abend. Ich möchte mit dem Valentin sprechen."

„Der ist nicht zuhause. Der schaut noch auf der Weide bei den Kühen vorbei. Die Zenzi bricht immer wieder mal aus. Du hast sie ja auch schon mal eingefangen.", sagte die Oma geistesgegenwärtig.

„Gut, dann mache ich jetzt Feierabend. Ist Valentin morgen zuhause?"

„Ich wüsste nichts, wieso er wegfahren sollte. Er ist dann hier oder auf den Feldern oder Wiesen."

„Also dann gute Nacht."

„Gute Nacht!", sagte Oma und schloss die Haustür wieder.

„Jetzt muss der Sympathische ran!", lachte Sebastians Mama, holte dessen Schulranzen und begann, Sebastians Hausaufgaben zu kontrollieren. Sebastian griff wieder zu der Chipstüte und wurde diesmal nicht dran gehindert, sie aufzumachen.

Gute vier Stunden später kam Valentin zurück. Sein Gang war nicht mehr ganz geradlinig, seine Aussprache leicht verwaschen, sein Lächeln aber ansteckend heiter.

„Alles in Ordnung. Die haben alles verbrannt. Ich mache das jetzt auch." Mit diesen Worten holte Valentin einen schmalen Papierordner vom Küchenregal und warf ihn in den Herd. Sofort brannte das Feuer wieder lichterloh.

„So, Frau, jetzt trinken wir noch einen Nachtschoppen. Der angebrochene Riesling ist noch im Kühlschrank." Damit stellte er vier Gläser auf den Tisch.

Sebastian erhielt auch einen Schluck. Die zweite Chipstüte hatte die vier Stunden Wartezeit nicht überlebt. Aber er hatte ein paar Blätterteigstangen mit großen Salzkristallen drauf, sein Lieblingsgebäck, versteckt und gleich hervorgeholt. Die Mutter holte eine Hartwurst aus Schweine- und Lammfleisch, die sie bei der letzten Hofmetzgerei selbst gemacht hatten. Dazu frisches, diesen Abend selbst gebackenes Brot. Und natürlich einen ordentlichen Batzen Butter, den die Oma beigesteuert hatte. Gegen elf Uhr nachts gingen die vier vergnügt, satt, beschwipst und mit sich und der Welt zufrieden ins Bett. Sebastian wird für morgen in der Schule krank gemeldet, garantierte ihm seine Mutter noch.

Am nächsten Morgen um halb sieben, Sebastian war noch im Schlafanzug, klingelte es wieder an der Haustüre. Die Polizei hatte einen Durchsuchungsbefehl für das gesamte Grundstück und rückte unter der Leitung von Karl Gscheidle ein.

„Aber die Schuhe putzt ihr. Ich habe gestern das ganze Haus geputzt!", rief Sebastians Mutter empört.

„Und macht keine Unordnung. Bei uns ist alles sauber geordnet![31]", sagte die Oma.

Die Polizisten waren ganz offenbar von ihren Müttern und Frauen ortsüblich gut erzogen worden. Brav zogen alle ihre Schuhe aus. Der Chef sagte sogar zu, man werde alles wieder sauber zurückstellen.

Der Brandner Sepp sagte ein paar Tage später dem Valentin und der Oma, so ein gut geordnetes Haus würde die Polizei selten vorfinden. Man hätte

---

[31] Schmeißat et ällas durchanand. Bei ons herrscht Ordnung!

gleich den Ordner mit den Erbsachen gefunden. Das sei wohl der einzige Streitpunkt, in den Jakob Würmle verwickelt gewesen sei. Seit mehr als fünf Jahren streite er sich, jedenfalls sagten das die Akten, mit seinem Bruder und seiner Schwester, wegen einem von deren Tante vererbten Waldstück. Da lohne sich der Streit. Der Giengener Förster vom Staatswald habe gesagt, dass das Waldstück lässig eine Million Euro wert sei. Außerdem hätten die Kollegen auch gesagt, was sie überraschenderweise gar nicht gefunden haben. Das sei Staub oder Schmutz auf dem Boden gewesen. Da musste der Brandner Sepp lachen. Bei seiner Mutter wäre das nicht anders gewesen. Alles sei auf dem Würmle-Hof picobello sauber gewesen. Die Spurensicherung sei schon nach zehn Minuten wieder abgezogen. Das LKA habe noch ein paar Zettel bei ihnen gefunden. Wie es schien, war nichts Wichtiges dabei.

Der Kriminalbeamte vom Landeskriminalamt, Kriminalhauptkommissar Zäh, kurz KHK Zäh, war abends noch zum Bauernhof des Frieder Hörger gefahren. Die Befragung entwickelte sich bäurisch einseitig. Angeboten wurde ihm nichts. Wo er doch so auf eine Tasse Kaffee gehofft hatte. An den Küchentisch, der noch nicht abgeräumt war und auf dem sich schmutziges Geschirr vom Abendessen stapelte, durfte er sitzen. Aber man hatte ihm nur ein kleines Eck freigeräumt, indem der Bauer mit dem Ärmel geräuschvoll das Geschirr zusammenschob. KHK Zäh wischte die Brotkrümel, die der Bauer mit seiner Wischaktion freigelegt hatte, einfach vom Tisch auf den Boden. Das wurde offenbar als normal akzeptiert.

„Herr Hörger, worum ging es genau?"

„Ha, was Bauern halt so besprechen, wenn sie sich auf dem Feld treffen.", womit er ein dickes, zerknautschtes Stofftaschenbuch aus der rechten Hosentasche zog, es ausschüttelte und dann seine Nase mit großem Druck schneuzte.

„Unsere Zeugin sagte, sie hätten sich angebrüllt."

„Nein, nie. Wenn zwei Traktoren laufen, muss man halt etwas lauter sprechen.", brummelte der Bauer.

„Es ging wohl um Grenzsteine und dass der Jakob Ihrer Frau hinterher stellt."

„Ja, vielleicht ist einer von uns mit dem Pflug an einen Grenzstein gekommen. Das regeln wir in nachbarschaftlicher Freundschaft." War seine Antwort, mit einer großzügigen Geste verbunden.

„Und ihre Frau?"

„Die schafft. Die ist schwer in Ordnung.", meinte der Bauer, jetzt hellhörig und angriffsbereit.

„Kann es sein, dass der Jakob Würmle zu Ihrer Tochter wollte?", fuhr Zäh fort.

„So einen alten Simpel will doch die nett. Die kann unter den jungen Männern die besten aussuchen?". Der Bauer zeigte sich wieder völlig entspannt.

„Einen festen Partner hat sie dann jedenfalls nicht?", wollte Zäh nun wissen.

„Das geht mich und Sie alles nichts an.", kam als Antwort, kalt, kurz und abschließend.

„Wo waren Sie, Ihre Frau und Ihre Tochter in der Mordnacht?"

„Wir waren alle drei hier zuhause.", sagte der Bauer, hellwach, auf Fangfragen achtend.

„Schlafen Sie eigentlich gut?", kam so en passant vom KHK Zäh.

„Mit einem guten Gewissen schläft man immer gut. Mich kriegen Sie nachts nicht wach.", brüstete sich der Bauer. Kaum hatte er das gesagt, überkam ihn das dumme Gefühl, etwas falsch gemacht zu haben.

„Woher wissen Sie dann, dass Ihre Frau und Ihre Tochter um Mitternacht im Haus waren?", schloss Zäh seine Argumentationskette.

Der Bauer sah sich hereingelegt. Er antwortete nicht.

„Wir von der Kriminalpolizei sagen dazu, dass die Beiden kein Alibi haben."

„Die brauchen kein Alibi. Die haben doch keinen Grund, den Jakob Würmle zu töten!", tönte der Bauer laut und aufgebracht. Je lauter umso mehr war eine Aussage normalerweise daneben. Zäh wartete auf weitere entlarvende Ausbrüche. Im Grunde war er etwas ratlos und blickte im Wohnzimmer umher. Auf der Kommode stand ein Bild der Familie, Vater, Mutter und Tochter. Die Tochter hatte schon eine gewisse Ähnlichkeit mit

Jakob Würmle, fand KHK Zäh plötzlich. Da wollte er gleich auf den Zahn fühlen.

„Woher wissen wir das? Ist Ihre Tochter ein Kind von Jakob Würmle, ein Kuckuckskind? Wäre das so, dann gäbe es Motiv genug.", kam Zäh jetzt auf den Punkt. Der Bauer fuhr jetzt zu Höchstleistung auf und brüllte seine Antwort.

„Ja, du Drecksau du lumpige. Das willst du uns anhängen! Uns vor dem ganzen Dorf blamieren. Mit Lügen und Verdächtigungen, gegen die sich kein Mensch wehren kann. Unser Leben willst du vernichten.", platzte es aus ihm mit lautem Gebrüll heraus.

„Nein, das werde ich nicht machen. Aber ich will Antworten auf meine Fragen. Das „du" verzeihe ich Ihnen. Aber jetzt kehren wir wieder zum „Sie" zurück.", zeigte sich Zäh versöhnlich.

Nach gut einer Stunde, die KHK Zäh mit solchen Sprüchen und Attacken verbrachte, hatte er genug und ging wieder. Er gestand sich ein, dass er im Grunde nicht mehr erwartet hatte. Wegen ein paar hitzigen Worten wollte kein Bauer aktenkundig werden. Auch die Polizisten wollten solche Bagatellen nicht in ausführlichen Vermerken für die Nachwelt festhalten.

Dr. Emmerda hütete einen Schatz, sein Patientenarchiv. Mehr als Gold war es wert. Allerdings, wie er oft sagte, unverkäuflich[32]. Niemand wusste so viel Intimes wie er über jeden einzelnen Hürbener. Tausende Akten besaß er, von insgesamt drei Generationen der Hürbener, auch noch welche von seinem Vorgänger. Vieles daraus hatte er vergessen. Ein paar kalte Regentage wären ihm willkommen gewesen[33]. Dann würde er in seinem Archivkeller verschwinden.

An Tagen wie diesem war die Sicht aus dem Panoramafenster der Emmerdas besonders spannend. Im Osten war der Himmel wolkenlos. Aus dem Westen, über die Kaltenburg, drangen Wolken in zwei Schichten heran. Die oberste Schicht mit dicken, noch hellen Wolken war langsam und stetig unterwegs. Die untere Schicht mit den flachen, gehetzten dunkleren Wolkenstreifen, raste über den Himmel als gälte es ein Ziel zu erreichen. Das Licht im Tal und an den Hängen spielte auf vielfältigste Weise mit dem bunten Laub der Wälder. Im Garten der Emmerdas zeigte sich ein zunehmender Wind, stoßweise. Die in der Kühle hoch gewachsenen Rosenzweige beugten sich auf die Seite. Blätter stieben über den Garten.

Die Emmerdas nahmen an solchen Tagen ihr Frühstück am Tisch vor dem Panoramafenster ein. Marie hatte ein paar Brötchen gebacken, aus einem Sauerteig, den sie schon vor zwei Tagen angesetzt hatte. Zusammen mit dem Kaffee- und Teeduft strömte ein verführerisches Aroma durch das

---

[32] I kennt dao no a Habilitation für Dorfsoziologie schreiba. Abr was dät i mit ma Professoratitel! Abr soscht kaasch dao mit deane bleede Akta gar nex mit macha.

[33] Dess isch doch a Scheiß, dui globale Erwärmung. Kaasch em Sommr et amaol no am ma Reagadag en Ruah was schaffa. Jeder sait glei ‚Isch dr Herr Doktr krank, dass mr ehn bei dem scheena Weddr gar et auf dr Strauß sieht?'.

Haus. Elisabeths Zwetschgengsälz[34] stand in einem irdenen Töpfchen[35], blau in Bauernmotiven bemalt, immer auf dem Frühstückstisch mit dabei.

„Schatz, du weißt doch wie die Verwandtschaft der Würmles aussieht.", meinte Hans Emmerda.

„Ja, Hans, wir haben erst gestern Abend im Frauenkreis darüber gesprochen. Der Jakob hat noch einen fünf Jahre älteren Bruder und eine zwei Jahre jüngere Schwester."

„Die habe ich schon lange nicht mehr im Dorf gesehen. Als Kinder waren sie bei mir in der Praxis."

„Stimmt. Die Eltern von den dreien haben die Familie nie richtig zusammengehalten. Nicht einmal sonntägliche Ausflüge haben sie anscheinend gemacht, sagte die Färbers Barbara. Die ist jetzt 92 und weiß so was."

„Und wo sind die jetzt?"

„Der Ferdinand ist in Berlin. Da ist er schon vor vielen Jahren hingezogen, weil die jungen Männer, die in Berlin gemeldet waren, damals nicht in die Bundeswehr eingezogen wurden. Dort hat er auch gearbeitet, im Handel. Er kam da in eine halbseidene Gruppe von Motorrad- und Mopedfreunden. Heute würde man Biker dazu sagen. Das war damals aber noch nicht mit der einheitlichen Kluft und so. Er hat dann eine Frau gefunden und jetzt haben sie anscheinend zwei Kinder."

„Aha. Die jüngere Tochter soll ja ganz hübsch sein, oder gewesen sein?"

„Ja, so heißt es. Die Emmy hat anscheinend alle Schulen geschmissen und ist ohne Abschluss. Einen Psychiater hat sie sich aber angeln können. Sie ist scheints immer noch eine hübsche Maus. Bei ihrem Mann ist sie das Püppchen. Mehr will sie wohl nicht."

„Danke Schatz. Klar wird mir nur nicht, wieso die sich um den Wald streiten."

„Ha, beide könnten die etwa 300.000 Euro, eine Million geteilt durch drei, gut gebrauchen. Der Psychiater müsste mal wieder seine Praxis renovieren. Heute muss das doch aussehen wie im Fernsehen in Beverly

---

[34] Gsälz ist Marmelade
[35] Ein „irdenes Töpfchen" ist ein Tontöpfchen, also kein Porzellan.

Hills. In Villingen, wo sie wohnen, ist der Verdienst nicht so hoch wie in Beverly Hills in Kalifornien. Die Leute haben aber ihre Erwartungen, trotzdem."

„Und der Jakob hat eigentlich kein Geld und keinen Wald gebraucht. Interessiert haben ihn doch bloß die Weiber."

„Wenn du das so sagen willst, Weiber! - Aber Gier ist je reicher desto häufiger und ausgeprägter. Vielleicht hätte er seinen Weibern, wie du sie respektlos nennst, auch was schenken wollen."

„Ja, wahrscheinlich a bissle Holz vor die Hütte.", lachte Hans. Das fand die Marie wieder nicht so passend.

„Der Ferdinand wohnt jedenfalls zur Miete und hätte sicher auch gerne eine Eigentumswohnung angeschafft. Mit 300.000 Euro wäre da im Umland von Berlin auf jeden Fall was Ordentliches zu finden."

„Ok. Dann sind Ferdi und Emmy unter Zeitdruck. Bloß dem Jakl konnte das gleichgültig sein. Bewirtschaftet hat er den Wald sowieso seit Jahren."

„Und den Gewinn vom Holzverkauf?"

„Das wusste niemand im Frauenkreis. Vielleicht wollten die Eingeweihten das auch nicht vor allen Leuten sagen."

Beide hingen ihren Gedanken nach bis Dr. Emmerda wieder sprach.

„Hat der keine unehelichen Kinder? Bei dem Lebensstil? Gab es schon mal Erpresser?", wollte Hans wissen.

„Du stellst Fragen! Die Geheimnisse wird niemand für dich lüften."

„Auf direktem Weg sicher nicht. Aber irgendwie komme ich schon noch drauf. Ich hole mir mal die alten Patientenakten raus. Ich will sehen, welche der unehelich Schwangeren in Frage kämen, was da für Erbkrankheiten waren und ob die Kinder schon Anzeichen für was hatten."

„Sag mal Hans, wie hast du Elisabeth an unserem Grillabend empfunden? Herrisch konnte sie schon immer sein. Da hat sie der Frieda gesagt, sie habe keine Ahnung vom Backen, weil die Frieda Milch statt Ei auf den Hefeteig streicht. Die Monika musste sich anhören, dass ihr Salat zu süß ist. So ging es weiter. Hinten dem Rücken unserer Gäste hat sie fast alles, was jemand mitgearbeitet oder mitgebracht hat, schlecht gemacht."

„Ist mir nicht aufgefallen, Marie, weil ich doch immer gegrillt habe. Aber stimmt schon, was du sagst. Wenn was nicht nach ihrem Kopf geht, schreckt die vor nichts zurück. Selbst absurde Vorwürfe erfindet sie."

„Na ja, andere tun das auch. Jetzt iss erst einmal noch ein Brötchen. Mit Kalbsleberwurst ist es dir doch am liebsten. Ich habe extra eine beim Metzger mitgenommen."

„Du bist ein Riesenschatz, Marie. Danke."

Meist war die Schicht Leberwurst auf dem Brötchen von Hans dicker als der Boden vom Brötchen. So auch diesmal. Leber sei gesund, heißt es, dachte Hans und wenn sie auf einer Schicht Butter ist, erhält der Körper auch noch Calcium oder so was. Mit diesen positiven Vorstellungen vom Essen biss Hans gleich das halbe Brötchen ab. Er spülte es mit einer halben Tasse Kaffee runter. Dann attackierte er die zweite Hälfte des Brötchens, trank die kleine Kaffeetasse leer und holte sich eine große Humpen-Tasse. Die füllte er mit Kaffee und, nachdem Marie noch einen festen Kuss bekommen hatte, verzog er sich in den Keller zu den alten Patientenakten. Schon auf den Treppenstufen kam ihm der gute Gedanke, auch mal die Akte der Wiesen-Marie und ihrer Familie heraus zu suchen. Da erinnerte er sich an einige Einzelheiten nicht mehr. Nur dass da alles nicht so ganz normal war, hatte er noch im Hinterkopf. Aber was hatte er sich notiert? Damals hatte er eine Art Geheimschrift entwickelt. Ob er sich daran wird noch erinnern können, ging es ihm durch den Kopf. Unglaublich, wie viel seither passiert ist. Er hatte sich unmerklich genauso entwickelt wie die Mentalität, die Gesellschaft und ihr Bewusstsein um ihn herum. Die Studenten hatten viele tönerne Autoritäten von ihrem Sockel gestürzt. Frauen hatten sich durchgesetzt, einfach weil sie besser waren, und später mit gesetzlichen Hilfen. Arbeitszeit wurde reduziert, Kindergartenplätze wurden geschaffen und garantiert. Die Qualitätsanforderungen an Ärzte stiegen aus vielen Gründen. Schriftsteller waren sich nicht mehr zu schade, auch verständlich zu schreiben. Das Internet erledigte den Rest. Jeder konnte sich grundsätzlich selbst ein ziemlich sachkundiges Bild von jeder Krankheit und jedem Wehwehchen machen.

Hans merkte, dass er das erste Mal ohne Zeitdruck sein Archiv durchsuchen konnte. Seine ersten Fälle sah er sich an. Einen Blinddarmdurchbruch hatte er als Blaseninfektion behandelt. Im Krankenhaus in Heidenheim hatten die Ärzte das rechtzeitig gemerkt und der Fehler hatte keine schlimmen Folgen. Der Patient wäre um ein Haar gestorben. Was war ich damals doch ein Ignorant, ging es Hans siedend heiß durch den Kopf.

Einen Arbeiter, der sich später als ständiger Faulpelz erwies, hatte er zwei Wochen lang krankgeschrieben, bloß weil der Fieber vortäuschte. Die damals tätigen Krankenkontrolleure fanden ihn auf dem Rohbau seines besten Freundes, als er eine Mauer hochmauerte. Er verlor seine Arbeitsstelle.

Einen schüchternen anderen Arbeiter hatte er zu Unrecht zur Arbeit geschickt, bis der nicht mehr reden konnte und knapp vor einem Herzschaden stand. Zufällig hatte Marie den Mann getroffen, wie er an der Bushaltestelle stand und sie begrüßte. Mit der Stimme könne er aber auf gar keinen Fall zur Arbeit fahren, befand Marie. Weil der Arbeiter nicht genug Geld hatte, war er zudem viel zu leicht angezogen. Sie hatte den Mann nach Hause begleitet, Brot und Eier, die sie für sich gekauft hatte, hatte sie gleich bei der Familie gelassen. Hans musste die Krankschreibung vorbeibringen, eine Kopie hatte er beim Arbeitgeber abgeliefert.

Der Kopf von Hans wurde immer roter vor Scham. Alle solche Fälle fielen ihm im Archivkeller ein. Gut, dass er allein war. In allen Fällen hatte ein glücklicher Zufall die Patienten gerettet. Hans nannte dies in großer Demut nach kurzer Zeit eine Fügung. Wenn er moralisch ganz unten war, nannte er das sogar eine „göttliche Fügung". Waren Ärzte zusammen, konnten man nicht arglos und offen über Fachfragen diskutieren. Vielmehr führte nur jeder das große Wort, welche Wundertaten er wieder vollbracht hatte. Hans hing das zum Hals heraus und er zog sich von den Angebern zurück. Das blieb nicht unbeobachtet und ähnlich gesinnte Fachärzte und Krankenhausärzte gaben Hans immer wieder einen kleinen Einblick in das, was diese Angeber alles verpfuscht hatten. Dann fühlte er sich nicht mehr gar so klein. Inzwischen gab es eine verbindliche Fortbildung für Ärzte. Die Lustreisen der Pharmakonzerne, etwa nach Venedig zur Kunstausstellung, wurden ein wenig reduziert. Das alles führte zu einem viel positiveren Klima in den Arztpraxen. Natürlich war es standesgemäß und ortsüblich zu meckern. Vor allem über die Dokumentationspflichten ärgerte man sich in Arztkreisen. Die über die Patientenakte möglichen Schadenersatzklagen führten zu immer höheren Versicherungsprämien für pfuschende Ärzte. Davor hatten alle Ärzte Angst.

Dann waren da die Fälle, wo er sich über die Angehörigen aufgeregt hatte, die nur den baldigen Tod etwa der intelligenten und humorvollen Oma herbeisehnten. Die Oma wurde falsch oder gar nicht behandelt, ihre vom vielen Liegen herrührenden Wunden wurden nicht desinfiziert, umgebettet wurde die Oma auch nicht. Als junger, engagierter Arzt kochte er vor Ärger. Natürlich pflegte er die Oma dann selbst, tagein, tagaus. Das Verwandtenpack wollte das Grundstück, über das die künftige Autobahn verlaufen sollte. Das versprach enorme Gewinne. Ihn und Marie hatte sowas tagelang auf Rache sinnen lassen, bis er schließlich auf die Idee kam, die Oma dazu zu bringen, ihm das Grundstück noch zu Lebzeiten zu überschreiben. Die Oma fand die Idee noch witziger als Hans selbst. Ein Freund von Hans, Notar, kam eines nachts ins Krankenzimmer und Oma unterschrieb bei wachem Verstand und eigenhändig das überarbeitete Testament. Hans zahlte seinem Freund einen Freundschaftspreis. Oft und laut lachten alle drei darüber. Die steinigen Hangwiesen hatten sie den gierigen Angehörigen überlassen. Natürlich hätten diese schon damals die Grundstücktransaktion vor Gericht angreifen können, obwohl er die Oma nach der Grundstücksüberschreibung noch fast zwei Jahre glücklich am Leben halten konnte, mit ihr oft seinen Nachmittagskaffee mit Kuchen zu sich nahm, lustlos serviert von dem immer schamloser auftretenden Verwandtenpack. Nach dem Tod der Oma streute die Verwandtschaft das Gerücht, es gebe kein Testament und man wolle jetzt die Grundstücke aufteilen. Als der älteste Sohn Albert beim Notar anrief, verweigerte die Notariatssekretärin Gabriele Schlaubeitele den Termin. Er werde in den nächsten Tagen Post vom Notariat erhalten. Dann erfahre er den letzten Willen seiner Mutter selig. Bei der Eröffnung des Erbfalls vor dem Notar staunte die „bucklige Verwandtschaft" Bauklötzchen, weil der Notar gar kein Grundstück im Grundbuch hatte, das vom Bau der Autobahn betroffen war. Nachfragen trauten sie sich nicht. Sie wollten ihre Gier verbergen, aus Scham. Wenigstens das ehrte sie dann noch posthum.

Ganz dünne Akten hatte er angelegt, wenn er doch einmal ein Baby abtreiben musste, weil die Not der Familie, die Gewalttätigkeit vom Ehemann oder Vater oder die ständigen Misshandlungen und Vergewaltigungen der geschwächten Ehefrauen zum Himmel schrien. Diese dünnen Akten stapelten sich zu einem ansehnlichen Berg. Er erinnerte sich, wie er als Arzt mit den gequälten Frauen litt. Oft lag er nachts wach und überlegte, in welchem Haus zur gleichen Zeit die Töchter oder Mütter verprügelt, gedemütigt, seelisch misshandelt wurden. Leider waren das viele Häuser. Jedes war eines zu viel, dachte Hans. Für die Babys, die plötzlich vor der Tür lagen, hatte er grüne Akten angelegt. Grün stand für die Hoffnung der verzweifelten Mütter, dass ihre Babys ein besseres Leben haben würden, als sie es ihnen in ihrem Elend hätten bieten können. Diese grüne Akte erinnerte ihn bei jedem Arztbesuch an das Schicksal. Niemand außer Marie kannte das Geheimnis der grünen Akten. In der Summe waren diese Akten in zweistelliger Zahl in seinem Archiv. Er stellte den Stapel auf die Treppe, um ihn mit in seine Praxisräume zu nehmen.

Die Missstände ebbten ab den 68er Jahren ab. Soziologen machten die vielen Fußballspiele, die das Fernsehen übertrug, dafür mit verantwortlich. Das Wirtschaftswunder, die Anti-Baby-Pille und das neue Bewusstsein führten sogar bei den gewalttätigen Männern zu einer Besserung, allerdings nicht schnell und nicht tiefgehend genug. An den Jahreszahlen im Patientenarchiv konnte Hans das zuverlässig nachverfolgen, die männliche Mentalität wandelte sich. Hans entdeckte jetzt, wo er ruhig überlegen konnte, dass die Krankschreibungen ebenfalls anders wurden. Frauen wurden vermehrt krankgeschrieben, denn sie hatten Jobs, die nennenswert zum Familieneinkommen beitrugen. Die Arbeitsverdichtung und die immer komplexeren Arbeitsprozesse verlangten den Männern mehr ab als zuvor. Wer nicht nachdachte, bevor er seine Hände gebrauchte, den sanktionierte der Arbeitgeber. Auch zuhause wurde jetzt mehr nachgedacht, bevor Mann zuschlug.

Aus einer Akte fiel ihm ein dicker Stapel Banknoten entgegen. Der todkranke Bürgermeister Diek hatte ihm die zugeschoben, als er seine Therapie auf Patientenwunsch hin abgebrochen hatte. Danach blühte der Bürgermeister Diek wieder richtig auf, sogar ins Wirtshaus gingen sie mehrmals zusammen, um einen Skat zu klopfen. Nach gut zwei Monaten allerdings gewann die Krankheit und es ging vollends schnell. Auch er hatte eine „bucklige Verwandtschaft". Jahrelang hatte sie Inventur, jede Uhr und jedes Buch bewertet. Nach dem Tod von Opa und Vater Diek vermisste sie über ein Hundert Tausend Deutsche Mark. Der Notar empfahl lächelnd, im Haus nochmals überall nachzusehen, auch unter den Dielen. Der Notar, ein Schulkamerad von Hans Emmerda, hatte wie Hans seine tiefen Einblicke in die Dorfgemeinschaft gewonnen und manche Illusion verloren. Beide hatten viel Freude zu sehen, wie in Dieks Haus tatsächlich in mehreren Räumen Dielen herausgebrochen wurden.

Hans war klar, dass er dieses Geld bei den neuen Geldwäschegesetzen nur nach und nach über seine Kinder und sich selbst in Umlauf bringen konnte. Er legte eine neue blaue Akte an und versteckte die Scheine darin. Erst mussten sie die Mark bei der Bank in Euro umtauschen.

Nachdenklich blickte er auf die Summe seiner Arbeit zurück. Falschbehandlungen kamen bis zum Ende vor. Fehler macht man, dachte er bei sich. Zur Sicherheit ging er alle Akten durch, bei denen er sich an Geldübergaben erinnerte. Weitere Geldstapel fand er nicht. Wenn er schon subversiv als Geldwäscher arbeiten musste, hätte er gerne einen höheren Betrag gewaschen. Arme Leute haben wenig Glück, tröstete er sich.

„Und, wie war deine Zeitreise in die Vergangenheit?", fragte ihn Marie, als er aus dem Keller mit einem Wäschekorb voll Akten auftauchte.

„Oh Gott, Marie. Ja, das war eine Zeitreise. Ich habe mich geschämt und ich war und bin stolz auf uns."

„Ich denke auch, dass wir zusammen viel bewirkt haben. Natürlich haben wir auch Fehler gemacht, du und ich. Meine Fehler sind nur nicht aktenkundig. Natürlich hilft ein schlechtes Gewissen niemand, sobald man aus seinen Fehlern gelernt hat, soll man diese vergessen. Dennoch, manches kann ich nicht vergessen. So sagte ich der Treiber Hilde einmal, sie müsse sich halt ein wenig zusammennehmen. Dabei wusste ich nicht, dass sie Nesselfieber hatte und mir das nicht sagen wollte, weil sie meinte, sie führe ihren Haushalt nicht hygienisch genug. Wie froh und wie gedemütigt war ich, als du ihr Uticaria an ihrem Gesicht angesehen hattest und ihr gleich die Anti-Histamine geschenkt hast, die sie nie hätte zahlen können."

„Ach Marie, das hatte ich total vergessen. Stimmt.", erinnerte sich Hans schmunzelnd. Arztgattinnen denken oft, sie wüssten mehr als ihr Ehemann, ging es Hans durch den Kopf, und er lächelte in sich hinein. Manchmal stimmte das auch.

Diese Gespräche gingen bis in die tiefe Nacht, nachdem Hans seinen Wäschekorb mit den Patientenakten entleerte. Viele gemeinsame Erinnerungen tauschte er mit seiner Marie aus. Letztlich wurde ihm klar: Ganz so schusselig, wie er im Keller annahm, war er dann doch nicht gewesen.

7 Der Tod feixt wieder

Mörder warten verständlicherweise nach ihrem Coup ungeduldig, was passiert. Klingelt es an der Türe, könnte die Polizei mit Handschellen draußen stehen. Dann hätte er oder sie einen dicken Fehler gemacht. Mancher Täter leidet unter der fehlenden Anerkennung seiner „Leistung" so sehr, dass er oder sie freiwillig bei der Polizei erscheint. Wahrscheinlich gibt es auch solche, die ihre Tat einfach vergessen. Serienkiller, bezahlte vor allem, könnten so sein. Viele Kriminelle sind, glaubt man den „Experten", seelisch unfähig, sich in Andere, etwa ihre Opfer, hinein zu versetzen. Gewalttätige Eltern, Väter wie Mütter, haben ihre Seele aus ihnen herausgeprügelt oder in ihnen zusammen geprügelt. Die Rollen der Frauen seien weniger erforscht als die der Männer hieß es, als eine Mutter ihren Sohn jahrelang im Internet zum Quälen (und Töten) angeboten hatte.

„Es passiert immer so viel, wie in den Zeitungen Platz hat.", sagte Karl Valentin in großer Weisheit. In unserer Zeit der erfundenen Wahrheiten und der schlampigen Recherchen, treiben die Medien immer eine neue Sau durchs Dorf. Heute hieß die Überschrift der Lokalzeitung „Es war doch Selbstmord. Polizei überfordert?". Diese Meldung ging auch über das Lokalradio. Inhaltlich gab es überhaupt nichts Neues, nur das bisherige Wissen wurde neu aufgeköchelt. Offenbar war aus Sicht der Lokalredakteure nichts passiert was die Leser ihrer Zeitung interessieren sollte. Frankreich und Deutschland hatten zwar beschlossen, ihre gemeinsame Armee weiter aufzubauen. China hatte den schnellsten Computer der Welt gebaut. Wer wie eine Lokalredaktion der Zeitung auf der Schwäbischen Alb nur in erdgeschichtlichen Dimensionen lebt, kann derlei Kleinigkeiten gut übersehen.

Vierzehn Tage lang hatte man in Hürben nichts mehr von der Polizei gehört und gesehen. Bei manchen Beobachtern war die Spannung auf dem Siedepunkt. Die ewigen Unken hatten schon alles geklärt und sich anderen Themen zugewandt. Untätig war das Landeskriminalamt mit Kriminalhauptkommissar Walter Zäh und die Giengener Kriminalpolizei mit Kriminalkommissar Karl Gscheidle aber nicht geblieben. Ganz im Gegenteil. Die Försterin und ihren Lover hatten die männlichen Polizisten mehr in der Hoffnung angehalten, die Försterin möge auch ihnen eine ganze oder halbe Nacht gewähren. Aber die erwies sich als viel solider als ihr Ruf an manchem Stammtisch. Souverän ignorierte sie diese Hormon-Gockel. Zur Strafe hatte Gscheidle, der für solche Spielchen eine feine Antenne hatte, seine eifrigen Ermittler einen dicken Bericht „Forsthaus" schreiben lassen, bis keine Kommafehler mehr enthalten waren. Dieser inhaltsleere „Beifang" macht in jedem realen Mordfall mehr Arbeit als man denkt.

Die beste Information kam allerdings an dem Tag, an dem die Lokalzeitung die genannte Überschrift vom Selbstmord des Jakob Würmle brachte und auch ins Internet stellte. Inga und Rolf hatten sie dort gelesen, als sie begannen, ihr Fotobuch vom Sommerurlaub mit der Eiszeit zu entwerfen. Lokale Berichte wollten sie einfließen lassen. Und da kam jetzt die Nachricht vom Selbstmord. Als sie das Datum verglichen war klar, dass sie just an dem Tag in der Lone badeten und einiges mitbekamen. Rolf hatte die Bilder noch nicht gelöscht, was jetzt ein Glück war. Den in der Zeitung genannten Kriminalinspektor Gscheidle konnten sie per Mail erreichen. Sie sandten ihm alle Bilder und beschrieben was sie gesehen hatten. Gscheidle wollte sowieso endlich einmal die Frauenkirche in Dresden besuchen und freute sich, seine Ermittlungen mit einer Reise zu Inga und Rolf verbinden zu können. Die Polizeidirektion hatte ihm einen alten Passat gegeben. Da musste er zwar zwei Mal das Kühlwasser nachfüllen, aber Gscheidle saß bequem und die Heizung ging auch.

Rolf und Inga hatten die Gastfreundschaft der scheinbar so verschlossenen Älbler genossen und revanchierten sich, indem sie Herrn Gscheidle ein Zimmer für die Nacht und eine Führung durch Dresden schenkten. Das Ganze endete am Nachmittag mit einem Besuch eines Stadtcafés und einem Stück der Lieblingstorte von August dem Starken. Karl Gscheidle war zwar ein starker Esser, auch bei Torten, aber dieses gewaltige Stück sächsischer Historienbäckerei mit der dicken Marzipan-Haut verdrückte er nur mit Erholungspausen dazwischen. Zu Pausen zwang ihn bei der Rückfahrt auch der Passat. Nicht nur Kühlwasser, sondern auch Motorenöl verlangte die alte Kiste. Dem Polizeidirektor in Giengen war es recht, so konnte er das Auto endlich ausmustern.

Das Hürbener Wetter war zwischenzeitlich umgeschlagen. Der morgendliche Nebel verzog sich oft erst gegen Spätnachmittag. Ab und an nieselte es leicht. Dem geheimnisvollen Sommer folgte eine nicht weniger gemütsintensive, verheißungsvolle herbstliche Phase. Der Geruch nach Pilzen, Moos und frisch gepflügten Äckern überwog alle anderen Aromen. Dr. Emmerda war mit seiner Kamera, seiner lieben Freundin, wie er sagte, unterwegs. Bäume mit gelb-rotem Laub, die aus einem Wolkenloch heraus sonnig angestrahlt waren, und im Hintergrund in mehreren vom Nebel geschaffenen Schichten immer schemenhaftere Bäume stehen hatten, waren sein liebstes Motiv. Eine farbige Pflanze, eine Distel beispielsweise, im Vordergrund und viele fein abgestufte Grautöne im Hintergrund ergaben wundersame, verwunschene Eindrücke.

Die Bauern waren jetzt froh über ihre großen, trockenen Scheunen. Dort konnten sie ihre Maschinen richten. Sebastian konnte im angebauten Schuppen an seinem Aquarium weiter arbeiten. Valentin verräumte das Stroh in den beiden oberen Etagen des riesigen Stadels. Dichte Spinnweben mussten vorher abgeräumt werden. Er musste in den nächsten Wochen noch seine Kartoffeln und Rüben ernten und im Keller unter dem Stadel einlagern. Die Mostfässer und Apfelsaftflaschen waren schon dort. Für das, was jetzt kommt, wollte er einen freien Zugang und eine breite Einfuhr. Wer wusste jetzt schon, ob man nicht mehrere Wagen voll Kartoffeln ein paar Tage zum Trocknen im Stadel stehen lassen musste. Die Kühe waren noch auf der Weide. Auch im Kuhstall musste jeder Bauer noch Reparaturen durchführen. Wer durch den, wegen dem Nebel verwunschen aussehenden, Ort wanderte, hörte an jeder Ecke und jedem Grundstück ein Hämmern, Bohren, Schleifen oder Hobeln. Da solche Besucher kaum jemand zu Gesicht bekamen, schien es, die Heinzelmännchen würden den Ort instand setzen.

Das sonst verschlafen wirkende Dorf kam aber nicht zur Ruhe. War die göttliche Ordnung durch den ersten Gewaltakt an Jakob Würmle so aus den Fugen geraten, dass sich weiteres Unheil unvermeidlich, schicksalhaft anschloss? Oder stachelte die erste Gewalttat immer mehr Dörfler an, ihren bisher unterdrückten Hass auf Nachbarn und Mitbürger heraus zu lassen? Den Pfarrer von Hürben plagten solche angstvollen Vorahnungen. Dr. Emmerda hatte er das alles bei einem Frühschoppen, direkt nach dem sonntäglichen Kirchgang, ausführlich auseinandergesetzt. Etliche Bibelstellen konnte er anführen und in diese Richtung interpretieren. Wer das Schwert nehme, werde durch das Schwert sterben, zitierte er auswendig. Das sei in der Bibel nicht als sofortige Folge eines Schwertkampfes zu verstehen. Vielmehr werde hier eine Fernwirkung ausgedrückt, also einer Art Hypothek, die auf dem laste, der zur Gewalt greift. Diese Bestrafung sei aber unvermeidlich. Dr. Emmerda hatte gemeint, dann bräuchte man ja keine weltlichen Gerichte mehr, wenn Gott peinlich genau für Ordnung sorge. Diese zynische Bemerkung verstand der Pfarrer in seinem Eifer nicht. Dann brauchte Dr. Emmerda drei Viertele

Riesling, um die geistlichen Theorien widerspruchsfrei anzuhören. So kompliziert hatte Hans sich die göttliche Ordnung nicht vorgestellt. Wie Galileo Galilei vertrat er den Standpunkt, dass Gott, hätte er die Welt so kompliziert geschaffen, auch das menschliche Hirn ähnlich verwirrend geschaffen hätte. Schließlich soll sich der Mensch die Erde untertan machen. Obwohl, und jetzt hörte Dr. Emmerda seinem Pfarrer gar nicht mehr zu, so gefolgert hätte Gott doch auch einen vernünftigen Umweltschutz in die menschlichen Köpfe integrieren müssen. Das, so schien es Dr. Emmerda, war dem „lieben" Gott irgendwie nicht richtig gelungen.

Am folgenden Tag, einem Montag, früh morgens, kurz nach sechs Uhr, schrillte das Telefon bei Dr. Emmerda. Er nahm, noch im Bett liegend, den Zweitapparat auf seinem Nachttisch ab. Elisabeth meldete sich. Helmut sei nicht mehr aufzufinden. Ob er kommen und helfen könne, ihn zu suchen und dann auch zu beruhigen?

„Hast du denn auch eine Tasse Kaffee für mich? Ob wir zehn Minuten früher oder später suchen, ist ja wohl nicht wichtig.", antwortete Dr. Emmerda.

„Selbstverständlich Hans. Für dich tu ich doch alles.", lachte Elisabeth ins Telefon und legte auf.

„Marie, Marie, kannst gerne weiterschlafen. Der Helmut ist, wahrscheinlich wegen seinen Depressionen, auf und davon. Elisabeth will, dass ich suchen helfe."

„Wenn er sich was antun will, kannst du es am Ende auch nicht aufhalten, Hans."

„Ja, Marie, da hast du schon Recht. Das kann man denken, aber nicht sagen."

„Ha no, dir kann ich das doch sagen."

„Freilich, Schatz. Schlaf gut."

Elisabeth erwartete Hans unter der Haustüre. Der Montag schien wieder wärmer und sonniger zu werden. Kaum Nebel lag auf den Talwiesen. Die Luft war mild und hatte etwas Frühlinghaftes, obwohl sie schon im Herbst waren. Und, so ging es Dr. Emmerda durch den Kopf, die armen Leute auf Hawaii mussten jeden Tag mit demselben Wetter Vorlieb nehmen. Da war und ist die Schwäbische Alb eine positive Alternative. Auf den Steinplatten auf dem Boden hatte sich Tau niedergeschlagen. Nach Herbst roch es, nach Vergänglichem.

Das Kaffeetrinken mit Elisabeth dauerte dann doch länger als zehn Minuten. Verständlich wird das, wenn man sich erinnert, dass Hans und Elisabeth in der Tanzstundenzeit sehr befreundet gewesen waren. Sie hatte sich auf der Küchenbank neben ihn gesetzt, mit Tuchfühlung. Außer Kaffee in einem Haferl hatte Elisabeth einen ganzen Rührkuchen mit Kirschen und Schokoladestückchen vor ihn hingestellt. Ein dickes Stück hatte sie abgeschnitten und auf seinen Teller gelegt. Der Kuchen war schon immer sein Lieblingskuchen gewesen. Lieb von ihr, dass sie das nicht vergessen hatte, dachte Dr. Emmerda. Mit gutem Appetit und in großen Stücken schaufelte er sich den Kuchen in den Mund. Dann tratschten sie noch eine gute Viertelstunde über dies und das. Erst später fragte sich Dr. Emmerda, wie es sein konnte, dass Elisabeth einen noch unberührten Rührkuchen am Montagmorgen um sechs servieren konnte. Helmut hatte sie ganz offenbar nichts davon angeboten. Oder hatte er nichts davon essen wollen? Und Elisabeth selbst, hatte sie den Kuchen auch nicht probieren wollen? Jetzt, mit ihm, hatte sie ebenfalls ein dickes Stück verdrückt, und sich noch eines zweites, kleines nachgeholt.

„Wieso hast du damals den Helmut genommen und mich verlassen?", wollte Hans Emmerda wissen.

„Bei ihm fühlte ich mich geborgen. Er hatte so große Hände, eine männlich haarige Brust. Ja, ich weiß noch, er erzählte auch so konkret, was er werden und verdienen wollte."

„Das habe ich nicht gemacht, das stimmt. Ich wollte nur dich, meine Elisabeth, egal wie und wo."

„Weißt du, als Findelkind war mir soziale Sicherheit ganz wichtig.", erinnerte ihn Elisabeth. „Und ich wusste damals schon, dass ich ganz vorne dabei sein wollte, etwa als Chef von Siemens oder zumindest von Hartmann oder Voith."

„Verdammt, ja, das hatte für mich nie eine Rolle gespielt. Dieses Signal von dir hatte ich völlig übersehen.", gab Hans zu. Er nahm sich fest vor, auch bei Elisabeth nach einer Mutter in seinem Patientenarchiv zu suchen. Der Wiesen-Marie hatte er einen Tipp geben können, allerdings ganz unsicher. Aber bei Elisabeth?

„Wolltest du mit Helmut ein Zweitstudium finanzieren?", fragte Hans.

„Ja, klar. Das war unser erster großer Krach, den wir bis heute irgendwie nicht richtig beendet hatten.", gab Elisabeth zu. „Nicht einmal als Rektorin durfte ich mich bewerben. Helmut musste immer der Held und Retter der Familie sein, wie sein Vater es ihm vorgespielt hatte. Na ja, später hatte er vieles eingesehen und wir wurden dann doch ein gar nicht so schlechtes Team, denke ich."

Hans ließ sich das alles durch Kopf gehen. Das waren ganz neue Aspekte der Elisabeth, von der er immer angenommen hatte, alles zu wissen. Er meinte dann: „So unlogisch war dieses Verhalten von Helmut nicht. Du hattest ihn ja, wie du eben sagtest, gerade deshalb mir vorgezogen."

„Jetzt müssen wir aber Helmut suchen gehen.", drängte Elisabeth, die schon seit einer Weile wie auf Kohlen saß.

„Ja, das machen wir. Zuerst suchen wir auf dem Bauernhof. Wenn wir ihn da nicht finden, fahren wir mit dem Auto durch das Dorf und danach notfalls auch in die Felder hinaus."

Elisabeth schien eine schreckliche Vorahnung und Angst zu haben. So sehr drückte sie sich an Dr. Emmerda, als sie vom Wohnhaus zur Scheune hinüber gingen. Das Kopfsteinpflaster auf dem Hof, aus Granit vom Schwarzwald, kannte Elisabeth von Jugend auf. Über achtzig Jahre hatte es bis jetzt gehalten. Heute war es leicht feucht und rutschig, an wenigen Ecken von der aufsteigenden Morgensonne bereits getrocknet. Da, wo früher der Misthaufen war, stand jetzt der Wohnwagen, den sich Helmut und Elisabeth gekauft hatten, als sie im gleichen Jahr in Rente gingen. Nur einmal waren sie mit ihm weg, zusammen am Bodensee, in Hegnau. Bei der Reise plagten Elisabeth bereits heftige Schmerzen. Als sie dann am Bodensee ein unter den Tisch gefallenes Nachtisch-Löffelchen aufhob, brachen ihr zwei Rippen. Anfangs hörte sie nur einen leisen Knacks, schmerzfrei. In der Nacht konnte sie jedoch nicht mehr auf jeder Seite schlafen, die Schmerzen stiegen ins Unerträgliche, und die beiden Eheleute entschieden, heim zu fahren. Dr. Emmerda kam das alles sofort seltsam vor. Was war, wusste er auch nicht. Das MRT in der Universitätsklinik war dann allerdings eindeutig. Viele tausend kleine Löcher in den Knochen, die Osteolysen, verrieten, dass es ein Krebs sein musste. Die Onkologen hatten ihn dann auch rasch und eindeutig diagnostiziert. Blutkrebs, konkret Multiples Myelom.

Da veränderte sich irgendwas bei Helmut. Elisabeth hatte so viel über sich nachzudenken und über ihre Krankheit zu lesen, dass sie ihren Helmut wohl etwas vernachlässigte. Was Helmut in dieser Zeit gemacht hatte, konnte sich Elisabeth später nicht mehr in Erinnerung rufen. Davor waren sie offenbar ein Ideal-Team. Das konnte nicht abrupt enden, oder doch? Oder war das ein längerer Prozess, den Elisabeth jetzt nicht erzählen wollte. Nicht einmal, an was sie selbst letztlich herumrätselte, kam ihr, meinte sie, noch in den Sinn. Somit lief das wie bei den meisten frisch informierten Krebspatienten, schien es Dr. Emmerda, dem sorgfältigen Beobachter.

Vielleicht, sinnierte Dr. Emmerda, hätte Elisabeth mehr mit Helmut zusammen recherchieren sollen. Vielleicht hätte sie ihn ermutigen sollen, nicht nur neben ihr zu sitzen, sondern mit anderen Männern Rad zu fahren und zu wandern. Wie diese acht Wochen vorbei gingen, wusste sie hinterher nicht mehr zu sagen. Irgendwie war etwas passiert. Mit ihr sowieso. Natürlich denkt jeder an seinen Tod. Jetzt musste sie sich konkret plötzlich mit Schmerzen, Siechtum, ihrer eigenen Pflegebedürftigkeit und mit ihrem möglichen Tod auseinandersetzen. Loslassen war ihr Motto damals. Jeden Tag wurde ihr bewusster, dass ihre Kräfte abnahmen. Der Krebs überwältigte sie so sehr, dass kein Gedanke mehr an eine Fürsorge für ihre Enkel, bald auch nicht mehr für ihre Kinder und nach eine Woche bereits eine Fürsorge für ihren Ehemann unmöglich wurde. Ihre Kräfte reichten nicht. Die Hochdosis-Chemo reduzierte alles auf ein schlichtes Überleben. Sie musste loslassen. Loslassen von Urlaubsgedanken, loslassen den Wunsch, den Enkeln etwas zu bieten, loslassen von allem, sogar den Nächsten. Beim Sterben bist du allein, sagte sie sich schließlich. Aber auch mit ihrem Helmut musste zeitgleich etwas passiert sein. Nach acht Wochen war er jedenfalls zeitweise nicht mehr ansprechbar, stellte Dr. Emmerda nach den Berichten von Elisabeth fest. In den Zeiten dazwischen war sein munteres, ansteckendes Lachen verflogen. Ernst, schematisch sprach und bewegte er sich. Nach der Hochdosis-Chema kam sie wieder zu Kräften und konnte nach etwa zwei Wochen ihren Lebensbereich ausdehnen. Sie interessierte sich wieder für Ihre Lieben. Ihre Knochen waren noch lange nicht so fest, dass sie mit Helmut hätte wandern, rennen oder anderen Sport treiben können. Die an die Hochdosis-Chemo anschließende Chemo machte ihr zwar nichts aus, aber sie dauerte jede Woche an zwei Tagen etwa vier bis fünf Stunden. In der Zeit war Helmut allein, in Gedanken, und könnte immer tiefer in die Depression gerutscht sein. Nicht einmal Dr. Emmerda, den er seit Jahrzehnten kannte, wollte er etwas sagen, geschweige denn sich von ihm helfen lassen.

Als es dann zu einem ersten Gespräch mit Dr. Emmerda kam, sagte er, die Geborgenheit aus der Gemeinsamkeit aus den Projekten der Vergangenheit ginge schmerzlich verloren. Alles mache plötzlich keinen Sinn mehr. Er sehe nicht mehr weiter. Alles sei so hoffnungslos. Wie viele Depressive denke auch er immer wieder ans Sterben, sagte er Dr. Emmerda. Da sei man allein. Das sei nicht beängstigend, inzwischen jedenfalls nicht mehr. Hans Emmerda war schon früh klar geworden, dass nur Ärzte, die selbst schon eine tragische Krankheit erlebt hatten, wirklich helfen konnten. Er, als Gesunder, konnte sich überhaupt nicht in solche Patienten hineinversetzen. Was hätte er Helmut noch fragen sollen? Später warf er sich vor, hier völlig versagt zu haben. Nicht einmal fragen hatte er können. Ja, nicht einmal irgendein geringes Interesse hatte er an seinem Patienten gehabt. So ließ er Helmut - innerlich verachtete er ihn bloß als Weichei – einsam zurück. Und das, obwohl Helmut in diesem Augenblick ein vernünftiges Gespräch mit ihm führte, vielleicht sogar suchte. Später wurde ihm klar, dass er Helmut wahrscheinlich leicht hätte zurückholen können. Aber er hatte versagt. Er hatte letztlich die Tragödie geschehen lassen, zu einem Zeitpunkt, als durchaus noch ein Happy End möglich gewesen wäre.

Was sie sahen, als sie das Scheunentor öffneten, überraschte sie nicht wirklich. Im ersten Augenblick waren beide tief verstört und schockiert. Helmut hatte sich an einem Deckenbalken der Scheune aufgehängt. Dem Tod direkt gegenüber zu stehen, versetzt jeden empfindsamen Menschen in eine besondere, tief aufwühlende Stimmung. Unvergesslich brennt sich dieses Bild vom Tod in das Gedächtnis ein. Noch Jahre später können Menschen Details berichten, den Geruch am Morgen, das feuchte Kopfsteinpflaster auf dem Hof und wie sie ahnungsvoll das Scheunentor öffneten.

Dr. Emmerda prüfte kurz, ob wenigstens eine geringe Chance auf Hilfe möglich wäre. Bei genauem Hinsehen wurde ihm klar, dass der Tod schon vor Stunden eingetreten war.

„Elisabeth, da können wir nichts mehr tun." Mit diesen Worten nahm er sie behutsam in den Arm. Das schien ihr Trost und Hilfe zu bieten. Jedenfalls verblieb sie einige Minuten so bei Dr. Emmerda, in der Scheune, den Blick nach draußen gerichtet, weg vom Erhängten.

„Da müssen wir jetzt die Polizei anrufen.", fuhr Dr. Emmerda fort und zog sein Smartphone aus der Jackentasche.

„Ihr Hürbener habt euer Quantum an absurden Todesfällen für dieses Jahr schon verbraucht.", meinte der Polizist, der den Anruf entgegennahm.

„Ist Fremdverschulden erkennbar? Stellen Sie den Totenschein aus?". Letzteres war schon mehr als Aufforderung denn als Frage gemeint.

„Fremdverschulden ist nicht erkennbar und ich stelle natürlich die Todesbescheinigung aus. Der Tote ist ein langjähriger Patient von mir. Schwer depressiv. Seinen Selbstmord hat er schon mehrfach mir gegenüber angekündigt. Jetzt ist es soweit.", versicherte Dr. Emmerda der Polizei. Sie gab den Leichnam damit frei und der Bestatter konnte gerufen werden.

Dr. Emmerda rief seinen Freund, Pfarrer Thomas Jessasle, an. Eine zweite Person, dachte Dr. Emmerda, wäre nicht schlecht, denn die anschmiegsame Elisabeth war ihm etwas zu heftig auf ihn fixiert. Thomas Jessasle beeilte sich. Elisabeth war ihm schon immer sympathisch gewesen. Als evangelischer Pfarrer kannte er auch die Glücksmomente, wenn gutaussehende, trauernde Witwen auch den, natürlich sittsamen, körperlichen Kontakt mit der hohen Geistlichkeit ersehnten. Mit diesen Gedanken und seinen Erwartungen nach einem guten Stück Rührkuchen, von dem Dr. Emmerda ihm fürsorglich berichtet hatte, näherte er sich eilenden Schrittes dem nicht weit entfernten Hof von Elisabeth. Als die Bestatter kamen, auch wieder die Firma Wannawetsch, fanden sie die Drei angeregt plaudernd bei Kaffee und Rührkuchen. Sie sahen sich sofort eingeladen, ebenfalls ein Haferl Kaffee zu trinken, denn die unangenehme Arbeit, den Erhängten abzunehmen und ihn für die Beerdigung vorzubereiten, ließ sich mit einem guten Stück Kuchen im Magen leichter erledigen. Elisabeth bemühte sich rührend um die vier Männer in ihrem Haus. Wie bei einer dicken Wolkendecke, die immer wieder aufbrach und ein paar Sonnenstrahlen durchließ, schien ihr Leben jetzt, trotz aller Trauer, auch immer wieder eine hoffungsvollere Perspektive anzubieten. Ernst wurde es, als sie den Erhängten abnahmen. Der Pfarrer sprach ein Gebet. Mit einfühlsamen Worten gelang es ihm, Verständnis für die Selbsttötung eines Menschen aufzubringen. Elisabeth schluchzte. Dr. Emmerda sah den Vorgängen professionell kühl zu. Zu kühl. Zu professionell.

Die Türglocke klingelte noch während der Pfarrer seine tröstenden Worte an die Witwe richtete. Heike stand vor der Tür, offenbar von Elisabeth gerufen. Sie nahm ihre Freundin lange tröstend in den Arm. Auch ihr ging der Tod von Helmut sehr nahe, sie weinte. Elisabeth und Heike, Hans und

Thomas nahmen wieder am Küchentisch Platz, griffen nochmals zu Kaffee und Kuchen und erzählten, was sie mit Helmut erlebt hatten. Schließlich ebbte das Gespräch ab.

„Elisabeth, ich habe eine für dich wichtige Entdeckung gemacht. Ein pflanzlicher Wirkstoff, das Resveratrol, tötet deine Krebszellen ab. Das haben mehrere Studien in den USA ergeben."

„Wie das? Und wo finde ich den Stoff?"

„Die Wirkung ist wie bei deinen Krebsmitteln. Die Zellen des Multiplen Myeloms sterben durch Resveratrol, weil dieses ihr Wachstum hemmt. Der Stoff kommt unter anderem in den roten Häutchen um die Erdnüsse und in Traubenkernen vor. Man kann ihn in der Apotheke bestellen."

„Liebe Heike, das stimmt nicht ganz so wie du es schilderst. Eine feste medizinische Wahrheit ist das noch nicht. Einiges spricht dafür. Studien haben auch ergeben, dass der Stoff Krebszellen vor dem Tod schützt, den Patienten also schädigt. Schwierig ist das, weil Resveratrol sich nicht in Wasser lösen lässt. Zudem zerlegt der menschliche Körper das Resveratrol in kleinere Moleküle und er setzt sie neu zusammen. Die Vorgänge kennt man noch nicht genau."

„Hans, du spielst wie schon damals in der Schule den Supergescheiten. Du nimmst jeden Mut und machst jede Hoffnung zunichte! Als ob das nicht bei fast allen Medikamenten gelten würde! Schon immer warst du so. Du stiehlst jedem, der anders denkt, die Identität. Niemand darf neben dir hochkommen. Elisabeth und ich wissen aber: Medikamente aus der Natur wirken mehr als alles chemische Zeug. Das verstehst du nicht oder willst du nicht verstehen, weil du so kein Geld verdienen kannst. Die Natur hat zu jeder Abweichung auch eine Korrektur. Hier ist es so offensichtlich. Man muss es bloß sehen wollen. Herrgott Hans, das ist Basiswissen von Ayurveda. Irgendetwas vernünftiges musst du doch auch lesen.", erhitzte sich Heike.

Jetzt gockelte Hans. „Nein, Heike, falsch angewandte Medikamente töten, egal was du hoffst.", antwortete Hans kühl und mit einem arroganten Unterton. Ganz wohl war Hans bei seinen überspitzten Aussagen nicht. Aber aus seiner Haut konnte er nicht. Er fühlte sich als Arzt und stellte an sich den Anspruch, einfach alles zu wissen. Doch diesen Anspruch konnte er so wenig wie alle anderen erfüllen. Bescheiden aufzutreten, wäre weitaus besser gewesen.

„Ich hätte ohne dich mit Elisabeth reden sollen. Sie hätte mir geglaubt. Dann wäre sie ganz schnell genesen. So ist alles für die Katz. Elisabeth, tut mir leid, dass ich an so einem schweren Tag so deutlich werden muss. Aber Hans ist wirklich ein besserwisserisches Ekel. Neben dem findest du nie die nötige innere Balance."

„Heike, Danke. Was du sagst ist wie Sonne für meine Seele. Ja, ich suche mein inneres Gleichgewicht. Ich werde mir das mal selbst ansehen, ohne Hans. Jetzt dürfen wir nur an Helmut denken.", schlichtete Elisabeth den Streit. Hans sparte sich eine Antwort. Auch er suchte Konsens, über seinen falschen Stolz hinweg. Auch er wollte an diesem Vormittag, an dem sich Helmut das Leben genommen hatte, keinen Streit, schon gar nicht einen der so ernst würde, dass man sich hinterher nicht mehr versöhnen könnte. Schließlich war auch Hans klar, dass man bei dem Thema nichts gewiss sagen konnte. Aber er fand in der Situation nicht die richtigen Worte.

Zwei Tage später erfolgte Helmuts Beisetzung, an dessen Ende der Sarg ins Krematorium zur Verbrennung gefahren wurde. Heike war eine gute Woche bei Elisabeth geblieben. Was sie besprochen hatten, ob sie sich einig waren oder gestritten hatten, Hans hatte das nicht erfahren. Am Grab standen beide offenbar innig verbunden beieinander. Hans Emmerda war unbesorgt. Elisabeth hatte in den Tagen danach die chemischen Infusionen weiterhin ohne Widerspruch angenommen. Zu einem Gespräch über Heilmittel mit Hans war es nicht gekommen. Auch hatte Elisabeth nie den Vorschlag aufgegriffen, zusammen mit Hans über Heilmittel gegen Depressionen zu publizieren.

Was Hans nie erfahren hatte war, dass Elisabeth und Heike über eine alternative Heilbehandlung fachlich gestritten hatten. Heike hatte Elisabeth ein Konzept vorgestellt, das ihrer Meinung nach sicher eine Heilung bedeutet hätte. Elisabeth hatte dem nicht zugestimmt und fachliche Argumente dagegen vorgebracht. Sie, Elisabeth, hätte bereits in einem Forschungsprojekt einige Aspekte des Vorschlags von Heike geprüft. Leider seien die Heilmittel dann wirkungslos gewesen. Da, wo Elisabeth ruhig und sachlich argumentierte, wurde Heike emotional und fast ausfallend. Die Freundschaft wurde auf eine harte Probe gestellt. Elisabeth übergab Heike einige Aufsätze, in denen diese Ergebnisse von Elisabeths Tests beschrieben worden waren. Doch Heike lehnte diese Papiere ab, da sie in der Sprache der Schulmedizin geschrieben und in Fachzeitschriften der klassischen Medizin veröffentlich worden waren. Die Methoden der mathematisch-medizinischen Statistik lehnte Heike rigoros ab. Elisabeth müsse eben auch mal etwas glauben, sagte sie. Elisabeth blieb jedoch hart. Der Mensch habe nur eine Art von Vernunft. Das sei die Vernunft der Mathematik, der medizinischen Wissenschaft. Glaube sei kein Weg zu Erkenntnissen zu gelangen. An diesem Punkt brach ein Teil der Freundschaft ohne Aussicht, jemals wieder gekittet zu werden. Die Beiden gingen auseinander. Ihre Abschieds- und Freundschaftsworte bleiben jedoch hohl und in mancherlei Hinsicht unglaubwürdig.

Wie immer nach solchen Erlebnissen vertiefte sich der Bruch in der Folgezeit. Jede der beiden Biologinnen vertiefte ihre Überlegungen mit der Zeit weiter. Jede war mehr und mehr überzeugt, Recht zu haben. Jede spürte aber auch, dass in seinem Leben fortan ein Vertrauter fehlen würde, der bisher stabil und sicher das Leben stützte.

8 Polizeibesprechung

Der Innenminister hatte den Präsidenten des Landeskriminalamts, im Polizeijargon nur LKA, zu einem kurzen Gespräch geladen. Der LKA-Präsident war vor Jahren von einer anderen Partei als der des aktuellen Innenministers eingesetzt worden. Einfach waren beide Männer nicht.

Der Minister begann ohne zu grüßen: „Ich musste wieder alles selbst machen. Was machen Sie den lieben langen Tag eigentlich? Egal. Jedenfalls, ausnahmsweise macht ihr mal keine Fehler. Ich habe die Amerikaner dazu gebracht, uns die Software für den Profiler vollständig und kostenlos ein Jahr lang zum Ausprobieren zu geben. Hier ist die DVD.“

„Danke, Herr Minister. Das werden wir nutzen.“, sagte der Präsident betont devot.

„Wozu diese Bemerkung?[36] Natürlich wird das genutzt. Ich will, dass das LKA beim nächsten Mord mit ganz typisch schwäbischer Umgebung den Profiler ausprobiert. Nicht in der Stadt, wo alle wie die Amis leben. Da funktioniert er sicher.“

„Ja, Herr Minister. Wir geben es nicht nach unten. Das LKA strebt eine Entwicklungspartnerschaft an. Wir wollen einen niedrigen Preis und die Einarbeitung aller unserer spezifischen Wünsche.“

„Jetzt lernt das erstmal zu bedienen. Gut. Und eine Person muss das Produkt betreuen. Mit vollem Einsatz und ganzem Herzblut. Die Person, Beamtin oder Beamter, wird von allen anderen Arbeiten freigestellt, sie erhält einen persönlichen Dienstwagen und bewegt was.[37]“

---

[36] Gedacht hat der Innenminister: „Wenn i dean Kerle scho sieh, nao dreht sich mir scho d'Kuddl om. I schtell mr or, wia der en seine Parteigremien romhockt und jeden Bledsinn durchganga lässt. Schtatt dass r maol sait, wias wirklich isch.“

[37] Machat et wiedr so a scheiß Billiglösung. Dao kommt nex raus. D'Leit send henterher bloß saur. So schmeißt ma s'Geld naus. Iatz will i von der Leitong au amol an ordentlicha Eisatz seh. Ond wia dear widr guckt.“

„Herr Minister, das LKA weiß was zu tun ist."

„Ja, ja. Immer diese leeren Worthülsen. Das höre ich so oft, dann klappt wieder etwas nicht. Ich will den Profiler auch zur vorbeugenden Kriminalität haben. Er soll vorhersagen, wo die nächsten Einbrüche sind. Jetzt klärt ihr erst die Morde auf."

„Ja, Herr Minister."

„Das war es. Wiedersehen." Diese Worte sagte der Minister bereits durch die geöffnete Seitentür, über die er in sein Büro entschwand. Den Händedruck versagte er sich. Sein Persönlicher Referent, der das Gespräch in einem Aktenvermerk festhalten musste, sagte noch: „Ich schicke Ihnen den Vermerk zu, sobald der Minister ihn genehmigt hat."

„Ich hätte ihn gerne vorher, um gegebenenfalls noch etwas zu ändern und einzufügen.", sagte der Präsident.

„Der Minister mag das überhaupt nicht. Sie sollten das LKA ihm gegenüber nicht loben. Das macht er schon selbst in der Öffentlichkeit. Wiedersehen.[38]"

Damit war der Präsident mit seiner halb ausgetrunkenen Tasse Kaffee allein im Raum. Seelenruhig trank er sie ohne Hektik aus.[39] So sei das halt in den hohen Positionen, beruhigte er sich.

Kriminalhauptkommissar KHK Walter Zäh vom Landeskriminalamt erhielt daraufhin den Profiler, ein Workaholic und ein IT-Verrückter. KHK Zäh trotzte so unerbittlich allen Schwierigkeiten wie die Schirm-Kiefern im chinesischen Huang Shan Gebirge. Die überleben und wachsen in engsten Felsspalten und widerstehen sengender Hitze und klirrender

---

[38] Dees kannsch glatt vergessa. Ond lob di et emmr so ibertrieba. Des glaubt dr koi Sau. Dr. Minischtr dät di liebr heit als morga end Wüste schicka. Aber nao dät ma di ens Ministerium versetza ond er misst dich jeden Tag agucka. Dees will'r scho gar et.

[39] Der Präsident dachte: „ Mei Gott, was dia Parteiräson aus de Leit doch ällas macht. Friaher war der ganz normal. Iatz spielt'r sich auf, als wenn'r d'Weisheit mit am Löffl gfressa hät. Ohne seine Leit wär dear gar nix. Dia müssat ihm ja ällas aufschreiba. Wahrscheinlich sogar, was fr Ausreda er seinr Frau sait, wenn'r maol wiad neaba naus ganga isch. I trenk iatz mein Kaffee ond wenn dia dean Raum brauchat, nao sollat se halt komma. Isch ällas mit dem Gehalt abgolta."

Kälte. So rustikal und rauh wie die Felsen dieses Gebirges waren auch die Räume der Giengener Polizei. Paläste wird niemand als Zuhause einer Behörde der öffentlichen Verwaltung eines so kiebigen Landes wie Baden-Württemberg erwarten. Aber dass nur einfache und zudem nicht einmal neue Stühle, teils beschädigte Möbel und Tische benutzt werden mussten, war dann doch mehr peinlich als der Bescheidenheit geschuldet. Man musste, so wie KHK Zäh, von seiner Aufgabe restlos überzeugt sein, um in dieser Umgebung hochwertige Arbeit zu leisten. Nur sein Profiler-Programm war neu. Den Glauben an dieses Programm gab er keineswegs verloren. Ganz im Gegenteil. Nachdem ein paar ortsübliche Lerninhalte eingespeist waren, wurden die Ergebnisse immer besser. Erstaunlicherweise, fand Zäh, mordeten die Schwaben und Badener kein bisschen anders als die Amerikaner.[40] Die Hürbener Situation war nicht einfach zu analysieren. Der Profiler hatte mehrere Varianten mit unterschiedlichen Chancen gefunden. Da musste jetzt mal ein Knopf dran, dachte KHK Zäh. Auf den 24. Oktober hatte er das Erscheinen aller Polizisten, die in irgendeiner Weise mit den beiden Todesfällen in Hürben zu tun hatten, angeordnet; Zehn Uhr, eine Besprechung in dem polizeilichen Lagerraum in Giengen.

Keiner fehlte.[41] Diese beiden Fälle waren auch für die Giengener ungewöhnlich. Wobei, so dachten alle bis auf KHK Zäh, der zweite Fall sei offensichtlich Selbstmord. Weil die Urne auch schon bestattet worden war, konnte man den Fall sowieso ablegen. Der Jakl war das Problem.

KHK Zäh präsentierte zuerst mit PowerPoint die Situation. „Zwei Tötungsdelikte in Hürben" lautete die Überschrift. Er bitte, erst mal seinen Bericht zu hören und dann zu diskutieren, sagte er.

„Wir haben zwei Tötungsdelikte. Ich greife sie in chronologischer Reihenfolge auf. Zuerst geht es also um Jakob Würmle. Der Postbote, ein dunkelhäutiger Einwanderer namens Jarson Sokolo, rief um etwa 5.50 Uhr Dr. Emmerda an, dass er einen menschlichen Körper im Zusammenfluss von Hürbe und Lone sehe. Der Mann liege auf dem Bauch. Er sei seiner Einschätzung nach tot. Dr. Emmerda sagte ihm, er solle nicht hingehen

---

[40] Dia Lompa send doch ieberall de gleiche. Geld, Sex, Angeberei. Mea fellt deane et ei, Maala wia Weibla.

[41] KHK Zäh dachte: „Gugg no na, wia dia älle brav dao hockat. Wia d'Schätzla en dr Schual. Iatz muas e wiedr ällas von vorna her saga. Keiner passt auf, jeder vergisst ällas. Abr befördert wellat se älle sein. Moisch da duat au oinr bloß a bissle mea als was seine Stunden her gebat..

und Gefahr laufen, Spuren zu verwischen. Er sei in wenigen Minuten unten und leiste medizinische Hilfe. Bereits nach drei Minuten war Dr. Emmerda vor Ort, sagte Herr Sokolo. Er hätte, so gab er zu Protokoll, auch nicht schneller und sicher nicht sachkundiger als Dr. Emmerda mit dem leblosen Körper umgehen können. Dr. Emmerda stellte sofort den Tod fest. Er ging den Weg, den er gekommen war, zurück und verwischte definitiv keine Spuren. Vom Auto aus hatte er 5.58 Uhr die Polizei verständigt. Die Streifenpolizei mit Sepp Brandner und Rosie Berger war in Burgberg und somit bereits um 6.02 Uhr vor Ort. Sie sicherte großräumig den Ort, ebenfalls ohne Spuren zu verwischen. Das Vorgehen war in jeder Hinsicht professionell und zu loben. Die Kriminalpolizei erschien um 6.08 Uhr mit dem ersten Fahrzeug, die Spurensicherung erschien um 6.36 Uhr. Sie drang als erste polizeiliche Einheit bis zu dem Toten vor. Nur die etwa zwanzig Meter lange Spur des Toten von der Teerstraße zum Wasser wurde gefunden. Schuhgröße, Schrittweise usw. wurden mehrfach überprüft und deshalb ist zu 100% sicher, welchen Weg der Tote zu Lebzeiten durch das Gras genommen hatte. Hier seht ihr einen Plan mit allen gefundenen Spuren.

Am Leichnam wurden tiefe Würgemale von festen Würgegriffen[42] gefunden, die die Luftröhre zumindest angeknickt wenn nicht sogar kurzfristig zugedrückt hatten. Außerdem erhielt der Tote zu Lebzeiten wuchtige Ohrfeigen und kräftige Schläge gegen die Brust. Bei den robusten Bauersleuten weiß man ja nie, ob eine Frau oder ein Mann gewalttätig wurden. Die Würgemale würde der Profiler einem Mann und die Ohrfeigen und Brustschläge einer Frau zuordnen, ersteres mit 60% und letzteres mit 95% Wahrscheinlichkeit. Wir hätten dann also eine vorausgegangene Schlägerei des Jakob Würmle mit einem Paar. Wieso er dann allein etwa 2,4 km durch das Wiesental lief, wobei wir den Anfangspunkt nicht bestimmen können, weil er die trockene Teerstraße benutzte, ist völlig unklar. Anzeichen, dass er orientierungslos war, gibt es nicht, denn seine Schritte sind in allen Spuren fest und geradlinig. Die Sauerstoffversorgung in seinem Körper war, wie es scheint, bis zum Erstickungstot voll funktionstüchtig. Das alles ist kein Wunder bei einem so drahtigen und athletischen Mann.

In den Profiler habe ich alles eingegeben. Auch die Ermittlungsgespräche mit der Familie Würmle, die Gespräche mit Ferdinand Würmle in Berlin,

---

[42] Dean hat oinr odr oina gnoddelt, bis er a schlaffer Sack war. Nao hat'r wiedr a paar Schnabbr macha deffa.

die dort erhobenen Beweise und Zeugenaussagen zum Alibi, sowie desgleichen zu seiner Schwester Emmy Hörger.

Bei einer Haus- und Hofdurchsuchung wurde bei der Familie Würmle eine Akte mit einem Erbstreit der drei Geschwister Jakob, Ferdinand und Emmy gefunden. Es geht um ein Waldstück, das alle drei von ihrer gemeinsamen Patentante geerbt haben, allerdings mit einem unklar formulierten Testament, und das einen Wert von gut 1,1 Millionen Euro hat, geschätzt nach den gängigen Waldpreisen. Das hat uns das Finanzamt mit Blick auf die Verkaufspreissammlung schriftlich mitgeteilt. Der Staatsförster hat das der Größenordnung nach für plausibel angesehen. Auch die Aussage ist schriftlich vorhanden. Unklar ist das Testament, weil es als Empfänger der Wiese „meine lieben Patenkinder" nennt. Emmy hatte allerdings seit ihrer Pubertät immer Konflikte mit ihrer Patentante, der Emmy nicht ehrgeizig genug und zu leichtlebig war, also zu viel mit Jungs unterwegs war. Sie sei, sagte Jakob Würmle, inspiriert von einem streitsüchtigen Wald- und Wiesen-Anwalt, kein „liebes Patenkind" und somit vom Erbe auszuschließen.

Gefunden hatte ich im Nachtkästchen von Jakob Würmle handschriftliche Zettel. Unsere Schriftexperten sagten, es könnte eine verstellte Frauenschrift sein. Die Zettel sind offenbar nicht vollständig, denn wir können nur herauslesen, dass ein von Jakob Würmle gezeugtes Kind irgendwie ausgesetzt worden war. Das Kind - es dürfte inzwischen erwachsen sein - hatte Geld gefordert. Der von mir befragte Schriftexperte sagte weiter, manche Zettel seien in großer seelischer Erregung geschrieben worden. Die Frage ist, ob das ein Motiv für einen Mord wäre. Und wer käme als ausgesetztes Kind in Frage? Wen sollen wir nach Alibis fragen? Hatte diese Geldforderung dazu geführt, dass Jakob Würmle seinen Geschwistern ihren Anteil am Wald nicht überlassen wollte? Jakob Würmle war jagte jedem Rock nach. Jeder weiß das in Hürben und Umgebung.

Und dann greift mir das Glück unter die Arme! Stellt euch vor, ein Dresdner Paar war genau in der Mordnacht auf der Kaltenburg und hat in der Lone gebadet. Um Mitternacht, Und mit einer hochauflösenden Kamera allererster Qualität. Und dann machen die Foto-Nerds auch noch Fotos von dem Streit. Im Nebel. Wahnsinn! Wann hat man schon so eine Situation. Trotzdem komme ich nicht weiter. Wer die Frau ist, die behauptet eine Tochter von Jakob Würmle zu sein, kann ich nicht erkennen. Größe und Körperbau könnten bei mehreren Frauen aus dem riesigen

Aktionskreis von Jakob Würmle passen. Aber was der alte Weiberheld alles gezeugt hat, wissen wir nicht.

Mein Verdacht ist, dass die Tochter vom Bauer Frieder Hörger in Dettingen, die Babette, ein Kuckuckskind ist. Ich habe sie im Bild gesehen, da fiel mir ihre Ähnlichkeit gleich auf. Als ich sie persönlich traf, empfand ich das noch stärker. Leider habe ich nie gesehen, wie sich Jakob Würmle bewegt hatte, wie er sprach. Sepp, wärst du so nett und würdest dich mit der Babette mal treffen? Könnte sie die Tochter von Frau Hörger und Jakob Würmle sein, ist meine Frage. Wenn sie seine Tochter wäre und er ihr dennoch nachsteigen würde, wäre das schon eine psychisch seltsame Veranlagung von dem Alten. Oder nicht?

Alles ist im Profiler. Und der gibt nun die Meldung aus, dass es sich mit 70% Wahrscheinlichkeit um einen Mord handelt. Das ist logisch, einsteils, erklärt aber die Schlägerei nicht und die Zettel im Nachtkästchen ebenso wenig. Selbst die Dresdner Bilder sind kein sicherer Hinweis auf einen Mord, zusammen mit den Zetteln aber ein starkes Argument. Die Dresdner hatten zudem den Eindruck, die zwei Streitenden hätten sich einfach in Wut getrennt. Wir stoßen in Hürben überall auf ein nebulöses Schweigen. Vielleicht haben in der Nacht bis auf die Täter und das Opfer wirklich alle geschlafen. Aber in einem Dorf haben doch alle Tag und Nacht Ohren und die alten Damen sehen doch 24/7 durch ihre Fenster. Jedenfalls stehen wir jetzt ziemlich ratlos hier.

Nun kommen wir zum Fall von Helmut Faust. Er wurde um 6.45 Uhr erhängt in seiner Scheune gefunden. Wieder war es Dr. Emmerda, der als erster vor Ort war, zusammen mit der Ehefrau des Erhängten, der Elisabeth Faust, einer pensionierten Lehrerin. Am Ort des Geschehens erschien dann noch der evangelische Pfarrer Thomas Jessasle. Er sei gerufen worden, um seelsorgerischen Beistand zu leisten. Von den beiden Bestattern des Bestattungshauses Wannawetsch wurden die drei um 8.12 Uhr bei Kaffee und Kuchen angetroffen. Die Bestatter wurden dazu eingeladen und der Erhängte wurde nach einer erstaunlich fröhlichen Kaffeerunde mit einem Gebet des Pfarrers vom Dachbalken gelöst und in ein Totentuch verpackt. Den Totenschein hat Dr. Emmerda ausgestellt und dabei Fremdverschulden ausgeschlossen. Dann erschien noch eine Freundin der Witwe, eine gewisse Heike, Biologin, Lehrerin, die uns nicht interessiert. Zwei Tage nach seinem Auffinden fand die Trauerfeier statt, mit großer Anteilnahme der Bevölkerung und seiner früheren Arbeitskollegen und Freunde. Helmut Faust war offenbar beliebt.

Zur familiären Situation haben wir erfahren, dass Elisabeths Eltern nicht bekannt sind. Ihre Mutter gebar Elisabeth wahrscheinlich als uneheliche Tochter. Elisabeth konnte ihre Mutter als uneheliches Kind natürlich nicht in eine spätere Ehe mitbringen, falls es eine solche Ehe überhaupt gab. Die Mutter stellte ihre Tochter in einem Korb vor die Haustür einer angesehenen Familie am Ort. Details sind nicht ermittelt worden. DNA-Untersuchungen gab es damals nicht.

Weiter wissen wir, allerdings wieder ohne Details, Elisabeth sei krebskrank. Die Krankheit habe man im Griff und sie könne ohne Einschränkungen leben. Ihr Mann sei, wohl wegen ihres Krebsleidens, hochgradig depressiv geworden. Seit Monaten habe er sich mit Selbstmordgedanken getragen. Mehr wissen wir hierzu nicht. Alles unterliegt dem Arztgeheimnis. Die Polizei hatte den Toten telefonisch zur Bestattung freigegeben. Wieso diese Hektik, frage ich mich, frage ich auch euch. Dr. Emmerda stellte sofort und ohne weitere Untersuchung den Totenschein aus.

Der Profiler gibt dazu aus, dass es sich mit 40% Wahrscheinlichkeit um einen Mord handelt. Der Grund für den hohen Wert ist, dass in den USA Menschen mit chronischen, möglicherweise tödlich verlaufenden Erkrankungen in einer Art Endspurt noch das Menschenmögliche aus ihrem Leben herausholen wollen. Wer da im Wege steht, lebt offenbar riskant. Ob das in Hürben bei der verbreiteten pietistisch-religiösen Grundhaltung so zutrifft bezweifle ich. Aber bei 40% Wahrscheinlichkeit können wir die Akte nicht einfach zumachen. Also im Klartext: Elisabeth Faust hätte ihren Ehemann erhängen können, um noch ein paar lustige Jahre zu haben.

So, das wars von meiner Seite zum Sachstand. Wir steigen in die Diskussion ein. Wer will was sagen?"

Der Polizist, der an dem Morgen, als Dr. Emmerda anrief und meldete, dass Helmut Faust erhängt aufgefunden worden war, meldete sich. „Die Sache war klar. Da machen wir nicht lange rum, hier in Giengen." KHK Zäh nickte bloß. Der Brandner Sepp stand auf.

„Ich muss da jetzt meine persönliche Betroffenheit mitteilen. Ich muss mich aus den weiteren Ermittlungen zurückziehen. Der Sachverhalt ist wie folgt. Dr. Emmerda hatte mich aufgefordert, einen DNA-Vergleich mit der Waise Wiesen-Marie, also Marie Brucker, angenommen vom Bäcker Brucker, aus Hürben, durchführen zu lassen. Er hat auch veranlasst, dass die

Krankenversicherung die Kosten übernahm. Das frappierende Ergebnis war, dass die Wiesen-Marie und ich verwandt sind. Als ich heute Nacht nicht schlafen konnte und mir die sexuellen Abenteuer des Jakob Würmle durch den Kopf gingen, kam ich auf die Idee, dass der Würmle mehrere uneheliche Kinder haben könnte, vielleicht auch die Wiesen-Marie. Listet man die unehelichen Kinder in Hürben auf, dann fällt auch Elisabeth Faust drunter. Könnte ich direkt oder entfernt mit ihr verwandt sein? Vielleicht sehe ich bloß Gespenster. Egal. Ich muss meine mögliche Betroffenheit erklären. Ich denke, ich darf deshalb nicht weiter hier ermitteln, damit man mir – und unserer Polizei! - nicht vorwerfen kann, dass ich polizeiliche Ermittlungen manipuliere. Außerdem könnte jede Aussage von mir gegen mich oder enge Familienangehörige von mir verwendet werden. Das will ich vermeiden."

KHK Zäh war verdutzt: „Da tun sich verwirrende Perspektiven auf! Herrgott Sepp. Da hattest du eine schwere Nacht." Dann fuhr er fort: „Ohne konkrete Anhaltspunkte können wir nicht bei allen eine DNA-Analyse machen lassen. Da könnte neben Jakob Würmle noch manch anderer Schürzenjäger entlarvt werden. Und eines wissen wir alle: Wenn wir in einem Dorf den Falschen verdächtigen, dann kann der nur noch wegziehen. Schnell ist der Ruf von einem Dörfler ruiniert. Das darf nicht passieren. Wir können auch keine Speichelprobe oder dergleichen von allen groß gewachsenen Frauen nehmen. So was ist unverhältnismäßig und verboten."

Alle nickten. „Kuckucks-Kinder können in den besten Familien sein.", meinte Sepp Brandner.

Karl Gscheidle, der als lokal zuständiger Kriminalist jede Unruhe vermeiden musste, sagte: „Alle untersuchen? Das könnt ihr vergessen! Da stimmt unser Polizeidirektor nie zu."

Sepp Brandner schloss seinen persönlichen Fall ab mit den Worten: „Mit meiner Mutter habe ich noch nicht darüber gesprochen. Das will ich allein auch nicht machen. Das alles ist schon starker Tobak. Meine Mutter ist eine starke Persönlichkeit."

„Danke Sepp. Ich erkenne, da müssen wir nochmals genauer nachsehen. OK, du darfst dann jetzt gehen. Du machst auch keinen Streifendienst mehr in Hürben. Rosie fährt vorerst allein."

Nachdem Sepp Brandner gegangen war, fuhr KHK Walter Zäh fort.

„Immer wieder stoße ich auf den Dr. Emmerda. Ich bin mir sicher, er weiß mehr als wir. Kein Wunder, er war ja auch immer als erster an den Tatorten. Aber ich bekomme ihn nicht zum Reden. Ärztliche Schweigepflicht, sagt er. Sein Patientenarchiv hätte ich mal gerne durchsucht. Verdammt. Was meint ihr dazu?"

„Vorher muss ich noch was gestehen.", fuhr ein Spurensicherer dazwischen. Am Tatort war doch der Sebastian Würmle. Er sagte, und ich habe ihm da eins verbal über die Rübe gegeben, dass die Plastiktüte am Vortag noch nicht da war. Das war dumm von mir[43]. Ich entschuldige mich."

„Peter, das ist jetzt das dritte Mal dass du so undiszipliniert bist.[44] Ich muss dich leider versetzen, Du hast in der Spurensicherung auf ganzer Linie versagt. Ein Ermittler darf nie und nimmer einen Zeugen dazu bringen, dass er etwas nicht sagt, dass er eingeschüchtert wird oder etwas an das anpasst, wovon er meint, die Polizei erwarte so eine Aussage. Das ist ein ehernes Gesetz. Wir brauchen die Wahrheit und nichts als die Wahrheit. Die Staatsanwälte rächen sich sonst bitterlich, denn sie müssen an die Öffentlichkeit. Wenn dann die Bildzeitung schon zwei Stunden später nachweist, dass alles was wir sagen falsch ist, gibt es einen Skandal. Und, Kollegen, wir haben einen Amtseid geschworen!"

Der so kritisierte Spurensicherer stand auf und verließ wortlos den Raum. Ihm war klar, dass er keinen Aufstieg in der Polizei mehr zu erwarten hatte. Die wenigen Kollegen, die ihn von da an nicht mieden, hatten ihm ein paar Tage später empfohlen, bei einer privaten Sicherheitsfirma, etwa beim Kraftwerkschutz, anzuheuern. Er bewarb sich in Gundremmingen, bei den Betreibern des Kernkraftwerks dort, und wurde selbstverständlich sofort „mit Kusshand" genommen. Allerdings vermisste er rasch die kameradschaftliche Atmosphäre und vor allem die vielfältigen Aufgaben der Polizei. Beim Schutz des Kernkraftwerks saß er oft einsam in einem Überwachungsraum vor einer Reihe Bildschirme, trist und langweilig und mit viel Kaffee, um ein Einschlafen zu verhindern.

In der Diskussion im Lageraum ging es vor allem um die Rolle von Dr. Emmerda. Hatte er in Hürben das Gesetz und die Rechtsprechung selbst in die eigene Hand genommen? Hatte er Beweismittel nicht gewürdigt oder gar unterdrückt? Falls ja, wieso? Wollte er alte Freunde und Freundinnen

---

[43] I war dao a echtr Seggl.
[44] Dees kaasch laud saga, dass du a Seggl warsch. I hao dr dees scho zwoi Maol gsait. Iatz langts mir fei echt.

schonen? Erhielt er Geld dafür? Oder andere Gegenleistungen? Fühlte er sich als Rächer? Das waren die Positionen der einen Gruppe.

„Vieleicht habe ich zu viele Kriminalfantasien gelesen. Ich könnte mir den Emmerda jedenfalls als einen beginnenden Serienmörder vorstellen. Er könnte die perfekten Morde im Dorf begehen, denn niemand weiß so viel wie er.", sagte KHK Zäh.

Die anderen bezweifelten das und meinten, so sei das halt auf dem Dorf. Der Dorfarzt habe manchmal eine starke Stellung. Das sei auch richtig. Sie müssten allerdings zugeben, dass Dr. Emmerda eine ganz besonders starke Position im Dorf einnehme. Natürlich wüssten auch sie, dass manche Ärzte nicht genau hinsehen und einen Totenschein ausstellen, wo man mit etwas Verstand sofort misstrauisch werden müsste. Könnte natürlich auch sein, dass Dr. Emmerda keine Unruhe in Hürben entstehen lassen wollte, mit Verdächtigungen, Ausgrenzungen unbescholtener Dörfler.

KHK Zäh entschied letztlich in einer Zusammenfassung: „Wir untersuchen die Bankkonten von Dr. Emmerda und hören uns noch etwas um. Dr. Emmerda wird als Verdächtiger eingestuft. Rosie könnte das im Blick behalten. Ihr traut man nichts Böses zu, weil sie noch in der Ausbildung ist und allein mit den Hürbenern sprechen wird, jedenfalls in nächster Zeit. Du hast Witz und Redegewandtheit genug, um die auszuhorchen. Lass dir Zeit und beobachte alle Kleinigkeiten. Karl, als Kriminalkommissar schaust du mal in den bekannten Datenbanken nach allem, was du über Dr. Emmerda findest. Schickt mir Mails. Wenn genug Verwertbares vorliegt, treffen wir uns wieder hier. Und Rosie: Bitte schau dir mal die Babette Hörger an." KHK Zäh atmete tief durch.

„Damit ihr nicht meint, die Typen aus dem Landeskriminalamt wären sich zu schade zu arbeiten, erstelle ich aus dem Melderegister aller betroffenen Gemeinden eine Liste aller Findelkinder und ihrer eventuellen Eltern sowie ihrer Adoptiveltern. Kuckucks-Kinder hat allenfalls Dr. Emmerda in seinen Patientenakten. Dann könnten wir gezielt DNA-Analysen einfordern, oder das zumindest mal überlegen.

So, genug geschafft. Mahlzeit allerseits![45] Ich gehe noch mit in eure Kantine. Die ist ganz gut und heute gibt's Linsen mit Spätzle. Dann fahre ich zurück ins Landeskriminalamt nach Bad Cannstatt."

Aber wie das meistens ist, wenn man in die Kantine geht, so widerfuhr es auch KHK Zäh. Er traf Bekannte und kam ins Gespräch.

„Zäh, alter Knabe, was treibt dich hierher?"

„Bernd, ich dachte, du bist in Gmünd!"

„Da war ich, als wir zusammen auf dem Lehrgang waren. Ich habe mich scheiden lassen und wegen meiner neuen Partnerin hierher gemeldet. Das war keine schlechte Entscheidung. Polizeipsychologisch ist auf der Ostalb doch einiges los. Fahr durch die Dörfer, alles erscheint bieder und ruhig. Und hinter der Fassade: Sex und Crime. An den Baggerseen, wo die im Sommer baden, stehen Hütten, in denen die härtesten Pornos laufen. In den Scheunen wird gehascht und auf den Feldern wächst zwischen den Maispflanzen nicht nur Unkraut."

„Interessant Bernd. So geht's mir mit den Hürbenern."

„Hürben, da habe ich mir mal die Akten angesehen, weil eine alte Bäuerin nach einem Einbruchsversuch ständig sagte, man habe ihr schon mal was geklaut, als die Autobahn gebaut worden war. Um weiter zu kommen, hatte ich sie reden lassen. Sie erzählte, der damalige Bürgermeister hätte sich spottbillig Grund angeeignet, von dem er behauptete, die Gemeinde brauche ihn als Tauschgelände bei der Flurbereinigung im Zusammenhang mit dem Autobahnbau. Aber die Gemeinde hatte die Grundstücke nicht gebraucht. Hinterher hatte der Bürgermeister flächenmäßig das doppelte und wertmäßig etwa das Hundertfache Grundvermögen im Vergleich zu der Zeit vor dem Autobahnbau. Da gehen Dinge ab, sag ich dir."

„Mich interessiert der Dorfmedicus, der Hans Emmerda. Ist der korrekt oder schwätzt er Witwen auf dem Sterbebett noch Vermächtnisse ab, so ein paar Hundert Tausend, für schwarze, arme Negerlein in Afrika, oder so was?"

---

[45] „Guten Appetit" wäre sicher korrekter, hat sich aber irgendwie nicht überall eingebürgert.

„Von Hürben weiß ich nichts, aber so was gibt's natürlich. Das ist ein Schwank auf das Leben hier."

„Konntest du das damals beweisen? Aber eins muss ich sagen, die Linsen und Spätzle sind einfach herrlich bei euch. Die Saiten müssen knacken, wenn ich hineinbeiße. Das muss man hören. Die Spätzle müssen fest sein und dennoch die Soße aufsaugen. Die Linsen dürfen nicht verkocht sein, müssen in einer dickflüssigen Soße schwimmen und da muss etwas Essig oder Wein verkocht sein. Also einfach so, wie die hier.", lobte Zäh sein Essen, bevor er sich die Antwort anhörte.

„Walter, kannst du nicht. Die halten hier zusammen wie Pech und Schwefel und präsentieren dir Erklärungen für alles, als hätten sie sich strategisch abgesprochen. Hinterher weiß ich immer selbst nicht mehr, ob ich mir in meinem ‚kranken' Kriminalisten-Gehirn alles bloß eingebildet habe oder ob ich einem konkreten Verdacht nachgehe. Was Bürgermeister, Notar und Dorfarzt mit oder ohne Angehörige am Kranken- oder Sterbebett sprechen ist nicht nachvollziehbar. Weißt du, Sterben ist hier natürlich so schlimm wie überall, aber die Leute hier sehen über den Tod hinaus, auch die Sterbenden selbst. Die Sterbenden sind so raffiniert wie die Hinterbliebenen."

„Wie ermittelt man da?", wollte Zäh wissen.

„Am besten, du heiratest ins Dorf ein. Schnapp dir eine hübsche Bäuerin."

„Bernd, du weißt, meine Babette ist die Feinste. Da müsste ich einen vom anderen Ufer spielen oder mein jüngeres Brüderchen aus dieser Fraktion schicken."

„Oh, da werdet ihr sicher auch fündig in der dörflichen Gemeinschaft.", lachte Bernd. „Den Ochsen[46] in Altdorf betreiben zwei Schwule. Die kochen super, können sich vor Gästen deshalb nicht retten. Und die Frauen erzählen denen Dinge, da wird auch der Pfarrer neidisch. Die sind keine Konkurrenz zu ihren Männern und machen die Frauen auch nicht an. Hohe emotionale Intelligenz haben die. Bei Gesprächen mit solchen Leuten habe ich schon einiges rausbekommen, nur keine hieb- und stichfesten, gerichtsverwertbaren Beweise. Weiß der Geier, wer die Ostälbler so gut trainiert!"

---

[46] Gemeint ist der Gasthof „Ochsen".

„Dank dir für deine liebenswürdige Beschreibung der Schwulen."

„Gerne. Schau mal, der Erich da drüben ist wieder da. Eigentlich ist er pensioniert, schaut aber immer mal wieder rein. Der hat über zwanzig Jahre die Dörfer als Schutzpolizist betreut, auch Hürben."

„Erich komm her!", trompete Bernd quer durch die Kantine.

„Gleich. Muss noch ein paar Mal Hallo sagen."

Nach einem Espresso, bei dem Bernd und Walter alte Geschichten in Erinnerung riefen, kam Erich zu ihnen. Nach Walter Zähs Bitte, den Hans Emmerda zu charakterisieren, erzählte Erich.

„Als Junger hat der nichts ausgelassen, keinen Rock und keinen Schnaps. Der hat so einen feinen Charme, den mag man einfach. Der kann zuhören, ist nicht geizig und zahlt auch eine Runde. Ein feiner Kerl. Aber seinen Vorteil nimmt er sich, wo er kann, immer mit Augenmaß und immer bleibt was für die Kumpels übrig."

„Gibt es Vorstrafen? Hat man ihn mal bei was Großem erwischt?"

„Nein, nie. Die jungen Kerle in Hürben hatten einem Bauern, der zu arm zur Renovierung seiner Scheune war, die Scheune angezündet und heiß saniert. So sagte man das hier: ‚heiß saniert'. Die staatliche Gebäudebrandversicherung baute dann eine neue Scheune auf. Da gab es nicht einmal eine Selbstbeteiligung. Ich musste ermitteln, aber da war nichts zu machen. Was die Kerle nicht selbst an Beweisen vernichtet hatten, das hatten ihre Freunde von der Feuerwehr verschwinden lassen. Einmal mit der Hochdruckspritze rein gehalten und du fandest nichts mehr. Und natürlich hatte die Feuerwehr erst mal alles ordentlich verbrennen lassen. Man habe versehentlich einige falsche Schläuche dabei gehabt. Dem Bauern hat es geholfen. Heute hat er einen stolzen Bauernhof, den Maier-Hof."

Nach ein paar Schluck Bier und nachdem Karl ihm einen Schnaps geholt hatte, machte Erich weiter.

„Wenn sie ein neues Auto brauchen, machen sie einen Unfall mit einem Traktor. Traktoren haben keine Erhöhung der Kfz-Versicherungsprämie, nach einem Schadensfall. Auch so wird saniert."

Walter Zäh lachte schallend. Er sei auch kein Heiliger gewesen und wisse, wie man so was anstellt.

„Der Maier-Hof spielt bei mir auch eine Rolle, ganz am Rand. Erich, was hast du dann all die zwanzig Jahre gemacht?"

„Oh, Walter, das sind lauter nette Leute. Du bekommst deine Kartoffeln, ein Schnäpsle, ein halbes Schwein und so Sachen, gut und billig. Wir sind gut ausgekommen miteinander. Der Dr. Emmerda behandelte die Besoffenen und ich erhielt immer einen Hinweis, wo die im Wald gefundenen Autos hingehörten. Da bekam ich so viele Ordnungswidrigkeiten zusammen, dass meine Beförderung immer gesichert war. Mord und Totschlag gab es nie. Also: Friede, Freude, Eierkuchen."

„Das sind Aussichten. Jetzt muss ich Rosie noch sagen, sie soll nach gehörnten Ehemännern und enttäuschten Liebhaberinnen suchen. Danke euch beiden!", lachte Zäh.

„Menschen führen heißt, diese Menschen ihre Ideen umsetzen lassen. Lass die Rosie mal machen. Die hat mehr neue Ideen als du.", holte ihn Erich vom hohen Ross.

9 Große Liebe

Rosie hatte klare Ziele: Ihr wichtigstes Projekt war, einen netten Kerl zu finden, mit dem sie vorerst mehr als ein Jahr zusammen sein konnte. Ihr zweitwichtigstes Projekt war, ihren Polizeiberuf erfolgreich zu leben.

Zwei Todesfälle konzentrieren unseren Blick auf dieses eine Thema „Tod". Als zwei Ereignisse unter Tausend anderen sahen Einheimische das Thema. Der Sohn hat das Abitur geschafft, Janine hat ein neues Auto gekauft, die Berners fliegen nach Australien, eine neue Leiterin der Kindergartengruppe ist gefunden, die Mama zieht ihren neuen bunten Schal tatsächlich an und Opa zieht seine neuen Gummistiefel, die das Christkind brachte, nicht an, weil sie sonst schmutzig werden. Das war im Dorfleben wichtig. Nur die Medien bauschten ständig die zwei Todesfälle auf. Sie bohrten ohne Unterlass mit immer neuen, aus den Finger gesogenen „Erkenntnissen". Jeder klassische, männliche Kommissar hätte die Sicht der Einheimischen ebenfalls als völlig verrückte Sicht auf die polizeiliche Aufgabe bewertet. Rosie nicht. Sie erfühlte die Sicht der Dorfbewohner bei jedem Gespräch in Hürben. Ihren Auftrag zu ermitteln hatte sie deshalb nie konkret, sondern als unverbindlichen Wunsch verstanden.

Rosie war stolz, dass sie als Polizeianwärterin so einen komplizierten und verantwortungsvollen Auftrag bekommen hatte. Aber ob bei einem jungen Mann die „führsorgliche Betreuung durch die Chefs" so wie bei ihr gelebt worden wäre? Sie dürfe schon einen engeren Kontakt aufnehmen, sagten ihre Chefs. Täglich wollten die Chefs wissen, was sie erreicht hatte, allerdings ohne ihr über diese unnötige Fragerei hinaus irgendwelchen Druck zu machen. Rosie berichtete von Mal zu Mal weniger und flapsiger, weil ihre Chefs sie nervten.

Was anderes wäre Rosie nie in den Sinn gekommen, als aus dem Polizeiauto auszusteigen und durch das Dorf zu gehen. Dafür hatte sie kein polizeiliches Verhaltenstraining gebraucht. Sepp Brandner war im Wagen sitzen geblieben und sprach nur aus dem offenen Fenster mit den Leuten auf der Straße. So schafft man nicht Kontakt. Hürben gefiel Rosie. Das war ein Auftrag nach ihrem Geschmack. Ein Schwätzchen sollte dem nächsten folgen. Sie wollte die meisten Dörfler namentlich ansprechen können, wann immer sie diese traf.

Um keinen Verdacht zu erregen, sie würde einen bestimmten Fall untersuchen, parkte sie den Streifenwagen zentral vor dem früheren Rathaus, in dem jetzt der Ortsvorsteher sein Büro hatte, neben dem Kindergarten und dem Ableger der Kreisbibliothek. Die zentrale Bushaltestelle war nebenan. Ein Hund kam, schnüffelte um das Polizeiauto herum und hob dann sein Bein. Damit sei sie aufgenommen, lächelte Rosie in sich hinein. Zuerst besuchte sie das Neubaugebiet, in dem keine Bauernhöfe lagen.

„Grüß Gott!", sprach sie eine junge Mutter an. „Gut, dass sie Streife gehen. Man liest heute ja so viel."

„Danke!", meinte Rosie. „Bei uns ist es ruhig und das wird auch so bleiben. Man liest viel, auch viel was nicht wahr ist. Aber: Haben Sie hier irgendwelche beunruhigenden Beobachtungen gemacht?"

Die Mutter nahm ihr Kleinkind auf den Arm und ging auf Rosie zu: „Nein, haben wir nicht gemacht. Da haben Sie schon recht. Hier am Ortsrand sind wir gleich bei den Feldern. Welches Gesindel da kommt, weiß man allerdings nie."

„Ich bin Rosie Berger von der Schutzpolizei. Richtig böse Leute finden in Hürben nichts, was sich für sie lohnen könnte. Sie kommen nicht über die Felder, sondern die Straßen. Natürlich muss man vorsichtig sein. Aber Angst ist nie ein guter Ratgeber. Soll ich mir mal ihre Sicherheit an Fenster und Türen anschauen? Da sollten keine Schwachstellen sein. Das gehört zur Vorsicht." Natürlich wurde Rosie umgehend in die Wohnung eingeladen.

Die junge Mutter hatte noch ein Anliegen. "Wenn Sie schon hier sind, möchte ich Sie noch etwas fragen." So erfuhr Rosie, dass Frau Gabriele Schneider, wie die junge Mutter hieß, auf einem am Rande des Donautals liegenden kleinen Schloss als Putzfrau arbeitete. Unweit von Hürben konnte sie es leicht erreichen. Rosie wollte wissen, was Frau Schneider denn fragen wollte, und sie bekam folgende Antwort.

„Im Schloss putze ich überall. Nur eine Türe gibt es, durch die darf und kann ich nicht gehen. Sie ist mit Hochsicherheitstechnik geschützt, aus Stahl und mit mehreren Videokameras umgeben. Am Besten wäre, sagte mir der Verwalter des Schlosses, wenn ich gar nicht in die Nähe dieser

Türe kommen würde. Immer mehr entsteht in mir der wahnsinnige Gedanke, hinter dieser Türe würde ein Mensch festgehalten. Man liest doch immer wieder von eingeschlossenen Mädchen. Ich komme von diesem Gedanken einfach nicht mehr weg."

Rosie hätte alles erwartet, bloß so etwas nicht. „Das ist ein sehr schlimmer Verdacht. Haben Sie denn dafür irgendwelche Anhaltspunkte?"

„Ja und nein. Die Besitzer des Schlosses, sie haben sich mir nie vorgestellt, kommen immer wieder für ein paar Tage. Nur sie gehen dort ein und aus. Sonst habe ich noch niemanden hineingehen sehen. Jedes Mal, wenn er zum Beispiel hinein geht, hat er viel zu essen und zu trinken dabei. Meistens ist es auf einem Servierwagen angerichtet. Dann bleibt er längere Zeit dort."

Rosie versuchte ruhig zu bleiben. „Na ja, könnte das nicht viele Gründe haben. Haben Sie denn schon Stimmen oder Schreie gehört? Und wie reagiert seine Frau?"

„Nein.", sagte Frau Schneider zögerlich. „Daran habe ich noch gar nicht gedacht. Soll ich einmal horchen? Und die Frau: Man weiß doch, dass viele Frauen ihre Männer da noch unterstützen. Oder nicht?"

„Nein, nein. Spielen Sie auf keinen Fall Detektiv. Man hat Ihnen ja verboten, in die Nähe dieser Türe zu kommen. Lassen Sie das mal. Ich werde die Sache in der Polizeidirektion besprechen. Machen Sie vorerst gar nichts, außer ihre Arbeit. Wie oft sind Sie denn im Schloss? Welches Schloss ist es denn genau. Es sind da mehrere Schlösser."

„Ich bin montags bis freitags morgens, wenn Kita ist, drei Stunden dort. Es ist das Schloss in Brenz. Da kann ich mit dem Fahrrad über Burgberg hinfahren.", sagte Frau Schneider, der inzwischen offenbar klar geworden ist, dass dies eine kurze Zeit für so weitgehende Verdächtigungen war. Rosie erhielt von Frau Schneider genaue Beschreibungen der Räume des Schlosses. Frau Schneiders Baby wurde unruhig und hatte offenbar Hunger. Frau Schneider gab ihm ein Fläschchen. Das Baby forderte aber lautstark mehr Zuneigung. Ein längeres Gespräch über das Personal des Schlosses, die Besucher und vieles mehr war offensichtlich nicht mehr möglich. Nun verabschiedete sich Rosie freundlich und versuchte erneut, mit ein paar allgemeinen Bemerkungen die Bedenken der Gabriele Schneider zu zerstreuen.

So lief das ganz gut, fand Rosie, und sie lernte schon bei diesem kurzen Rundgang viele Dorfbewohner kennen. Allerdings hatten die im Neubaugebiet kaum Kontakt zu den Alteingesessenen. Über Dr. Emmerda konnten sie nichts sagen. Gabriele Schneiders Kinder und sie selbst gingen in die Stadt zu Ärzten. Zufrieden fuhr Rosie nach etwa zwei Stunden Besuch in Hürben wieder weiter, zum nächsten Dorf. Nach Sepp Brandner wurde sie nicht gefragt. Er habe wegen Personalmangel andere Aufgaben erhalten. Sie sei jetzt vorläufig allein unterwegs, sollte sie sagen, meinten ihre Chefs.

Gut zwei Wochen später parkte Rosie ihr Polizeiauto wieder vor dem Rathaus. Nicht ganz zufällig kam zu der Zeit der Schülerbus aus Giengen an. Sebastian stieg aus und Rosie stellte sich so, dass er direkt an ihr vorbei gehen musste.

„Hallo Sebastian, wie wars in der Schule?", sprach sie ihn an.

Rosie wirkte. Sie war ein Brummer, sagte man damals. Etwa 1,60 m groß, hatte sie kastanienbraune Haare, war nicht zu schlank und keinesfalls dick, und sie besaß ein überaus hübsches Gesicht mit hübschen Grübchen und einem netten Lächeln. In ihrer elegant geschnittenen Polizeiuniform war sie bei ihrer sportlichen Figur für jüngere und ältere männliche Wesen schon eine Wucht. Sebastian war hin und weg.

„Woher kennen Sie mich?", entfuhr es ihm, wobei sein Kopf wegen der zunehmenden Durchblutung deutlich an Röte zunahm.

„Na hör mal, wir kennen dich gut, weil du uns bei der Fundstelle von deinem Opa drei gute Hinweise gegeben hast."

„Drei?"

„Ja, ich sage nur Messer, Kälberstrick und Plastiktüte."

„Wegen der Plastiktüte hat mich der Spurensicherer angeschnauzt."

„Das hat er nicht so gemeint. Mein Kollege war wahrscheinlich etwas überarbeitet. Er hatte am Abend davor auch viel zu tun. Und dann am Morgen danach schon wieder auf kalten Wiesen herumzurennen, das hat seine Nerven strapaziert. Wir sind dir jedenfalls sehr dankbar."

„Danke. Das freut mich jetzt, denn ich hatte schon ein schlechtes Gewissen, weil ich unaufgefordert gesprochen hatte.", meinte Sebastian verlegen.

„Was mich interessiert, Sebastian, ist wieso, du das mit der Plastiktüte gewusst hast.“

Sebastian war glücklich, das Gespräch mit Rosie verlängern zu können, und es sprudelte nur so aus ihm heraus.

„Wissen Sie, diese Tüten heben wir immer auf. Die sind zuhause in einem Fach in der Nähe der Mülltonnen im Stadel. Der Opa hat sie oft mitgenommen, um etwas zu haben, falls er auf dem Feld oder sonst wo was findet, was er mitnehmen will.“

„Du meinst, er hatte eine oder mehrere dieser Tüten immer als Reserve bei sich getragen?“

„Ja. Und dass die Tüte am Tag davor nicht auf dem Wasser lag weiß ich, weil der Frieder und ich Kaulquappen gesucht haben. Für mein Aquarium. Ich meine den Frieder Maier, da drüben vom Maier-Hof.“

„Und? Habt ihr welche gefunden?“

„Ja, sicher, obwohl es nicht mehr die richtige Jahreszeit ist, fanden wir ein paar. Aber ich bekomme mein Aquarium nicht dicht. Immer läuft über Nacht das Wasser aus. Opa kann mir jetzt auch nicht mehr helfen. Wir hatten das Aquarium gemeinsam gebaut, weil ich grüne Frösche züchten möchte.“

„Oh. Das tut mir leid. Mein Opa hatte damals auch ein Aquarium mit mir gebaut. Soll ich mal vorbeikommen und dann schauen wir gemeinsam, woran es liegen könnte, dass das Wasser immer ausläuft?“

„Mensch, das wäre super. Kommen Sie gleich mit!“

„Danke Sebastian, aber ich möchte als Polizistin nicht unangemeldet bei euch aufkreuzen. Du könntest doch zuhause fragen, ob ich kommen darf, um dein Aquarium anzusehen.“

„Klar, mache ich. Können Sie morgen kommen? Meine Kaulquappen leben nicht mehr lange in dem Einmachglas!“

„Einverstanden. Bist du um vier Uhr nachmittags zuhause von der Schule?“

„Klar, das passt. Danke. Ich erzähle zuhause, dass Sie kommen. Ganz bestimmt.“

„Danke Sebastian. Und dann bis morgen."

Der Besuch auf dem Hof des verstorbenen Jakob Würmle gab ihr einen besseren Eindruck von der Familie, ihren Gewohnheiten und ihrem Wohnumfeld. Jakobs Frau erschien ihr als liebevolle Ehefrau, Mutter und Oma. Sie war in ihrer Jugend sicher hübsch gewesen. Psychisch war sie wohl eher die Dulderin als eine Kämpferin. Ihrem Jakob hatte sie offensichtlich keine ernsthaften Vorhaltungen gemacht. Neben diesem wertvollen Einblick und Small-Talk gab es inhaltlich nichts wirklich Neues. Sebastian hatte sie geholfen, die Folie auf dem Grund des Aquariums so anzubringen, dass kein Wasser mehr auslaufen konnte. Er war ganz glücklich. Aber auch von ihm gab es keine neuen Informationen, denn die Oma hatte ihn daran erinnert, dass er nichts sagen soll. Auch nicht der sympathischen und schicken Rosie. Da war dem Sebastian dann doch die Oma wichtiger als die Polizistin, die er nur mit „Sie" ansprechen durfte.

Rosie wiederum war der Mathias wichtig. Aus dem Melderegister erfuhr sie, dass Sebastian einen älteren Bruder Mathias hatte, vierundzwanzig Jahre alt, und sie hoffte, über einen etwa Gleichaltrigen besser ins Dorfleben integriert zu werden. Wenn Frauen sich so etwas vornehmen, dann sind sie meistens erfolgreich. So war es auch. Mathias, von Sebastian vorgewarnt, war auch hin und weg von Rosie und sein Kopf glühte und seine Sätze kamen nur bruchstückhaft aus seinem Gehirn. Bei Mathias war das alles, altersbedingt, noch viel deutlicher. Offensichtlich hatte er noch wenig Erfahrungen mit der holden Weiblichkeit gemacht. Hinzu kam, dass Rosie den Mathias fast spontan sympathisch fand. Auch Rosies Sätze waren schon logischer. Das war nicht nur, weil Mathias eine hübsche Figur hatte, sondern weil er vernünftig über alle Sachen sprach, auch über den Jakob Würmle und wie die Familien zusammen kooperierten. So erfuhr sie von ihm von den Auseinandersetzungen wegen der Gemarkungslinie, dass man sich da schnell einig geworden war und die Rechtsanwälte kein Geld verdienen ließ. Mathias arbeitete in Heidenheim als IT-Spezialist und er konnte über seine Arbeit anschaulich und verständlich reden. Jede Aufschneiderei und jede Großspurigkeit waren ihm fremd. Diese beiden ärgerlichen Eigenschaften hatten Rosie schon mehrfach bewogen, den Kontakt zu Kerlen abzubrechen.

Rosie blühte in ihrem neuen Aufgabengebiet richtig auf. Jeden Morgen freute sie sich auf ihre Arbeit. Nicht nur in Hürben, auch in anderen Dörfern der Ostalb, die sie zu besuchen hatte, gelang es ihr, freundliche Kontakte zu knüpfen. Viele hilfreiche Hinweise erhielten ihre Kollegen dadurch. Rosies Chefs entspannten sich und vertrauten ihr mehr und mehr, weil sie nie peinliche Fehler wegen Übereifer oder Eigenmächtigkeiten machte.

Das Verhältnis zu Mathias zu gestalten erschien ihr schwieriger als die Polizeiarbeit.

„Den idealen Mann findet eine Frau nie.", sagte ihr Vater immer mal wieder und manchmal schloss er seine Lösung zu dem Problem an, indem er sagte: „Du musst deinen Mann schon mit dem ersten Laib Brot erziehen."

Wahrscheinlich, dachte Rosie, benötigt man sechzig Jahre Lebenserfahrung, um das in allen Facetten zu verstehen. Ein Stück weit half ihr der Rat aber doch. Mathias war langsamer als sie, die immer sofort Feuer und Flamme für Neues war. Das störte sie manchmal, andererseits war sie oft auch froh darüber, weil sie sich, wäre sie ohne Mathias gewesen, schnell verrannt hätte. Ganz offenbar, so schien es ihr, hatte jede menschliche Eigenschaft ihre Licht- und Schattenseiten. Damit hatte sie die Grundlage der ehelichen Toleranz bereits verstanden.

Offen blieb die Frage der Erziehung. Rosie wusste selbst nicht, wohin sie wollte. Wie sollte sie da ihren Mathias erziehen? Nach und nach erschloss sich ihr auch diese Weisheit, wenn auch unvollständig. Immer wieder war sie etwas eingeschnappt oder zickig. Das wunderte Mathias, der sich dann auch in sein Innerstes, sein Schneckenhaus, zurückzog. Da hätte sie auch mal einen deftigen Widerspruch gebraucht. Schließlich erklärte sie ihm das, und, tatsächlich, er gab ihr danach auch mal Kontra. Das tat ihr gut. Schließlich ist die Versöhnung immer das Schönste jeder Auseinandersetzung.

Rosie verlegte ihre Aktionen stärker nach Hürben. Beispielsweise kaufte sie ihr Gemüse bei einem Hofladen am Ortsrand. An einem sonnigen Tag stellte sie außerhalb des Verkaufsraums ihren Blumenkohl, einige Zwiebel, den Eissalat und ein paar Kartoffeln in einem Holzkistchen zusammen, um sie an der Kasse mit einem frischen Bauernbrot und ein paar Wurstdosen zusammen zu bezahlen. Die Frau vor ihr hatte ebenfalls ordentlich eingekauft. Plötzlich sagte sie zum Kassierer: „Mist verdammter, jetzt habe ich vergessen, dass ich mit dem Fahrrad hier bin und nicht mit dem Auto. Ich muss die Sachen bei euch stehen lassen und nachher nochmals kommen."

„Kein Problem.", meinte der Kassierer.

Rosie sprach sie an: „Ich kann es bei Ihnen gerne vorbeibringen, wenn es sie nicht stört, dass die Waren im Polizeiauto kommen."

„Das ist eine super Idee. Dann trinken wir noch ein Tässchen Kaffee und ich kann ohne Stress anschließend zur Massage. Ich wohne in der Steige 8. Das wären diese beiden Schachteln und der Sack Kartoffeln. Ganz herzlichen Dank. Ich bereite alles vor, dann können wir gleich loslegen."

Steige 8, fuhr es Rosie durch den Kopf, das ist Faust. Sie hatte Elisabeth getroffen und war eingeladen worden. Unglaublich. Den schweren Kartoffelsack einzuladen machte ihr bei so viel gutem Zufall gar nichts aus.

Als das Polizeiauto ankam, war der Tisch vor dem Haus gedeckt. Zwei Tassen mit dem traditionellen blauen Zwiebelmuster, eine Thermoskanne und ein paar Stückchen Kuchen. Der Tisch, unlackiert und durch jahrelange Benutzung abgegriffen, stand windgeschützt und die Sonne erwärmte ihn angenehm. Rosie lud aus und setzte sich lächelnd an den Tisch.

„Rosie Berger, von der Giengener Polizei."

„Ja, ich weiß. Sie sind mit Mathias befreundet. Ich bin Elisabeth Faust, für dich Elisabeth."

„Das Schöne im Dorf ist, dass man sich nicht groß vorstellen muss. Jeder kennt einen. Ich bin dann die Rosie für dich, Elisabeth."

Elisabeth lachte. Mit spitzbübischem Gesicht sagte sie: „Nur das Offensichtliche weiß jeder. Die wahren Geheimnisse sind tief verborgen." Rosie war nicht klar, was sie meinte. Spielte sie auf ihre Krebserkrankung an, auf den Tod ihres Ehegatten? Wollte sie sich etwas von der Seele sprechen?

„Wie es in uns aussieht, können wir oft selbst nicht so genau sagen.", versuchte Rosie eine Brücke zu schlagen. Sie nahm sich eine Tasse und schenkte sich und Elisabeth Kaffee ein. Das schien Elisabeth sympathisch zu finden. „Wie geht es dir denn nach diesem Schicksalsschlag?"

„Ehrlich gesagt Rosie, manchmal weiß ich gar nicht mehr wie es mir geht. Ich schlafe nicht viel, so vier bis sechs Stunden. Ich mache mir nachts, wenn ich wach bin, zwar keine Sorgen wie die meisten in meiner Lage, aber ich denke halt doch an vielem herum.", sagte Elisabeth und schaute gedankenverloren in den Garten. Rosie meinte, darin einen Schwenk zu dem Krebsthema zu erkennen.

„Ich kenne mich da gar nicht gut aus, aber wenn ich dich herumgehen sehe, dein braun gebranntes Gesicht, deine Energie, dann scheint mir, deine Krebserkrankung haben die Ärzte im Griff." Rosie zeigte dabei mir ihren Händen auf den Blumengarten, in dem die Stauden sauber geschnitten und alle alten Blüten ordentlich beseitigt waren.

„Ja, das stimmt, Rosie. Mir geht es von daher im Augenblick ganz ausgezeichnet. Worüber ich nachdenke ist, wie diese gute Phase einmal, in vielleicht zwei oder zehn Jahren, durch eine schlechte abgelöst wird. Dann werde ich schnell sterben wollen. Und ich frage mich ganz einfach technisch, wann ist der richtige Zeitpunkt, seinem Leben ein Ende zu setzen." Sie malte auf ein Zeitungsblatt, das auf dem Tisch lag, mit einem Bleistift eine lange Linie.

„Schau, das ist meine Restlebenszeit. Das Ende bei Krebspatienten ist so, dass sie an einer Niereninsuffizienz, an Wasser in der Lunge oder an einer übersteigerten Entzündung, einer Sepsis, sterben." Rosie nickte. Sie dachte insgeheim mehr an die Kinder, die sie noch bekommen wollte. Aber sie konnte mitfühlen.

„Ist es nicht so, dass die Palliativärzte alles so organisieren können, dass man nichts merkt?", fragte Rosie zögerlich. Sie wusste, dass sie sich auf unbekanntem Wissensgebiet bewegte. Das angebissene Stück Kuchen wollte sie nicht weiter essen. Elisabeth hatte, das fiel Rosie auf, ihren Appetit nicht verloren.

„Ja, das stimmt weitgehend. Ich möchte aber nicht im Delirium oder in geistiger Stumpfheit sterben, sondern bewusst und selbstbestimmt. Ich vertrete den Standpunkt, dass jeder Mensch ein Recht auf Selbstmord hat. Aber unsere Gesetze in Deutschland sind hierfür völlig ungeeignet. Und ob ich rechtzeitig in die Schweiz komme, wo man sich umbringen darf, ist für mich eine wichtige Frage." Mit einem tiefen Schluck Kaffee spülte Elisabeth einen Biss vom Kuchenstück hinab. Eindeutig ging es ihr nur um technische Fragen. Wie begeht man Selbstmord?

„Ich würde mir wahrscheinlich in den Kopf schießen.", überlegte Rosie. „Aber wenn ich pensioniert bin, habe ich keine Waffe mehr, das stimmt auch." Elisabeth sah ihr neugierig zu, wie sie eine Lösung suchte.

„In die Steckdose könnte man fassen, oder? Giftige Pflanzen könnte man auch essen. Beides muss man aber in dem schwachen Zustand, den du dir als möglichen Sterbezeitpunkt vorstellst, erst mal hin bekommen." Elisabeth nickte. Rosie hatte sie offenbar gut verstanden. Und verläuft die Krebserkrankung immer so?", fasste Rosie nach.

„Das weiß ich auch nicht. Die Ärzte sagen kaum etwas und soweit ich Patienten in dem Stadium auf der Krankenstation schon getroffen hatte, waren die noch sehr dem Leben verhaftet. Ich fürchte, ich bin auch mal so. Weißt du, dein Horizont wird immer enger, du kannst immer weniger gehen, aber letztlich hängst du doch noch am Leben. So wie heute.", sagte Elisabeth und schenkte ich sich eine frische Tasse Kaffee ein.

„Jetzt sehe ich dein Problem.", antwortete Rosie und fuhr nach einer kurzen Pause fort: „In der Situation braucht man einen guten Freund, der mit uns durch dick und dünn geht."

„Ja. Und gerade der hat vor mir schon seinem Leben ein Ende gesetzt.", seufzte Elisabeth. „Und ich habe keinen Nachfolger."

„Elisabeth, ich möchte mich dir dafür nicht anbieten. Wir kennen uns kaum. Aber lass doch die ganze Sache mal laufen. Vielleicht können wir noch ein paar Mal darüber reden?", schlug Rosie vor. Elisabeth war sichtlich bewegt. Sie sagte nichts, stand aber auf, ging zu Rosie und nahm sie fest in ihre Arme. Rosie gab ihr einen Kuss. Beide schwiegen eine Zeitlang. Zu Rosie konnte einfach jeder sofort einen guten Kontakt herstellen. Sie konnte sich in fremde Situationen hinein fühlen. Sie traf das richtige Wort und den passenden Ton.

„Lass uns das Thema wechseln.", schlug Elisabeth vor.

Rosie nickte: „Als wir anfingen uns zu unterhalten, dachte ich, du erzählst aus deiner Jugend."

„Stimmt Rosie. Das ging mir tatsächlich durch den Kopf.", lächelte Elisabeth. „In deinem Alter kamen wir erstmals zu einem Klassentreffen zusammen. Da wurden einige Geheimnisse offenbar."

„Das dürfte schon über vierzig Jahre her sein, oder?", fragte Rosie. Sie hatte sich nach hinten gebeugt und Elisabeth als Abschluss ihres Gesprächs über den Verlauf von Krebskrankheiten ein paar Rosen gepflückt. Daraus hatte sie ein kleines Sträußchen gebunden und dieses vor Elisabeth hingelegt. Elisabeth war sichtlich entzückt. Dann erzählte sie jedoch gleich weiter, was sie an ihre Jugendzeit erinnert hatte.

„Ja. Nachdem ich meiner Freundin Heike meinen späteren Gatten Helmut ausgespannt hatte, nahm die ihrer Busenfreundin Marianne den Siegfried weg. Der kam aus gutem Haus und hatte ordentliche Manieren. Deshalb hatte er Marianne einen wirklich teuren Ring geschenkt, um ihre Verlobung anzubahnen. Ich hatte spaßeshalber auch heftig und für alle sichtbar mit

Siegfried geflirtet. Mit Marianne, die nicht weit entfernt von uns wohnte, ging ich jeden Morgen in die Grundschule und später ins Gymnasium."

„Ich weiß es vielleicht nicht. Aber so lebhafte Liebeleien sind mir bei meinen Klassenkameradinnen unbekannt.", lächelte Rosie.

„Das geht noch weiter.", sagte Elisabeth. „Siegfried wollte den Ring zurück. Marianne sagte, er hätte ihr den Ring ohne Erwartungen an sie geschenkt, ohne was von einer Verlobung zu sagen. Die Eltern stritten sich. Der Bürgermeister hatte zu schlichten. Ich wurde als Zeugin geladen." Elisabeth hatte wieder die Zeitung und den Bleistift genommen. Auf den Artikel im Wirtschaftsteil malte sie die einzelnen Personen und ihre Beziehungen zueinander. Sie war und ist eindeutig eine gute Lehrerin, dachte Rosie. Sie kann einprägsam auch komplexe Sachverhalte spontan darstellen.

„Wie ging das aus?", wollte Rosie wissen.

„Damals wusste ich nicht, was eine förmliche Schlichtung wirklich ist. Mit meiner Aussage wollte ich etwas angeben. Deshalb sagte ich, die Marianne hätte recht. Der Siegfried hätte mir das auch so gesagt." Elisabeth zupfte ihre Bluse zurecht. So, als wäre sie gerade dabei, in ordentlicher Aufmachung zum Bürgermeister in das Büro zu gehen. Dann strich sie sich die Haare zurecht.

„Siegfried hatte damit den Prozess verloren, vermute ich.", sagte Rosie.

„So wars. Meine damals wie heute beste Freundin Heike hatte Siegfried auch verloren. Mit so einem Pack wie uns Mädchen wolle er nichts mehr zu tun haben, sagte er ihr. Heike war monatelang todtraurig. Echt todtraurig. Nachdem sie Helmut und Siegfried verloren hatte, zweifelte sie an ihrer weiblichen Verführungskunst. In dem Alter raubt das den Schlaf. Sie musste deshalb sogar eine Klasse wiederholen. Gerne hätte sie Siegfried den Wert des Rings ersetzt, aber sie hatten das Geld dazu nicht."

„Das richtige Wort zur richtigen Zeit ….", fing Rosie an.

„Oh Gott, ja, das wär's sicher gewesen. Wie man sich ausspricht, hatte ihr und uns damals niemand erklärt. Damals war man sofort beleidigt und hatte kein Wort mehr miteinander gesprochen. Ich wollte Heike helfen. Aber mir fiel ja auch nichts ein. Nachhilfe hatte ich ihr fast täglich gegeben, aber es half nichts."

„War sie denn gar nicht wütend auf dich?", fragte Rosie.

„Warum das?", staunte Elisabeth. So ein Gedanke war ihr offensichtlich noch nie gekommen. Sie beugte sich über den Tisch näher zu Rosie hin, um ja kein Wort zu überhören. Rosie nahm, gut geschult, Elisabeths Verhalten intensiv wahr. Sie sprach langsam und vorsichtig weiter.

„Na ja, du hattest ihr Helmut ausgespannt und durch deine Aussage hatte sie den Siegfried verloren.", erläuterte Rosie.

„So habe ich das noch nie gesehen.", staunte Elisabeth. Sie wurde still und dachte nach. „Rosie, es ist ein Gewinn, wenn ich mich mit dir unterhalte. Bitte besuche mich bald wieder.", sagte Elisabeth, nahm Rosie nochmals in den Arm und drückte sie. Jetzt drückte Rosie zurück. Auch sie empfand eine freundschaftliche Sympathie für Elisabeth.

„Rosie, ich muss jetzt zur Massage. Ist es ok, wenn ich dich verabschiede? Wir haben so gut miteinander gesprochen. Die Zeit verflog im Nu."

„Natürlich, liebe Elisabeth. Besten Dank für die leckere Bewirtung. Stimmt schon was man im Dorf erzählt. Du backst die besten Kuchen. Und danke für das inspirierende Schwätzchen. Ich muss mich dringend bei meinen Freundinnen umhören."

„Schön, wenn ich so in das Dorf und seine Familien hineinkomme.", dachte Rosie beim Einsteigen in ihr Polizeiauto. Mit der Heike würde sie gerne sprechen, überlegte sie weiter, denn die müsste recht frustriert und, was menschlich wäre, auf Rache aus sein. Ob sie noch einen Mann abbekommen hatte? Ob Heike in jeder Nachhilfestunde bloß eine Wut auf Elisabeth projizierte und gar nicht lernen konnte? War Heike auch eine Dulderin? Hatte Heike sich Kinder gewünscht und dafür keinen Partner gefunden? Heikes passives Opferverhalten könnte von einer kleinen, temporären Depression herrühren. Was sie gehört hatte, inspirierte Rosie tatsächlich. Das reizte sie so sehr an ihrem Polizeiberuf, diese tiefen Einblicke.

Das Männeridol Rosie ermittelte nicht allein in Hürben. Dienstlich schon, privat ermittelte parallel Sepp Brandner. Schwerpunkt war seine Verwandtschaft. Ein ganz seltsames Gefühl war das für Sepp. Erst lebte er jahrelang als Einzelkind, dann tauchte plötzlich eine Schwester auf. Weitere Geschwister konnte Sepp nicht ausschließen. Viele Findelkinder kannte Sepp. Vom Aussehen her fand er keine Verwandtschaft. Hübsch waren die Findelkinder früher praktisch alle gewesen, aus Sicht eines jungen Burschen wie Sepp. Aber inzwischen waren sie älter, durchaus für Senioren noch richtig adrett, um das in deren Sprache zu sagen. Aber natürlich weit entfernt von Sepps Ideal und Testosteronspiegel. Eigensinnig und störrisch erschien ihm die Wiesen-Marie, mühsam brauchte sie alles erklärt. Also war sie alles andere als einfach. Marie hatte genauso wenig Lust auf ein neues Familienmitglied, das nur alles durcheinanderbrachte und jetzt anscheinend irgendeine Art Fürsorge wollte. Der Sepp war deutlich jünger. Die Alten sind bekanntlich erst einmal misstrauisch. Als Sepp von der DNA-Untersuchung der Polizei bestätigt bekam, dass der vielleicht nicht ermordete aber auf jeden Fall verstorbene Jakob Würmle der Vater der Wiesen-Marie war, wollte er mit seiner Halbschwester die Familie Würmle besuchen. Die Wiesen-Marie hatte dazu überhaupt keine Lust. Sie habe genug Vermögen von der Familie Brucker bekommen und müsse jetzt nicht als Erbschaftsjägerin bekannt werden. Daraufhin schrieb der Sepp den Notaren, die den Nachlass von Jakob Würmle bearbeiteten, dass die Wiesen-Marie ein uneheliches Kind des Jakob Würmle ist. Weitere uneheliche Kinder könne er nicht ausschließen. Die Notarkanzlei nahm ihre Arbeit ernst, informierte die Hinterbliebenen des Jakob Würmle und damit ging im Dorf eine Bombe hoch. Die Bäuerin vom Würmle-Hof konnte bei dieser Neuigkeit ihre Wut nicht für sich behalten und erzählte wilde Geschichten, die zwar nicht stimmten, aber geglaubt wurden. So kann das Dorf auch sein. Dulderin wird Kämpferin, beherrscht das Kämpfen allerdings nicht.

Die Wiesen-Marie wurde von Stund an selbst von ihren Freundinnen aus der Schulzeit irgendwie gemieden, so empfand sie es jedenfalls. Manche Dörfler grüßten sie gar nicht mehr. Notgedrungen kam sie deshalb auf ihre engere Verwandtschaft zurück, den Sepp Brandner und ihre Mutter Grete im Altenheim.

Elisabeth Faust hatte KHK Zäh in seinen Recherchen in den Melderegistern mit „Tausend" Vorbehalten als mögliches weiteres Kind von Jakob Würmle identifiziert. Die Notare und die Polizei hatten Elisabeth aufgefordert, einem DNA-Test zuzustimmen. Sie verweigerte das. Die Notare übergaben den Nachlass des Jakob Würmle nicht. Sie wollten pflichtgemäß alle Erben identifizieren. Schelme, die sie auch waren, wollten sie als Privatleute sehen, wie es in der Familie eines erfolgreichen Schürzenjägers brodeln würde und wer hier wen unter Druck setzen würde.

Wie bei allen Übertreibungen kam nach kurzer Zeit eine bessere Einsicht. Den Dörflern wurde bald bewusst, dass die Wiesen-Marie an ihrer Herkunft nicht schuld sein konnte. Ihr daraus einen Strick zu drehen ging also gar nicht. Zudem wirkte die Wiesen-Marie seit je her viel zu nett und zu bescheiden auf die Frauen im Dorf. Daher war sie recht beliebt. Die Männer hatten den Kontakt mit ihr nie gemieden, dafür war sie viel zu hübsch und zu freundlich.

Dennoch: Sepp und der Wiesen-Marie blieb nichts anderes übrig, als mit der Grete Brandner eine kleine Kern-Familie aufzubauen. Beide gingen deshalb zu Grete in das Altenheim.

„Grüß Gott, Mama!", grüßten sie beide, als sie in das Zimmer traten. Grete schaute sie beide an, schwieg eine Weile, wobei sie vor allem die Marie ganz genau ansah. Dann brach sie in Tränen aus.

„Du bist die Marie! Dass ich dich noch sehen darf macht mich glücklich.[47]", schluchzte sie.

Marie, die eigentlich ganz cool bleiben wollte, schlug das Verhalten ihrer Mutter doch auf das Gemüt. Sie setzte sich neben sie, drückte sie fest an sich und spürte dann doch ein paar eigene Tränen. Der Sepp fühlte sich zum Zuschauer degradiert und wusste nicht, was tun. Nach einer Viertelstunde ging er aus Gretes Zimmer, um sich einen Kaffee bei den netten Stationsschwestern zu holen und um mit ihnen zu schäkern, wie bei

---

[47] Oh Meedle. Gell, du bisch mei Marie. Dass dr Hergott dees no zualassa hat, dass I di seah derf. Dees freit me schon arg. Komm her, nao ka I di alanga. Du hascht a woicha Haut. Viel schaffa hasch du et miassa. Gell, dees hao I scho recht gmacht.

allen seinen Besuchen in derartigen Einrichtungen. Das hellte seine Stimmung ganz deutlich auf.

In der Zwischenzeit wollte Grete ihrer Tochter erklären, wieso sie damals ihre kleine Tochter abgegeben hatte. Gretes Vater war ein Grobian, schlug sofort auf seine Frau und die Kinder ein. Ein damals fast normales Verhalten, schien ihr. Wenn sie aus dem Elternhaus gewiesen worden wäre, wo hätte sie hingehen sollen? Der Jakob Würmle schwor ihr, sie zu heiraten, und dann das Kind zurück zu holen. Den Schwur löste er nie ein, auch später nicht, als sich noch einiges entwickelt hatte zwischen Grete und Jakob. Der Marie genügte das, denn sie kannte das Dorfleben. Selbst jetzt, gute fünfzig Jahre später, war es für ein Mädchen im Dorf schwer, ein uneheliches Kind heimzubringen. Im Grunde war auch Marie ihrer Mutter Grete dankbar, dass sie als Kind in einem wohlbehüteten, finanziell gesicherten Haushalt aufwachsen durfte, anstatt in einem Armenhaus oder einem Heim. Marie war das Ein und Alles in ihrer Ziehfamilie. Nie hatte sie sich über etwas beklagen wollen oder können. Deshalb gab es auf Seiten der Marie keinen Groll gegen ihre Mutter.

„Marie, dafür bin ich dir dankbar. Immer wenn ich nachts deshalb nicht schlafen konnte, habe ich mir das gewünscht. Und ich habe dich von Ferne aufwachsen sehen."

Als Sepp wieder ins Zimmer trat, musste Grete die damalige Zeit nochmals erzählen, auch um sich ihre jahrelange Last von der Seele zu reden. Das tat ihr sichtlich gut.

„Am Sonntag sind die Buben und Mädchen in unserer Jugend zusammen spazieren gegangen. Es war die Zeit der Wandervögel, der Sportgruppen und der Nazi-Gruppen. Jeder fand das normal und wir spürten irgendwie den Aufbruch in eine neue Zeit.", erzählte Grete. „Die miefige Zeit davor mit der freudlosen Altherren-Herrschaft war endlich vorbei."

„Das machte das Dorfleben plötzlich freier. Wir sahen Filme, aus Berlin und München. Das war alles so spannend. Unsere Lehrer begannen mit einer neuen Freundlichkeit zu unterrichten. Es wurde nicht mehr bloß draufgehauen, wenn einer oder eine was nicht wusste. Nein, vor allem die jungen Lehrer erklärten geduldig alles nochmals. Wir Mädchen kamen natürlich immer noch als Magd auf einen anderen Bauernhof. Die Bauern trauten sich aber nicht mehr, uns zu missbrauchen, wie das früher oft der Fall war. Abends trafen wir uns zu Handarbeiten oder zum Singen. Dass das alles mit einem zweiten Weltkrieg enden würde, kam uns nie in den Sinn. So was haben wir nie erwartet."

„Mama, das verstehe ich.", meinte Sepp, „Aber ihr habt doch auch die politische Hetze der Nationalsozialisten gehört."

„Sepp, das haben wir Mädchen gar nicht gelesen. Hätten wir die Zeitung genommen, hätte der Vater sie uns aus der Hand gerissen. Hätten wir es dennoch gelesen, dann hätten wir es nicht verstanden. Bei den Nazi-Gruppen hat uns vor allem die Uniform gefallen und dass die immer wieder wegfahren konnten. Wegfahren war neu, das gab es vorher gar nicht. Politik war bloß ein Thema für den Vater. Dass der was verstand, bezweifle ich heute. Was der wirklich dachte, erfuhren wir nicht, wahrscheinlich erfuhr das nicht einmal seine Frau. Wer ihn was fragte erhielt nur eine barsche Antwort.[48]"

Marie sagte, dass sie das gut verstehen könne. Auch in ihrer Schulzeit, nach dem zweiten Weltkrieg, hätten die Lehrer keine politische Bildung vermitteln können. Was Demokratie wirklich ist, sei nie zur Sprache gekommen. Woher hätten sie das auch wissen sollen, weil sie es selbst noch nie am eigenen Leib erfahren hatten.

„Der Jakob und ich waren in derselben Wandergruppe, die sich am Samstagabend und sonntags getroffen hat. Oft gingen wir oberhalb der Charlottenhöhle zur Ausflugsgaststätte nach Reuendorf. Die Nazigruppen sind zu der Zeit aus Hürben weg zu Aufmärschen in Aalen oder Ulm gefahren. Uns war das zu unruhig."

„Reuendorf, das ist heute ein Landgut.", meinte Sepp.

Marie erklärte ihm, dass der sonntägliche Ausflug sie in ihrer Kindheit ebenfalls dort hingeführt hatte. Die Kinder erhielten in der dem Bauernhof angeschlossenen Gaststätte Reuendorf eine sogenannt Bierstange und vielleicht noch ein kleines Getränk. Der Vater trank ein Glas Bier. Danach ging es zurück. Die größeren Buben durften die Kegel in der Kegelbahn aufstellen. Manchmal fiel ein kleines Trinkgeld für sie ab. Die kleineren Kinder rannten über die Wiesen, fielen auch mal in einen Gänsedreck oder einen Kuhfladen. Das sei damals so gewesen. Die Mutter musste dann am Montag, meistens ohne die erst später erhältlichen Waschmaschinen, mühsam im Wäschetrog die Kleider reinigen. Billige Seife sei oft das

---

[48] Halt dei Gosch. Dao bisch du z'bleed drzua. Schaff was ond hock et so faul an meim Tisch rom.

Waschmittel gewesen. Das Wasser wurde auf dem Küchenherd heiß gemacht. An den Tagen ließ man am besten die Mutter in Ruhe, denn ihre Stimmung war nicht die beste.

„Ja, so war das, Sepp.[49] Manchmal sind wir auch über Reuendorf hinaus, zur Vogelherdhöhle gegangen. Der Jakob und ich haben uns etwas verplaudert. Auf dem Berg gegenüber der Vogelherdhöhle fanden wir dabei eine andere Höhle. Wir nannten sie Rulamanhöhle. Sie wurde unser Versteck."

Sepp wurde hellwach. Als Polizist interessierte man sich für jedes Versteck.

„Mama, wo ist diese Höhle. Ich habe noch nie von ihr gehört und bin da schon oft gewesen?"

„Du siehst sie nicht mehr, denn wir haben den Eingang immer mit Steinen verschlossen. Bei der Vogelherdhöhle gegenüber ist auf halber Höhe eine Wiese. Gehst du rechts weiter Richtung Hürben, dann kommst du zu einem kleinen, kurzen Tal. Dort findest du mehrere Stellen mit Steinen. Ein Steinhaufen besteht aus einem flachen Stein, der wie ein Träger aussieht, weißt du so wie man ihn über Fenster und Türen anbringt. Darunter sind drei größere Steine. Die musst du wegräumen, dann kannst du in die Rulamanhöhle. Rulaman ist in der Geschichte oft auf einem Berg gesessen und hat die Mammuts und Löwen auf ihrer Wanderung durchs Lonetal beobachtet. Unsere Rulamanhöhle bietet einen ebenso guten Ausblick. Mittags scheint sogar die Sonne in die Höhle."

„Das muss ich mir heute noch ansehen!", sagte Sepp.

„Ich habe das letzte Mal mein Lieblings-Jäckchen dort gelassen. Das könntest du mir bringen.", sagte seine Mutter. „Wir sind nie mehr dort gewesen, denn danach haben wir uns endgültig getrennt."

---

[49] Bua, du woisch gar et, wia guats oich heit gat. Mir hand mit jedm Pfennig rechna miassa. Schaffa hat nex koschtet, schaffa hat ma emmr missa. Mei Maa hätt nia a Waschmiddl kauft, wenn ma ds'gleiche mit ra billiga Soif nakriagt. Der hät gsait, dao schaffsch halt a wenig. Erscht wo dr Birgrmoischtr a leichtend weiß Hemmad khet hat, hao i fir seine Hemmadr ond fir meine Sonntigsblusa au ois kaufa derfa. Aber sonscht hao i's et nemma derfa.

Für Sepp war der Termin bei seiner Mutter damit gelaufen. Für Marie blieb noch vieles im Unklaren.

„Die anderen aus eurer Gruppe müssen doch euer Verhältnis mitbekommen haben.", stellte sie fest.

„Nein. Wir haben schon aufgepasst. Wenn die ganze Gruppe nach Reuendorf ging, sonderten sich immer wieder Pärchen ab. Zum Knutschen würde man heute sagen. Für den Rückweg sammelten wir uns wieder in Reuendorf. Zwei, drei Stunden hatten wir dazwischen bloß für uns."

„Aber so schnell macht man doch auch kein Kind?", meinte Marie skeptisch.

„Weißt du Marie, ich war davor bei Verwandten in Ulm. Das war für mich die Großstadt. Dort haben mir meine Kusinen von den Inseln im Lago Maggiore erzählt, Bilder gezeigt und wie frei man sein kann. Diese ganze Freikörperkultur war natürlich eine Offenbarung für uns. Aber die Pille gab es damals noch nicht. Andere Verhütungsmethoden auch nicht, wir waren ja gar nicht aufgeklärt. Diese grenzenlose Freiheit, im Freien tanzen und singen, ganz leicht oder gar nicht bekleidet, das war damals die Stimmung. Der Hype, würdet ihr heute sagen. Als ich dann zurückkam, pilgerten wir wieder zu unserer Rulamanhöhle. Die weißen Sommerkleider waren ja sofort schmutzig bei der Knutscherei. Dann würde man schnell zum Gespött in der Gruppe. Ich zog mich also etwas aus, legte mich in die Sonne und Jakob machte es auch so. Jetzt fühlten wir uns beide ganz modern. Da passierte es halt."

„Ja, das verstehe ich. Auch ich hatte mein erstes Erlebnis so, aber es hat halt nicht gleich funktioniert.", sagte Marie mit viel Sympathie.

Beide schwiegen und saßen nur nebeneinander. Grete war geistig noch voll fit, nur die Augen und das Gehen waren schlecht.

„Willst du Hörbücher?", fragte Marie.

„Ja, das könnte mir die Zeit hier im Altenheim vertreiben. Nicht viele wohnen hier, die geistig noch rege sind."

„Hast du Vorlieben? Krimis, Märchen, alte Romane etwa von Luis Trenker?"

„Egal was. Ich kann dann ja auswählen.", dankte ihr Grete.

Das Wort „andere uneheliche Kinder" oder gar „Elisabeth" wagten weder Sepp noch Marie anzusprechen. Der Besuch war auch so emotional genug.

Als sie wieder vor dem Altersheim standen fragte Sepp: „Gehst du mit, nach der Höhle suchen?"

„Aber klar. Wir parken abseits und schleichen uns von oben her an die Stelle. OK?"

„Absolut richtig!", nickte Sepp.

Gretes Beschreibung des Höhleneingangs war präzise. Die Steine unter dem Querstein sahen aus, als wären sie fest in die Erde gewachsen. Ohne Gretes Hinweise hätte Sepp nicht versucht, einen der Steine zu entfernen. Doch es gelang, für einen so durchtrainierten Menschen wie Sepp fast spielend. Die Abendsonne beschien noch einen Teil des Höhleneingangs. Der war größer als von den beiden erwartet. Zwei Personen konnten sich dort gut aufhalten. Dennoch war der Höhleneingang kaum einsehbar von außen, selbst wenn die drei Steine entfernt waren. Die Höhle reichte etwa dreißig Meter in den Berg. Sepp nahm sein Smartphone und schaltete die Taschenlampe ein. Richtig, da lag ein dünnes Wolljäckchen, das sicher gut zu einem hellen Sommerkleid gepasst hatte. Aber viel spannender war, was die beiden noch in der Höhle fanden. Unter Gretes Sommerjäckchen lagen unfertige und zerbrochene Knochenflöten. So was kannten Marie und Sepp aus den Ausstellungen der Eiszeit-Kunst in Ulm und Blaubeuren. Sepp nahm einen Stock und stocherte in dem Schutt und Geröll in der Höhle. Dabei kamen ein kleines geschnitztes Pferd, weitere unfertige, geschnitzte Knochenteile und Figurenstückchen zum Vorschein.

„Wahnsinn Marie! Das sind Schätze.", meinte Sepp.

„Mach nichts kaputt und lass das mal liegen. Wir überlegen, was wir damit machen."

„Da musst du nichts überlegen. Das gehört dem Land Baden-Württemberg. Das müssen wir melden."

„Du bist ein phantasieloser Bürokrat.[50] Von dem ganzen alten Zeug hier liegt so viel herum, dass ein paar Stücke, die wir verkaufen, keiner

---

[50] Ha du bisch doch a Depp. Hao i wirklich so a oifältiga Bruadr? Du moisch dees Land, dees dir so a scheiß niedrigs Gehalt zahlt? Schpennsch du?

vermisst.", herrschte ihn Marie an. „So eine verklemmte Verwandtschaft wie dich hat mir das Schicksal an den Hals gehängt. Hast du gar nichts von der Schläue unserer Mutter?"

Sepp war sprachlos. Auch ihm dämmerte, dass eine große Verwandtschaft zu einer Vielfalt an Ideen führt.

Nachdem er nach einer Weile immer noch nichts sagte, meinte Marie: „Los, wir gehen wieder so heimlich wie wir gekommen sind. Mach zu und halte die Klappe. Wir kommen nochmals her und schauen uns das genauer an."

„OK Marie. Lass mich noch ein Foto machen."

„Spinnst du. Wer weiß, wer dein Handy abhört und deine Bilder klaut. In die USA gehen sie auf jeden Fall. Wir wollen und brauchen keine Zeugen. Schau dir's an und merk's dir im Kopf. Das ist die einzige Sicherheit, die wir auf der Welt noch haben."

„Ich kann das aber. Mein Handy ist gesperrt.", war Sepp fast schon beleidigt.

„Gib her!"

Marie untersuchte sein Handy und zeigte es ihm.

„Du Oberdepp. Du hast sogar die Standortermittlung eingeschaltet gelassen. Bist du von allen guten Geistern verlassen?"

„Mist. Ja, das hatte ich vergessen.", gab Sepp zu, schaltete sein Handy sofort völlig aus, und begann den ersten Stein zu positionieren.

„Warte. Die Sonne scheint auf ein Papier. Was ist das?", sagte Marie und kroch nochmals in die Höhle.

„Das ist das Verpackungspapier von einem damaligen Kondom.", sagte Sepp.

„Das ist doch ein verlogenes kleines Luder!", rief Marie aus. „Uns tischt sie eine tränenreiche, hanebüchene Geschichte auf, wie dumm man damals gewesen ist, und sie wusste über alles Bescheid. Wahrscheinlich hat sie die Kondome aus Ulm mitgebracht und dann ein Loch reingemacht. Dieses Luder! Finden wir auch noch ein Kondom?"

Beide suchten angestrengt, fanden aber nichts außer weiterer Urzeit-Kunst.

„Na, dann mach mal zu, Sepp. Wir suchen später nochmals."

Bei der Heimfahrt dachte sich Marie, solche Vorfahren müsse man erst mal finden. Was wohl alles in ihren Genen steckt. Sepps Chef sagte oft „Lumpen muss man mit Lumpen fangen.". Diese Bemerkung fand Sepp immer sehr daneben. Aber heute bei der Heimfahrt gefiel sie ihm irgendwie.

Während Sepp, Marie und Grete sich mehr und mehr vertraut wurden, geschah gleiches mit Elisabeth und Rosie. Beide unterhielten sich oft und freundschaftlich über das Dorfleben und über ihre Möglichkeiten, innerhalb dieser dörflichen Umgebung eine weitere persönliche Entwicklung zu finden. Elisabeth war orientierungslos, weil der Tod ihres Mannes Helmut und die Perspektivlosigkeit ihrer Krebserkrankung sie überforderten.

„Weißt du Rosie, bis zur Selbsttötung von Helmut konnten wir uns gemeinsam mit vielen Themen beschäftigen. Mir gab das einen stabilen Ausblick für mein Alter. Jetzt musste ich das loslassen und dennoch fühle ich mich überfordert. Was kann ich noch?", sagte Elisabeth, als sie sich in der Ulmer Osteria zum Mittagessen trafen.

„Was sagten denn deine Ärzte?", wollte Rosie wissen.

„Ich kann alles machen, sagten sie. Sport ist gut. Aber ich weiß, sobald ich eine Erkältung habe, ist meine Schaffensfreude auf einen Schlag weg. Ich lasse dann alles liegen, schließe die Augen und dämmere vor mich hin." Die Serviererin, offenbar eine Studentin, in ihrem sexy Outfit, fragte nach der Essensbestellung. Beide hingen so ihren Gedanken nach, nachdem sie die Serviererin mit einem neidischen Blick eingeschätzt hatten. Die Serviererin räusperte sich.

„Wir können hier jeder eine halbe Pizza bestellen und die Hälften werden sogar unterschiedlich belegt.", erläuterte Elisabeth ihrer Freundin Rosie, die bisher nicht oft nach Ulm kam.

„OK. Ich nehme ‚Quatro Formaggi' und dazu ein Glas Lambrusco.", entschied Rosie. Elisabeth bestellte Meeresfrüchte-Pizza und ein Saftschorle. „Oh ja, für mich bitte auch ein Johannisbeer-Schorle. Ist doch vernünftiger, solange ich nicht verhüte."

„Du hast Appetit, Elisabeth. Das ist doch ein gutes Zeichen."

„Nach den Infusionen, vor allem nach der Zoledronsäure wegen der Osteoporose, kann ich riesige Mengen essen. Aber ich wollte mit dir darüber sprechen, ob du meinst, dass ich mir noch etwas Lebenslust gönnen kann.", sagte Elisabeth.

„Aber klar. Natürlich. Mich beschäftigt das auch, denn ich will mit Kindern und einem Mann nicht bloß noch daheim sitzen. Der Dreck in der Stubenecke ist sicher interessant, die Staub-Mäuse im Schlafzimmer auch, aber das ist doch kein Leben.", ereiferte sich Rosie. Elisabeth brach in schallendes Gelächter aus.

„Nein Rosie. Eine Frau muss heute weitere Perspektiven haben.", lachte Elisabeth immer noch.

„Eben. Du kannst dir doch noch einen Partner nehmen, Elisabeth." Die Schorle kamen. Beide nahmen einen tiefen Schluck aus dem Glas. Sie fanden es einfach herrlich, dass sie gemeinsam dabei waren, sich mehr zu trauen, als jede von ihnen allein gewagt hätte.

„Ja, Rosie. Was meinst du, soll ich Hans seiner Marie ausspannen und mit ihm verreisen? Ich trau mich nicht recht. Was werden die Dörfler sagen? Werde ich schuldig, wenn die Beiden sich nach einer langen Ehe scheiden?", brachte Elisabeth ihre Gedanken auf den Punkt.

„Nein. Schuldig wirst du nie, denn beide sind erwachsen. Die können sich wehren, falls es hart auf hart kommt. Aber wer weiß, welche Träume bei den beiden Emmerdas geträumt werden. Vielleicht rennst du offene Türen ein.", gab Rosie zur Antwort.

„Eigentlich hast du recht. Wenn ich immer nur träume wird auch nichts besser. Die beiden können ja gute Freunde bleiben. Aber eins will ich nicht, jetzt nur noch auf den Tod zu leben!". Damit hatte Elisabeth ihre bislang unausgesprochenen Träume und Wünsche endlich in Worte fassen können. Zufrieden lehnte sie sich zurück. Die riesige Pizza kam. Sie wurde auf zwei Teller verteilt. Rosie bestäubte ihren Käse-Teil nochmals mit Parmesan-Käse.

„Genau! Elisabeth, mache das. Und mache es raffiniert. Schon das Spiel muss dir Spaß machen. Zuckerbrot und Peitsche und was es da alles so gibt.", lachte Rosie aus vollem Hals. Sie spürte, dass auch sie so einen Befreiungsschlag benötigte. Die dumme, einengende Betriebsblindheit ablegen, das muss ich schaffen, ging es Rosie durch den Kopf. Elisabeth, die in ihr Lachen einstimmte, hatte das unausgesprochen nachvollziehen können.

„Ja, Rosie. Du kannst nicht bloß darauf hinleben, in den gehobenen Dienst bei der Polizei zu kommen und zwei Mitarbeiter unterstellt bekommen. Du kannst mehr. Du musst raus aus dem Dorf.", brach Elisabeth eine der Denkblockaden ein.

„Ja. Das haben wir zwei, Mathias und ich, schon oft besprochen. Er will auch mehr selbst verantworten. Aber seine Eltern sehen nur Probleme, wann immer er das Thema anspricht.", sagte Rosie.

„Rosie, das ist ein falsches Heimatverständnis. Früher zogen die jungen Menschen auch weg, etwa wenn das Erbe zum Überleben nicht reichte oder der Vater seine Landwirtschaft nicht abgeben wollte. Selbst die Schäfer gingen im Winter auf die Wanderschaft und kamen ins Rheinland, nach Trier und auch weiter weg. Ihr dürft euch von den Eltern nicht begrenzen lassen.", sagte Elisabeth klar und entschieden. Rosie nickte.

„Ja, Elisabeth. Du hast Recht. Ich werde mit Mathias nach etwas suchen, was uns beide herausfordert. Natürlich kann man scheitern. Aber wenn wir es nicht mal versucht haben, ...". Rosie beendete den Satz nicht. Sie spürte, wie ihr Mut zunahm, wie sie pokern und spielen wollte.

„Scheitern ist oft ein Sieg. Das verstehen viele Menschen nicht. Vor dem Scheitern musst du keine Angst haben. Ihr seid zu zweit. Jeder von euch kann arbeiten. Ihr seid geschickt, empathisch, habt Freunde. So schnell fällt man nicht in die Armut. Und bei mir auf dem Hof könnt ihr immer noch wohnen.", sagte Elisabeth und strich Rosie über die Schulter.

„Echt, Elisabeth. Du bist ein Schatz. Jetzt bestellen wir uns doch einen Lambrusco und stoßen auf unsere Zukunft an. Ein wenig Rotwein kann dem Menschen nicht schaden, wenn er gerade aufbricht in ganze neue Lebensabschnitte.", lachte Rosie glücklich.

Dieses Gespräch hatte in der Tat folgenreiche Konsequenzen. Natürlich hatten sich beide nach dem Essen in der Osteria noch jede dasselbe Spaghetti-T-Shirt gekauft. Pink. Frauenpower.

Der Winter zog nach und nach auf der Ostalb ein. Wo bisher der Nebel zu in Grautönen abgestuften Silhouetten verzauberte, lösten ihn klare Nächte mit strahlender Sonne ab. Immer öfter lag morgens Reif als dünner Rand an den Blättern, die den herbstlichen Windstößen entkommen und an den Bäumen hängen bleiben konnten. Ein paar Tage später lagen fünf Zentimeter Schnee.[51] Der Tau auf den Gräsern bestand, bevor es schneite, morgens aus gefrorenen Wasserkügelchen, die in der Sonne geheimnisvoll glänzten. Nebelschwaden krochen immer wieder durch die Täler, oft vom Süd- oder Ostwind getrieben. Was gerade noch sonnig strahlte, verlor sich schlagartig in einer nebulösen Umgebung. Dann konnte es schon, wie die Einheimischen sagten, etwas frisch werden. Zugezogene übertrieben und meinten, es wäre richtig kalt. Die Hürbener mit Migrationshintergrund aus Italien oder Spanien, die schon in zweiter oder dritter Generation dort lebten und die ortsüblichen Charakterisierungen kannten, nannten das Wetter kurzerhand „saukalt" oder „arschkalt". Egal wie man es sagte, jedenfalls war es so kalt, dass Rosie keine Gesprächspartner mehr fand, wenn sie zu Fuß durch das Dorf ging. Niemand, außer natürlich Elisabeth und Mathias, lud sie um diese Jahreszeit ein, ins Haus zu kommen. Nasse Matsch-Schuhe wollte keine Hausfrau durch ihren Flur gehen sehen. So weit ging die Liebe zur Polizei wahrlich nicht. Auf einen Schwatz in den Garten, zu einer Sitzbank an der Hauswand oder unter dem Birnbaum vor dem Haus, war sie im Sommer dagegen öfter eingeladen worden. Rosie blieb deshalb, wenn der Besuch in Hürben dienstlich war, im Polizeiauto und drehte bloß ein paar Runden. Bei privaten Besuchen ging sie rasch ins Warme in den Würmle-Hof. Da war immer ein Putzlappen hinter einer mit Bauerndekor bemalten Milchkanne, die im Flur stand, so dass Rosie ihre Matsch-Spuren selbst

---

[51] Die Bauern jammerten natürlich, so wie überall: Vor de Hoilige Drei Keenig hättat mir ja koin Schnea braucht. Dees wird a strengr Wentr. Wirsch scho seah, der Wentrwoiza verreckt ons auf em Ackr. Ond dr Wentr gatt nao no bis Oaschtra. Ja, da Baurastand triffts emmr. Ond isch bei de Hendlr dr Lada no soi kloi, em Säckle bleibt emmr a Geld fir se. Ond mir Baura, bei ons verreckts Geld oms nomgugga.

auswischen konnte. Das erwartete die Bäuerin von ihrer möglichen Schwiegertochter sogar ganz energisch. Auch die Bäuerin wusste, dass sie die Schwiegertochter mit dem ersten Betreten des Bauernhofs erziehen musste. Elisabeth dagegen wusste, dass sie Rosie nicht erziehen, sondern befreien musste. Das tat ihr richtig gut. Was ihr nicht gut tat, war das trübe und dunkle Winterwetter. Das bringt sowieso Melancholie in jede Seele. Elisabeth fühlte sich immer wieder einsam. Traurig stellte sie fest, dass ihre früheren Kollegen und Kolleginnen jeder in einer eigenen Welt verschwunden waren. Auch zu denjenigen, mit denen sie Forschungs- und Projektergebnisse entwickelt und besprochen hatte, hatte sich kein Freundschaftsband entwickeln lassen. Ihre Kinder waren weit weg und vollauf mit Arbeiten und Kinder erziehen beschäftigt. Hans an sich zu ziehen, war offenbar schwierig. Als Elisabeth dann auch noch erkältet war, schwand die ganze Kraft, die sie aus ihrer Therapie gezogen hatte, schlagartig dahin. Sie fühlte sich schwach, überlegte sogar immer wieder, ob sie aus dem Sessel aufstehen sollte. Alles war so mühsam. Das Atmen, das Essen, das Husten schwächten sie. Zu spät hatte sie von dem Angebot der Ulmer Ärzte Gebrauch gemacht. Erst als ihre Stirnhöhlen schmerzten hatte sie die ihr bereits vorsorglich übergebenen Antibiotika eingenommen. Ihr Zustand wurde rasch besser, aber gegen die Viren musste ihr Körper und ihr schwaches Immunsystem selbst angehen. Da half kein Antibiotikum. Immer wieder flüchtete sie sich in die Idee, sich das Leben zu nehmen. Aber sie spürte, so weit war es noch nicht. So verbrachte Tage und Nächte waren wie ein Alptraum. Jeder Außenstehende hätte gesagt, sie solle doch lesen, fernsehen und im Internet surfen. Aber sie hatte in der Situation dazu keinerlei Lust. Stundenlang saß oder lag sie einfach nur da. Die Immunglobuline halfen auch nicht schnell. Erst nach mühsam verbrachten, durchkämpften Wochen kehrte ihre alte Tatkraft in ihren Körper und Geist zurück.

Nicht nur Rosies Rundgang veränderte sich. Auch Dr. Emmerda besuchte bei seinem Rundgang nur die Patienten, die ihn darum gebeten hatten oder denen er einen Besuch versprochen hatte. Dadurch wurden ihm die Tage länger, die Zeit verfloss langsamer und die Gedanken gingen vielen Ereignissen aus dem Sommer nach und flossen in mancherlei Richtungen. Je mehr er sich in die beiden Todesfälle einfühlte, umso fragwürdiger kamen sie ihm vor. Aber, soviel sei schon vorhergesagt, er sollte als erster erfahren, was damals wirklich geschehen war. Allerdings waren beide Enthüllungen nicht angenehm für ihn.

Dr. Emmerda und der Dorfpfarrer Thomas Jessasle hatten immer noch keine Zeit gefunden, ihren theologischen Disput zu vertiefen. Die mit Herzblut vorbereitete Predigt zu einem Mordopfer konnte Pfarrer Jessasle immer noch nicht halten. Kein Mord war amtlich festgestellt worden. Die Verstorbenen waren unter der Erde, die wohldurchdachte Predigt lag auf Halde, für schlechtere Zeiten. Für normale Zeiten rückten seine Zweifel an seiner Arbeit immer deutlicher ins Bewusstsein. Als er den Dorfarzt schon wieder darauf ansprach meinte der: „Thomas, komm morgen vorbei. Willst du einen roten oder einen weißen Wein? Einen Käse dazu oder einen Aufschnitt?"

Gegen acht Uhr abends klingelte Pfarrer Jessasle bei Emmerdas Villa. Marie ließ ihn ins Haus.

„Jessasle, wie geht's dir?"

„Oh Marie. Den Pfarrern geht's immer schlechter. Der neue Pfarrplan reduziert die Pfarrerstelle auf dem Land. Ich bekomme jetzt noch ein Dorf, da oben bei Dettingen, dazu."

„Dann erhole dich mal hier bei uns heute Abend. Du kennst dich aus. Hans kommt gleich nach. Ihr sitzt wieder im Erker mit Blick ins Tal. Ich habe euch schon eingedeckt und das Vesper aufgetragen.", meinte Marie, als in der

126

Küche der Herd piepste. „Mein Kuchen ist vielleicht fertig. Schenk euch beiden einen Wein ein, und fang an, falls du Hunger hast." Und damit war sie auch schon in der Küche verschwunden.

Pfarrer Jessasle hängte seinen Mantel an die Garderobe und ging zum Wohnzimmer, an den Erker. Marie hatte ein wunderbares Wurst- und Käsebuffet für die beiden Honoratioren vorbereitet, mehrere Brotsorten, Radieschen, Tomaten und unter anderem auch Trauben lagen dabei. Der Weißwein, ein Justinus Kerner aus Weinsberg, war eiskalt. Jessasle liebte den fruchtigen Geschmack dieser Rebsorte und schenkte sich sofort ein Glas ein. Das von Hans ließ er leer, sonst wäre diese Kostbarkeit aus den württembergischen Weinbergen bloß zu warm geworden. Das konnte man vor Gott und den Menschen nicht verantworten, dachte er. Sein Blick ruhte im mondbeschienenen Tal, aus dem die mäandernde Hürbe silbern glänzte. Am Horizont flackerten Lichter durch die vom Wind bewegten Tannen, Lichter die er dem Burgberger Schloss zuschrieb. Er hatte es, so ging ihm durch den Kopf, ganz gut getroffen. Als beamteter Pfarrer hatte er eine große persönliche Sicherheit erhalten, einen wunderbaren Standort ebenso und das in einer Welt, die noch rundum in Ordnung war. Natürlich hätte er nie gedacht, dass sein Beruf ihn so verändern würde. Angefangen hatte er in der Jugendarbeit, Jungschar, Jugendkreis, Chorsingen und Taizé-Ausflüge waren seine Welt. Die Religiosität war tief emotional empfundener Glaube, weitgehend den biblischen Geschichten entsprechend, die er unkritisch wortwörtlich als wahr annahm. In dieser Gemeinschaft studierte er evangelische Theologie zusammen mit Freunden, die ebenfalls aus der kirchlichen Jugendarbeit kamen. Man war und blieb eine Gruppe und brillierte durch Events wie Gottesdienste im Freien im Sommer, mit modernen Liedern, oder einer Taizé-Nacht. Dann fanden Forscher heraus, wie die alten jüdischen Städte angelegt waren, wieso sie voraussichtlich verlassen worden waren und welche klimatischen Bedingungen das Leben in den Jahrtausenden seit dem Alten Testament veränderten. Andere erstellten ein psychologisches Bild der römischen Diktatur, der verklemmten Atmosphäre, den in solchen Umgebungen möglichen Spontanheilungen durch charismatische Persönlichkeiten wie Jesus sicher eine war. Vieles von dem, was er bis zum Aufkommen dieser historischen Fakten als heilig empfunden hatte, wurde plötzlich normales, alltägliches Geschehen, wie es heute auch sein könnte. Trotz seiner Ehe drehte er sich auch mal nach einem hübschen Mädchen um, das an ihm in der Stadt vorbei ging. War das schon Ehebruch? Seine preisgünstigen Kleider kaufte er bei einem Kaufhaus, das nur in Ländern wie Bangladesch und China fertigen ließ, wo miserable

Arbeitsbedingungen und Kinderarbeit gang und gäbe waren. War dies ein Verstoß gegen das Gebot „Du sollst nicht töten?". Schließlich musste er sich eingestehen, dass kein Vormittag verstrich, an dem er nicht mehr oder weniger deutlich die Unwahrheit gesagt oder gar schamlos gelogen hatte. Kurzum: Thomas Jessasles Welt war gehörig ins Wanken geraten. Seiner Frau wollte er das gar nicht gestehen. Sie hatte schon längst seine Grübelei bemerkt, hielt ihn aber für stark genug, sich hier durchzukämpfen. Jetzt war er schon beim dritten Glas Justinus Kerner. Wo blieb denn der Hans?

Ein weiteres Glas Kerner später kam Hans.

„Grüß dich, Thomas. Schön, dass du da bist", und mit einem Blick auf die leere Flasche Wein fuhr er fort „und dass dir unser Kerner schmeckt. Ich hole Nachschub." Das dauerte zwei Minuten.

„Thomas, warst du mit deiner Frau schon mal in Weinsberg bei einer Führung durch das Haus von Justinus Kerner?"

„Nein. Das interessiert uns doch nicht."

„Das wird dich brennend interessieren. Da erfährst du, dass bis zu Kerners Zeit die Kinder als kleine Erwachsene angesehen wurden. Erst danach erkannte man Kinder als einen besonderen Patientenkreis. Interessant ist auch das mesmerisieren, wenn Erwachsene medizinische oder psychische Probleme in einer Gruppe lösten und dazu gemeinsam Seile hielten. Und du weißt, wer die Rolle der Kinder vor Kerner richtig erkannt hat?"

„Hans, ich möchte mit dir über meine tiefgehenden theologischen Fragen reden."

„Das tun wir bereits. Jesus hat die Kinder nicht als kleine Erwachsene gesehen, als er sagte, man solle die Kinder zu ihm kommen lassen."

„Oh, ich verstehe."

„Weißt du, dass Kenner der Geschichte meinen, zur Lebenszeit von Jesus sei es normal gewesen, bei allen normalen Toten von einer Auferstehung zu reden? Ob seine Auferstehung wirklich stattfand, kann man auch bezweifeln."

„Wer hat hier die erste Flasche Wein getrunken, Hans? Du oder ich?"

„Du! Ich spreche mal unbiblisch weiter, um verständlicher zu sein. Nach der Auferstehung gehen die Jünger zu einem Dorf in der Nachbarschaft. Dabei begegnen sie einem anderen Wanderer, den sie erst nach einem Gespräch als Jesus anerkennen. Ist das realistisch, wenn die Jünger wochen- und monatelang mit Jesus Tag und Nacht zusammengelebt haben?"

„Nein. Das hat mich auch schon stutzig gemacht. Aber wie soll ich mir das erklären, wenn ich es nicht so wie beschrieben als wahr ansehen soll?", nuschelte Jessasle.

„Jesus war so charismatisch, dass es sicher viele Nachahmer gab. So wäre das heute auch. Nimm Khalil Gibran. Dieser libanesische Philosoph und Dichter hat 23 Jahre an seinem biblisch erscheinenden Werk „Der Prophet" gearbeitet und so auch Jesus imitiert. Einen dieser Nachahmer, der voll die Sprache und Haltung von Jesus drauf hatte, haben die Jünger getroffen. Was ist schlecht an dieser Geschichte? Nichts. Sie zeigt bloß, wie die Gedanken von Jesus weiter getragen wurden, er also in diesem Sinne auferstanden ist."

„Ach Hans. Wenn die Geschichte nicht stimmt, ist doch alles verloren."

„Nein. Außer dem Christentum hat doch keine Religion die über den persönlichen Bereich hinausgehende Verantwortung, etwa für die Umwelt, als Ziel. Dasselbe gilt für die Liebe, vor allem die Nächstenliebe. Über die Kinder, ihre Bildung und ihre Rolle für die Zukunft haben wir schon gesprochen. Das ist doch schon mal eine Menge. Ganz anders der heute so beliebte Buddhismus. Dort zieht man sich zurück, lässt alles los, kehrt zwar vor sich die Mikroben weg, aber lässt die Umwelt verkommen."

„Ja. Stimmt. Das motiviert mich jetzt. Und die Wunder hat er ja auch getan. Das inspiriert ja auch."

„Thomas, das inspiriert. Moderne Mystiker wie Anselm Grün sagen, die Gesprächs- und Therapietechnik der Wunder Jesu seien heute ein Standard der Psychotherapie. Viele der Wunder Jesu vollbringen heute Psychologen und Psychiater. Schock-Therapie heißt das dort. Auch das ist wieder in fast jedem Fall gut beschrieben. Die Kranken werden gebracht. Jesus lässt seine zweifellos massive Charismatik, die Wirkung seiner Persönlichkeit, spielen, indem er einige verständliche Worte spricht. Da spürt er schon, wie weit er gehen kann, ob er noch predigen muss bevor er den Befehl zum Aufstehen geben kann. Dann kommt sein der Situation angepasster Befehl: Steh auf. Das wirkt."

„Hans, musst du alles kaputt machen?"

„Ich mache gar nichts kaputt, ich mache dich bloß fit für die Gegenwart. Die alten Geschichten glaubt dir doch keiner mehr im Internet-Zeitalter. Ich habe dir schon gesagt, diese Geschichten sind Inszenierungen."

„Ok. Inszeniert wird, dass die richtige Denkweise auch in einem repressiven, geschundenen, besetzten Land befreien kann. Das ist schon eine gute Nachricht."

„Richtig Thomas. Und ‚gute Nachricht' heißt ‚Evangelium'."

„Stimmt. Hans, was würdest du jetzt sagen, wenn dich Kinder fragen, wieso Gott nicht nur gut ist, sondern auch Leid, Aggression und Gewalt als Teil seiner Schöpfung realisiert hat?"

„Kinder wissen sehr gut, dass man sich durchsetzen muss, auch mit Geschrei, ein paar Schlägen, Boykott, am Boden liegend schreien und stampfen. Sie müssen ihre Eltern erziehen. Auf die feine Art geht das nicht immer. So ist es auch in der großen Welt."

„Du meinst, wenn alles nur immer gut wäre, dann würde sich nie etwas ändern, leben und wachsen wären gar nicht möglich?", fragte der Pfarrer.

„Ja. Zugegeben: Wieso es so extremes Leid wie zur Zeit in Syrien, Jemen, Somalia geben muss, verstehen wir nicht. Da sagen wir, was Papst Franziskus einem Kind sagte. Er wisse es auch nicht, aber dass sie beide darüber sehr traurig wären, sei wichtig." Emmerda schwieg und nahm sich nochmals ein dickes Stück Kalbsleberwurst. Nach einem Biss in sein Brot fuhr er fort.

Hans sprach jetzt betont langsam und so laut, dass Thomas zuhören musste: „Thomas, zwei Dinge will ich dir zum Abschluss sagen. Nimm dich nicht so wichtig, denn deine Probleme gab es schon immer. Außerdem will ich dir sagen, dass wir von der Kindheit über das Erwachsenenalter bis ins Greisenalter immer lernen und alles immer anders bewusst bewerten. Das ist die wirkliche Auferstehung, die zählt. Ein besserer Begriff wäre wohl „schöpferische Erneuerung" statt Auferstehung. Du bist in einer Lernphase. Genieße das doch, statt zu denken, du würdest weltverändernde Erkenntnisse ausbrüten müssen."

„Bei den einzelnen Themen willst du mir nicht weiterhelfen?", fragte Thomas Jessasle kleinlaut.

„Sei nicht kindisch. Selber essen gibt Kraft und selber denken macht stark. Jetzt essen wir mal was. Marie hat uns so ein lukullisches Mahl zubereitet! Es wäre schade, das leckere Essen, verloren in trüben Gedanken, hinunter zu schlingen. Ich habe jedenfalls heute Abend noch fast nichts zu mir genommen."

Jessasle ließ sich überzeugen und langte ebenfalls kräftig zu.

„Hans, wenn wir an einem Tag nach Weinsberg zu der Führung fahren und dann wieder zurück, das ist doch der reine Stress bei den Baustellen auf der Autobahn."

„Wieso an einem Tag? Ihr übernachtet dort, in einem der netten Hotels. Genießt das Abendessen, die Übernachtung wie in Jugendzeiten bei der ersten Verliebtheit, dann das Frühstück."

„Das kostet doch über hundert Euro![52]"

„Besser du rechnest mit drei- oder vierhundert Euro. Du hast doch Geld genug. Du wohnst mietfrei im Pfarrhaus und bist ein hochbezahlter Beamter. Also, was jetzt?"

„Da muss ich mit meiner Tine drüber reden."

„Quatsch. Du brauchst eher Eheberatung als theologische Beratung. Du sagst heute Abend noch oder morgen ganz früh deiner Tine, dass ihr das macht. Und wenn du das billigste Hotel buchst, muss ich dir die Freundschaft aufkündigen. Dann gehe ich mit deiner Tine mal aus!"

„Jetzt aber! Das kommt nicht in Frage!"

„Was?"

„Dass du mit meiner Tine wegfährst, das kommt nicht in Frage."

„Das habe ich nicht gesagt. Das weißt du gut. Jetzt aber: Versprich mir, dass du buchst."

„Ja. Du hast recht. Ich muss mehr raus und diese nutzlose Grübelei vergessen."

„Genau so ist es, Thomas. Ob es die Wunder gab oder nicht ist doch völlig wurscht. Wichtig ist, dass du im praktischen Leben stehst. Genieße die

---

[52] Spensch du denn. Was dees koscht!"

Welt, die Gott oder ein Urknall irgendwie erschaffen haben, solange sie aus vollen Zügen genossen werden kann. Wir werden weder Gott noch den Urknall verstehen. Aber den Kerner, den verstehen wir, und ich hole jetzt die dritte Flasche."

Das hatte Dr. Emmerda wieder elegant hinbekommen. Als Spontanheilung könnte man auch diese Episode publizieren. Als Evangelischem war ihm eine Heiligsprechung nicht vergönnt. Das wäre bei seinem sonstigen Lebenswandel, dessen menschlich angenehme Seiten kirchenethisch verachtet wurden, letztlich auch gescheitert. Aber diese Seiten von Dr. Emmerda, die nicht jeder aber mancher als dunkle Seiten bezeichnen würde, spielten bis jetzt keine Rolle.

Jessasle kam in der Nacht so zeitig heim, dass er seiner Frau Tine, die beim Fernsehen saß, die gute Nachricht von der Reise mit Übernachtung nach Weinsberg sofort überbringen konnte. Sie war wirklich glücklich, so wie Hans Emmerda es vorhergesagt hatte. Hans hatte Thomas noch eine Flasche eiskalten Kerner mitgegeben, damit er mit seiner Tine gleich anstoßen konnte. So kam es endlich einmal wieder zu einem euphorisierenden Abend der Beiden.

Der nächste Morgen war wegen der sternklaren Nacht noch etwas kälter als die bisherigen Nächte geworden. Dr. Emmerda ging früh aus dem Haus, mit seiner Arzttasche und einigen Medikamenten. Darunter war eine Infusion mit Immunglobulinen für Elisabeth, weil die sich sehr erkältet hatte. Dr. Emmerda wollte nicht schon wieder mit Antibiotika kommen. Immunglobuline wie Antibiotika präparierten die Zellen der Patienten für die Killer- und Fress-Zellen des patienteneigenen Immunsystems. Insofern wirkten sie ähnlich. Aber Antibiotika hatten sehr sehr viele Nebenwirkungen und Risiken. Wieder einmal hatte ihn seine Marie auch zur Wiesen-Marie geschickt. Schon wieder hatte er das abgelehnt, weil das eines der ersten Häuser sei und er die Eier nicht die ganze Tour mittragen wollte. Seine Marie hatte das aber wieder abgelehnt.

Hans Emmerda war schon einige Zeit aus dem Haus, da entdeckte Marie, dass die Immunglobuline für Elisabeth noch im Kühlschrank lagen. Da hatte sie jetzt doch ein schlechtes Gewissen, nahm das Fläschchen und fuhr mit dem Auto zur Wiesen-Marie, wo er bald vorbeikommen musste. Sie konnte die Eier dann ja selbst mitnehmen.

Klingeln musste sie bei der Wiesen-Marie nicht, ihrer langjährigen eng verbundenen Freundin. Sie ging deshalb gleich ins Haus und stand etwas ratlos im Flur. Dort stand die leichte Arzttasche von Hans. Sie steckte die Infusion für Elisabeth hinein. Sie lauschte, weil niemand erschien. Aus dem Schlafzimmer drangen Geräusche, die sie nicht gleich zuordnen konnte. Sie meinte, die Wiesen-Marie würde halt putzen, was um die Zeit recht normal gewesen wäre. Als sie durch die halb geöffnete Tür schaute, sah sie aber ihren Mann, nackt, mit der Wiesen-Marie in zärtlicher Beschäftigung im Bett. Jetzt brannten alle ihre Sicherungen durch.

„Du Hund, du treuloser! Dir werde ich helfen. Damit stürzte sie sich auf ihn und drosch mit ihren Fäusten auf ihren Ehemann ein. Der versuchte sich und die Wiesen-Marie so gut es ging zu schützen. Doch auch die Wiesen-Marie wusste, wie man mit einer Schlägerei umging. Sie legte Hans mit ihren kräftigen Armen auf die Seite, stand auf und stellte sich der Marie Emmerda gegenüber. Die kühlte merklich ab. Entweder weil die Amazonen-Marie wirklich sehr hübsch war, wie Marie Emmerda sie nie gesehen hatte, oder weil die Wiesen-Marie eindeutig so kräftig und muskulös war, dass eine Schlägerei mit ihr völlig aussichtslos war.

Die Wiesen-Marie nahm einen Befehlston an, der keinen Widerspruch duldete. „Marie, mit dir reden wir gleich. Erst mal machen wir hier fertig. So lange gehst du in die Küche und machst einen Kaffee. Stell Tassen und Teller hin und hole den Kuchen aus dem Schrank. Wir kommen dann schon, aber das dauert noch ein wenig. Dann reden wir offen über alles. Du weißt gut, was ich meine. Die Heuchelei hört jetzt auf."

Marie Emmerda klappte ihren Mund zu, drehte sich wie in Trance folgsam langsam um, schloss die Schlafzimmertür und verschwand wortlos schleichend-langsam in der Küche.

Die Wiesen-Marie schlang ihre Arme um Hans, der zwar nicht viel verstand, aber zumindest keine Gefahr mehr spürte.

Als die beiden nach einer guten halben Stunde in der Küche erschienen, begrüßte sie Marie Emmerda mit einem vorwurfsvollen Unterton in den Worten:

„Ihr habt euch ja Zeit genug gelassen."

„Eile schadet in dem Fall.[53]", gab die Wiesen-Marie locker als Antwort, schenkte sich einen Kaffee ein und nahm sich ein Stück von dem

---

[53] Bei dem Gschäft sollet ma ond frau au et hudla.

Donauwellen-Kuchen. Hans machte es genauso. Marie Emmerda war bereits versorgt.

Donauwellen-Kuchen

Wir rühren alles zusammen, was im Kochbuch zu einem Rührteig gehört. Die Hälfte des Teigs gießen wir auf ein mit Backpapier ausgelegtes Backblech. Der restliche Rührteig wird mit Kakao oder Schokoladenpulver weiter gerührt. Dann kommt dieser Teig zu dem weißen Rührteig aufs Backblech. Ein Glas gut abgetrocknete Sauerkirschen gießen wir darüber und mischen alles, den weißen und schokoladigen Rührteig und die Kirschen, mit einer Gabel unter, so dass eine schöne Marmorierung entsteht. Die Kirschen dürfen gerne zu einer welligen Oberfläche führen. So kommt das Blech in den nicht zu heißen Backofen. Parallel zum Backen rühren wir einen Vanillepudding an, gegebenenfalls mit etwas Butter vermischt, je nachdem, wie fett wir das Ganze wollen. Sobald der Rührkuchen fertig und abgekühlt ist, bereitet man den Vanillepudding (mit oder ohne Butter) zu. Nach dem Kochen etwas abkühlen lassen und dann, solange er noch flüssig ist, auf dem Blech gleichmäßig verstreichen. Sobald alles gut kalt ist, kommt noch eine dünne oder dicke Schicht Schokoladenkuvertüre über die Pudding-Schicht. Noch gut abkühlen lassen. Das schmeckt auch noch nach drei oder vier Tagen (im Kühlschrank aufbewahren) sehr, sehr lecker.

Nach ein paar Schluck Kaffee kam die Wiesen-Marie gleich zur Sache:

„Marie, ich weiß, dass du immer wieder Männerbesuch hast, wenn der Hans abends weg ist. Das darfst du ihm jetzt einfach mal bekennen."

„Männerbesuch besagt gar nichts. Du hast auch viel Männerbesuch."

„Marie ich gehe gerne in die Einzelheiten. Ich weiß wer es ist, wann er jeweils kam und was ihr gemacht habt. Da war gar nichts anders als jetzt bei uns."

Hans blickte seine Frau an, wie vor den Kopf gestoßen. Allen drei war klar, dass sie gegen jede Treueregel verstoßen hatten, seien sie nun verheiratet wie die Emmerdas oder unverheiratet wie die Wiesen-Marie. Jetzt den Beleidigten oder den Eifersüchtigen zu mimen, das überzeugte in dem

Kreis niemanden. Auch das Alter der Beteiligten, von denen die Wiese-Marie die jüngste war, verhinderte emotionale Ausbrüche. Hans war gespannt, wie der Kampf der Frauen nun weiterging. Er hatte jedenfalls nicht vor, in diesem Kreis weitergehend über das Thema zu sprechen. Dafür war er sich zu unsicher, wie die einzelnen Marien reagieren würden. Womöglich verbündeten sie sich spontan gegen ihn und seine Marien-Wallfahrten. So eine Schubumkehr bei Streitigkeiten hatte er öfter erlebt. Und da kann ein Mann nie und nimmer gewinnen.

Der Kampf der Frauen ging in eine erstaunliche Richtung. Seine Marie nickte bloß zu den Vorwürfen, wortlos. Dann eröffnete sie ein neues Thema: „Das Thema der ehelichen Treue bespreche ich zuhause mit Hans. Das mache ich hier nicht. Was anderes: Für den Weihnachtsbasar hast du nur einen Kuchen angemeldet. Den Donauwellen-Kuchen hier könntest du doch auch noch machen."

„Das werdet ihr dann schon sehen, welche Kuchen ich bringe. Einen habe ich wie jedes Jahr zugesagt. Was ich sonst noch bringe, musst du mir überlassen. Aber, die Idee mit dem Donauwellenkuchen ist schon gut, Marie."

Mit solchen, vergleichsweise harmlosen, Sticheleien und Versöhnungsangeboten ging der Wortwechsel weiter. Sichtlich waren die beiden bemüht, ihre jahrzehntelange Freundschaft nicht aufs Spiel zu setzen, zumal alle „Dreck am Stecken" hatten. Hans war nicht erpicht darauf, diesem Spiel länger beizuwohnen. Er schnappte sich seine Tasche, zog sich Mantel, Schal mit Hut an und verließ mit einem knappen „Adieu" die Küche.

„Ach so", er drehte sich unter der Tür nochmals um und sprach die Wiesen-Marie direkt an. „Marie, Elisabeth habe ich jetzt endlich zu einer DNA-Untersuchung überreden können. Ich denke, ihr solltet mal miteinander sprechen."

Die Wiesen-Marie war immer wieder froh, dass Hans sich so intensiv in seine Bekannten und Freunde eindenken konnte.

Die Sache hatte für Hans noch ein Nachspiel. Als er nämlich zuhause ankam, war für ihn das Gästezimmer als künftiges Schlafzimmer gerichtet. Das Ehebett war ihm bis auf weiteres versagt. Wenn zwei dasselbe tun, ist es offensichtlich nicht das Gleiche. Die häuslichen Gespräche wurden einsilbig, die Marie reagierte nur mit knappen Worten auf seine Mitteilungen. Das kannte Hans, denn viele Frauen reagieren so, wenn sie eindeutig mitschuldig sind, aber trotzdem die Schuld jemand anderem zuschieben wollen. Hans hatte lange gebraucht, dies zu verstehen. Jetzt im Alter nahm er das Verhalten einfach hin. Die Zeit dürfte die Wunden heilen. Erfreulich fand er, und das deutete er als gutes Zeichen, dass Marie nach wie vor exzellent kochte und ihn mit dem Essen mehr als zuvor verwöhnte. Kamen Besucher, spielte Marie die treu liebende Ehefrau wie eh und je.

Bei einem der Besuche fragte die Wiesen-Marie ihren Hans beim anschließenden Kaffeestündchen:

„Wieso hast du Elisabeth und Sepp aufgefordert, eine DNA-Analyse durchführen zu lassen? Du hast da doch was vermutet, oder?"

„Marie, weißt du, es gibt im Dorf zwei Ebenen von Geschwätz. Das eine ist der oberflächliche Dorftratsch. Der wusste nichts von Grete und Jakl. Das andere ist der scharfe Blick einiger weniger, meist Älterer, die ihre Vermutungen mit nur wenigen teilen und schweigen können."

„Und diese zweite Ebene des Dorfklüngels hat was gemerkt?"

„Nachweisbar haben sie nichts in der Hand gehabt. Aber Frauen, die selbst Kinder hatten, sehen einer anderen an, wenn sie schwanger ist. Sie bewegen sich anders, die Gewichtsverteilung im Körper ist etwas anders, die Stimmungen schwanken anders."

„Damals hat man doch bis zur vollständigen Erschöpfung gearbeitet. Da sieht man gar nichts mehr."

„Doch Marie. Es gibt immer ein paar Omas und Opas auf der Bank vor dem Haus, die noch scharf beobachten können."

„Und den Rest hast du aus deinen Patientenakten herausgelesen, Schatz?"

„Stimmt, Marie. Was da steht ist geheim, außer für mich. Jetzt gib mir noch einen richtig festen Kuss. Dann mache ich meine Runde weiter."

Elisabeths Freundin aus Jugendzeiten, Heike, gönnte sich einen Urlaub in den österreichischen Alpen. Sie wollte eine Woche allein sein, Sport treiben und ihren Gedanken nachhängen. Statt über sonnige Pisten Ski fahren zu können, musste sie fast den gesamten Urlaub in der für eine Woche gemieteten Skihütte verbringen, weil es schneite. Ohne Unterlass.

Von allen ihren Urlaubszielen konnte sie so nur eines realisieren: ihren Gedanken nachhängen. Wie immer dachte sie an die Erlebnisse der letzten Monate zurück. Eines wühlte sie dabei durchdringend auf. Dachte sie an Hans Emmerda und ihren Streit am Tag von Helmuts Tod, dann kochte sie. Wie konnte sich jemand Arzt nennen, ohne von Dingen wie Spermidin, den heilenden Kräften der mediterranen Diät und der asiatischen Ayurveda-Medizin eine tiefergehende Ahnung zu haben. Die Zeiten, als die Schulmedizin das alles links liegen lassen konnte, waren schon längst vorbei.

Der Wut auf Hans Emmerda gesellte sich immer stärker eine andere Wut hinzu. Es war eine Verbitterung über Elisabeth. Immer mehr wurde ihr bewusst, dass Elisabeth ihr zwei Mal ihre Liebhaber abspenstig gemacht hatte. Das hatte sie so hart getroffen, dass sie, wann immer sie sich mit Männern abgab, nie mehr ein gesundes Selbstvertrauen entwickelte. Ihre späteren Beziehungen zerbrachen deshalb oft an Kleinigkeiten. Das war das Eine. Immer wieder schlichen sich Sätze aus der Jugendzeit in ihr Gedächtnis, die ihr bewiesen, dass Elisabeth die Situation und ihre Schuld viel mehr verstanden hatte als Heike selbst. Wieso hatte ihr Elisabeth Nachhilfe gegeben? Wieso sagte sie einmal, als Heikes Mutter Elisabeth bezahlen wollte, dass sie es lassen solle. Die Nachhilfe sei eine Wiedergutmachung. Andererseits musste sie zugeben, dass sie ohne Elisabeth nie ihre Exzellenz im Studium der Biologie und der Heilmittel hätte erreichen können. Elisabeth hatte Heike in die Geheimnisse eingeweiht. Wie man heilende Substanzen schonend in Öl löst, wie man sie anreichern kann und wie man sie testen kann, waren nur wenige Techniken, die sie allein von Elisabeth lernen konnte. Dazu gab es praktisch keine Literatur. Wie Elisabeth auf diese Geheimnisse gekommen war, hatte sie nie verraten.

Dank und Verbitterung kämpften um Vorherrschaft in Heikes Seele. Die Verbitterung begann sich durchzusetzen.

Das kalte Wetter, der Reif und inzwischen auch Schnee auf dem Waldboden verhinderten, dass Sepp zur Rulamanhöhle wandern konnte. Jeder hätte seiner Spur folgen und die geheime Höhle entdecken können. Seine Aufgaben als Schutzpolizist in der Vorweihnachtszeit wurden ruhiger, denn die dörflichen St. Martins-Umzüge, Nikolaustreffen und Weihnachtsmärkte unterlagen der strikten sozialen Nachbarschaftskontrolle der Einheimischen. Da konnte man seine

Handtasche mit dem Geldbeutel bedenkenlos überall liegen lassen. Da wurde nicht gestohlen. Sepp hatte sich deshalb ein paar Fortbildungen ausgesucht. Meistens suchte er die Fortbildungen nicht nach Themen, sondern nach dem Ort aus, in dem er einige Tage verbringen wollte. Diesmal war es bei einem Thema anders. Angekündigt war eine dreitägige Veranstaltung mit Praxisteil zum Thema „Aufklärung von Altertums-Diebstahl" in Stuttgart im Naturkundemuseum. Das sei, meinte sein Chef, eigentlich für erfahrene Kriminalbeamte und nicht für Schutzpolizisten.

„Wenn es Fälle gibt wie in Hürben, dann bin ich ein erfahrener Kriminaler. Bei der Fortbildung soll ich mich mit Kleindiebstahl beschäftigen. Außerdem sind wir Weltkulturerbe. Wer weiß, was da passiert:"

Dass Sepp sich so energisch wehrte, war dem Chef neu. Das gefiel ihm.

„Sepp, ja. Das geht dann in Ordnung. Wenn du zurückkommst, könntest du einen kleinen Vortrag dazu halten. Zehn Minuten, nicht länger."

Das Seminar im Naturkundemuseum war ein voller Erfolg. Stuttgart war in dieser Zeit paradiesisch verschneit mit Pulverschnee. Der Seminarleiter war mit allen Wassern gewaschen, berichtete von Beispielen ohne Ende und konnte sich in die Denke der Täter und der Ermittler in ungeahnter Tiefe einfühlen. Der praktische Teil bestand aus einem Rundgang durch das Museum mit fast unendlich vielen Geschichtchen um gestohlene Kunst, zudem gab es ein Rollenspiel, bei dem es um den Verkauf einer gestohlenen römischen Schmuck-Brosche ging. Sepp durfte den Täter spielen, ein Kollege spielte den Ermittler. Der Seminarleiter zeigte auf, woran Sepp nicht gedacht hatte, und wie der Ermittler ihn daher mit eindeutigen Beweisen überführen könnte. Kurz gesagt waren es immer die technischen Mittel, die der Täter verwenden musste, etwa das Telefon oder das Internet. Sepp wurde klar, dass er dies vermeiden musste, wollte er bei einem eventuellen Verkauf der Schätze aus der Rulaman-Höhle erfolgreich sein. Seine ältere Schwester Marie hatte völlig Recht gehabt, ihn in der Rulamanhöhle auszuschimpfen. Was offenbar auch alle Täter falsch machten war, dass sie das erschlichene Geld sofort in großen Beträgen ausgaben oder auf die Bank einzahlten. Bankeinzahlungen waren auch wieder elektronische Dinge. Da kam der Ermittler im Rollenspiel spielend an die Daten. So konnte er seinen Verdacht bestätigen oder verringern.

Sepp fuhr zufrieden nach Hause. Dort machte er einen großen Spaziergang im Tal, wo er sehen konnte, ob er abgehört wurde, mit seiner Halbschwester Marie. Die war richtig stolz auf ihren Bruder. Außerdem freute sie sich über das Abenteuer. Von solchen Dingen hatte sie bis dahin nur nach einem Fernsehfilm träumen können.

Sepp sagte, es wäre gut, Marie würde ein kleines Unternehmen aufmachen.

„Warum denn das?"

„Marie, da könnten wir viel besser das Geld waschen."

„Ich kann doch nichts, Sepp. Und jetzt noch was lernen, das bringt mir auch nichts. Lust darauf habe ich auch nicht."

„Du kannst super gut backen. Verkaufe doch jetzt für Weihnachten, später zu Ostern, Plätzchen. Du hast beispielsweise mal Schwäne gemacht, aus Brandteig. Die waren richtig hübsch. Du kannst sie sicher in Giengen einem Lebensmittelladen oder in der Gaststätte ‚Schwedenhaus' bei der Charlottenhöhle in Kommission geben."

„Ja, da würde mir was einfallen. Das macht kein Bäcker, weil es ihm zu viel Arbeit wäre."

„Gut. Denk dran, wir brauchen keinen Gewinn. Den Gewinn verbuchen wir über das gewaschene Geld."

„Was brauche ich dafür an Genehmigungen?"

„Marie, das mache ich für dich. Den Gewerbeschein bekommst du sofort. Da rufe ich bloß an. Die Lebensmittelregelungen erfrage ich bei der IHK. Den Zuständigen hatte ich mal kennen gelernt. Ich glaube, du musst da einen ein- oder zweitägigen Kurs machen."

„Sepp, den Kurs mache ich gern. Da komme ich mal raus."

„Bist eine tolle Schwester, Marie. Backe doch ein kleines Sortiment. Da organisiere ich eine kleine Verköstigung bei uns auf der Polizeidienststelle. Dann wissen wir, was den Leuten schmeckt. Du kannst dann auch mal ins Innere einer Polizei kommen."

„Sepp. Du bist ein Schatz nicht minder. Ich fange gleich an. Du kannst fernsehen oder deiner Arbeit nachgehen.", lachte sie ihn freundlich an und gab ihm einen schwesterlichen Kuss.

Die Verköstigung war schon am übernächsten Tag, nachmittags so gegen vier Uhr, wenn die Hauptarbeitszeit vorbei sein könnte, falls es keine spezielle polizeiliche Lage gab, etwa einen Einbruch oder einen Unfall.

Der Dienststellenleiter, ein Beamter im Alter von Sepps Schwester Marie, ließ es sich nicht nehmen, das Event zu eröffnen. Marie hatte ihre Ware wunderbar dekorativ aufgebaut. Auch sich selbst wusste sich sehr gut in Szene zu setzen. Bis auf Hans waren ihr die Männer ausgegangen. Das bedauerte sie sehr, denn ihr Gefühlsleben war dadurch empfindsam eingeschränkt.

Die Damen und Herren der Polizei markierten auf Strichlisten, was sie besonders liebten. Manche Polizistinnen und auch ein paar kochende Polizisten schlugen vor, dort noch Ingwer und hier noch Zimt dazuzufügen. Marie war begeistert und spürte, dass sie in ihrem Haus im Wiesental doch interessante Teile der Welt ignoriert hatte. Das wollte sie alles nachholen.

Der Dienststellenleiter, Polizeidirektor Bernd Maler, hatte sich zurückgezogen, um wichtige Geschäfte zu erledigen. Als Marie und Sepp gegen zwanzig Uhr einpackten und aufräumten, kam er nochmals zu ihnen. Marie hatte ein sehr nettes Gespräch mit ihm. Seine Frau war verstorben, seine zwei Kinder standen schon im Beruf. Sie wohnten in Hamburg und München. Einer war auch bei der Polizei, der andere war Rechtsanwalt in München und spezialisiert auf Firmenfusionen. Sie kamen rasch zum „du", weil das in der Polizei einfach üblich war.

„Marie, mein Junger in Hamburg verdient in der Stunde 4.000 €. Der hat, denken wir einmal nicht an die Steuern und die Bürokosten, an manchen guten Tagen mehr in der Tasche als ich im Monat."

„Wahnsinn!", fand Marie. „Und was kostet so ein Büro?"

„Das ist teuer. Es muss in Hamburg die feinste Adresse sein, hübsche und kluge Sekretärinnen braucht er auch. Oft kämpft er auch monatelang für einen Auftrag. Dann bekommt ihn doch ein anderer. Das muss er alles auch zahlen, bekommt aber nichts dafür."

„Na dann ist dein Job besser.", meinte Marie.

„Weil er gut ist, bleibt noch genug für ein paar richtig teure Autos und eine Villa, zu der ich dich gerne mal mitnehmen würde."

„Ich bin dabei!", lachte Marie und knickerte überhaupt nicht mit ihren Reizen. Maler hatte sie bereits fasziniert zur Kenntnis genommen. Die Frau wäre was für mich, dachte er im Stillen. Aber gemach. Ein Polizist ermittelt erst, bevor er sich entscheidet.

Die häusliche Enthaltsamkeit in der Villa der Emmerdas schmerzte den Hausherrn nicht. Bloß seine Spaziergänge zu den Patienten verlängerte Hans um einen Abstecher zur Wiesen-Marie. Sie empfing ihn immer mit offenen Armen, denn mancher ihrer bisherigen Liebhaber schwächelte altersbedingt oder war ihr gar ganz abhandengekommen. Hans war immer willkommen. Ein Marmorkuchen für die Kaffeepause danach war Standard im Haus. Mit diesem Arrangement kam Hans zurecht. Ohne diese sportliche Betätigung im Wiesental hätte Hans wahrscheinlich an Gewicht zugenommen. Beide seiner Marien kochten immer besser und verwöhnten ihn über alle Maßen. Bloß halt das Eine fehlte im Haus Emmerda und die dortige Marie schnitt sich mit ihrer Prüderie immer mehr selbst ins Fleisch.

Rosie hatte im Würmle-Hof fest Einzug gehalten. Man hatte dem jungen Paar eine Einliegerwohnung mit herrlicher Gartenterrasse und Blick in den Apfelgarten eingerichtet. Rosie dekorierte das neue gemeinsame Heim weihnachtlich. Dienstlich besuchte sie fast alle Weihnachtsmärkte der Region. Wenn sie dann ein paar Kleinigkeiten einkaufte, kam sie ins Gespräch und baute neue Kontakte auf. Oft erhielt sie diese Kleinigkeiten auch geschenkt.

Das Frühstück nahmen sie mit den Eltern ein. Rosie musste also nicht einmal einkaufen. So ließ sich das Leben doch ganz angenehm an.

Der Bauer, Valentin, meinte: „Rosie, ich habe dir das noch gar nicht erzählt, was bei der Kartoffelernte passiert war. Ich fahre am frühen Morgen zu unserem Kartoffelacker oben bei der Autobahn und sehe, wie der Bauer Maier, weißt du, der Vater vom Frieder, gerade mit zwei Wagen voll Kartoffeln wegfahren wollte. Was mich ärgerte war, dass er diese eindeutig aus unserem Kartoffelacker ausgegraben hatte. Ich hielt ihn an, hochrot war sein Kopf. „Peter, danke, dass du mir meine Kartoffeln bringen willst. Fahr gleich in meine Scheune und kippe sie in den Keller. Du kennst dich ja aus.“

„Deine Kartoffeln? Da habe ich mich wohl vertan. Entschuldige, bitte. Klar mache ich, und einen schönen Tag noch.“

„Geh in die Küche, da kriegst einen Kaffee mit Hefekranz.“

Rosie lachte: „Da bin ich ja froh, dass du nicht die Polizei gebraucht hast.“

Dann fuhr sie fort: „Valentin, dein Enkel wächst und wächst in mir, aber dein Sohn Mathias merkt das nicht. Ich würde gerne vor der Geburt verheiratet sein. Was meinst du?"

„Ja, Rosie, da sind wir einer Meinung. Wir wollen einen ehelichen Stammhalter. Ich sehe mit großer Freude, wie du meinen Mathias anleitest. Das tut ihm so gut. Bei dem Heiraten werde ich gleich mal eingreifen, wenn der Mathias jetzt zum Frühstück kommt. Bleib dabei. Bin gespannt, wie du das siehst."

Als Mathias noch mit schläfrigem Gesicht zum Frühstück erschien, sich an der ersten Tasse Kaffee festhielt und sich langsam dem Alltag gegenüber interessiert zeigte, sagte sein Vater.

„Euer Bub wird dann halt kein Würmle."

„He Vater, was sagst du da. Natürlich wird das ein Würmle."

„Und, wann ist die Hochzeit?"

„Warte halt. Immer machst du Druck. Nächstes Jahr. Die Rosie sagt, wir heiraten im Sommer kirchlich. In Reuendorf, bei ihrer Freundin, der Frau vom Gutspächter, im Garten."

„Ja, bis dahin springt der ja schon über die Wiese. Aber als uneheliches Kind."

„Im Februar wollen wir standesamtlich heiraten."

„Erstens denkst du jetzt einmal an die Steuerersparnis bei Verheirateten. Die bekommst du ab dem Jahr der standesamtlichen Eheschließung. Aber ihr habt ja Geld im Überfluss. Zweitens denkst du mal an die Möglichkeit einer Frühgeburt."

„Mist. Natürlich haben wir kein Geld zum Verschenken. Und der Bub wird blitzschnell unseren Namen bekommen. Danke Papa!" Damit holte er sein Handy aus der Tasche und rief bei der Stadtverwaltung an. Die standesamtliche Trauung war mit Rosie und den Eltern abgestimmt terminiert, die Geburtsurkunden würden bereit liegen.

„So gefällst du mir, Bub.", sagte der Bauer stolz und Rosie strahlte ebenfalls.

Als Mathias gegangen war, denn er frühstückte ein zweites Mal im Büro, blickte der Bauer seine Rosie an.

„Bauer, wenn eine Stelle im diplomatischen Dienst frei wird, werde ich dich vorschlagen. So elegant hätte ich das nicht hinbekommen."

„Du stellst dein Licht wieder unter den Scheffel."

Beide lachten glücklich, froh über die gemeinsame geschaffene und stets vereint am Leben gehaltene häusliche Harmonie.

Als KHK Zäh vom Landeskriminalamt seinen neuen Termin in Giengen vereinbarte, nahm er nur wenige polizeiliche Mitarbeiter in seine Einladungsliste auf. Die wichtigsten Gesprächspartner waren ihm Rosie, der sehr verdienstvolle Kriminalkommissar Karl Gscheidle und der Chef der Giengener Kriminalpolizei. Letzterer hatte, wie sich herausstellte, gar nichts vorzubringen, weil die Kollegen schlicht ohne sein Wissen weiter ermittelt hatten. Doch Kriminalkommissar Karl Gscheidle meldete sich:

„Frieder Hörger habe ich noch ein wenig beobachtet. Insgesamt habe ich ihn drei Mal auf dem Feld gesehen, wie er mit Nachbarn herumgebrüllt hat. Normal laut reden ist wohl nicht sein Ding. Den Streit mit dem Jakob würde ich also nicht hoch bewerten."

„Danke. Das ist ein wichtiges Bausteinchen für unsere Ermittlungen. Bei Bauern ist es wie bei Hunden. Wer bellt, beißt selten."

„Dann habe ich mich auch über den Dr. Emmerda informiert. Da kommt wohl nur Rosie weiter. Ein Gerücht besagt, er spiele nachts im Wald Druide. Aber Gerüchte gibt's auf der Alb in Hülle und Fülle."

„Mmmh. Behalten wir das mal im Hinterkopf. Das passt irgendwie nicht zu seiner Religiosität. Druiden sind doch Heiden, oder?"

Keiner kannte sich da genau aus. So was wie englische Spleens passten auch nicht zu dem rational denkenden Dr. Emmerda. Oder war er doch nicht so rational, eher intuitiv, emotional, nostalgisch? Bei den Themen waren die praktisch denkenden Polizisten auf unbekanntem Terrain. Im privaten Bekanntenkreis hatte keiner von ihnen eine solche Persönlichkeit. Dienstlich gab es Kollegen, die so tickten, ebenfalls nicht. Wer sollte da eine irgendwie begründete Meinung kundtun? Die Besprechung versank im Schweigen.

KHK Zäh stellte fest, dass das Landeskriminalamt wieder einmal ein wichtiger Treiber war, um zu Fortschritten zu kommen. Unaufgeklärte Aktenleichen gab es genug im Archiv. Die zwei Hürbener Fälle sollten dieses Schicksal nicht teilen. Sein Soziogram aus den melderechtlichen Ermittlungen stellte Zäh vor. Beeindruckend war die Fleißarbeit. Und die

Tatsache, dass in den fraglichen Altersgruppen viele Findelkinder in den Dörfern der Ostalb vorkommen. Hürben war da keine Ausnahme. Elisabeth Faust könnte interessant sein, sie verweigere aber den DNA-Test. Dr. Emmerda sei auch dran. Falls der die Elisabeth erfolgreich umstimmen könnte, hätte er wieder einen Informationsvorsprung.

Danach informierte Zäh nach einer kurzen Erinnerung, um was es ging, über den Sachverhalt, der in dem lapidaren Satz „Wir haben keine Fortschritte erzielt." zusammengefasst werden konnte. Rosie bat um das Wort.

„Zuerst möchte ich euch alle zu meiner standesamtlichen Trauung am Samstag vor dem ersten Advent einladen. Die Zeremonie ist um 11 Uhr im Hürbener Rathaus. Ihr seht mir an, dass wir schon etwas vorgearbeitet haben. Nach Frühgeburt sieht es nicht aus, so dass wir bis zu dem Termin entspannt bleiben können. Wir wohnen jetzt im Würmle-Hof in Hürben zusammen." Spontan klatschten alle Beifall. Selbstverständlich würden sie kommen, hörte sie von allen Seiten. „Die Kollegen von Mathias und mir essen im Schwedenhaus, die Verwandtschaft kommt in die daneben liegende Wirtschaft.", ergänzte Rosie mit glücklichem Lachen. Jeder kannte die örtlichen Gegebenheiten. Das Schwedenhaus war ein neu gebautes Holzhaus, im Stil der skandinavischen Langhäuser errichtet, von der EU bezuschusst. Die traditionelle Wirtschaft an der Charlottenhöhle war die sogenannte Höhlewirtschaft. Als Ranghöchster sprach KHK Zäh im Namen aller die Glückwünsche der Polizei aus. Auch er wolle von Bad Cannstatt herkommen und mitfeiern.

Rosie fuhr fort: „Die enge Einbindung in unser Dorfleben erlaubte mir, ein paar Informationen zu bekommen, die wir sonst nie bekommen könnten.

Die Wiesen-Marie war kürzlich beim Würmle-Hof. Dass sie mit dem Dr. Emmerda ein Verhältnis hat, weiß jeder im Dorf, der es wissen will. Aber wieso das so kam, ist außer für wenige ein Geheimnis. In der Nacht, in der Jakob Würmle verstarb, war der erst bei der Marie Emmerda. Das war sein Liebesverhältnis seit Jahren, offenbarte uns die Wiesen-Marie. Dort hat es mit dem Beischlaf aber nicht geklappt. Das lag an ihm, seinem schlappen „Würmle". Schon mehrfach hat er sich darüber beklagt. In dieser Nacht gab er aber der Marie die Schuld, beschimpfte sie wüst, sie lasse sich gehen, ermutige ihn nicht mehr, und er ging sogar handgreiflich auf sie los. Die Emmerda Marie ist verdammt kräftig. Sie wehrte sich, haute ihm ein paar saftige Ohrfeigen herunter und drosch mit ihren Fäusten auf ihn ein. Die Wiesen-Marie sagte, dass sie mit den Fäusten auch auf ihren Hans so losging, als sie den bei ihr erwischte. Das dürfte also ihr gewohntes Verteidigungsverhalten sein. Wir wissen damit, wie der Jakob diese Schläge erhalten hatte. Danach ging der Jakob offenbar zur Wiesen-Marie. Sie besuchte er früher regelmäßig, inzwischen nur noch ab und zu. Dort scheiterte sein Beischlaf-Versuch ebenfalls und er ging, jetzt noch wütender, auf die Marie los, denn sie habe die Schuld daran. Da kam er ebenfalls an die Falsche. Die Marie konnte sich helfen, indem sie ihn würgte, bis der ganze Kerl schlapp wurde. Dann päppelte sie ihn wieder so weit auf, dass sie ihn aus dem Haus werfen konnte. Der Jakob hat dann geheult, sagte sie, wie ein Kind. Sie hatte aber genug von ihm. Maries Würgegriff enthielt die unbändige Wut und Enttäuschung aus ihrer Waisenzeit, die Verachtung für einen Alten, der sich nicht annehmen konnte, und die Verteidigung gegen seinen frauenverachtenden, frechen Angriff. Ob Marie damals schon wusste oder ahnte, dass Jakob Würmle ihr Vater sein könnte, weiß ich nicht. Ihre Wut ist in jedem Fall verständlich. Bei allem Verständnis für den Schlappschwanz, hätte ich ihn als Frau ebenfalls ordentlich verprügelt." Rosie sah man an, dass sie jederzeit bereit wäre, als Racheengel für die Sache aller Frauen auf dieses Männerpack einzuwirken. Rote Backen hatte sie bekommen. Sie atmete heftiger als zuvor. Nach einer kurzen Pause, sie nahm einen Schluck Wasser, fuhr sie fort.

„Jetzt wissen wir, woher die Würgemale kamen. Ein paar Tage vorher hatte er im Tatort den Fall gesehen, wo sich einer eine Tüte über den Kopf zieht und sich so umbringt. Ich habe mir den Film in der Mediathek angesehen und halte das für glaubhaft. Dass er seine Manneskraft verloren hatte, nichts mehr automatisch ging, wenn er bloß eine Frau ansah, traf ihn im Kern seines Wesens. Die Selbsttötung hat er dann im Wasser praktiziert. Wahrscheinlich wollte er sich zuerst ertränken, schwimmen konnte er nicht, aber die Wasserhöhe war zu niedrig, um zu ertrinken. Die Tüten, die laut Sebastian bei ihnen immer gesammelt werden und von denen der Opa immer welche in der Tasche hatte, weil man seiner Meinung nach nie weiß, wozu sie gut sind, hatte er in der Nacht dabei. Die Tüte, die sich theatralisch und vielleicht auch in einer Stimmung von Selbstmitleid über den Kopf gezogen hatte, riss er im letzten Aufbäumen seines Lebenswillens noch weg, aber das half nichts mehr. Der Polizeiarzt sagte mir, das wäre ein plausibler Ablauf."

Kollege Mehrle stimmte ihr zu: „Psychologisch gesehen, ist sein Wertesystem zusammengebrochen." Rosie sah KHK Zäh gespannt an.

„Mehrle, du hast zu viel Psychothriller gelesen."[54]

„Rosie, das war eine nette Geschichte, die sie dir aufgeschwatzt hat. Ich kenne die Wahrheit nicht, aber was man dir erzählt hat, mag ich nicht als Ganzes, nur in einigen Teilen, glauben. Das mit der Emmerda-Marie könnte im Großen und Ganzen stimmen. Ich weiß aus vielen Dorfgemeinschaften, auch von Kollegen aus anderen Ländern, dass die eheliche Treue in Dörfern nicht so fest und unverrückbar gesehen wird. Aber das mit der Wiesen-Marie überzeugt mich nicht. Ich finde, es ist einfach nicht stimmig. Schau mal. Mir scheint, die Wiesen-Marie ist Jakobs Kind. Das müsste er doch wissen. Sie weiß es wohl, denke ich. Dr. Emmerda hat ihr das sicher schon klipp und klar gesagt. Oder zumindest angedeutet, als er von der Liebelei hörte. Dann läuft das doch nicht so zwischen Vater und Tochter. Er hatte jahrelang mit ihr geschlafen, als sie es noch nicht wusste. Die haben ganz anders diskutiert. Und das schon seit Wochen. Dennoch brauche ich deinen Bericht für die Akten. Möglichst mit einer Unterschrift von den beiden Maries. Und wie passt das zu den Berichten und Fotos aus Dresden?"

„Zäh, unterschriebene Aussagen kannst du vergessen. Dann werde ich aus dem Dorf ausgestoßen. Ich will da aber reinheiraten."

„Ja, verstehe ich."

„Folgendes: Den Bericht klassifiziere ich als ‚Verschlusssache Vertraulich'. Und ich weiß: Diese Geheimhaltungsvorgabe von mir als Polizeibeamtin kann keiner von euch aufheben. Ich unterschreibe das Dokument und das ist euer einziger Beweis."

Die Anwesenden schwiegen. Rosie hatte recht, das war ihnen klar. Wenn sie einen Geheimbericht daraus machte, hätte man für einen publizierbaren Bericht unabhängig von ihr und außerhalb des Geheimbereichs recherchieren müssen und zu denselben Ergebnissen kommen müssen. Das war nicht finanzierbar. Neue Ergebnisse hätte es auch nicht gebracht.

KHK Zäh sagte: „OK Rosie. Ich schlage vor, dass wir hier beschließen, dass Rosies Geheimbericht zumindest vorerst unser einziger Beweis bleibt. Auf dieser Basis arbeiten wir weiter."

---

[54] Zäh: „Schwätz et so gschwolla. Mir send et em Tatort, ond fürs Fernseha hasch du sowieso koi Talent. Was mir sagat schreibt koi Drehbuchautor."

Er blickte in die Runde. Alle nickten.

„Gut. Ich bitte um das Handzeichen. Wer ist einverstanden?" Alle hoben die Hand.

„Enthaltungen? Gegenstimmen?" Keiner hob die Hand.

„Gut, dann ist so beschlossen. Rosie schreibt den Bericht, registriert ihn im Geheimarchiv und gibt uns Bescheid, damit diejenigen, die Geheimschutz-Ermächtigung haben, den Bericht dort gegebenenfalls nochmals lesen können."

Rosie atmete auf. Eine gute Ausbildung ist halt doch ein Plus, dachte sie zufrieden. Als Geheimschutz in ihrer Ausbildung unterrichtet wurde, fragte sie sich immer, wozu der Unfug nötig sei. Jetzt wusste sie es: Um ihren eigenen Hintern zu retten. Wenn jetzt ein Kollege ein Gerücht in die Welt setzen würde und Hürben würde sie tatsächlich ausstoßen, dann hätte der Staat für die ihr entstehenden Schäden zu haften. Der Geheimnisverräter würde sicher entlassen und hätte seine Beamten-Pension verloren.

„Noch was!", sagte Rosie, nachdem ihr das Gespräch mit Gabriele Schneider wieder einfiel. „Ich habe mit einer Frau Gabriele Schneider gesprochen. Sie lebt noch nicht lange in Hürben, hat ein Kind und putzt in einem Schloss werktäglich etwa drei Stunden. Das Schloss habe eine Hochsicherheitstüre. Sie darf auch nicht in die Nähe dieser Türe kommen. Jetzt befürchtet sie, dahinter würde ein Mensch, etwa ein Mädchen, festgehalten. Was machen wir da?", fragte Rosie.

Im Lageraum wurde es ruhig. Das war eine schlimme Vermutung. Zudem waren die Hinweise nicht konkret genug, um einen Hausdurchsuchungsbefehl zu erhalten. Erst musste man auch klären, wem das Schloss gehörte. In der Region lebten viele Millionäre und Milliardäre. Da wäre so ein Raum durchaus plausibel, dachten zumindest die weniger Betuchten, die ihr Geld in Gold anlegen und einem Schloss verstecken würden. Diese Gedanken gingen den meisten durch den Kopf. So waren sie trainiert worden. Der Leiter der Kriminalpolizei von Giengen ergriff die Initiative: „Ich lasse mir von Rosie noch weitere Details berichten. Dann kläre ich die Eigentumsverhältnisse und recherchiere weiter. Es müsste Baupläne geben, berufliche Verbindungen und Interessen des Eigentümers oder Besitzers. Gegebenenfalls komme ich auch auf das Landeskriminalamt zu."

Der Kollege Benz meldete sich: „Das Schloss gehört meines Wissens dem Baron und der Baroness zu Ravenstein. Beide sind Wissenschaftler, haben eine Bio-Technologie-Firma zu einem irre hohen Preis verkauft. Das Schloss gehörte früher einem Herzog, der es einen Grafen nutzen ließ." Benz war offenbar nicht gewohnt, im Kollegenkreis mit so entscheidenden Beiträgen aufzutreten. Nervös putzte er seine Brille mit einem reichlich verschmutzten Taschentuch, trank noch einen Schluck aus seinem Wasserglas. Er hatte nicht bemerkt, dass jeder darauf wartete, woher er so was wusste.

Karl Gscheidle, der die Ermittlungen leitete, fragte: „Bist du sicher?"

„Entschuldigt, ja, das hätte ich sagen sollen. Ich musste in Brenz ermitteln, weil jemand ein Gift in die Kläranlage eingeleitet hatte. Der Bio-Teil der Kläranlage war total umgekippt. Da lief nichts mehr. Möglicher Verursacher war auch das Schloss. Letztlich war aber nichts heraus zu bekommen. Alle Anlieger hatten so viel Leitungswasser durchlaufen lassen, dass die Kanalisation so sauber war wie ein 5-Sterne Lokal."

„Ich erinnere mich. Das ist ein besonders durchtriebenes Völkchen dort. Wir werden das im Auge behalten müssen.", meinte Karl Gscheidle mit Sorgenfalten im Gesicht. „Ich habe aber noch keine Idee, wie man da vorgehen könnte."

Zäh griff ein: „Wir haben im Landeskriminalamt eine Truppe, die Chemiekriminelle verfolgt. Die haben einen Bautrupp, der wie eine echte Firma aussieht und so im Internet präsent ist. Alles Polizisten! Die baggern notfalls auch die Kanalisation so auf, als müsste was repariert werden. Dann werden über mehrere Tage Proben entnommen. So lange kann kein Chemie-Lump seine Abwasser zurückhalten. Sobald der frei ist, gebe ich euch Bescheid." Zäh lächelte süffisant. Das hieß, es sei doch eine tolle Sache, wenn man einen super Apparat hinter sich hat. Viele lächelten mit. Denn es war auch eine tolle Sache, wenn man einen Chefermittler des Landeskriminalamts im Team hatte.

Karl Gscheidle hatte inzwischen weiter gedacht und schien noch nicht zufrieden. Er nahm nervös einen Schluck aus seinem großen Humpen Kaffee. Ohne den kam er den ganzen Tag nicht aus. „Zäh, was mache ich denn, wenn die Leute fragen, wieso da was zu tun ist? Und der Bürgermeister weiß auch nichts von Kanalarbeiten. In so einem kleinen Dorf ist das doch sofort ein Thema am Stammtisch. Vor allem, wenn da gleich ein paar von den Lumpen als Anrainer zusammenhalten."

„Den Bürgermeister informieren wir. Er bekommt das als Verschlusssache ‚Geheim' und darf nichts sagen. Im Gemeinderat und bei Presseanfragen sagt er lapidar, das sei eine reine Vorsorge, denn die Rohre seien alt und dürften nicht leck werden.", lächelte Zäh. Natürlich dachte das Landeskriminalamt auch an solche Kleinigkeiten. „Die sind noch nie aufgeflogen." Jetzt fiel ihm noch was Wichtiges ein und er hob die Hand, damit es ruhig wurde. „Diese Information ist übrigens auch für euch alle ‚Geheim'. Ich muss eure Namen im Landeskriminalamt notieren. Ihr dürft keinem Menschen davon erzählen, auch nicht dem besten Freund, selbst wenn der auch Polizist ist. Auch der Vorgesetzte darf nichts erfahren. Kapiert?" Alle nickten. „Wer nicht auf Geheimschutz verpflichtet ist, muss dies als Beamter für sich behalten. Verstöße werden sofort durch Entfernung aus dem Dienst bestraft." Wieder nickten alle. Das nahm beklemmende und beängstigende Formen an. Seinen Job wollte keiner verlieren. Wer als Polizist anheuert, will das ein Leben lang bleiben. Wo sonst erhält man einen so tiefen Einblick in die menschlichen Irrungen und Verwirrungen? Wo sonst erhält man diese Machtfülle, die natürlich durch die Gesetze geregelt ist, aber letztlich der Polizei das Gewaltmonopol gibt. Bei Ermittlungen, die der Staatsanwaltschaft dienen, strahlt auch deren Machtfülle auf die Polizeiarbeit aus. Und wo kann man kostenlos jeden Führerschein, Waffenschein, Pilotenschein, Psychologiekurs und vieles mehr bekommen? Das war folglich keine Frage, dass keiner einen Mucks von sich gibt. Das war ein Grund, wieso in den Polizei-Organisationen auf der ganzen Welt auch Seilschaften existieren.

KHK Zäh nickte, beendete die Besprechung aber noch nicht, sondern griff die frühere Diskussion um den Tod von Jakob Würmle wieder auf und fuhr fort.

„Durch Rosies Bericht sind beide Marie verdächtig, entweder Jakob umgebracht zu haben oder den Mörder zu decken. Beide kennen offenbar den Mörder. Bloß, was sollte diese kindische Geschichte? Dass die Wiesen-Marie ihren Vater umbringt ist unlogisch. Und, wie gesagt, was haben die Dresdner, Inga und Rolf, gesehen?"

„Wieso denn? Das Motiv ist die jahrzehntelange Leugnung der Vaterschaft. Dass er trotzdem zu ihr, der Tochter, kam, um mit ihr zu schlafen. Zäh, was willst du mehr?", fragte ein Spurensicherer.

„Das alles würde ich als Motiv akzeptieren, wenn sie ihn gleich umgebracht hätte, als sie das erfuhr.", antwortete Zäh.

„Aber wieso jetzt? Der Hass wird kalt, wenn er länger dauert. Da wird es keine spontane Tat. Hatte sie ihn erpresst? Hatte sie noch mehr erfahren? Was?" KHK Zäh dachte lange nach. Die Runde blieb gespenstisch still.

„Da muss ich noch länger nachdenken. Ihr bitte auch. Wer die Fakten nicht mehr kennt, kann sie in den Protokollen nachlesen. Sind auf dem Server.[55] Der Fall erscheint für mich durch Rosies Bericht der beiden Schwindlerinnen in einem ganz anderen Licht. Wen wollen die beiden Maries decken? Wieso? Was war um Mitternacht? Wer hatte sich mit Jakob Würmle gestritten? Wie kam er dann zu Tode? Wieso soll jemand, der seiner Tochter nach Aussage der Dresdner Wanderer offenbar eine Vergewaltigung androhte, sich ein paar Minuten später selbst wegen einem vermasselten Beischlaf umbringen? Kollegen, das passt alles nicht in meinem Kopf zusammen. Wer verarscht hier wen?"

Wieder blieb er in sich gekehrt nachdenklich sitzen. Sie nickten alle. Keiner in der Runde konnte diese Fragen beantworten. Keiner meldete sich zu Wort. Zäh war froh, dass keine der von ihm ganz ungern gesehenen Laberer, die seiner Meinung nach alle Wort-Diarrhoe hatten, im Raum waren. Dann gab er sich einen Ruck.

„Jetzt will ich wissen, ob es Neues zu Dr. Emmerda gibt. Immer noch läuft er bei mir als Verdächtiger. Begründete Vorwürfe kann ich aber immer noch nicht erheben."

Alle schwiegen eine Weile. Dann ergriff Rosie das Wort und sprach langsam und bedächtig. Sie begann und sagte, sie habe lange über die Persönlichkeit von Dr. Emmerda nachgedacht.

„Dr. Emmerda ist ungemein beliebt. Ich denke oft, dass er Macht ausüben könnte. Die Hürbener besprechen fast alles mit ihm. Also Testamente, Einschulung der Kinder, Ehestreitigkeiten, Vermächtnisse an die Kirche. Uns hat er angeboten, der Pate für unser Kind[56] zu sein, falls wir das wollen."

„Rosie, ist das dann immer freiwillig?"

---

[55] „Also i schwetz iatz et wia en ma billiga Serienkrimi ällas no amal durch. Ihr kennat älle leasa. Noa deants au. Ond brengat mr et so a aufgschäumts Zuig wia grad dr Mehrle."

[56] Zum Patenonkel / der Patentante sagt man im Ulmer Umland auch Godde oder Dote.

„Ich habe in offener Rede nichts Gegenteiliges gehört. Dr. Emmerda hat einfach ein grandioses Wissen, eine unerschöpfliche Hilfsbereitschaft und viele Beziehungen. Er kann dir fast immer weiterhelfen. Aber, ihr müsst wissen, über diese Dinge spricht jede Familie nur im engsten Kreis. Oma sagte mal, als wir im Feld die Äcker der Familie Würmle besuchten: ‚Der Acker da drüben gehört uns auch. Den hat uns der Emmerda gestohlen.' Ich habe sofort nachgefragt. ‚Kind, das ist nichts für dich.' hatte sie dann gesagt."

„Gscheidle, stelle doch mal aus dem Grundbuch zusammen, welche Grundstücke Dr. Emmerda gehören, oder gehört haben, und wann und zu welchem Preis er sie sich aneignete."

„Zäh, das habe ich schon gemacht. Durch die Grundbuchreform mit Einführung der Digitalisierung können wir leider nicht mehr beliebig weit in die Vergangenheit schauen. Wegen der Sütterlin-Schrift hat man nur wenige Jahrzehnte in den Computer eingegeben. Die Notare weigern sich, die älteren Akten aus dem Mikrofilm ohne Bezahlung und lediglich im Rahmen der Amtshilfe durchzusehen. Das sei zu teuer. Ich selbst kann das auch nicht stemmen. Sütterlin kann ich nicht flüssig lesen. Jedenfalls besitzt Emmerda heute sein Grundstück, auf dem die Villa steht, und noch zwei verpachtete kleinere Äcker. Wald gehört ihm auch noch. Alle Grundstücke hat er gekauft, allerdings zu einem Spottpreis. Das war zu einer Zeit, als niemand von Korruption sprach. Damals gab es viel üblere Grundstückgeschäfte, etwa an den Bürgermeister. Auch untereinander wurden Billigverkäufe vorgenommen, vor allem um Grunderwerbsteuer zu sparen. Was bei den damaligen Vertragsabschlüssen unter dem Tisch an Geld übergeben wurde, hat damals niemand interessiert. Üblich war, dass der Notar mitten in den Vertragsgesprächen auf die Toilette ‚musste' und dann der wirkliche Preis in bar zum Verkäufer ging. Seit gut zwanzig Jahren hat Emmerda kein Grundstück mehr angenommen. Geldgeschenke kann Emmerda auch nur bar angenommen haben. Ich habe sein Konto überprüft. Seine Autos sind gekauft, auf ihn angemeldet. Irgendwelche Vorteile bezieht er nicht oder nicht mehr."

„Das ist plausibel. Karl Gscheidle, ich werde deine Beförderung betreiben. Wie bei Rosie. Saubere Arbeit. Super pro-aktiv!", lobte Zäh.

Rosie fuhr fort: „Mich fasziniert Dr. Emmerda bei Gesprächen immer durch seine Argumentation. Er sagt also nie ‚Ich halte das für falsch' sondern ‚Dafür spricht …' und ‚dagegen spricht …'. Er argumentiert immer. Keiner kann ihm da böse sein."

„Ein begnadeter Helfer in schwierigen Lagen.", bewertete dies KHK Zäh.

„Offenbar. Geschenke in Naturalien erhält er durch diese Hilfen von vielen Leuten. Im Dorf weiß das jeder. Man wäre übrigens beleidigt, wenn er solche Geschenke nicht annehmen würde. Bekannt ist auch, dass Dr. Emmerda größere Geld-Geschenke spendet, etwa an Brot für die Welt.", sagte Rosie.

„Gibt es keinen Neid im Dorf?"

„Spöttelei gibt es schon, etwa einen Rat an Abiturienten ,Werde Arzt wie Dr. Emmerda, dann kommst du zu was!'", sagte Rosie. Und nachdem sie kurz überlegt hatte, fuhr sie fort: „Eigentlich harmlos, ein kleines Ventil für aufkeimenden Neid vielleicht."

„Hat Dr. Emmerda jemals gesagt, man müsse ihn zuerst anrufen?", fragte KHK Zäh.

„Nein, so sagt er es nicht. ,Ruft mich halt an, wenn was passiert.' ist seine ständige Redewendung."

Nach längerem Nachdenken meinte KHK Zäh: „Eine große Hilfsbereitschaft könnte das sein, oder eine raffinierte Strategie."

„Oder Gelegenheitstäter.", meinte Rosie.

„Ja. Belassen wir's dabei für heute. Wenn es was Neues gibt, informiert mich bitte."

13 Schottische Perspektiven

Der Winter war hart auf der Alb. Der Schnee lag gut einen Meter hoch, als Pulverschnee. Die Temperaturen fielen auf einundzwanzig Grad minus. Die Straßenreinigung transportierte den Schnee nicht mehr ab. Dr. Emmerda war bei seinen Rundgängen auf seinen Allrad-Geländewagen angewiesen. Damit konnte er einfach in Schneeberge hineinfahren. Die Hürbener holten ihre wärmsten Jacken und Hosen aus dem Schrank. So eingefroren wie die Wasser der Hürbe und der Lone waren auch die Verläufe unserer Geschichten. Alles lief einfach unverändert weiter. Sebastian züchtete seine Frösche, mitten im Winter in seinem geheizten Zimmer, übrigens sehr erfolgreich. Sie wurden immer grüner, denn die anderen warf er den Hühnern zum Fressen vor. Die Eier erhielten dadurch eine gesunde gelbe Farbe. Sebastian wurde darob sehr gelobt und seine Mutter hörte auf, über die dreckigen Frösche zu schimpfen. Valentin reparierte wie in jedem Winter seine Land-Maschinen und verkaufte sein Vieh. Dr. Hans Emmerda machte seine täglichen Runden, je nach Außen-Temperatur kürzer oder länger. Außerdem besuchte er oft die Wiesen-Marie, wobei es so zwei bis drei Mal im Monat zu engeren Kontakten kam. Marie Emmerda schwante immer mehr, einen riesigen Fehler gemacht zu haben und diesen Fehler immer weiter zu machen. Aber wie könnte sie jetzt ihr „Gesicht wahren", fragte sie sich. Dabei übersah sie, dass sie ihrem Ehemann gegenüber gar kein Gesicht wahren musste. Er hatte sie mit großer Wahrscheinlichkeit besser erkannt, als sie sich selber kannte. Sie kämpfte mehr mit ihrer eigenen Eitelkeit als mit dem schlechten Eindruck, den sie auf andere machen könnte.

Valentins Frau, die Bäuerin vom Würmle-Hof, war im Glück. Ende November hatte Rosie beim Frühstück bemerkt, dass sie es nett fände, wenn die kleine Tanne direkt neben dem Eingangstürchen in das Grundstück und zum Bauernhof mit einer Lichterkette geschmückt wäre. Die Bäuerin kannte ihre drei Männer. So was nahmen sie nicht zur Kenntnis. Selbst wenn sie deutlich um eine Lichterkette gebeten hätte, wäre diese wahrscheinlich eher nach als vor Weihnachten auf dem Tisch gelegen. Und dieses Mal? Abends war die Lichterkette nicht nur gekauft, Mathias hatte sie auch bereits an der Tanne angebracht und sich um eine sehr schöne, gleichmäßige Beleuchtung bemüht. Natürlich bekam er von Rosie dafür demonstrativ einen zünftigen Kuss. Am anderen Abend nahm

Rosie die Bäuerin mit vor die Haustüre. Ob es ihr recht sei, wie sie den Adventsschmuck angebracht hatte, fragte Rosie. Zu sehen waren mehrere blaue Terracotta-Töpfe mit Winterpflanzen, Kiefernzweigen und roten und goldenen Weihnachtskugeln daran. In einem hohen Glas stand eine dicke rote Kerze, die brannte.

„Ja wer legt denn selbst Feuer an seinen Hof?", fragte aufgebracht Valentin, der Bauer und Hausherr, wegen der Kerze.

„Wenn uns einer abbrennen will, braucht er nicht meine Kerze. Hier kann er ein Streichholz überall in unsere Holzhaufen oder unseren Krempel an der Hauswand werfen. Das brennt sofort wie Zunder.", kommentierte Rosie lächelnd diese Aufregung.

Die Bäuerin traute auch diesmal ihren Augen nicht. Am andern Morgen, einem Samstag, hatten der Bauer und Sebastian nichts wichtigeres zu tun, als den ganzen Krempel aufzuräumen und die Holzscheite in die Holzhütte zu fahren. Der Hof sah am Nachmittag ordentlicher aus, als die Bäuerin ihn je gesehen hatte.

„Weißt du," hatte ihr Rosie gesagt, „mein Vater lehrte mich immer, dass man seinen Ehemann schon mit dem ersten Laib Brot erziehen muss. Das habe ich mir gut gemerkt."

Der Weihnachtsschmuck im Haus war liebevoll arrangiert. Rosie hatte eine Vase aus Silber gefunden, die eigentlich versteckt sein sollte, aber den scharfen Augen einer trainierten Polizistin nicht verborgen geblieben war. Diese stand jetzt mit Tannenzweigen, Kugeln und Lametta geschmückt, im Flur auf einem kleinen Tischchen. Keiner der drei Männer knurrte, dass sie jetzt immer aufpassen müssten, wenn sie durch den Flur gingen. Sebastian, das Nesthäkchen, lobte als erster den schönen Weihnachtsschmuck. Mathias fragte ihn daraufhin, ob er einen Schnaps wolle. Das spielte auf die im Dorf noch praktizierte traditionelle Art des „Christbaum-Lobens" an. Jeder, der den Weihnachtsbaum oder allgemein die Weihnachtsdekoration lobte, erhielt einen Schnaps, bis er mit dem Loben aufhörte. Wenn mehrere Besucher zusammenkamen und mit dem Loben anfingen, konnte rasch eine zwei Liter fassende Flasche Zwetschgenwasser leer werden. Die Würmle-Bäuerin, wie gesagt, war im Glück. Zusammen mit Rosie und dem Baby, das wohl ein Mädchen wäre, stand es endlich 3:3 im Haus, im Verhältnis Mann zu Frau. Wie oft hatte sie schon davon geträumt? Mit Oma-Würmle stand es sogar 4:3.

Hans Emmerda hatte ebenfalls gewisse Veränderungen bemerkt. Eine war, dass bei der Wiesen-Marie etwas im Busch war. Ihre Reise nach Hamburg mit dem Polizeichef deutete auf eine massive Umorientierung hin. Seine Gespräche mit der Wiesen-Marie wurden kürzer, ihre erotischen Signale fehlten oft und die Eier brachte sie immer öfter in die Villa zu ihrer Busenfreundin und Namensschwester Marie. Dann tuschelten die beiden oft mehr als eine Stunde. Hans degenerierte zur Dekoration, grämte sich darüber jedoch nicht, allerdings wurde ihm bewusst, dass wieder eine Lebensphase sich verabschiedete.

Sepp Brandner suchte, immer wieder motiviert und ermahnt von seiner Schwester Marie, verschwiegen und „Undercover" nach einer Möglichkeit, die Funde aus der Rulamanhöhle zu verkaufen. Die Wiesen-Marie wollte Geld sehen. Der Polizeichef störte dabei gar nicht, im Gegenteil. Außerdem kümmerte sie sich sehr um ihre Mutter. Grete wurde ihr immer sympathischer. Sie hatte in einem richtig harten Umfeld ohne jede Unterstützung oder Schulung eine Persönlichkeit entwickelt, auf die sie nur stolz sein konnte. Noch jetzt im Altenheim war jedes Gespräch mit ihr ein Gewinn für ihre Tochter Marie. Damals, als jung verheiratete Frau des Kämmerers, hatte sie reizende Partys gegeben. Sie fand offenbar bei ihren Gesprächen mit Leuten aus allen Schichten der Kleinstadt immer das richtige Wort. Der Kämmerer war schon deshalb hingerissen und glücklich, obwohl er sie heiraten musste, weil ein Kind unterwegs war. Für Rosie begann im März der Mutterschutz.

Kurzum: Die Frauen bestimmten die Zeit nach der Sonnwende. Die Männer merkten nicht viel davon. Obwohl, ganz richtig war das nicht. Denn bei der Polizei lagen neue Informationen vor. Karl Gscheidle hatte im Internet seine Suchmaschinen auf den Baron und die Baroness zu Ravenstein angesetzt. Viel fand er nicht. Die geschäftlichen Aktivitäten, über die der Kollege Benz berichtet hatte, waren im Internet nicht zu finden. Aber eines hatte Karl Gscheidle, Chefkriminalist in Giengen, dann doch gefunden. Das war ein wissenschaftlicher Aufsatz von zwei Autorinnen, nämlich Baroness Angélique zu Ravenstein und Dr. Elisabeth Faust. Weitere wissenschaftliche Aufsätze hatte er gefunden. Alle waren aus den Bereichen Medizin und Biologie. Elisabeth Faust hatte tatsächlich an der Universität Tübingen promoviert und mit Summa Cum Laude, also der besten Note ‚Mit großem Lob', ihren Doktortitel erlangt. Das hatte sie für sich behalten. Niemand wusste das, offensichtlich nicht einmal ihr guter Freund Dr. Emmerda. Hatte sie noch bessere Freunde? In der Wissenschaft? Bei den Ravensteiners? Wie sah ihr verstecktes Leben aus? Dass sie den Doktortitel in einem neidischen Dorf wie Hürben nicht an die große Glocke hängen wollte, verstand Karl Gscheidle gut. Sie hätte sofort die offene Nähe, die Ungezwungenheit der Dörfler verloren. Das hätte Karl Gscheidle vielleicht auch genau so wie Elisabeth Faust gemacht.

Dann kam noch der Anruf aus dem Landeskriminalamt. Zäh informierte ihn, dass der Kanaltrupp des Landeskriminalamts selbstverständlich wieder erfolgreich war. Sie hätten Proben entnommen, die eindeutig vom Schloss kamen. Die eigene Chemieabteilung im Landeskriminalamt konnte diese Proben, die verdächtig viele Proteine enthielten, nicht deuten. Das Landeskriminalamt hatte deshalb die Proben dem Landesgesundheitsamt und dem Bundesgesundheitsamt geschickt. Da kam nichts Klares zurück. Beide hatten sich abgestimmt. Das Landesgesundheitsamt musste die Antwort übergeben. Dort stand in einer lapidaren Mail, die verschlüsselt auf sicherem Weg an das Landeskriminalamt ging, bloß folgendes: „Vielen Dank für die zugesandten Proben. Gefahr für die Bevölkerung geht davon nicht aus. Hinweise auf Einsperrung wurden nicht gefunden. Nähere Informationen können aus Geheimschutzgründen bei der derzeit vom Landeskriminalamt gelieferten Information nicht genannt werden. Diese Mitteilung ist mit dem Bundesgesundheitsamt und den zuständigen Ministerien abgestimmt."

Zähs Stimme war belegt. „So was ist mir noch nie passiert, Karl. Da haben wir offenbar in ein Wespennest gestochen. Aber was für Wespen surren da herum? Das geht in höchste Kreise. Sonst hätten die doch nicht die Ministerien beteiligt!"

Karl Gscheidle war tief beeindruckt. Auch ihm war so etwas in seiner Praxis noch nie vorgekommen. Auf Kursen hatten manche Kollegen aus den Städten schon solche Dinge angedeutet, etwa bei Mafia-Ermittlungen oder bei Menschenhandel. Wer wusste schon, ob jetzt im Bundeskriminalamt parallel ermittelt wird. Wieder würde man die örtliche Polizei als Deppen klassifizieren. Aber wenn selbst der Kollege Zäh nichts wusste, dann war guter Rat teuer.

„Walter, da weiß ich auch nicht weiter. Die Faust anzusprechen sehe ich als sinnlos an. Der Dr. Emmerda wird nichts wissen und noch weniger sagen. Falls die Frau Schneider aus Hürben nochmals Rosie anspricht, muss die halt beruhigen. Und das Ganze behalte ich mal im Hinterkopf. Wir könnten uns ja Notizen machen, etwa zu den Kennzeichen der Fahrzeuge, die das Brenzer Schloss besuchen."

„Karl, vergiss das mit den Notizen. Wir haben keinen Auftrag zu ermitteln und dürfen deshalb wegen dem Persönlichkeitsschutz auch keine Informationen sammeln und speichern. Die Staatsanwaltschaft hat Ermittlungen oder Observationen abgelehnt. Aber die Augen halten wir offen. Da gebe ich dir recht."

In diesem kalten Winter ging folglich nichts voran, weder bei den Frauen noch bei den Männern. Oder doch? Die oberflächliche Stille bereitete im Untergrund seit jeher oft die Voraussetzungen für große Entwicklungen.

Das Ganze begann an einem kalten, nassen Morgen mit matschigen Schneeresten auf den Straßen und Wegen, als Dr. Emmerda wie üblich an zwei Tagen in der Woche Elisabeth Faust besuchte, um ihr eine Infusion für ihre Antikörper-Therapie zu legen. Am ersten Tag war er bereits um 7 Uhr am Haus, klingelte und kurz darauf kam sie im Bademantel, um ihn einzulassen. Sie hatte ihn offensichtlich erwartet. Unter dem Mantel trug sie ein dünnes Négligé. Das war nicht ungewöhnlich, da sie allein zuhause war und tun und lassen konnte, was ihr passte. Offensichtlich war sie gut ausgeschlafen, in guter Stimmung und sogar Unternehmungslust spürte Hans Emmerda heraus. Das Wohnzimmer, in das ihn Elisabeth führte, war aufgeräumt, wie üblich bei ihr. Für ihn stand eine Tasse Kaffee und ein Stück Donauwellenkuchen bereit. Es war alles so für ihn, als wenn er heimkommen würde.

Für die Infusion benötigte Dr. Emmerda bloß einen Arm. Ganz konzentriert auf seine Arbeit, wurde Dr. Emmerda nicht gewahr, dass sich auch seelische Veränderungen anbahnten. Elisabeth hatte seit dem Tod ihres Mannes gegrübelt, wie sie weitermachen sollte. Sie war plötzlich einsam. Das tat irgendwie weh. Wo sie doch Zeit ihres Lebens dachte, sie könne Einsamkeit beliebig lange ertragen. Die wissenschaftliche Forschung, Kunst und Kultur hielt sie für ihre Freunde gegen die Einsamkeit. Jetzt, wo ihr vertrauter Mann nicht mehr verfügbar war, bohrte sich echte Einsamkeit in ihr Denken. Statt etwa bei Heilpflanzen zu forschen, saß sie motivationslos untätig zuhause herum. Dazuhin war sie in einem schlimmen Dilemma. Einerseits war sie schwer krebskrank, andererseits prophezeiten ihr die Ärzte noch viele Lebensjahre. Aber, und das ging ihr ständig im Kopf herum, Hansjörg ein Krebspatient, den sie gut kannte und dem die Ärzte noch etwa zwanzig Lebensjahre vorhergesagt hatten, war wenige Monate nach dieser Vorhersage gestorben. Auch da gab es wieder ein Einerseits-Andererseits. Hansjörg hatte eine gute Prognose und der Blutkrebs konnte auf das Niveau eines Gesunden gedrückt werden.

Dennoch wollte er noch mehr Sicherheit und eine autologe[57] Stammzelltransplantation. Dabei starb er. So klar den möglichen Tod vor Augen, fragte sie sich, ob sie wieder loslassen musste. Loslassen und sich auf weniges konzentrieren. Das wurde ihr immer bewusster. Die Forschung loslassen? Ging das? Sie forschte doch fürs Leben gern. Dass sie wenigstens reisen wollte, wurde ihr immer klarer. Doch den geschützten Bereich im Umkreis der Ulmer Klinik wollte sie auch nicht verlassen. Immer dieses Einerseits-Andererseits. Entscheiden konnte sie sich seit jeher schwer, nach vielem Überlegen. Viel lieber ließ sie die Dinge laufen, sich entwickeln. Dann schaffte sie es immer wieder, ihre Chancen zu erkennen und schlagartig zu ergreifen. Sie und Helmut nannten das „Fügung". Jetzt musste sie sich auf Dr. Emmerda konzentrieren.

„Guten Morgen Hans, es tut gut dich zu sehen. Hast du meine Infusionen dabei?"

„Guten Morgen Elisabeth. Ja, das habe ich. Komm lass uns zu einer Tasse Kaffee zusammensitzen, sobald die Infusion läuft."

Elisabeth schenkte Hans eine Tasse Kaffee ein, stellte Milch auf den Tisch und Honig. Das war seine besondere Art, einen starken Kaffee zu genießen. Er lächelte und genoss sichtlich, dass ihn im Dorf jeder mochte und seine Eigenheiten kannte. Eine kleine Eitelkeit, dachte er, könne er sich leisten.

„Elisabeth, du warst in letzter Zeit öfter erkältet. Wir sind immer mit Antibiotika dagegen vorgegangen. Das kann man auf Dauer nicht machen. Ich habe dir heute zwei Infusionen mit Immunglobulinen. Damit müsstest du problemlos durch den Winter kommen. Damit kannst du auch

---

[57] Autologe Stammzelltransplantation ist eine Methode, bei der zuerst die eigenen Stammzellen entnommen werden, um sie nach einer hochdosierten Chemo wieder in den Körper zurück zu geben. Das ist nicht angenehm, weil der Patient dabei ca. 10 Tage ohne Immunsystem auskommen und isoliert untergebracht werden muss. Sie wird dennoch meist gut vertragen. Bei der allogenen Stammzelltransplantation erhält der Krebspatient (z.B. Leukämie) die Stammzellen eines passend auszuwählenden Spenders, um ein neues Immunsystem in seinem Körper aufzubauen, das dann auch eventuell nach der Hochdosis-Chemo vorhandene Krebszellen bekämpft. Bei vielen Patienten kann so eine Heilung erreicht werden. Die Nebenwirkungen können jedoch auch sehr ernsthaft sein und das Wohlgefühl des Patienten stark beeinträchtigen.

bedenkenlos weiter weg reisen. Sie schützen dich etwa drei bis sechs Wochen."

„Und meine Chemo?"

„Die kommt danach. Genau gesagt sind es seit Neuestem Antikörper. Egal was, ich muss bei dir bleiben, falls du einen allergischen Schock erhältst."

Sie ließ den Bademantel vorne aufgehen, als sie sich auf ihre Chaiselongue[58] legte und ihm den Arm für die Infusionsnadel reichte. Sobald die Immunglobuline liefen, setzte sich Dr. Emmerda wieder an den Tisch.

„Hans, ich habe lange nachgedacht. Wir waren schon in der Tanzstundenzeit befreundet. Wenn ich alles bedenke, dann hätte ich dich heiraten sollen.[59]"

Dr. Emmerda wollte widersprechen. Bevor er Atem holen konnte, fuhr sie fort.

„Ich will dich jetzt. Wir machen eine Reise nach Spanien und Portugal. Mit unserem Wohnwagen. Ich freue mich darauf. Stell dir vor, wie es dort schon warm ist, wie die Bäume blühen, bis wir unten sind und was wir alles erleben können."

Dr. Emmerda träumte gerne, etwa vor dem Einschlafen. Da hätte er sich so etwas ausmalen können. Ein paar Minuten halt, länger nicht. Bei Elisabeth wollte er nicht gleich widersprechen. Alleinstehende, vor allem „junge" Witwen, benötigten einen Zeitvertreib. Träumen, das war ihm schon öfter aufgefallen, liebten sie. Eine kleine Zurückhaltung reichte in der Regel, um Träume, die ihn betrafen, zu vermeiden. Er wollte bei Elisabeth nicht harsch, sondern verständnisvoll auftreten.

---

[58] Ins Schwäbische sind viele französische Worte migriert. Das Trottoir kehren, im Parterre wohnen, keine Fisematenten machen. Letzteres geht auf eine Besetzung durch französische Soldaten zurück, die Mädchen einluden, ihr Zelt zu besuchen. Das mit einem Schild „Visite ma tente". Die Mütter warnten ihre Töchter bei jedem Spaziergang, sie sollten keine Visite-ma-tente, kurz Fisematenten, machen. Das Wort „vif, viev" für lebhaft und schlagfertig/schnell benutzen Schwaben und Franzosen in der männlich Form anders als in der weiblichen: Der isch vif. Sie isch a vieve.

[59] „Hans, du ghearscht zo mir. Scho von Afang a. Mir hand ons oifach discha ghet, wo mir gheirickt hand. Des gilt et."

„Elisabeth, das ist schön, dass du mich in deine Träume einbeziehst. Aber du weißt, ich bin verheiratet."

„Ja, Hans, und deine Frau ist kalt wie Eis. Ich liebe dich aber immer noch."

„Nun, so kalt ist sie wirklich nicht."

„Doch Hans, das sehe ich dir an."

„Na, na. Elisabeth. Mit den Immunglobulinen kannst du wieder raus, unter Leute gehen. Da besteht keine Ansteckungsgefahr mehr. Wenn du dann einen netten Kerl findest, kannst du ihn auch bedenkenlos umarmen, küssen, mit ihm schlafen."

„Du bist der nette Kerl. Hans, davon bekommst du mich nicht weg."

Dr. Emmerda spürte, dass er jetzt ein Machtwort sagen musste.

„Elisabeth, vergiss das. Ich fahre nicht mit dir nach Spanien und Portugal."[60]

„Lieber Hans, dann muss ich vielleicht deutlicher werden. Aber vergiss nicht, dass ich dich liebe. Ich kenne dein Geheimnis!"

„Ich habe doch keine Geheimnisse, die man nicht in der Zeitung veröffentlichen könnte."

„Oh doch. Denk mal nach."

„Ach Quatsch!"

„Kein Quatsch. Du musst noch zur Spengler Frieda. Gehe jetzt mal hin, gebe ihr ihre Spritze und dann kommst du wieder zurück. Ich weiß, was ich bei einem allergischen Schock machen müsste. Darüber musst du nicht nachdenken. Nur über deine Geheimnisse. Inzwischen denkst du nach." Hans packte langsam seine Sachen zusammen und schloss seine Medizinertasche.

Dr. Emmerda gab zu, dass er wirklich aufbrechen müsse. Sie solle etwas schlafen, neben ihrer Infusion gehe das sehr gut. Dann verließ er sie. Auf dem Weg zur Spengler Frieda ging ihm einiges durch den Kopf. Was hatte Elisabeth wohl herausbekommen? Er hatte natürlich eine ganze Menge Geheimnisse. Bei so vielen Patienten konnte er nicht immer nach dem

---

[60] „latz ich abr gnuag. Gib a Ruah. Hear auf drmit."

Schulbuch vorgehen. Mal hatte er ein Vermächtnis für sich gesichert, ein anderes Mal hatte er dem einen Sohn ein schönes Baugrundstück als Erbe zugeschanzt, dem anderen, den er nicht leiden konnte, eine sumpfige Wiese. Bloß, das hatte noch nie einer gemerkt. Aber was wusste sie? Oder, was dachte sie, was sie wissen würde?

Die Spengler Frieda erwartete ihn auch, kaum verhüllter angezogen als Elisabeth. Im Ofen brannte ein Holzfeuer und das Haus war bis auf knapp siebenundzwanzig Grad aufgeheizt.[61] Die Spritze war schnell gegeben. Die etwas plumpen Annäherungsversuche konnte er leicht übergehen. Doch Dr. Emmerda wollte Elisabeth noch ein wenig zappeln lassen, um sein gutes Gewissen unter Beweis zu stellen. Nach einer knappen Stunde ging er zurück. Die Frieda war überglücklich, den beliebten Arzt so lange aufgehalten zu haben. Sie war ganz sicher, dass nur ihr neues Négligé und ihr Parfüm, dessen Geruch Dr. Emmerda in Wahrheit nicht mehr aushalten konnte, diesen Glücksfall bescheren konnten. Da musste sie jetzt weiter daran arbeiten. Arme Frieda, dachte Dr. Emmerda, dem das alles nicht verborgen geblieben war. Du musst noch lernen, dass Männer kein Parfüm, sondern den urigen Geruch einer Frau mögen, falls der sie anturnt. Falls die Chemie stimmte, war ungewaschen immer besser als parfümiert, dachte sich Dr. Emmerda. Die Spengler Frieda lebte in einer anderen Denkwelt. Was die Wiesen-Marie konnte, das traute sie sich allemal zu. Schließlich, so dachte sie in der feinsten dörflichen Bauern-Logik, hatte sie weit mehr Äcker und Wiesen als die anderen Witwen in Hürben. Und mehr Holz vor der Hütte als die Emmerda Marie hatte sie jedenfalls auch.

Dr. Emmerda fand Elisabeth nicht beruhigt vor, sondern aufgebracht. Sie hatte wohl verstanden, wieso er so lange weggeblieben war. Sie empfing ihn gleich mit einer direkten Ansprache.

„Hans, ich liebe dich. Aber deshalb darfst du mich nicht für dumm verkaufen. Ich weiß, dass du deiner Mutter Sterbehilfe geleistet hast. Du fährst mit mir nach Spanien. Sonst lass ich dich anklagen."

---

[61] Die Frieda dachte bei sich: „Des isch doch a amr Hongerleidr, so a Doktr. Em Kriag send se ganz demüatig komma ond hand was zom Essa gwellt. Dao hamds nao au amaol a Kendle weg macht, als Gegaleischtong. Wart no, Hans, di mach iatz amaol ganz fickrig. So schlecht sieh i iatz auch no et aus."

„Elisabeth, das ist es, was du dir einbildest. Das funktioniert nicht. Ich habe nichts Falsches getan."

„Hans, hör auf zu lügen. Ich weiß, dass du in der Schweiz warst und ein Sterbemittel geholt hast. Deine Mutter konnte nicht mehr in die Schweiz reisen. Du hast es ihr ins Hospiz gebracht. Weil sie es auch nicht mehr selbst einnehmen konnte, hast du es ihr dort verabreicht. Abends. Dann bist du bis Mitternacht geblieben. Ich kann das beweisen. Ich habe eine Kopie vom Schweizer Rezept und ein Handy-Bild von der Verabreichung. Du kannst doch im Hospiz keinen Menschen von jetzt auf Nachher sterben lassen und so tun, als wäre das natürlich. Aktive und geschäftsmäßige Sterbehilfe ist in Deutschland verboten."

Dr. Emmerda schwieg. Das war eine starke und offenbar auch belegbare Anklage. Elisabeth hatte tatsächlich das Hauptproblem erkannt. Außerdem hatte er an dem Abend im Hospiz auch das Gefühl, beobachtet zu werden. Seine Mutter hatte offenbar sein Vorhaben im Heim weiter erzählt. Als er sich umsah, hatte er niemand gesehen. Jetzt musste er gut überlegen. Ein Angsthase war er nicht. Draufgänger und Bluffer war er auch nicht. Er musste alles in Ruhe überlegen, am besten überschlafen. Dann und nur dann war er gut. Beide schwiegen fast zwei Stunden, bis die Infusionen verabreicht und die sonst noch nötigen Spülungen vorgenommen waren.

„Elisabeth, ich komme morgen nochmals, zur zweiten Infusion. Da reden wir weiter."

„Wiedersehen Hans."

„Wiedersehen Elisabeth."

Der Gedanke an eine Reise in den Süden gefiel ihm. Wie sollte er das seiner Frau Marie erklären? Wäre das dann der Weg in die Scheidung? Aber Marie wollte er behalten. Er liebte sie, trotz seiner Eskapaden mit der Wiesen-Marie. Zudem war er sich sicher, dass seine Frau Marie ihn ebenfalls liebte. Wann immer er das Haus der Wiesen-Marie im Tal und in den Wiesen verließ, hatte er auch die Erinnerung an das kurze Abenteuer schon verdrängt. Männer können so was, dachte er immer, also warum sollte er diese göttliche Gabe nicht nutzen. Aber jetzt musste er eine andere göttliche Gabe einsetzen, seine Fähigkeit ein einfühlsames Gespräch mit seiner angetrauten Marie zu führen. Bei allen seinen Hausbesuchen bei dieser Morgenrunde grübelte er darüber nach.

Als Dr. Emmerda seine Villa betrat roch es verführerisch. Marie hatte sein Lieblingsessen zubereitet, Krautwickel mit Reis und Bauchspeck. Schon von der Garderobe aus rief er in die Küche.

„Marie. Das riecht ja so lecker!"

„Ja, komm, es ist gerade richtig gar geworden."

„Lass dir mal einen Kuss geben." Damit hielt er sie wie schon lange nicht mehr. Sie wand sich gar nicht heraus, wie es die letzten Wochen immer war. Dieses Mittagessen könnte ein Eisbrecher werden. Die Hintergedanken von Marie waren Hans nicht klar. Marie hatte sich in einer der letzten Nächte, in denen sie wenig schlafen konnte, selbst beschimpft, fast verflucht, weil sie – ehrenkäsig, wie man hier sagt – die Gute spielte, obwohl sie nicht weniger treulos war als ihr Hans. So reifte auch ein Plan heran. Hans sollte irgendwie von der Wiesen-Marie getrennt werden. Wie genau sie das anstellen könnte, wusste sie nicht. Aber schweigen und ständig beleidigt miteinander „scheu[62]" zu sein, das brachte sie nur ins Abseits.

Marie freute sich über diesen Kuss, ohne jede taktische Idee hinter dieser Freude, und trug das Essen auf, indem sie ihren Hans immer wieder liebevoll berührte.

„Wie war dein Rundgang, Schatz?", fragte Marie.

„Ich war hauptsächlich bei Elisabeth. Die Infusionen laufen lange. Das ist nicht nur für sie, sondern auch für mich langweilig. Spannend war es bloß für mich, als ich ihr schon vor Monaten sagte, sie sei die Tochter von Grete und Jakob Würmle. So richtig überrascht war sie schon damals nicht."

„Und wie geht es ihr? Hat sie inzwischen zu Grete, ihrer Mutter, Kontakt aufgenommen?"

---

[62] „schui sei" heißt im Schwäbischen, dass man mit den Personen, mit denen man beleidigt ist oder beleidigt „spielt", nicht mehr spricht. Manche halten das tagelang, manche jahrelang aus. Manche ziehen ihre ganze Verwandschaft mit hinein. Hinterher weiß zwar keiner mehr, wegen was man beleidigt ist, aber man ist es dennoch weiterhin. Korsische Verhältnisse sind das, auf der Schwäbischen Alb.

„Nein, Marie, das lehnt sie entschieden ab. Sie sagt, sie wolle die restlichen Monate, die sie noch hat, genießen. Ihre Mutter hätte auch Kontakt zu ihr aufnehmen können. Jetzt sei sie keine Altenpflegerin."

„Genießen? Was hat sie vor? Und, hast du nicht gesagt, sie kann noch viele Jahre leben?"

„Wenn es gut läuft und sie keine bösartige Infektion bekommt, kann sie noch lange leben. Aber sie hat halt den Hansjörg immer vor Augen, dem zwanzig Jahre Lebenszeit vorhergesagt waren und der nach etwa einem halben Jahr verstorben war."

„Ja, das verstehe ich gut."

„Und genießen, fragst du. Ja, sie will mit ihrem Wohnwagen nach Spanien und Portugal fahren."

„Oh Gott! Das schafft sie allein nicht, Hans. Stell dir vor, sie geht in einem schmutzigen Restaurant essen, bekommt Durchfall und hat keinen Arzt und kein Medikament. Da überlebt sie schnell nicht mehr."

„Ja, das könnte sein."

Marie kamen mehrere Gedanken, Ihren Hans wollte sie von der Wiesen-Marie weg bekommen. Würde er mit Elisabeth reisen, dann wäre das Ziel erreicht. Elisabeth sah Marie Emmerda nicht als mögliche Liebhaberin von Hans. Als Witwe würde sie sicher trauern. Auch meinte sie sich zu erinnern, dass ein Krebsarzt einmal die Frage gestellt hatte, ob Blutkrebs ansteckend ist. Ob Krebszellen im Blut nicht doch so wie bei der modernen Gen-Schere oder Aids in das Blut des Sexpartners übergehen könnten. Sie erinnerte sich nicht mehr an die genauen Worte des Arztes. Hans würde, da war sie sich sicher, sehr vorsichtig sein und eher auf Sex verzichten als sich möglicherweise anstecken.

„Schatz, ein anderes Thema. Unsere Tochter, die Jule, muss für mindestens vier Wochen in die USA zu einer Schulung. Ihre zwei kleinen Töchter in Hamburg müsste ich betreuen. Sie will sie nicht weggeben. Deinem Schwiegersohn, von dem du nicht viel hältst, Bernd, wird kein Sonderurlaub bewilligt. Bei denen in der Firma fehlen Mitarbeiter, obwohl sie Riesengehälter zahlen."

„Das ist es doch. Der ist so was von gierig."

„Hans, mein Schatz, lass uns ehrlich sein. Du und ich, wir waren damals kaum anders."

„Stimmt ja. Liebe Marie, dann musst du nach Hamburg, vier oder fünf Wochen."

„Ja, Hans. Du willst sicher nicht mit, es ginge auch nicht die ganze Zeit. Deren Wohnung ist zu klein. Dir wäre es langweilig, trotz der Kinder."

„Ja, die Kinder hätte ich schon gerne länger gesehen. Aber dann bleibe ich halt hier.", meinte Hans.

„Hans, wäre es nicht besser, du würdest Elisabeth begleiten. So könnte sie sicher reisen. Du hättest auch einen schönen Urlaub. Hier in Hürben sperren wir zu. Deine Patienten können eine Zeitlang ohne dich auskommen. Ewig kannst du sowieso nicht für sie arbeiten." Hans spielte den Nachdenklichen. Insgeheim fand er, dass das Gespräch ausgezeichnet lief. Nach einer Weile mit Stirnrunzeln antwortete er.

„Marie, irgendwie könnte ich mich damit anfreunden. Lass es uns überschlafen. Dann entscheiden wir beim Frühstück. OK?"

Beide umarmten sich, gaben sich den zweiten warmherzigen Kuss seit Monaten und räumten gemeinsam den Tisch ab. Wie seit einigen Jahren üblich, ruhten sie sich danach aus, indem sie lasen oder die Augen ein wenig schlossen. Doch diesmal dauerte das Ausruhen länger und Hans durfte im Eheschlafzimmer bleiben.

Sepp Brandner war noch nicht in dem Alter, in dem auf der Alb einem Arbeitnehmer eine kleine mittägliche Auszeit ohne Spott zugestanden wird. Sein Sinn stand überdies nicht auf Ausruhen. Nie würde er sich als kriminell bezeichnen, bloß weil er ein paar steinzeitliche Flötenfragmente an interessierte wohlhabende Experten verkaufte. Seiner Meinung nach war es gleichgültig, ob dieses alte Zeugs in zig Varianten in den Schubladen des Denkmalschutzes lag oder ob er es verkaufte. Ohne schlechtes Gewissen arbeitete er immer mehr auf den Verkauf der Fötenfragmente und des Pferdefragments zu. Angefangen hatte es, als er im Internet von der Dorfbibliothek aus recherchierte, wer sich für solche Dinge interessierte. Dabei kam er auf drei geheimnisvolle Experten für dunkle Geschäfte, oder sollte man eher sagen, für krumme Geschäfte. Sepp ging, seine Schwester Marie hatte ihn dazu immer wieder ermahnt, wie ein verdeckter Ermittler vor. Seine Telefonate erfolgten über eine

Telefon-App, die Stimmen maskierte, mit einem Handy, das er bei keinem Funktelephon-Betreiber angemeldet hatte und das er nur über öffentliche Hotspots nutzte. So hinterließ er keine Spuren. Das war schon richtig konspirativ. Sepps Vorgesetzte hätten schon deshalb ein Disziplinarverfahren einleiten müssen. Solche Kleinigkeiten bedachte Sepp nicht mehr. Er stieg engagiert in konkrete Verhandlungen ein. Die Wiesen-Marie ließ sich regelmäßig unterrichten. Wie bei allen Männerbesuchen stellte sich Marie auf die kulinarischen Wünsche ihrer Besucher ein. Sepp war nicht kompliziert und mit Blätterteig-Hörnchen, gefüllt mit Apfelkompott, glücklich. Offenbar stand da etwas Genetisches dahinter, dachte Marie, denn sie liebte dieses knusprig, säuerliche Gebäck ebenfalls.

Rezept Blätterteig-Hörnchen mit Butter

Gekaufter Blätterteig ist nicht gesund und nicht wirklich lecker. Wichtig ist deshalb, den Blätterteig selbst herzustellen. So wie hier beschrieben machte ihn Oma Würmle. Wer ihn einmal gegessen hat, wird ihn nie vergessen. Man nimmt so viel Butter wie Mehl. Ein Drittel bis die Hälfte der Butter[63] wird mit dem Mehl vermischt. Dann wellt Oma diesen Teig aus. Sie streicht Butter auf die Teigfläche und legt ihn einmal zusammen. Wieder wird ausgewellt, der Teig mit Butter bestrichen und einmal zusammengefaltet. Das sollte man ganz oft wiederholen, jedenfalls bis die Butter aufgebraucht ist.

„Sepp, setz dich her. Probiere mal meine Hörnchen, ich habe zwei Versucherle mit Marzipan verfeinert."

---

[63] Im Dialekt heißt es nicht „die Butter" sondern „der Butter". „Dr Butter" ist nicht der Doktor Butter, sondern eine mundartliche Aussprache von „der Butter". Moderne Schwaben sagen auch schon „Dui Butter". Eine genderisierte Version ist (noch) unbekannt. „Des Butterle" könnte sich mal durchsetzen.

„Marie, die sehen unwiderstehlich aus. Die Mandelsplitter, der Staubzucker und der krosse Teig verführen mich. Ich warte bloß, bis der Kaffee durchläuft."

„Ich mache ihn inzwischen in der Kanne, bei der ich das Pulver dann nach unten drücken kann."

Sepp bediente sich und war begeistert: „Besser als das Zeug mit den Alu-Döschen!"

„Sepp, wie geht's denn unserer Höhle?"

„Ja, Marie, ich war gestern Nachmittag in der Dämmerung noch mal dort. Mit ein wenig graben habe ich inzwischen sieben Flötenfragmente, das geschnitzte Pferdchen, ein halbes Pferdchen und ein Körbchen voll Steinmesser gefunden."

„Wo hast du die Sachen?"

„In der Höhle. Wie du gesagt hast, vermeide ich Beweisstücke und möglichst auch DNA-Spuren. Ich trage immer Handschuhe. Die werfe ich unterwegs in Mülleimer fremder Leute, immer woanders."

„Das ist gut. Hast du Käufer gefunden?"

„Marie, das ist eine gute Frage. Ich weiß es nicht. Sind das Undercover-Aufkäufer oder wirklich Interessierte? Einer hat mich nach England eingeladen, auf sein Herrenhaus. Ich soll fliegen, sagt er."

„Sepp, da kontrollieren die dich zig-fach. Außerdem bist du auf lauter Videokameras. Die Engländer kontrollieren Flughäfen und öffentliche Plätze Tag und Nacht und in allen Ecken."

„Ja, ich weiß. Das ist dann aber bei jedem Verkehrsmittel so. Ich müsste verkleidet mit dem Zug fahren, als Fußgänger über die Grenze und irgendwie dahin kommen. Ich kenne diese Überwachungssysteme. Da geht sofort in der Zentrale, für den Überwachten unsichtbar, ein Alarm an, wenn einer ungewöhnlich gekleidet ist. Da hast du dann auf dem Überwachungsschirm einen roten Kreis um den Kopf."

„Trefft euch in Frankreich!"

„Das macht er nur, wenn es ein konkretes Geschäft gibt. Da will er vorher Bilder sehen."

„Schicke sie ihm, verschlüsselt.“

„Die knacken die Verschlüsselung.“

„Verdammt, Sepp, dann soll er herkommen.“

Sepp schweigt und denkt nach: „OK. Ich schlage es ihm vor.“

Sie trennten sich, denn Polizeidirektor Bernd Maler hatte sich angekündigt, um Marie abzuholen. Marie war ganz im Glück. Bernd hatte sie in Hamburg nicht bloß in ein Restaurant eingeladen. Viel hatte er ihr gezeigt, wie etwa das Hamburger Rathaus. So viel Aufhebens hatte noch kein Mann um sie gemacht. Ein Hamburger Kollege von Bernd nahm sie zu einer persönlichen Führung durch das Hamburger Rathaus mit. Hamburg sei nicht nur eine große Stadt, sondern auch ein Bundesland, lernte Marie. Im Rathaus sah Marie zuerst die vier dicken Edelsteinsäulen, aus denen Juweliere hätten hunderttausende Schmucksteine machen können.

„Das hatte ein Hamburger Reeder auf seine Kosten aus den Kolonien mitgebracht. Der Hamburger Rat hatte entschieden, dass die Stadt nur den Rohbau bezahlt. Jedes Reederei-Geschlecht sollte einen oder mehrere Räume ausstatten.“, sagte Bernds Kollege. Eine große Ehre sei es gewesen, einen Raum zu schmücken. Da habe sich keiner lumpen lassen. Einen Raum habe ein Waisenhaus geschmückt. Marie hatte noch nie einen vergleichbaren Schmuck und Reichtum gesehen. Der Ratssaal beeindruckte sie besonders stark.

„Marie, wir kommen gleich zu den einzelnen Räumen für Besprechungen. Dort siehst du lebensgroße Bilder mit den Ratsherren und den Honoratioren von Hamburg.“, meinte ihr Führer.

„Arbeitet hier jemand? Das ist doch bloß noch Museum!“, platzte es aus Marie heraus. Ihr beiden Begleiter lachten: „Natürlich wird hier gearbeitet. Das sind ganz normale Besprechungsräume. Beim Lüften ist natürlich Rücksicht auf die Bilder zu nehmen.“

Der Hamburger Freund von Bernd entließ sie zum Abendessen. An einem Kai lag ein rotes Boot mit einem Leuchtturm. Das Boot erwies sich als ein sehr gutes Lokal mit regionalen Speisen. Marie und Bernd nahmen ihre reservierten Plätze ein und genossen Labskaus und andere Hamburger Hausmannskost. Nach etwa zwei Stunden zog Bernd sein Handy aus der Tasche. Befriedigt sagte er zu Marie: „Das Polizeiboot fährt derzeit nur Streife im Hafen. Es holt uns in etwa zwanzig Minuten hier ab. Ich zahle und wenn wir es hier anlegen sehen, gehen wir rasch raus.“

„Bernd, hast du eine Hafenrundfahrt organisiert?"

„Natürlich. Du Dorf-Amsel musst doch echten Seegang erleben. Wir fahren weit raus, falls es die polizeiliche Lage erlaubt. Die Kollegen haben das für heute auf dem Schichtplan."

Marie war auch beeindruckt von der stets freundlichen, unaufgeregten und gebildeten Sprache der Polizisten. Ganz anders als die Bauern im Dorf. Daran, so merkte sie sich, müsse sie an Sepp noch etwas arbeiten. Sepp sollte noch aufsteigen. Seine Ausdrucksweise war dafür noch nicht ideal.

Marie riss sich aus den Erinnerungen an Hamburg. Als es endlich klingelte war Marie angezogen und bereit, mit Bernd auszugehen.

Bernd war mit seinem Privatauto gekommen. Nach einem zärtlichen Willkommenskuss meinte Bernd:

„Heute will ich dir etwas Besonderes zeigen."

Marie war gespannt. Bernd fuhr mit Marie zur Vogelherdhöhle und hielt einige Hundert Meter hinter dem Höhlenparkplatz an.

„Marie, du kennst doch die Geschichte von Rulaman."

„Ja. Ich habe das Buch zuhause. Es ist eine Erzählung aus der Zeit der Höhlenmenschen und Höhlenbären. Die ist frei erfunden, soweit ich weiß."

„Es heißt, das Rulaman-Buch sei reine Dichtung, ohne historischen Hintergrund. Aber, pass auf. Spannend ist das, denn meine Leute haben festgestellt, dass hier gegenüber eine Höhle sein muss, in die jemand eingedrungen ist. Das stimmt so, wie es im Buch geschildert wird. Dort sucht der Unbekannte offenbar etwas."

„Aufregend ist das.", meinte Marie.

„Ja, ich möchte es nicht überbewerten. Du kennst dich hier aus. Kennst du den genauen Zugang zur Höhle? Wir wollen dort kein Rauschgiftlager. Unsere Suchhunde haben allerdings noch nicht angeschlagen."

„Nein, Bernd. Ich kenne da nichts. Ich habe dort nur Steinhaufen gefunden. Mehr nicht."

„OK, Marie. Wenn du was erfährst, gib uns einen Hinweis."

„Selbstverständlich Bernd."

Beim anschließenden Besuch in Bernds Wohnung genoss Marie ihren neuen Liebhaber aus vollen Zügen. Besonders reizvoll empfand sie den gemeinsamen Sex, weil sie sich irgendwie als Kriminelle fühlte. So ein Abenteuer hatte sie noch nie erlebt. Schade empfand sie bloß, dass sie niemandem davon erzählen konnte. Sepp wollte so etwas nicht hören. Ihre Freundinnen wären schockiert gewesen. Sie musste schweigen und genießen.

Rosie genoss den ersten Frühling mit ihrem Ehemann Mathias und ihrer kleinen Tochter Lily. Vom Polizeidienst war sie beurlaubt. Aber da sie ihren Beruf liebte und eine begabte Polizistin war, ließen sie die beiden Todesfälle in Hürben nicht in Ruhe. Nachdem sie die ersten Hinweise auf Dr. Emmerda von einer alten Frau bekam, kam ihr ein Gedanke. Sinnvoll wäre es doch, wenn sie viele dieser Omas interviewen würde. Die wüssten noch alles, selbst wenn sie schon ein wenig dement wären. Sie, Rosie, könnte eine Liste anfertigen, in der sie ihre Ergebnisse sammelte. Danach könnte sie über das Grundbuch und das Melderegister die Transaktionen tiefer aufklären. So ging sie auch vor. Erleichtert wurde Rosie das, weil in den schwäbischen Dörfern traditionell die Frauen in der Vorweihnachtszeit einander besuchten[64]. Dort trafen sich alle Generationen an einem Tisch, manchmal auch an zwei Tischen, wenn es viele Besucher oder Besuchte waren. Jede Frau strickte, häkelte oder stopfte ein Kleidungsstück. Die Männer, sofern sie überhaupt da waren, saßen separat an einem Tisch und tranken ihr Bier. Die Männer spekulierten über die EU-Förderung, die pro Bauernhof um die 30.000 bis 50.000 Euro ausmachte, oder über neue Pflanzenschutzmittel, ob sie Kartoffeln behandeln sollten, um ihr Austreiben im Winter zu verhindern, und vieles mehr. Die Frauen sprachen, je älter je lieber, über Krankheiten. Sie erklärten einander auswendig, wer mit wem verwandt war, wer unter welchen Bedingungen geheiratet hatte oder heiraten musste, welche Schicksalsschläge die Familie schon getroffen hatten (etwa wenn alle Kinder einer Familie vor ihren Eltern gestorben waren) und vieles mehr. Jede Frau wollte dann Einzelschicksale vertieft besprechen. Kein Wunder, dass es gegen Abend zu Dialogen kam, bei denen jeder mit seinem Gesprächspartner vertieft war. Weil sich die Frauen immer mehr in kleinem und kleinstem Kreis besprachen, kam das gemeinsame Gespräch spät in der Nacht immer wieder zum Erliegen.

---

[64] Die Besuche heißen im Dialekt „mir gangat ens Gonglhaus".

„Dr. Emmerda hat mir auch geholfen, als meine Lily hohes Fieber hatte.", sagte dann beispielsweise Rosie.

„Ja, der kann das gut. Pass aber auf, dass du nicht in seine Schuld kommst."

„Wieso?"

„Ja, weißt du, meine Base Klara hatte im Krieg ein Kind, das schwer geschädigt war. Es hätte schon überlebt, wäre aber nie selbständig geworden."

„War denn die medizinische Versorgung im Krieg so gut, dass man es über die Runden brachte?", wollte Rosie wissen.

„Das weiß ich auch nicht. Damals wollte die Regierung das auch nicht.", erhielt Rosie von ihrer betagten Gesprächspartnerin zur Antwort.

„Und was hat der Dr. Emmerda dann gemacht?"

„Klara hat uns dann gesagt, ihr Kind sei kurz nach der Geburt gestorben. Weißt du, Rosie, der war das nicht unrecht, hatte ich das Gefühl."

„Und ist Klara dann in Dr. Emmerdas Schuld gekommen?"

„Ich weiß das nicht. Aber eins weiß ich. Der Emmerda hat kurz danach sein Grundstück, auf dem heute seine Villa steht, um einen guten Acker erweitert. Das wird ja kein Zufall gewesen sein, oder?"[65]

---

[65] Falls es eine solche Transaktion gegeben hätte, darf man sich das im Schwäbischen nicht im Sinne amerikanischer Erpressungskriminalität vorstellen. Es läuft dann eher so ab, in Harmonie und Fairness, denn man lebt noch Jahrzehnte miteinander und nebeneinander:
„So, Hans, iatz dät i dir geara an Gfalla doa."
„Ha, schwätz et. Deesch doch ällas mei Arbat. D'Kass zahlts doch."
„A wa. I hätt dao an Ackr, neaba deim Grondschtick. 2 Ar. I brecht au grad a weng a Geld. Geisch mir 500 Mark. Nao kriagsch an."
„Ha noi, dao schmeischn doch glatt omsoscht weg. Des deam'r et."
„Also guat. 650 Mark. Nao isch ällas gregelt, oder?"
„Ha no, so kenna mrs macha. Sag am Bürgrmoischtr, er soll 200 Mark en Vertrag nei schreiba. Wenn mr neigand ens Raothaus, nao kriagsch glei dia 450 Mark bar auf'd Hand. Odr kasch gleich a Geld braucha?"
„Ja, be grad knapp dra. So 200 Mark dätad mr scho helfa."

„Meinst du, der Emmerda hat das bezahlt? Oder hat er sich das schenken lassen?", fragte Rosie weiter.

„Kann sein, kann auch nicht sein. Vielleicht hat Klara schon vor der Geburt an ihn verkaufen und den Preis noch etwas hochtreiben wollen. Durch die einfühlsame Behandlung von Dr. Emmerda hat sie vielleicht nachgegeben. Das ist nicht verboten und wäre kein Geschenk. Wer weiß das schon?", sagte die Oma wohl ahnend auf was eine Vollblut-Polizistin abzielt.

„Ja, das wäre möglich.", gab Rosie zu.

„Weißt du Rosie, damals hat man keinen Notar gehabt. Der Bürgermeister oder einer vom Rathaus hat das Grundstück im Grundbuch umgeschrieben. Da war nicht immer ein ausführlicher Vertrag dabei. Unterschrieben haben alle etwas, aber das sagte oft nichts aus."

„Und wie hat Klara mit Nachnamen geheißen?"

„Das wirst du nicht wissen. Die Klara war die älteste Schwester vom Kirchenbauer. Der lebt nicht mehr, der Hof hieß dann der Bergbauer-Fritz. Die Klara ist auch schon lange nicht mehr am Leben. Sie hat einen Polen geheiratet, der bei uns als Kriegsgefangener arbeiten musste. Nach dem Krieg waren alle ganz wüst zu ihr. Da sind die dann weggezogen. Trotzdem ging die Ehe nicht lange gut. Geheißen hat es, sie hätte dann in Pommern auf einen Hof geheiratet und drei Kinder gehabt. Also, wenn du das genauer wissen willst, spreche doch mit der Klausenbäuerin. Die war eine gute Freundin von Klara."

„Die Klausenbäuerin. Ist das die Frau vom alten Bauer Hörger?"

„Ja, freilich. Da treffen wir uns doch am nächsten Freitag. Ich stelle sie dir dann vor."

Am Freitag hatte die Oma allerdings oft vergessen, was sie Rosie die Tage vorher erzählt hatte, sie hatte Rosie auch nicht vorgestellt und Rosie fing von Neuem an, geduldig zu bohren. Etwas Gutes hatte das Verfahren. Immer mehr Details kamen ans Tageslicht. Manche Anekdoten erwiesen sich als zweifelhaft, als völlig aus der Luft gegriffen oder als eine liebevolle Ausschmückung von wahren Begebenheiten. Rosie kam sich manchmal

---

"Dao. I haos drbei. Nemms glei."
„Hans, guat so. Scheana Aoband."

vor wie auf dem Basar und in Tausend-und-Einer-Nacht. Die Freude, erzählen zu können, war immer wieder einmal größer als die Wahrheitsliebe. Die Geschichten waren wundervoll. Beweisbare Fakten musste Rosie dann später mit ihren Polizeikollegen und in der Dienststelle recherchieren. Irgendwann fragte sie ihren Dienststellenleiter Bernd Maler, ob sie als beurlaubte Beamtin überhaupt so etwas tun dürfe. Sie wollte nicht, dass hinterher alle gesammelten Beweise in einem Gerichtsverfahren nicht verwertbar wären. Da konnte sie Polizeidirektor Maler beruhigen. Beamte dürfen beliebig viel arbeiten, wenn sie beurlaubt oder krank geschrieben sind. Das Beamtendasein sei der letzte wirklich freie Beruf in Deutschland. Erst als ihr das auch KHK Zäh bestätigt hatte, glaubte Rosie das wirklich. Mit neuer Energie stürzte sie sich auf ihre Undercover-Arbeit.

Jeden Morgen wachen wir mit einem neuen Bewusstsein auf. Gut so, denn wir können jeden Morgen unser Leben neu lenken. Es muss uns bloß gleichgültig sein, welche unsäglichen Entscheidungen wir am Tag zuvor getroffen haben. Das Frühstück im Hause Emmerda und der spätere Besuch von Hans Emmerda bei Elisabeth Faust schienen das zu bestätigen.

Marie Emmerda hatte über Nacht gegrübelt und dabei Gewissheit erlangt, dass ihr Hans bei einer Reise mit Elisabeth keine neuen amourösen Abenteuer eingehen würde und dass er so endlich von der Wiesen-Marie frei käme. Hans hatte Geschmack an der Idee gefunden, mit Elisabeth frei in den Süden reisen zu können, dahin, wohin sie Wind und Wetter lenken würden. An die Erpressung durch Elisabeth mit dem Schweizer Rezept zur Sterbehilfe dachte er auch noch, das Thema schien ihm aber vernachlässigbar. Jule wurde noch vom Frühstückstisch aus informiert, dass Marie mindestens fünf Wochen nach Hamburg kommt, um die Kinder zu betreuen. Eine Woche würde sie vor dem Flugtermin kommen. Die Kinder sollten sich an ihre Oma gewöhnen können. Außerdem wollte sie wissen, wie Jule falsches Verhalten der Kinder sanktioniert und wie sie gutes Verhalten belohnt. Klar war, dass Marie Emmerda dann bald losfahren musste.

Das Ehepaar Emmerda war schon lange nicht mehr liebevoll und zärtlich miteinander umgegangen. Als Hans sich aufmachte, um seine Patienten zu besuchen, erhielt er einen langen und glühenden Kuss. Er kam dann doch später weg als ursprünglich geplant, mit einem kleinen Umweg über das Schlafzimmer. Schließlich hatte er alles dabei, was ihm wichtig war. Er stieg in seinen Allrad und fuhr los, durch Schnee, Eis, Matsch und aufgehäufte Schneeberge am Straßenrand.

Elisabeth öffnete ihm, wieder im grünen Négligé, mit einem warmen Schultertuch, das fast zur Hüfte reichte.

„Guten Morgen Hans. Ich bin todmüde. Heute Nacht habe ich kaum geschlafen. Wahrscheinlich war es das Cortison, das Dexamethason. Immer wieder ging mir aber auch unsere Reise durch den Kopf."

„Guten Morgen Elisabeth. Das war unnötig. Ich reise mit dir. Wir fahren in etwa einer Woche los. Wir nehmen meinen Allrad, hängen deinen Wohnwagen hinten an, und los geht's. Ist dein Haus winterfest, wenn du weg bist?"

„Absolut! Helmut hat das alles automatisiert. Da war er perfekt, in solchen Dingen."

Sie gingen in das Wohnzimmer und Dr. Emmerda sagte: „Elisabeth, heute habe ich die Immunglobuline für dich und die Zoledronsäure gegen deine krebsbedingte Osteoporose. Dazwischen müssen wir mit Salzwasser immer wieder spülen."

Elisabeth war das sehr recht. Auf Erkältungen legte sie keinen Wert. Neben dem Sofa hatte sie schon den Infusionsständer mit dem Infusomat aufgestellt. Dr. Emmerda konnte sofort die Nadel setzen und mit der Infusion beginnen. In das Salzwasser hatte er bereits zuhause eine kleine Dosis des Beruhigungs- und Schlafmittels Tranxilium gespritzt. Elisabeth sollte sich ausruhen können. Das ging schneller als er erwartet hatte. Schon nach wenigen Minuten war Elisabeth eingeschlafen. Ihre unruhige Nacht hatte dabei wohl geholfen.

Dr. Emmerda überlegte. Wo könnten die Beweismittel sein, die Elisabeth bei ihrer Erpressung und Drohung erwähnt hatte? Dr. Emmerda ging durch das Haus und schaute in die Räume. Elisabeth hatte noch von ihrer Zeit als Lehrerin her ein eigenes Büro. Er schaute die Rücken der Ordner und der Bücher an. Dass sie wichtige Papiere in Büchern versteckte war wenig wahrscheinlich. Sie war keine Leseratte und würde schnell vergessen haben, wo die Papiere steckten. Ein Ordner hatte die Aufschrift „Diverses". Ihn klappte Dr. Emmerda auf und er stieß gleich auf eine Plastikhülle, in der die von Elisabeth genannten Beweis-Dokumente aus der Schweiz zu sehen waren. Dr. Emmerda nahm sie heraus und verbrannte sie sofort im

Feuer des Kachelofens. Irgendwie empfand er noch keine Erleichterung. Wieso? Aus der Tanzstundenzeit mit Elisabeth wusste er, dass sie gerne doppelte Sicherheit hatte. Kopien der Schweizer Dokumente konnten noch woanders sein. Aber wo? Einmal hatte er sie überrascht, als sie vor dem Kachelofen auf dem Boden kniete. Sie tat so, als hätte sie ein Papierschnipsel verloren. Das war aber Bluff. Dr. Emmerda blickte unter den Kachelofen und merkte, dass die Luft dort nicht sehr warm war. Das war die Ansaugstelle der kalten Luft, die später – erwärmt vom Ofen – als blubbernde Wärme über die oberen Heizklappen das Wohnzimmer so sehr aufheizte, dass ein Négligé als Kleidungsstück völlig ausreichte. Emmerdas Hand suchte und stieß auf eine Metalldose, daneben war eine zweite. Diese zwei Dosen zog er heraus. In der einen Dose fand er seine Liebesbriefe an Elisabeth aus der Tanzstunden-Zeit. Beim Durchblättern musste er schmunzeln. In der anderen Dose waren wieder die Schweizer Papiere, eine Patientenverfügung und ihr Testament. In der Patientenverfügung las er, dass sie bei nahendem Sterben keine Hilfe mehr wollte. Alle Hilfen waren einzustellen und alle Maschinen abzuschalten. Von der Patientenverfügung fotografierte er mit seinem Handy alle Seiten. Die wollte er mitnehmen auf ihrer Reise. Erstaunlich war, dass er von Helmut, ihrem verstorbenen Mann, keine solchen Papiere fand. Elisabeth hatte ihre Patientenverfügung erst nach Helmuts Tod unterschrieben. Das Testament trug dasselbe Datum. Emmerda staunte über diese Liebe zu Formalien, jetzt, in der Zeit ihrer Witwentrauer. Die Kopien der Schweizer Papiere verbrannte er ebenfalls sofort. Die anderen Papiere legte er zurück unter den Kachelofen. Mit wenig Energie aber doch sorgfältig suchte Hans Emmerda nach weiteren Kopien der Schweizer Papiere oder anderen Papieren, die ihn hätten belasten können. Er fand auch nach einer halben Stunde nichts. Die NaCl-Infusion war durchgelaufen und der Infusomat piepste. Dr. Emmerda setzte die Immunglobuline an, um sie in dem gebotenen 3-Schritt-Verfahren zu verabreichen.

Dr. Emmerda setzte sich an den Küchentisch, auf dem eine Kaffeekanne und ein noch nicht angeschnittener Gewürz-Kuchen standen. Er langte herzhaft zu. Dann zog er seinen Lieblings-Krimi von Arthur Upfield aus der Tasche, den „Bumerang", und ließ die Welt um sich herum versinken. Der Infusomat würde rechtzeitig piepsen, wusste er.

Das Tranxilium war nur in der ersten Flasche. Elisabeth wurde deshalb im Laufe der Infusionen wieder wach und bedankte sich, dass er sie hatte schlafen lassen. Nochmals erzählte er ihr, dass sie zusammen in etwa einer Woche abreisen würden. Sie müsse bis dahin den Wohnwagen putzen, mit Bettwäsche, Handtüchern, Lebensmitteln usw. füllen. Dabei solle sie aufpassen, dass der Wagen mit seinem Inhalt auch eine Frostnacht überleben würde, falls sie in einem Hotel übernachten würden.

Elisabeth erkannte schnell, dass Hans Emmerda völlig anders reiste als ihr Helmut. Helmut ging es immer ums Geld. Nichts wurde in Anspruch genommen, was man nicht billiger hätte haben können. Hans ging es in erster Linie immer um seinen Genuss. Diese Persönlichkeits-Eigenschaft fand sie arrogant und verwöhnt. Sie dachte immerhin, allerdings nur kurz, daran, alles abzusagen. Er, ganz eifrig, skizzierte Elisabeth grob ihre Fahrtroute. Dabei nannte er auswendig die Restaurants und Hotels, wo sie unbedingt absteigen mussten. Außerdem konnte er Museen nennen, die auf dem Weg lagen und unbedingt (oder möglichst) besucht werden mussten. Elisabeth wurde das nach und nach sympathisch. Es überkam sie schließlich warm bei dem Gedanken an die Reise, denn genau so wollte sie reisen. Ihre Professoren hatten ihr bei ihrem Sprachstudium die Länder und die Routen durch die Länder ähnlich plastisch geschildert. Sie erinnerte sich. Das war immer ihr Wunsch gewesen, so zu reisen. Jetzt würde dieser Wunsch endlich wahr werden.

Dr. Emmerda versicherte Elisabeth, dass er die medizinischen Belange vollständig abdecken werde. Schon von Hürben aus würde er die Apotheken auswählen, die notfalls die Infusionen herstellen müssten. Außerdem würde er mit dem Uni-Klinikum in Ulm die Kliniken zusammenstellen, bei denen notfalls eine stationäre Behandlung durchgeführt werden könnte. Dazu würde er ein paar Tage benötigen, aber in etwa einer Woche könne man reisen. Zu der Reise seiner Marie nach Hamburg sagte er nichts. Auch wie es mit der Wiesen-Marie weitergehen würde, von dem Verhältnis wusste Elisabeth wie jeder im Dorf inzwischen, sagte Hans nichts. Elisabeth wollte ihn darauf auch nicht ansprechen. Wichtig war ihr nur, dass Hans von nun ab ihr einziger und ihr vollständig gehörender Reisepartner war. Misstrauen oder ein Rückblick auf ihre Erpressung hatte Elisabeth nicht mehr im Sinn. Hans schien, sie hatte die Erpressung vergessen. War das eine gespaltene Persönlichkeit? Oder war es ein Anfangsstadium zu einer solchen Entwicklung? Hans hatte Elisabeth noch nie so wahrgenommen. Elisabeth musste sich jetzt als ordentliche und umsichtige Hausfrau beweisen. So wollte sie Hans überzeugen.

Hans fragte Elisabeth, ob sie bei sich in letzter Zeit Nebenwirkungen beobachtet hatte, die ihr eventuell zusetzen könnten. Sie berichtete von einer Art Muskelkater. Das war verständlich, denn Carfilzomib reduzierte als Proteasomen-Hemmer die Ausscheidungen aus den Zellen. Genau das passierte, wenn man zu viel Sport trieb und der Muskelkater anzeigte, dass die Muskelzellen ihre Energieabfälle nicht vollständig abbauen konnten. Das war problemlos. Elisabeth klagte aber auch über schlechtere Sicht. Carfilzomib reduzierte also auch den Stoffwechsel der Netzhaut- und Sehzellen. Das war eine heftige Nebenwirkung. Dr. Emmerda schlug ihr vor, mit täglich zwei Esslöffel Olivenöl dem Auge das notwendige fettlösliche Vitamin A und die Polyphenole zukommen zu lassen. Leberwurst hätte zudem 25% Leber und viel Vitamin A. Ein Teelöffel davon täglich würde reichen. Das hörte Elisabeth gerne, denn sie liebte Kalbsleberwurst über alles. Die Höhe von Brot, Butter und Kalbsleberwurst sollte auch ihrer Meinung nach gleich sein. Nur dann schmeckte das richtig gut. Hans Emmerda lachte: „Sag ich schon immer! Das ist in der Tat eine gesunde Diät für deine Augen. Egal was mancher schlanke Ernährungsberater dazu sagt."

Sepp wollte sich ebenfalls überzeugen, nämlich von dem Engländer, den er nach München eingeladen hatte, um die Transaktion der Steinzeit-Flöten, Pferdchen und Messer-Spitzen vorzunehmen. Das Wetter war so nett gewesen und es hatte in wenigen warmen Tagen den Schnee schmelzen lassen. Sepp konnte in der kurzen Zeit problemlos und ohne Spuren zu hinterlassen in die Rulaman-Höhle. Nachdem er wusste, dass die Polizei schon einen Verdacht hatte, war er besonders vorsichtig. Rauschgift würde er nicht deponieren. Erstens hatte er keines, er wollte auch das Geld dafür nicht aufbringen, und seine kriminelle Energie wollte er zudem nicht übertreiben. Jedenfalls gelang die Entnahme der einzigartigen Kunstwerke, unbemerkt. Kurz danach kam trotz Frühlingswetter wieder Schneefall, matschig. Das war ideal, denn so wurden alle Spuren verwischt. Jetzt ging es darum zu verhandeln, was die Stücke wert waren. Darüber hatte Sepp mit seinem Engländer noch nicht gesprochen. Sepps Idee war, mit ihm durch Schwabing zu ziehen. So konnte er feststellen, ob sie verfolgt würden. Allerdings war Sepp klar, dass der Engländer bloß eine Pistole benötigte, sie auf ihn richten musste, und schon würde Sepp sich ergeben und alles offenlegen müssen. Aber irgendwo war halt ein Risiko zu akzeptieren.

Sepp schlenderte von der Staatskanzlei her an den wartenden Engländer heran. Dieser stand in einem kleinen Pavillon mitten im Park und studierte interessiert und völlig entspannt die Örtlichkeit. Sepp fasste sich ein Herz.

Irgendwie musste es ja jetzt sein, dachte er. Er ging auf den Engländer zu, stellte sich in Englisch vor und sprach in Englisch weiter.

„Hallo, Mike. Ich bin Sepp. Du bist doch Mike?"

„Hallo Sepp. Ja, ich bin Mike aus Hollow-on-the-Broke. Das war eine gute Idee von dir, mich nach München zu schicken. Das ist eine wunderschöne Stadt. Ich bin gestern angekommen. Natürlich musste ich im Hofbräuhaus zu Abend essen. Unglaublich. Ganz entspannte Deutsche. Da waren ein paar Gäste, offenbar Leute von einer Musikkapelle. Die haben einfach ihre Instrumente herausgeholt und gespielt."

„Mike, das freut mich, dass es dir gefällt. In München kann man zwei Wochen sein und findet immer wieder etwas Neues. Und ja, wir sind entspannter als viele von euch denken."

„Komm, Sepp, lass uns bei dem sonnigen Wetter in ein Restaurant gehen. Jetzt ist Kaffee-Zeit und ich würde gerne eure Kuchen probieren. Die sehen unglaublich lecker aus."

„Gute Idee. Lass uns gleich da drüben reingehen. Ich sehe, dass ein Tisch am Fenster frei ist. Kuchen und Kaffee sind dort ausgezeichnet, auch der Tee ist gut. Dann unterhalten wir uns."

„Perfekt."

Beide amüsierten sich mit derartigem Small Talk, setzten sich an den Tisch und bestellten. Irgendwie stimmte die Chemie bei ihnen sofort. Mike hätte Sepps Vater sein können, richtig sympathisch. Beide interessierten sich für Sport und fanden viele weitere Themen, über die sie sich unterhalten konnten. Egal welches Thema einer von ihnen anschnitt, der andere bewertete die Sache in gleicher Weise. Schließlich kamen sie zum Zweck ihres Zusammentreffens.

„Sepp, du hast mir etwas mitgebracht."

„Ja, Mike. Schau her." Damit holte Sepp eine etwa dreißig Zentimeter lange mit Samt ausgekleidete Schachtel, etwa zehn Zentimeter hoch. Dort lagen sieben Flötenteile und die Pferde-Schnitzereien. Die größte Flöte war achtzehn Zentimeter lang, also praktisch vollständig. Mike schaute sich die Stücke an, beleuchtete sie mit der Taschenlampe seines Handys, nickte und sagte: „Ja. Die sind original. Ich nehme sie dir ab. Ich kann dir 18.000 € dafür bezahlen." Sepp war sprachlos. Marie und er gingen immer von etwa einhundert bis zweihundert Tausend Euro aus. Schließlich sagte Sepp seinen Wunschpreis.

„Sepp, dafür bin ich nicht der richtige. Wir wissen beide, dass man die Stücke nicht verkaufen darf. Natürlich darf man sie auch nicht aus Deutschland ausführen. Wenn ich sie dir abnehme, dann habe ich eine halbe Stunde später vergessen wer du bist und wie du aussiehst. Wenn dir einer ein Vielfaches davon zahlt, dann erpresst er dich dein Leben lang. Das kann der Erpresser schon deshalb, weil der Preis so hoch ist, dass du überall Strafverschärfung bekommst. Bei 18.000 € sagt das Gericht, dass von geringer Schuld auszugehen ist."

„Mike, du bist gut informiert."

„Klar. Ich lebe wie du in dieser Welt."

„OK Mike. Kannst du mir die 20.000 € voll machen?"

„Ja, mache ich." Damit nahm Mike die Schachtel, stopfte sie in seine Einkaufstüte von Gerry Weber, in der Hemdchen und Blusen für seine Frau oder Tochter waren. Gleichzeitig holte er eine Zigarrenkiste hervor, holte für sich und Sepp eine Zigarre heraus, schnitt sie ab und zündete beide an. Genussvoll rauchten sie.

„Unter den Zigarren findest du die zwanzig Tausend.", murmelte er. Mike hatte die Verhandlung professionell geplant.

„Sepp nahm eine weitere Zigarre heraus, schnupperte daran, drehte sie im Licht, und zählte die vierzig 500 €-Scheine durch. Natürlich konnten sie falsch sein. Doch er konnte sie vor Ort nicht genauer untersuchen.

„Thanks Mike.", sagte Sepp. „Ich hoffe, die sind ok."

„Das sind sie, Sepp. Schon deshalb, weil du sie schneller prüfen kannst als ich Deutschland verlassen kann."

„Hast recht. Du, Mike, ich finde dich richtig nett. Lass uns darauf ein Bier trinken."

„Ich habe nach dem Kaffee und dem süßen Kuchen auch oft Appetit auf ein Bier. Ja, ich bin dabei. Du bestellst.", antwortete Mike, indem er ständig auf seinem Handy herum tippte.

„Ich habe eine Überraschung für dich, Sepp."

Sepp hasste Überraschungen bei einer solchen zwielichtigen Transaktion. War er doch zu arglos, fragte er sich. Jetzt geht wahrscheinlich alles drauf, meine Freiheit, mein Job, meine Pension, einfach alles, schwante es ihm. Angesehen hatte man ihm gar nichts. Das Polizeitraining für schwierige Gespräche war viel zu gut gewesen.

„Was ist es denn?"

„Gleich kommen meine Frau und meine Tochter. Sie wollten wissen, ob du nett bist. Falls ja, wollten sie dich kennen lernen. Ah, schau, die beiden, die zur Tür hereinkommen, sind es. Ich hole sie." Sepp fiel eine Tonne Stein vom Herzen. Der Mike war ja wirklich nett. Das ganze Undercover-Zeug konnte er sich offensichtlich sparen. Die beiden Frauen gefielen Sepp schon von weitem. Beide waren nur ein klein wenig pummelig, gerade so wie Sepp es gerne hatte. Sie lachten ununterbrochen, hatten einladende Grübchen und viele Lachfältchen im Gesicht. Als sie ihre Mäntel auszogen fand Sepp ihre Figur umwerfend. Männer haben dafür keinen besonders reichhaltigen Wortschatz. Vor allem die Tochter war einfach riesig, super, toll und enorm. Sepp war sofort klar, dass er sie besser kennen lernen wollte.

„Meine Frau Miranda und meine Tochter Evelyn.", stellte Mike die beiden vor, als sie an den Tisch kamen.

„Sepp Brandner. Sepp, oder Josef, ist der Vorname.", sagte Sepp und reichte erst der Mutter dann der Tochter die Hand.

Evelyn nahm nicht nur die Hand, sondern umarmte Sepp gleich herzhaft und herzlich auf die hauptsächlich in Italien und Frankreich übliche Art. Sie setzten sich. Sepp kam sofort ins Gespräch. Beide plapperten einfach darauf los, lachten über die Bemerkungen des anderen, bestellten Kuchen und Kaffee, und redeten und redeten. Sepp merkte gar nicht, dass er denselben Kuchen wie Evelyn bestellte, dass er nirgendwo anders mehr hinsehen konnte als zu ihr.

„Hallo ihr beiden, wacht auf.", sagte Mike. Miranda lachte.

„Ich habe einen Vorschlag. Sepp zieht mit uns in den Bayerischen Hof, übernachtet hier und wir haben noch einen wunderschönen Abend zusammen. Evelyn war sofort Feuer und Flamme, hakte sich bei Sepp unter und drückte ihn an sich.

„Äh. Ich weiß gar nicht, ob ich so viel Geld habe.", meinte der überrumpelte aber sichtlich zufriedene Sepp.

„Mein Reiseführer hat doch recht. Ihr Süddeutschen seid wie wir Schotten. Du hast zwanzig Tausend Euro in deiner Schachtel und überlegst, ob du zweihundert Euro für ein Zimmer im Bayerischen Hof hast."

Miranda ergänzte: „Sepp, die Kreditkarte ist schon erfunden."

„Er hat ja gesagt.", rief Evelyn. „Papa, bezahle und bestelle ein Doppelzimmer für ihn im Bayerischen Hof."

Sepp lachte herzlich und nickte: „OK. Gerne. Jetzt zeige ich euch einen Wolperdinger, die bayerische ‚eierlegende Wollmilchsau', auf dem Weg ins Hotel, wo ich meine Tasche einschließen will. Mit so viel Kleingeld geht man in Schottland sicher auch nicht zum Abendbummel." Sie lachten. Einen Touristen-Wolpertdinger nahmen die Schotten noch mit. Dann war man am Bayerischen Hof.

Sepps Zimmer war bereit, Schlafanzug, Wasch- und Rasiersachen lagen auf dem Bett. Evelyn inspizierte das Zimmer mit der vorgeschobenen Begründung, ob man ihm als Einheimischem eventuell ein Schrottzimmer neben dem Aufzug oder über dem Dunstabzug der Restaurantküche zugewiesen hatte. Das war offensichtlich nicht der Fall. Den Matratzentest bestand das Bett ebenfalls und Evelyn beschloss die Prüfung mit der Feststellung, dass sie heute Nacht auch dort schlafen werde. Evelyn hatte von ihrem Vater oder ihrer Mutter offenbar eine ähnliche Verhaltensanleitung bekommen wie Rosie. Und wie alle Männer war Sepp bei solchem Einsatz waffenlos und chancenlos.

Evelyn wollte den Viktualienmarkt sehen. Das ließ sich leicht bewerkstelligen. Bei einem der bekanntesten Trachtenhäuser, an dem der Weg zum Viktualienmarkt vorbeiführte, kleideten sich alle vier zünftig ein. Die Kleider ließen sie nach Schottland schicken, denn Sepp hatte zugesagt, sie in Schottland zu besuchen. Sepp war dabei nicht arg wohl, denn er meinte: „Eure Häuser in Schottland sind doch relativ klein. Da will ich euch keine Arbeit machen."

„Unser Haus ist nicht so klein.", meinte Mike.

„Sag die Wahrheit, Mike.", meinte Miranda, „Wenn wir in Schottland von einem „House" reden, dann meinen wir ein Schloss. Unser Haus hat über tausend Quadratmeter Wohnfläche. Evelyn und Sepp, ihr beide könnt euch den Ost- oder den Westflügel zum Wohnen aussuchen. Beide sind bei gut dreihundert Quadratmetern."

„Wahnsinn. Echt? Evelyn, was arbeitest du denn?"

„Ich habe eine Immobilienagentur, zusammen mit einer Partnerin, die eine Minderheitsbeteiligung hält. Ich bin für die teuren und luxuriösen Immobilien zuständig. Davon gibt es viele bei uns."

„Dann kann ich wohl vergessen, dass du zu mir nach Giengen ziehen würdest."

„Sepp, ich habe eine andere Idee für uns beide. Wir benötigen bei uns in Schottland ganz dringend einen Sicherheitsservice, für die teuren Immobilien. Da könntest du ein eigenes Geschäft aufbauen. Da schwimmst du im Geld und viel Freizeit für uns und unsere Kinder hätten wir auch."

„Der Gedanke gefällt mir, Evelyn. Dieses Giengen ist mir einfach zu klein geworden und der Beamtenapparat ist auf Dauer nicht so mein Ding.", nickte Sepp diese Idee von Evelyn ab. Die Gene der zielstrebigen, risikofreudigen und geistesgegenwärtigen Grete, seiner Mutter, waren in ihm. Sie wirkten. Immer nur Sicherheit, gesellschaftlich immer nur in ein enges Korsett gebunden, so stellte sich Sepp seine Zukunft nicht vor. Mit einer zupackenden Frau wie Evelyn konnte er, so schien ihm, jede Krise meistern.

Mike meinte, er habe doch gleich gespürt, dass mit Sepp die Chemie stimmte. Das änderte sich an diesem Abend auch nicht mehr. Als sie nach dem letzten Absacker zu Bett gingen, meinten Mike und Miranda, Evelyn und Sepp sollten am nächsten Tag ausschlafen, so lange sie wollten. Sie, Miranda und Mike, würden noch den Chiemsee besuchen wollen und wie üblich früh aufstehen. Das könne man ihnen aber nicht antun. Zurückkehren würden sie nicht vor Nachmittag.

Evelyn und Mike genossen die Zweisamkeit, ein spätes kräftiges Frühstück und danach eine kleine Arbeitsphase, in der Evelyn einige ihrer Immobilienobjekte zeigte, wie sie gesichert werden könnten und was da so an Preisgestaltung drin wäre. Sepp war begeistert. Das Preis- und Einkommensniveau bei diesen Luxus-Immobilien bewegte sich in Höhen, die er bisher finanziell nicht in Betracht gezogen hatte. Er rief auf seiner Dienststelle an und bat um vierzehn Tage Urlaub. Die wurden anstandslos gewährt. Am Tag drauf konnte er mit den drei Schotten mitfliegen.

Noch eine Frau gab ihrem Leben eine neue Wendung. Zoe, die jüngste Tochter der Emmerdas, rief den Vater an, um zu fragen, ob er noch sein Wehrmachtsmotorrad im Keller hatte und ob sie es bekommen könnte. Falls ja, brauchte sie auch noch eine Sonderzahlung für einen ordentlichen

Schutzanzug, einen mit einem Schutzgerippe innen. Hans Emmerda war glücklich, dass er nicht gleich von der Ehe mit einem verheirateten Mann hörte und sagte sofort beides zu. Zoe schickte ihm eine Batterie Bussi durch das Telefon. Das sind Dinge, die einen Vater immer besonders schwach werden lassen. Vor allem, wenn sie von der vertrauten „Lieblings"-Tochter kommen. Hans Emmerda war aber dennoch in der Lage, im Laufe des Gesprächs zu fragen, was denn mit ihrer Liebschaft wäre, von der sie Marie erzählt hatte.

„Papa, das war der Bruder vom Jakob Würmle, der in der Hürbe tot gefunden worden war."

„Ist der so charmant, dass du auf ihn hereinfällst?"

„Ich bin auf ihn hereingefallen. Ja, das Wort trifft alles. Wie der Jakob ist der aber so schwanzgesteuert, dass in seinem Hirn für nichts anderes Platz ist. Das hat mich ungemein gelangweilt. Ist letztlich auch eklig."

„Hm. Und seine Frau?", wollte der Vater wissen.

„Oh. Die mag das offenbar. Aber unter uns. Ich glaube, die ist auch froh, wenn der Ochse mal auf eine andere Weide geht.", lachte Zoe aus vollem Hals.

„OK. Und jetzt bist du unter Oldtimer-Liebhaber gegangen?"

„Ja. Da sind wir keine so Hells Angels und so was. Wir fahren am Wochenende raus, etwa in die Birkenwälder östlich von Berlin. Mit den alten Maschinen geht das langsam. Die Gruppe ist so alt wie ich, einige sogar jünger. Kein Wehrmachtshaufen oder so was. Wir haben wirklich viel Spaß."

„Das freut mich Zoe. Ich werde versuchen, die Maschine so herzurichten, dass du ohne Panne von Hürben nach Berlin kommst."

„Du bist so lieb, Papa. Ich komme mit Herbert, meinem Freund, und wir bleiben ein paar Tage in Hürben, bevor wir dann zurückfahren."

„Da freue ich mich drauf. Dann können wir mal wieder richtig engagiert bis in die Nacht hinein politisieren."

„Gut. Ich denke mir ein paar Provokationen aus, die einen so alten Knochen wie dich richtig wütend machen müssten."

„Wir machen eine Wette. Für jeden Wutanfall bekommst du eine Einmalzahlung von tausend Euro. Wenn ich dich wütend machen kann, bekomme ich einen Marmorkuchen."

„Die Wette gilt, Papsili."

Hans erzählte beim Nachmittagskaffee sein Telefonat sofort Marie. Sie war froh, dass sich alles hin zum Guten gewendet hatte. Ja, auf ihren Mann musste sie stolz sein, statt ihm ein paar Verfehlungen vorzuwerfen, die sie sich in gleicher Weise hätte vorwerfen müssen. Hans verzichtete nicht auf das gemeinsame Mittagsschläfchen, aber auf seinen nachmittäglichen Patientenbesuch und begutachtete sein altes Motorrad. Schlecht sah es nicht aus. Er erinnerte sich gar nicht mehr, dass er es schon einmal umfassend kontrolliert und in Schuss gebracht hatte. Der Motor sprang sofort an. Seine Testfahrt vor der Garage war erfolgreich, selbst die Bremsen funktionierten einwandfrei. Bloß die Mäntel an den Rädern bröselten. Neue Reifen mussten her.

14 Emmerdas reisen

Haben wir uns erst einmal auf eine neue Situation eingestellt, dann wollen wir sie ausgestalten. Kein Wunder war deshalb, dass Marie Emmerda ständig mit ihrer Tochter in Hamburg telefonierte, weil ihr immer wieder etwas anderes einfiel. Was essen die Kinder zum Frühstück? Was mittags und was abends? Soll sie noch ein paar Kleider für die Kinder kaufen und mitbringen? Wie warm musste ihre Kleidung für Hamburg sein? Welche Freunde waren den Kindern wichtig, welche mochte die Mutter eher nicht im Haus sehen? Marie hatte ihr Auto schon gepackt, mit ihren Kleidern, mit Geschenken für die Kinder, mit Büchern, die sie seit Jahren unbedingt lesen wollte. „Werfe die ungelesenen Bücher endlich weg, anstatt das Auto vollzustopfen.", sagte Hans herzlos. Damit kam er nicht gut an.[66]

Hans floh, zuerst in die Räume seiner Praxis, schließlich aus dem Haus zu seinen Patienten. Bei Elisabeth kam er in das zweite Haus, das auf dem Kopf stand. Elisabeth kam sofort auf die Reise in den Süden zu sprechen. Bettwäsche, Handtücher, ihre Kleider hatte Elisabeth bereits im Gästezimmer gestapelt. Das Geschirr im Wohnwagen war gewaschen, die Batterien aufgeladen und frisches Wasser war in den Tanks. Hans hatte das so schnell nicht erwartet. Die Lage musste er sich bewusst machen.

„Hast du deine Sachen schon gepackt?", fragte ihn Elisabeth.[67]

---

[66] Marie meinte: „Ha, du bisch doch a wüschtr Dengr. Des hat ällas an Hauf Geld koscht. Des schmeiß i doch nia weg. D'Kendr ond Enkala wellat au amaol was Gscheits leasa."

[67] Eher hieß es so.
Marie: „Was isch iatz? Hasch packt?"
Hans: „Dua et so narrat. Dees hat Zeit. I muas des ja no saga,"
Elisabeth: „Du bisch a omständlicher Ma. Des hau i scho em ganza Dorf rom vrzehlt."
Hans: „Schpenscht du? Dia Lei wellat mit mir schwätza!"
Elisabeth: „Moisch? Dao hasch de discha."

„Natürlich nicht. Was ist bloß in euch gefahren? Marie ist schon fast in Hamburg eingezogen und du übernachtest, wenn es so weiter geht, bald im Wohnwagen."

„Worauf wartest du noch? Die Infusionen hast du mir gegeben. Ich fühle mich stark. Keine Schmerzen. Den ganzen Tag über kann ich so arbeiten wie früher, als ich gesund war. Die Tage werden länger. Hast du dein Auto schon aufgetankt?"

„Das Wasser musst du im Wohnwagen ablassen. Hoffentlich hat der Frost noch keine Rohre oder den Tank zerrissen."

„Daran hatte ich nicht gedacht. Danke. Mache ich gleich anschließend.", sagte Elisabeth.

„Nun zu mir. Gar nichts habe ich gemacht. Jetzt muss ich erst meine Patienten informieren, dass ich eine Weile nicht mehr komme."

„Hans, das weiß schon das ganze Dorf. Ich habe es überall rumerzählt. Deine Patienten haben schon die Ärzte in Giengen angerufen. Alle wurden irgendwo aufgenommen."

„Schön so was. Ich wusste bislang nicht, dass ich eine Sprechstundenhilfe namens Elisabeth habe, die meinen Abschied organisiert. Da will ich schon selbst noch bei allen vorbei.", antwortete er bitter.

„Gut. Kannst du ja heute noch machen. Dann fahren wir morgen früh." Das ging Hans deutlich zu schnell. Seine Methode war, sich mental immer mehr in die Reise hinein zu denken. So gern er reiste, musste er doch immer auch Abschied nehmen. Einfach losfahren machte ihm mehr Angst, als es Genuss bereitete. Sein Bewusstsein war langsam und erforderte einen Wechsel des sesshaften Denkens zu einem mobilen Denken. Natürlich, dachte er, ist der Weg des Menschen immer mobil, weil sich auch, wenn er zuhause bleibt, die Welt um ihn herum ständig ändert. Das geschah aber langsam. Bei einer Reise, sollte sie gelingen, musste zuerst die richtige „Mentalitäts-App" in sein Hirn geladen werden. So formulierte er es jedenfalls beim Männerfrühstück, wenn er einmal im Vierteljahr seine Freunde zu sich einlud, um unter Männern zu sein. Seine Reaktion auf Elisabeths Vorschlag war entsprechend.

„Aber nein und nochmals nein. Ich will mir noch zusammenstellen, was wir uns auf der Strecke alles ansehen, wo wir übernachten und vieles mehr. Ich muss meine Foto-Ausrüstung zusammenstellen, den Notebook und meine Arzt- und Medikamententasche. So hoppla-hoppla muss das jetzt wirklich nicht sein."

„Mein Helmut selig hat das flotter hin bekommen."

„Mag sein, aber seine Art in den Urlaub zu gehen sehe ich als Flucht an. Vielleicht konnte Helmut nicht anders, denn er hatte nie genug Urlaub. Da tue ich ihm wahrscheinlich Unrecht. Egal: Ich reise. Du wirst den Unterschied bald bemerken. Warst du schon auf der Heuneburg? Kennst du die Wutachschlucht, den Titisee, das Höllental, das Glottertal und die Schwarzwaldhochstraße?" Natürlich waren Elisabeth die Namen dieser Stätten des regionalen Tourismus bekannt. Auch das eine oder andere Bild tauchte in ihrer Erinnerung auf. Aber bewusst besucht und sich mit der Geschichte dieser Ort auseinandergesetzt hatte sie sich noch nie. So wie Hans davon sprach, entstand eine Begierde in ihr, diese Orte kennen zu lernen. Hans würde ihr, da war sie sicher, in kompakter Form viele inspirierende Hintergrundfakten so nebenbei erzählen. Er konnte das sehr gut, wusste sie. Zuzugeben, dass sie sich freute, fiel ihr nicht schwer.

„Nein, kenne ich alles nicht. Das ist doch alles noch in Deutschland. Stinklangweilig kann das nur sein, dachte ich immer. Ich will nach Spanien! Bräuchten wir den lästigen Wohnwagen nicht, dann könnten wir fliegen. Aber, ehrlich gesagt, Hans, wie du das so sagst, reizt mich das dennoch. Wir haben Zeit genug." Das war so ein typischer Rückzieher von Elisabeth. Uneingeschränkt zugeben, dass Hans Recht hatte, konnte sie nicht. Bei Hans kam deshalb ihre Begeisterung, die im Laufe des Gesprächs immer mehr zugenommen hatte, gar nicht voll an.

„Ach, und da hetzen wir jetzt hin, koste es was es wolle und was das Auto hergibt. Nicht mit mir. Ich genieße jeden Kilometer, den wir fahren. Jetzt warte das mal ab.", betonte Hans energisch. Am liebsten würde ich noch viel mehr aus der Region mit dir besuchen. Hast du etwa das Schloss Lichtenstein schon besucht? Kennst du die Geschichte von Wilhelm Hauf „Lichtenstein"? Wohl eher nicht. Einfach nur etwas anschauen und nichts sehen, das mache ich nicht."[68]

Elisabeth hatte gut daran getan, dem Rat von Hans zu folgen. Nach zwei Tagen ging es tatsächlich los. Die Dörfler hatten die getrennten Reisen des

---

[68] „I be doch et mit em Klammerbeutel pudert! I will leaba, koin Stress beim Reisa. Koi Wondr dass heut jedr mit em Burn-Out zu mr kommt. Nao wella dia Leit Tabletta. Dia sollats nao richta. So a vrruckta Welt."

Ehepaars Emmerda ohne Kommentar hingenommen. Jeder dachte sich, dass zwei Ältere wie Elisabeth und Hans problemlos gemeinsam urlauben könnten.

„Ich habe CDs mit Hörbüchern dabei.", sagte Elisabeth. „Mit Helmut habe ich meistens eine Geschichte gehört, wenn wir eine längere Strecke gefahren sind."

„Gute Idee. Wir fahren jetzt aber nicht weit. Ich unterhalte mich auch gerne mit dir.", sagte Hans.

„Gut, einverstanden. Beim Fahren fielen uns auch immer viele Dinge ein, die wir beredeten.", gab Elisabeth zu. „Wenn ich es mir richtig überlege, haben wir beim Autofahren mehr besprochen und mehr grundlegende Entscheidungen für unser Leben getroffen, Helmut und ich, als am Küchen- oder Wohnzimmertisch."

„Ja, das war bei Marie und mir nicht anders. So. Erst mal möchte ich dir ein Kloster zeigen, das du allenfalls in der Toskana erwarten würdest. Wetten?"

„Hans, da verlierst du."

„Mal sehen. Wenn ich verliere, bezahle ich dir eine Hotelübernachtung in einem feinen Haus.", steigerte Hans die Erwartung ins fast Unerträgliche. Kaum von zuhause weggefahren, gewann Elisabeth dieser Reise mehr und mehr ab.

„Das ist ja lieb von dir. Und ich koche dir ein Essen, an das du noch lange zurückdenken wirst."

„Du kennst doch den Begriff der „hängenden Gärten", oder?", fragte Hans heimtückisch.

„Kenne ich. War das im Altertum nicht eines der Weltwunder? Was das ist, weiß ich aber nicht."

„Gut, dann biegen wir jetzt hinter Riedlingen nach Neufra ab. Dauert nur zehn Minuten.", spielte Hans seinen ersten Trumpf aus.

„Hängende Gärten, die sind doch irgendwo in der Bibel erwähnt. Also gibt es das nur in Kleinasien."

Sie waren noch keine Stunde gefahren, da bog Hans einige Kilometer hinter Riedlingen zum Schloss von Neufra ab. Hans hielt vor dem Schloss und zeigte ihr dort die hängenden Gärten. Elisabeth war sprachlos.

„So schnell, liebe Elisabeth, kannst du deine Wetten verlieren. Offenbar leben wir in biblischen Regionen hier. Im 16. Jahrhundert wollte der Schlossherr auch hängende Gärten. Mit etwa zwei Hundert Leibeigenen hat er sich den Wunsch erfüllt.", neckte Hans Elisabeth.

„Unglaublich. Bloß weil er hängende Gärten wollte, hat er das bauen lassen!", lästerte Elisabeth über die Macht des Adels zu der Zeit.

„Ganz so war es nicht. Das Schloss drohte offenbar, den Hang hinunter zu rutschen. Stabilität und Aufschneiderei sind wohl eine Allianz eingegangen.", lächelte Hans. „Heute ist es das kleinste Schlosshotel Deutschlands mit vier Zimmern. Ansonsten residieren dort Rechtsanwälte, wenn ich mich richtig erinnere."

Diese Anwälte, stellte Elisabeth in ihren Gedanken fest, beurteilten den Wert ihrer heimatlichen Schätze offenbar vorurteilsfrei und erfahrener als sie. Das Schloss kauften die damals sicher als Schnäppchen, dachte sie. Neidisch, wie sie war, übersah sie, dass es viel Geld kostete, solche Schlösser zu warten und zu renovieren. Beim nächsten Halt, nach nur zwölf Minuten Autofahrt, wurde ihr auch das bewusst.

Hans fuhr weiter, bloß eine kurze Strecke, die Donau entlang, danach bog er ab zum Kloster Heiligkreuztal. Wie oft war der Parkplatz dieser heutigen Tagungsstätte leer und Elisabeth wollte nicht einmal aussteigen. Sie seien doch erst ein paar Minuten gefahren, das lohne sich nicht, meinte sie. Als sie jedoch das Kloster betrat, die farbenprächtigen Malereien und die klösterliche Architektur erkannte, sagte sie das, was Hans erwartet hatte:

„Das gibt es doch nur in Italien und Frankreich! Ich muss dir recht geben. Es ist wie in der Toskana. Mein Gott, ich kenne meine nächste Umgebung nicht. Das ist wirklich eine Schande. Hans, du öffnest mir hier die Augen zu einem ganz großen Staunen. Ja, du hast Recht. Das hätte Helmut auch gefallen."

Nach einer kleinen Pause gab sie sich noch einmal einen Ruck: „Ich muss zugeben, dass ich mit dir an einem Tag mehr über unsere nähere Umgebung erfahren habe, als ich in über sechzig Jahren zuvor kennengelernt habe."

„Schön, dass du keine Vorurteile hast. Dann wird die Reise gelingen. Es kommt auf unserer Route ein spektakuläres Abenteuer nach dem anderen, Schlag auf Schlag."

„Kannst du dieses Bild für mich fotografieren, mit dem Kreuzbogen neben dem Durchgang hier?"

„Fotografieren ist nicht so schwierig. Das kannst du selbst. Lass dich nicht entmündigen. Auch mit fast siebzig kann man noch dazulernen.", neckte Hans erneut. Diese Neckereien erwiesen sich, wie Hans immer öfter feststellte, als gutes Lockmittel. Elisabeth fühlte als emanzipierte Frau. Wer sagte, sie könne etwas nicht, dem bewies sie umgehend das Gegenteil.

„Ich habe keinen Apparat. Ich wollte ihn erst kaufen, wenn wir in Spanien ankommen.", sagte Elisabeth kleinlaut, um sich noch einmal drücken zu können.

„Hallo Elisabeth. Hallo! Wir sind schon im Urlaub angekommen. Ohne Abstriche. Du kannst meinen kleinen Fotoapparat bekommen, solange du keinen eigenen hast. Der schafft pro Bild auch 24 Megabit und verfügt über ein dreißig-faches optisches Zoom."

„Helmut fand immer, dass so ein Zweit- und Dritt-Foto-Apparat viel zu teuer ist. Er hatte eine digitale Spiegelreflex mit allen Schikanen, jeder hatte ein Smartphone mit exzellenter Kamera. Und jetzt noch einen vierten Foto kaufen?"

„Helmut schon, ich aber nicht. Aber Hand aufs Herz, liebe Elisabeth. Das war doch eure gemeinsame Haltung, nicht nur die von Helmut. Was machst du mit deinem Geld, wenn du mal nicht mehr reisen und gut essen kannst? Ich denke, Helmut und du, Marie und ich, alle vier mussten wir unseren Wohlstand verdienen und unsere Kinder können das auch. Also gönnen wir uns auch was."

„Mmmh. Recht hast du.", kam von Elisabeth, vom Ton her ziemlich defensiv, aber, so war sie halt. Für sie galt das als volle Zustimmung. Ihr Stolz war einerseits angekratzt, andererseits waren die Erlebnisse jetzt schon überwältigend, so dass sie ihren Unmut hinunterschlucken konnte.

Nach einer guten Stunde hatten sie viel von dem Kloster gesehen. Die Wandelhallen, den Klostergarten und den zentralen Hof. Und überall waren diese herrlichen Bemalungen. Elisabeths Foto klickte ständig. Nach einem zweiten Frühstück, eine Tasse Kaffee mit einem Croissant, in der

Kloster-Schenke fuhren sie weiter. Nach knapp sechs Kilometern stoppte Hans erneut, diesmal vor dem Eingang zur Heuneburg. Davor schon hatte er Elisabeth auf die Hügel der Keltengräber aufmerksam gemacht. Außerdem hatte er ihr ausführlich von den Kelten erzählt. Die Heuneburg war zur Keltenzeit im sechsten Jahrhundert eine der größtem Fürsten-Städte Europas. Sie lag auf dem Weg von der Ostsee nach Griechenland. Von Griechenland kamen Münzen, Gold- und Silberschmuck und von der Ostsee kam Bernstein. Die Bewohner der Heuneburg waren international bekannt, würde man heute sagen. Alles andere als dumme Bauern waren sie. Alle kannten aus Erzählungen die fremden Länder des Südens und des Nordens. Viele waren dorthin gereist. Erst als Hans mit seinem Vortrag fertig war, stiegen sie aus und besuchten das Freilichtmuseum. Elisabeth schlenderte durch die Heuneburg. Mit einem skeptischen Blick kam sie zu Hans zurück.

„Woher wollen die wissen, dass das früher so ausgesehen hat?"

„Recht hast du. Da ist vieles hergeleitet aus kleinen Fundstellen und Fundstücken. Manches ist Dichtung und Vorstellung. Wie das wirklich ausgesehen hat, weiß man nicht. Besonders klar wurde mir das, als ich in Neuengland in den USA das Reservat der Pequot-Indianer besuchte. Die haben im Sinne der experimentellen Archäologie das Leben ihrer Vorfahren erforscht. Dabei haben sie beispielsweise aus Holz eine Schüssel fabriziert und ausgestellt. Die war so hart wie Keramik heute ist und sie konnte wie Keramik benutzt werden. Ich denke, dass unsere Vorfahren so unglaublich viele Techniken kannten, dass wir uns das heute gar nicht mehr vorstellen können."

„Ja, das glaube ich gleich. Wenn du ein paar Nächte im Kalten lebst, fällt die viel ein."

„So ist es, liebe Elisabeth!", stimmte Hans zu. Hans berichtete ihr noch einige interessante Details aus der Kelten-Ausstellung, die vor wenigen Jahren im Alten Schloss in Stuttgart zu besichtigen war. Dann wollten sie beide wieder weiter.

Der vierte Halt, an der Wutachschlucht zwischen der Schwäbischen Alb und dem Schwarzwald, war kürzer, denn sie waren richtig hungrig. Hans sagte, sie würden am Titisee in einem guten Hotel essen, wo er immer essen würde, wenn er hier des Wegs käme. Elisabeth fand das umständlich. Ein belegtes Bort kann man doch überall essen, meinte sie, fügte sich aber schweigend. Zu viel musste sie an diesem Morgen schon lernen. Bis jetzt ließ sich diese Reise gar nicht so schlecht an, fand sie insgeheim. Das war wirklich spannender als die damals aus Zeitnot durchgeführten Blitzreisen mit ihrem Helmut selig. Auf der Weiterfahrt zum Titisee erzählte Hans, in der Wutachschlucht gebe es Tiere und Pflanzen, die sonst nirgends mehr zu finden seien. Man könne sich gut vierzehn Tage an dieser Stelle aufhalten und finde, wenn man sich für so was interessiere, immer wieder was Neues. Elisabeth vergaß ihren Hunger, weil sie laufend faszinierende Themen besprachen.

Vor dem Hotel in Titisee, in dem Hans essen wollte, parkten sie ihr Gespann. Der Tag war besonders warm und sonnig. Der Schnee begann zu schmelzen. Auf der Terrasse vor dem Restaurant konnten sie im Freien Platz nehmen, obwohl überall Schnee lag und der See bis auf kleine Wasserlöcher zugefroren war. Die Speisekarte war verführerisch. Ihr Essen, mit Kürbissuppe, Fusili mit Hähnchenstreifen, zwei Gläser Weißwein für jeden und Nachtisch war gemütlich und dauerte gute zwei Stunden. Unter ihrem Terrassenplatz traten immer wieder Hotelgäste im Bademantel in den Garten, manche schwammen sogar nackt im Wasserloch des weitgehend zugefroren Sees. Für seine Saunagäste hatte das Hotel den Hotelzugang zum See eisfrei gehalten.

„Weißt du was, Elisabeth. Wir übernachten hier und gehen dann erst einmal in die Sauna solange die Sonne noch so herrlich scheint. Danach essen wir zu Abend, machen einen netten Spaziergang durch die vom Schnee erhellte Nacht. Schließlich lassen wir uns todmüde ins Bett fallen. Elisabeth war erstaunlich schnell zur Ruhe gekommen. Sie hatte inzwischen verstanden, wie ihr Leben künftig sein könnte: Langsam, genussvoll und mit offenen Augen. Sie spürte, dass das ihrem inneren Gefühl entsprach. Den Fehler, etwas offensichtlich Schönes gering zu schätzen, weil es in Deutschland lag oder von Leuten betrieben wurde, die sie vor Ort kennen lernte, fand sie inzwischen dümmlich. Zu lange hatte sie immer gemeint, nur das was unerreichbar ist, wäre schön, wertvoll und bewundernswert. Hans hatte ihr an einem Tag beigebracht, dass sie bloß alles annehmen musste, was es um sie herum gab.

Eins irritierte Elisabeth an diesem ersten Reisetag. Hans hatte die Angewohnheit, Fremde ungezwungen anzusprechen. Zuerst nahm er dabei Augenkontakt auf. Dann, falls der Augenkontakt erfolgreich war, sprach er ein Detail ganz direkt an. So konnte er beispielsweise nach dem Wein fragen, den jemand vor sich hatte, weil der so goldgelb im Glas war. In keinem einzigen Fall hatte er bislang eine Abfuhr erhalten. So war es auch beim Abendessen, bei dem sie mit einem anderen Paar, mangels

Platz, an einem Sechser-Tisch platziert wurden. Im Nu plauderten sie lebhaft und ernsthaft mit den beiden Tischpartnern. Danach, als Hans genug hatte, zogen sie sich wieder in das Zweiergespräch zurück und sprachen vertraulich untereinander. Danach ergriff das andere Paar die Initiative und so weiter. Das Abendessen wurde spaßig. Nie mehr würde es Elisabeth vergessen können.

Elisabeth übte das auch. Vor allem der Augenkontakt war wichtig, erkannte sie. Augen können blitzschnell Geschichten erzählen und Gefühle austauschen. Wen immer sie antraf, er und sie waren bereit, ihr alles zu erklären und ihr Hintergrundwissen zu den Schönheiten oder Besonderheiten zu geben. Schon erstaunlich für eine über Sechzigjährige: Immer mehr lernte sie auch, mit den Fremden jeder Altersgruppe zu reden, sie anzusprechen, sie zu loben und sich bei ihnen zu bedanken. Hätte ich das bloß in meiner Schulzeit schon gekonnt. Viele Konflikte mit Schülern und Eltern hätte ich mir erspart oder erleichtert, sinnierte Elisabeth.

Am anderen Morgen fuhr Hans erst die Serpentinen hinunter, durch das Höllental, bog dann nach Stegen ab und besuchte, nachdem sie einen malerischen Pass überwunden hatten, was dem Gespann wegen Eis und den nächtlichen Schneeverwehungen nur mit Allrad von Hans möglich wurde, dem vorbei an Sankt Peter und Sankt Märgen das Glottertal. Unterwegs, am Straßenrad, wies ein Schild zu einem Holzschnitzer. Hans kannte ihn und wollte kurz vorbeischauen.

Elisabeth war begeistert von den Schnitzereien, die sie in seiner Werkstatt in den verschiedenen Fertigungsstadien fand. Stolz zeigte er ihr sein Meisterstück von seiner Meisterprüfung vor über dreißig Jahren. Es war ein Jesuskopf, der in einen Baumstamm eingewachsen schien. Das zeige seine große Vorstellungskraft, meinte Elisabeth nach längerer Betrachtung. Der Meister widersprach. Diesen eingewachsenen Jesus gebe es tatsächlich, sie müsse bloß einen etwas längeren Waldspaziergang unternehmen. Der Weg sei ausgeschildert. Elisabeth meinte, man könne doch hier irgendwo übernachten und zum Jesus-Kopf im Baumstamm wandern. Hans verzog das Gesicht. Sie könnten, meinte er, auch ganz hierbleiben. Es gebe genug zu sehen und zu tun, um sich drei oder vier Wochen die Zeit zu vertreiben. Der Meister schlug einen Schnitzkurs vor. Jetzt im Winter sei die Zeit dafür ideal. Alle drei lachten.

Nach einer weiteren Einkehr in einem regionalen Gasthaus im Glottertal fuhren sie über Breisach nach Frankreich. In Kaysersberg, dem Geburtsort von Albert Schweitzer, hatte Hans im Chateau Chambard ein großes Doppelzimmer reserviert. Dem Wohnwagen blieb nur das Los, ein großzügiges Umkleidezimmer zu sein. Erst in Lyon wollten sie ihn mit Wasser betanken, weil dann kein Nachtfrost mehr zu befürchten war, der die Leitungen hätte zerstören können.

Kaysersberg liegt am Eingang zu den Vogesen, unweit von Munster mit seinem weltberühmten Munster Käse, den Störchen und dem malerischen Zugang zu den Ballonbergen der Vogesen und der Vogesen-Hochstraße.

„Heute Abend probieren wir den zerschmolzenen Munster Käse im Käskächele. Elisabeth, dazu trinken wir einen guten Weißwein und lassen uns überraschen, was der Koch als Vorspeise und Ergänzung zum Käskächele vorschlägt. Oder magst du Käse nicht?"

„Doch, das Essen verspricht unvergesslich zu werden. Wieso trinkst du nie Bier dazu? Helmut und ich tranken immer Bier, er ein großes und ich ein kleines. Der Wein ist sehr teuer und schmeckt doch immer gleich.", meinte Elisabeth.

„Der Wein schmeckt immer gleich? Gut, dann machen wir heute Abend eine kleine Weinprobe. Du wirst in ganz neue Genusswelten eintauchen. Obwohl man zugeben muss, dass ab dem fünfzigsten Lebensjahr die Geschmacksknospen im Mund bei weitem nicht mehr so viel erkennen wie vorher."

„Mir scheint, ich habe sehr viel versäumt.", räumte Elisabeth ein.

„Positiv denken. Mir scheint, die Reise geht in eine Entdeckungssafari für dich über.", lachte Hans.

„Ja, Hans. So empfinde ich es auch.", stimmte Elisabeth in sein Lachen ein.

Zu einer Spritztour nach Munster reichte es noch. Der Wochenmarkt wurde gerade abgeräumt, als sie hindurch gingen zu ihrem Kaffeehaus. Dort hatten sie ihren Nachmittagskaffee mit Blick auf das Rathaus und den vielen Storchennestern und Störchen. Danach fuhren sie über die verschneite und deshalb teilweise gesperrte Vogesenhochstraße, am Hotel Le Panorama vorbei, zurück in ihr Hotel. Nachdem sie sich geduscht und umgezogen hatten, schnupperten sie vor dem Kaminfeuer durch die aktuellen Tageszeitungen. Dann führte sie ihr Hunger und die Spannung, was der Koch wirklich zubereitet hatte, an ihren Tisch am Fenster.

„Bringen Sie doch bitte je zwei Gläser Riesling, einen trockenen Pinot Blanc und Vin de Paille aus dem Jura. Bitte eiskalt, damit wir sie in Ruhe nacheinander probieren können. Welches Bier hättest du bestellt, Elisabeth?"

„Irgendein helles, Kronenbourg oder so was."

„Dann noch ein kleines Kronenbourg, bitte.", gab Hans die Bestellung auf.

Der Kellner notierte noch die Bestellung und brachte mit dem Wein gleich die Vorspeisen: Jakobsmuscheln auf Salat für Elisabeth und Spaghetti mit Muscheln für Hans. Hans hatte richtig Hunger.

„Elisabeth, koste doch bitte eine Muschel und trinke dazu den Riesling. Das ist der hier."

„Mh. Der Wein verstärkt den Geschmack der Muscheln.", meinte Elisabeth.

„Das denke ich auch. Jetzt probiere bitte mal dein Bier. Ist das noch eine Alternative?"

„Igitt. Nein. Das tötet jede Erinnerung an die köstliche Jakobsmuschel.", sagte Elisabeth schaudernd.

„Dann stelle es möglichst weit weg von deinem Essen. Das Gläschen Riesling leeren wir jetzt mit unserer Vorspeise.", schlug Hans vor und Elisabeth willigte sofort ein. Beide waren sich einig, dass sie mit der Vorspeise ganz ausgezeichnet gegessen und getrunken hatten.

Die Hauptspeise bestand aus Schweinemedaillons in einem Kräutersößle, dem geschmolzenen Munster-Käse im heißen Käskächele, gequetschten Kartoffel nach Art der Vogesen-Köche und einem Gemüsepfännchen.

„Dazu trinken wir den Pinot Blanc. Der hier ist trocken, oft wird er im Elsass auch süßer getrunken. Das wäre zu diesem Gang aber eine grausame Geschmacksverschränkung."

Wieder hatten sie ein Gericht, das fast nicht zu toppen war. Sie konnten es ganz gemütlich genießen, der Wein blieb kühl genug als Begleitung zum Dessert. Als Nachtisch hatte der Koch feine Crêpes bringen lassen, mit kleinen Häufchen von Apfelmus, Erdbeermarmelade und Nougat. Zusammen mit dem Vin de Paille aus dem Jura, der etwas fruchtiger und lieblicher war, hatten sie den perfekten Abschluss. Einen kleinen Café, damit sie bis Mitternacht noch durchhielten, bestellte Hans für jeden von ihnen. Im Fernsehen kam eine Sendung zum Präsidentenwahlkampf. Alain Juppé stellte sich stundenlang den detailliertesten Fragen und schlug sich wacker, fanden die beiden. Dass letztlich doch Macron die offiziellen Wahlen gewann, hätten sie nicht vermutet. Aber die Franzosen wollten ganz offensichtlich einen neuen Kopf an der Spitze des Landes. Wer hätte damals gedacht, dass er es den Gelbwesten einmal nicht recht machen konnte.

„Ich würde schon auch gerne mit dir schlafen.", meinte Elisabeth nachdem der Fernseher aus war.

„Ich auch, du animierst mich ja auch ständig, aber ich muss dir leider sagen, dass das nicht mehr so auf Zuruf funktioniert wie das früher war. Ich hatte dir zuhause einen jüngeren Begleiter empfohlen."

„Nein. Ich will keinen Fremden im Bett. Ich will an unsere Tanzstundenzeit anknüpfen.", trotzte Elisabeth.

Nach einem freundschaftlichen Kuss schliefen sie trotz Espresso rasch ein.

Am nächsten Tag ging es über Besançon, wo sie sich nur die alte Römerstraße mit den tiefen Furchen im Kalksteinboden anschauten, weiter nach Beaune. Hans ließ Elisabeth auf der Fahrt eine Stunde am Tablet-Computer im Internet surfen, bis sie sich ein paar Ziele ausgesucht hatte. Übernachtet haben Elisabeth und Hans jedenfalls im Ibis Styles Beaune Centre. An dieses Hotel war ein Restaurant angeschlossen, eigentlich war es eingebaut, in dem hervorragend zu wirklich akzeptablen Preisen gegessen werden konnte. Hans hatte gleich für ein paar Übernachtungen reserviert. Von Beaune in das weltberühmte Weißweingebiet Chablis, dem Mekka der Weißwein-Liebhaber, waren es nur 130 km, also eineinhalb Stunden. In Chablis fanden sie oben am Wald eine Karte, in der gezeigt wurde, welche Wein-Qualität auf den einzelnen in Sichtweite unterhalb befindlichen Weinbergflächen gewonnen wird.

Hans ging in die Kooperative und bestellte von drei Qualitätsstufen jeweils ein Probierglas für sich und Elisabeth.

„So Elisabeth, das ist jetzt alles im Grund derselbe Chablis-Wein. Wir versuchen ausgehend von der billigen Qualität die drei Stufen durch. Zum Wohl."

„Oh, der ist gut, Hans. Den könnten wir mitnehmen.", qualifizierte Elisabeth bereits die niederste Qualitätsstufe.

„Ja, das könnten wir. Jetzt probiere mal die mittlere Qualität. Du kannst zwischen der billigen und der mittleren auch hin und her wechseln."

„Oh, der ist aber um einiges vielfältiger und intensiver im Geschmack. Hans, das ist eine Abfolge von Beeren-Aromen wie man sie nur im Sommer in den Gärten findet."

„Ja, stimmt. Nehme mal einen Schluck und lass ihn langsam reinlaufen. Dann sagst du mir, welche Aromen du schmeckst."

„Heißt man das ‚Abgang'? Die Aromen kann ich dir nicht so genau sagen, irgendwie Holunder, schwarze Johannisbeeren oder so. Aber da jagt ein Aroma das nächste. Das ist unglaublich. Ich kann das nicht beschreiben, nur schmecken.", sagte Elisabeth begeistert.

„Genau. Und jetzt probieren wir die teuerste Sorte. Zum Wohl meine Liebe."

„Dass man das Geschmackserlebnis aus der mittleren Sorte noch steigern kann, hätte ich nie gedacht. Das ist ja ein Feuerwerk an Geschmack, das da fast fünf Minuten lang langsam abbrennt." Hans lachte, als Elisabeth den Wein so bewertete.

„Ein feuchtes Feuerwerk, eher eine atemberaubende Reise durch das ganze Anbaugebiet des Chablis. Davon nehmen wir was mit."

„Eine Kiste?"

„Nein, die schaffen wir nie. Denn wir kommen noch in vielen weiteren exzellenten Weinbaugebieten vorbei. Da müssen wir auch ein Fläschchen leeren."

„Gut. Ich bestelle.", versprach Elisabeth.

„Gerne. Setz dich aber, wenn er dir den Preis sagt."

Dass Hans sie beraten hatte war wichtig, denn die zwei Fläschchen kamen auf fast dreihundert Euro. Elisabeth hatte, wie sie später im Auto gestand, nur mit einem Zehntel des Preises gerechnet. Hans fand allerdings, dass sie das schon mal beisteuern konnte. Bislang hatte Hans alle Übernachtungen und Essen für sie beide bezahlt. Das war ihm im Grund gleichgültig, aber eine gewisse Beteiligung fand er trotzdem richtig.

Weiter fuhren sie Richtung Auxerre ins Tal der Yonne. Dort kutschierte Hans in einen riesigen Stollen, in den auch Busse einfuhren. Nach etwa einem Kilometer durch die zweispurige Tunnelstraße konnten sie auf einem extrem großen unterirdischen Parkplatz ihr Auto abstellen. In der Ferne sahen sie eine Theke, voll mit wartenden Käufern. Sie machten einen halbstündigen Spaziergang in diesem Stollen, bewunderten die ausgestellten Gegenstände und Wagenladungen, die in den Bäuchen der Busse verschwanden.

Quer durch den Naturpark Morvan fuhren sie zurück nach Beaune. Dort kamen sie nach einem Besuch in der Innenstadt nach dem Duschen gerade rechtzeitig zum Abendessen.

Der nächste Tag führte sie über Chalon-sur-Saone nach Taizé.

„Das ist doch der Ort, wo die Taizé-Lieder herkommen, oder?"

„Ja, hierher kommen viele Jugendliche, die den meditativen christlichen Gesang suchen. Durch die mehrfache Wiederholung melodischer Lieder kommen wir zur Ruhe, nehmen die durchweg aussagefähigen, zeitgemäßen Texte mit ihren inspirierenden Aussagen in uns auf und kommen auch wieder zu neuen Einstellungen zu unseren Zielen.", fasste Hans zusammen.

„Die Lieder gefallen mir gut. Könnten wir nicht ein paar Tage bleiben und das einmal mitmachen? Zeit haben wir doch."

„Sehr gerne. Ich war noch nie länger hier. Ja, das machen wir. Wir bleiben heute nur kurz und hängen dann ein paar Tage Taizé an.", meinte Hans und Elisabeth nickte zufrieden.

Lange blieben sie nicht, denn in Meursault, wiederum einem weltberühmten und zu Recht hoch gelobten Weinbaugebiet, wollten sie diesen Abend essen. Hans kannte das beste Haus im Ort, hatte dort auch auf der Terrasse reserviert und da es in Meursault zu dieser Jahreszeit und der glücklichen Wetterlage schon richtig heiß war, konnten die Gäste es gut bis etwa 21 Uhr im Freien aushalten. Das war ein angenehmeres

Klima als in Hürben. Marie, die natürlich ständig ein paar Fotos bekam, hatte diese Touren mit Hans schon öfter gemacht und kannte seine „Absteigen" genau. Wenn sie allerdings in die winterliche Hamburger Sonne schaute, der es nicht gelang, die Temperatur am Nachmittag über -12 Grad zu lupfen, dann war sie doch neidisch. Andererseits war sie froh, Hans von der Wiesen-Marie separiert zu haben. Allerdings hatte die ihr inzwischen mitgeteilt, dass sie den Polizeidirektor im Schlepptau hatte und großes Glück empfand. Marie genoss ihre Enkelkinder, zu denen sie inzwischen ein sehr enges Verhältnis herstellen konnte. Oft gingen sie Essen, in Museen und unternahmen viele Dinge, die eine berufstätige Mutter im Tagesablauf einfach nicht mehr unterbringen konnte. In Berlin gab es ausgezeichnete Restaurants en masse. Enkel und Oma genossen das, der Vater freute sich, dass er bis in die tiefe Nacht arbeiten und seine Projekte ein gutes Stück voranbringen konnte. So war im Grunde alles perfekt.

„Gut, Oma, dass keine fremden Personen bei uns arbeiten.", sagte der Vater eines Morgens beim Frühstück. „Hier liegen so viele vertrauliche Informationen herum, dass ich sie gar nicht alle wegschließen kann."

Marie bemerkte dazu trocken: „Hier ist jeden Tag eine Fremde."

„Du zählst nicht dazu, Oma.", antwortete Bernd beschwichtigend und mit strahlendem Gesicht.

„Mein Lieber, hast du noch nicht bemerkt, dass wir eine Putzfrau haben, die jeden Tag den Saustall hier wieder aufräumt, eure Kleider wäscht und bügelt und alles putzt?"

Bernd war wie vor den Kopf geschlagen. Ihm wurde deutlich, dass er in einer Parallelwelt lebte, wie man das in IT-Kreisen so zu bezeichnen pflegte. Marie lachte: „Traumtänzer. Vergiss deine Sorgen. Die stiehlt dir nichts. Im Übrigen, lass deine Firmengeheimnisse in der Firma. Die will hier kein Mensch sehen. Und schone das Klima. Speichere deine Daten nur elektronisch."

„Oma, du bist perfekt. Was kostet die Putzfrau denn?", meinte Bernd nur noch. Woraufhin die Marie sagte, er solle auch das vergessen. Man sei ihr noch nie etwas schuldig geblieben.

So perfekt wie Oma Marie in Hamburg war auch das traumhafte Abendessen, das Elisabeth und Hans im Goutte d'Or in Meursault, genossen. Sie beschlossen, in den nächsten Tagen nach einem Besuch der Bresse, wo die Franzosen ihre Hähnchen und Enten aufzogen, nach Taizé zu fahren und dort ein paar Tage zu bleiben.

Den Wohnwagen hätten sie in Taizé schon benutzen können. Warm genug war es, die Campingplätze waren erste Sahne. Aber, die Hotels lockten[69] sie wegen dem fertig servierten Frühstück. Im Wohnwagen hätten sie einkaufen und alles selbst zubereiten müssen. Die Vielfalt des Hotelbuffets wäre ihnen natürlich nie möglich gewesen. Deshalb blieb es bei dem Entschluss, erst ab Lyon in den Wohnwagen und auf einen Campingplatz zu ziehen. Hans hatte noch nie mit einem Wohnwagen Urlaub gemacht. Nicht ganz grundlos fürchtete er, dabei viel arbeiten zu müssen. Das war nicht so ganz seine Vorstellung von einem gelungenen Urlaub. Der Mensch braucht Muße, war sein Glaubenssatz, und die Toilette reinigen zu müssen passte da nicht hinein. Zudem war der Campingplatz, rechnete Hans alles zusammen, kaum günstiger als ein drei Sterne Hotel. Wie sollte das auch gehen? Strom, Müll, heiße Duschen, das Gelände, der Platzwart usw. kosteten eben auch viel Geld.

In Taizé fanden sie ein gutes Hotel. Und schnell lernten sie in diesem von Jugendlichkeit geprägten Umfeld auch viele Besucher aus anderen Ländern kennen. Auf ihrer Etage wohnten beispielsweise drei Paare mittleren Alters aus Großbritannien. Sie kamen über etwas Small Talk ins Gespräch und vereinbarten, unten im Garten gemeinsam etwas zu trinken. Einige entschieden sich für Bier, Hans für Wasser, Elisabeth trank eines dieser giftgrünen französischen Getränke, vor deren Anblick manch anderen graute. Aber, sie versicherte überzeugend, es sei, kalt genossen, wirklich süffig.

Die Engländer waren in den Dreißigern, nur Dan und Gwen waren Anfang Vierzig. Dan erzählte, dass er mit den beiden anderen einen einfachen Druidenclub gegründet hatte. Irgendwie fänden sie es halt schön, der Natur nahe zu sein, im Abendschein etwas zu tanzen und Lieder zu singen. Bei den Liedern hätten sie jetzt gerne mehr, auch professionellere als ihnen bisher zur Verfügung stünden. Da seien sie in Taizé auf der Suche. Das Gespräch wurde in Englisch geführt.

„Taizé-Lieder sind doch christlich. Passt das zu einem Druidentanz. Der gehört doch in die heidnische Zeit, sagen jedenfalls viele.", fragte Hans.

---

[69] Schwäbisch: vernefften

Dan antwortete ziemlich engagiert: „Hans, weißt du, wir reden im Christentum doch von einem Gott. Der müsste, bevor er in Kleinasien von den Juden entdeckt wurde, logischerweise Jahrmillionen auf der ganzen Welt gewesen sein. Heidentum musste deshalb doch auch etwas Göttliches in sich haben. Wir haben die Theologie weiterentwickelt, aber vielfach gar nicht gut. Druiden hatten vielleicht ihre Frauen nicht unterdrückt und ihre Kinder nicht missbraucht, wage ich mal zu behaupten. Druiden hatten vielleicht auch keine Kreuzzüge ins sogenannte Heilige Land unternommen, dort gemetzelt und gebrandschatzt und danach die größten Halunken in heiligen Messen von ihrer Schuld freigesprochen. Oft erhielten Ritter nach dem Kreuzzug eine Grafschaft geschenkt, die dem Grafen, der diese Grausamkeiten nicht mitgemacht hatte, genommen worden war. Druiden hatten auch die Juden nicht gehasst, wie Martin Luther das machte, und wodurch er den Nazis die Motivation vergrößerte, die Juden in großem Stil umzubringen. Ist unsere Menschheit auch grausamer geworden im Laufe der Jahre? Heute können wir die ganze Welt zerstören!"

„Da hast du recht, Dan. Da war die Welt vermutlich mehr in Ordnung. Der christliche Fundamentalismus ist nicht weniger zu verabscheuen als der Fundamentalismus anderer Religionen."

„So ist es doch, Hans. Und schau. Wieso hat der Mönch Patrick damals in Irland die Kelten zur christlichen Religion bekehren können? Weil die keltische Naturlehre und das damals verkündete ursprüngliche Christentum vieles gemeinsam hatten. Sie glaubten an die göttliche Natur, die Heilkräuter, die Jahreszeiten und ihre Gesetzmäßigkeiten für die Ernte und das Kirchenjahr mit Weihnachten, Ostern und so weiter."

„Dan, ja. Ich habe mir das auch so zusammengereimt. Ich muss gestehen, dass ich in Hürben auch ab und zu mit einigen Freunden so eine Druidenzusammenkunft organisierte. In lauen Nächten tanzten wir auf Lichtungen im Wald und führten kleine Zeremonien durch, um uns der schönen Natur bewusst zu werden." Nach einer Pause ergänzte Hans: „Manch Pfarrer sagt bei uns, ein andächtiger Sonntagsspaziergang durch die Natur sei so gut wie ein Gottesdienstbesuch."

„Dann lass uns das doch heute Abend gemeinsam tun. Hast du eine weiße Kleidung, die du dazu benutzen könntest?"

„Ja, ich habe mein Druidenhemd dabei."

„Elisabeth, machst du auch mit?", fragte Dan.

„Gerne. Das interessiert mich riesig, was ihr da macht. Ich habe aber nichts anzuziehen. Oder darf ich im Schlafanzug oder sonst einem Nachtgewand kommen?", sagte Elisabeth.

„Natürlich!", bestätigten Dan und Hans synchron, woraufhin beide lachten. Die Sympathie stimmte zwischen ihnen überein. Das empfanden sie als sehr schön. Hans vertraute ihnen an, dass der Gedanke mit dem vorchristlichen Gott ihm ebenfalls gekommen sei. Das überzeuge. Die Theologen müssten erkennen, dass die christliche Theologie in tausend Richtungen hätte gehen könne. Die derzeitige Fixierung auf strikte Regeln, in der katholischen Kirche sogar auf frauenfeindliche Dogmen und Todsünden, sei logisch nicht haltbar. Das müsse man aufgeben. Die Heirat erlaubt die katholische Kirche bereits mit 14-jährigen Mädchen. Diese Regelung kaschiert manchen Kindesmissbrauch."

„Sehe ich auch so.", meinte Hans. „Der tausendfache sexuelle Missbrauch zeigte, dass die hierarchische Gottgleichheit von höheren Würdenträgern zu so viel Angst, Machtmissbrauch und Gewalt geführt hatte. Das war und ist durch nichts zu rechtfertigen. Ich sehe auch nicht, dass die Kirchen sich reformieren. Sie sind erstarrt."

„Völlig einig bin ich mit dir da, Hans. Deshalb praktizieren wir einfach etwas anderes. Wir stellen die positiven christlichen Werte überhaupt nicht in Frage. Weißt du, die kannst du an den Fingern einer Hand abzählen. Liebe deine Nächsten so gut du kannst und helfe ihm so gut es geht. Sei verantwortlich für deine Umwelt. Glaube, dass es einen Gott gibt."

„Ja, mehr würde ich auch nicht dazu nehmen. Die zehn Gebote hat noch nie jemand gehalten und das wird sich auch nicht ändern. Ein Beispiel: Du sollst nicht lügen. Wer sagt schon immer die Wahrheit.", bestätigte Hans und nickte Dan zu.

Gwen meinte: „Diese allgemeinen Ziele muss man schon noch ausbauen. Wir wollen doch die Kinder positiv erziehen. Wir wollen, dass die Eheleute zusammenbleiben, auch wegen der Kinder."

„Stimmt Gwen.", sagte Elisabeth. „Wir wollen medizinische, psychologische Forschung und vieles mehr. Da muss schon noch was dazu. Aber das ist nicht unsere Aufgabe. Ich freue mich auf unsere Begegnung. Wo sind wir denn?

„Ihr fahrt hier diese Straße entlang in den Wald dort oben, etwa zwei Kilometer. Da kann man parken, am Rand vom Waldweg. Dahinter ist eine schöne Lichtung mit viel Fernblick und Abendsonne.", sagte Ruth.

„Wir dachten, so gegen 20 Uhr. Das dauert dann eine halbe Stunde. Danach können wir essen gehen.", meinte ihr Partner Jo.

„Perfekt. Wir sind meistens etwas früher da. Ich komme ungern zu spät. Lasst euch aber Zeit.", informierte Hans.

„Ok. Dann packen wir jetzt vollends aus. Ihr habt sicher alles ausgepackt im Wohnwagen.", schlug Ruth vor.

Hans und Elisabeth lachten, „Zugegeben, das ist ein Luxus, den wir uns hier leisten."

Hans und Elisabeth empfanden Abendessen um 21 Uhr etwas spät, zumindest ohne Zwischenmahlzeit. Deshalb suchten sie einen Salon de Thé auf, ein Café, und genossen jeder ein paar Stückchen süßes und deftiges Gebäck. Jede Region und jeder Bäcker Frankreichs haben davon eine große Fülle. In diesem Café gab es auch Gougère, das Brandgebäck von Burgund. Die sind so gnadenlos lecker, dass jeder unter drei Stück nicht aufhören konnte.

Rezept Gougère

Der Teig im Rezept ist ein Brandteig. Dazu bringt der Koch/die Köchin in einem Topf 30 dl Wasser zum Kochen, fügt 125 g Butter und eine Prise Salz dazu. Sobald die ersten Blasen aufsteigen, nimmt er/sie den Topf vom Herd und gießt 250 g Mehl (Type 405 bis Type 1050) hinein. Jetzt rühren, wobei man den Topf wieder auf die Herdplatte stellt. Der Teig darf auf dem Boden des Topfs nicht ankleben.

Den Herd auf 200 Grad aufheizen.

Ein Ei aufschlagen und in den Topf geben und sofort einrühren. Erst wenn das Ei vollkommen in dem Teig eingerührt ist, kommt das nächste Ei an die Reihe. Das wird mit sechs Eiern gemacht, ist etwas mühsam, aber ein guter Sport.

250 g Gruyère-Käse wird in kleine Würfel geschnitten oder grob geraspelt. Bis auf eine Handvoll wird der Käse ebenfalls sorgfältig mit dem Teig vermischt. Auf ein Blech bringt man jetzt mit einem Löffelchen oder einem Esslöffel, je nachdem wie groß die Gougères werden sollen, runde Teigkugeln aus. Der übrig behaltene Käse wird über alle oder einige Teigkugeln gestreut. Wer will kann mit einem Ei oder etwas Milch die Teigkugeln bestreichen. Nach etwa 25 Minuten im Herd sind die großen Gougères fertig, bei Umluft oder kleineren Gougères kann dies auch früher sein.

Kurz vor 20 Uhr machten sie sich auf den Weg. Der Abend roch und leuchtete, dass man auch ohne Vorsätze, einen Druidentanz aufzuführen, verführt war, einen wilden Tanz hinzulegen. Dan und Gwen waren bereits auf der Lichtung, in ihren weißen, leichten und auch etwas durchsichtigen Kleidern.

„Wenn das so ist, dann ziehe ich bei dem herrlichen Abendlicht mein Négligé an.", sagte Elisabeth. Hans schwitzte in seinem warmen Druidenhemd aus schwäbischem Leinen bereits beim Anziehen. Das wird eher eine Sauna für mich, als ein luftiger Freudentanz, dünkte ihm.

Die anderen kamen inzwischen ebenfalls, kaum dass Hans und Elisabeth aus dem Wohnwagen traten, Man begrüßte sich mit einem intensiven Küsschen, oder zwei oder drei. Keiner wusste genau, wann was angebracht war. Egal war es allemal, denn der oder die Geküsste sollte halt wissen, dass man ihn oder sie gerne um sich hat. Und da hat jeder Mensch einen anderen, dennoch überzeugenden, Stil.

Dan hatte eine Sternplatte, so wie sie in Deutschland als Keltenkunst gefunden worden war. Später bestätigte er, dass es tatsächlich eine gut gelungene Nachbildung sei.

Sie drehten sich in einfachen Bewegungen. Dabei sangen sie Lieder. Dan sprach einige englische Gedichte, die er normalerweise in keltischer oder bretonischer Sprache aufsagte. Das hätten Hans und Elisabeth aber nicht verstehen können. Sie empfanden es ausgesprochen freundschaftlich, dass er so verfuhr. Den Tanz gestalteten Gwen und Dan immer schneller. Die letzten paar Minuten waren ausgelassen wild. Hans schwitzte und Elisabeth genoss die Freiheit und Luftigkeit des Négligés. Natürlich beachteten vier Augenpaare die Durchsichtigkeit von Gwens leichtem Gewand und Elisabeths verführerischem Négligé, insgeheim. Alle, Frauen wie Männer, verfügten über eine sportlich-erotische Figur. Wo früher der Tanz endete und irgendeine Art von Fruchtbarkeitsritual anfing, konnte man nur erahnen. Dan jedenfalls beendete die Zeremonie mit zwei ruhigen, besinnlichen Gedichten, zwischen denen er eines dieser bretonischen Lieder sang, die deutsche Bretagne-Urlauber als CD normalerweise aus dem Urlaub mitbringen.

Sie verabredeten sich in ein Restaurant. Reserviert war auf der Terrasse, also „im Biergarten".

Hans und Elisabeth gingen in den Wohnwagen.

„Lass dein Négligé an!"

Die Ruhe war herrlich. Sie öffneten die Fenster und genossen die frische Waldluft.

Ohne jedwede Eile fuhren sie zurück nach Taizé, parkten vor dem Hotel und spazierten dann gemütlich zu dem Treffpunkt. Dort waren sie noch die Ersten. Duschen und so weiter hatte bei den anderen offensichtlich auch seine Zeit beansprucht.

Gegen Mitternacht saßen noch Gwen und Elisabeth, Dan und Hans zusammen, im Zweiergespräch vertieft. Gwen hatte Elisabeth angesprochen: „Elisabeth, du bist sehr krank, scheint mir. Stimmt das? Können wir darüber reden?"

„Ja, das stimmt, Gwen. Ich habe Blutkrebs. Hans ist mein Arzt und begleitet mich auf dieser Reise, damit ich sie gut durchstehe."

„Dann bekommst du eine moderne Antikörper-Therapie? Also Schulmedizin pur?", spekulierte Gwen.

„Ja, so ist es. Sie hilft mir gut und ich fühle mich so, als wäre ich kerngesund."

„Mir geht es ähnlich. Vor gut sechs Jahren haben die Ärzte bei mir Brustkrebs gefunden."

„Oh, Sagt man nicht, dass nach fünf Jahren Brustkrebs als geheilt gilt?", fragte Elisabeth nach.

„Ich weiß es nicht. Ich gehe zu keinen Ärzten mehr. Ich habe nach Druidenmedizin gesucht."

„Gibt es so etwas bei euch? Erzähl mal.", wurde Elisabeth hellhörig.

„Sicher. Druiden wissen, dass jeder Stoff Gift oder Heilmittel sein kann. Wichtig ist deshalb, im Lebensumkreis zu schauen, welche Kräuter, Bäume oder chemischen Gifte dort sind. Deine Medikamente haben sicher auch Nebenwirkungen, oder?", fragte Gwen.

Elisabeth nickte und antwortete: „Ja, sicher. Die unangenehmste Nebenwirkung ist, dass die Sehzellen von der Stoffwechselstörung durch Carfilzomib betroffen sind. Meine altersbedingte Makula-Degeneration wurde immer schlimmer. Das macht mir Angst. Den Krebs kann ich einschätzen."

„Ja, Elisabeth. Plötzlich nichts mehr sehen können, stelle ich mir furchtbar vor."

„Schlimm ist schon, wenn man die schöne Natur nicht mehr sehen, nur noch riechen und spüren kann. Ich bräuchte immer eine Begleitperson, vielleicht sogar später im eigenen Haus.", formulierte Elisabeth ihre Ängste. Gwen wollte wissen, ob Elisabeth etwas dagegen unternimmt. Dies tue sie, bestätigte Elisabeth. Sie habe sich nach einem Gespräch mit einem Augenarzt eine Spezialdiät mit Olivenöl, Nüssen und dunklen Früchten und mit Gemüsen maßgeschneidert. Zu jeder Mahlzeit einen Esslöffel Olivenöl garantiere, dass auch die fettlöslichen Vitalstoffe vom Körper aufgenommen werden. Es gehe oft nicht um Vitamine, sondern um Polyphenole und dergleichen. Gwens Herz öffnete sich. Elisabeth wurde ihr immer sympathischer. So zielstrebig, systematisch und unnachgiebig empfand sie ihre eigene Persönlichkeit auch. Sie waren wesensverwandt. Beide tranken wieder von ihrem Rotwein und sahen sich ein paar Momente lang bloß verständnisvoll in die Augen.

„Gwen, ich habe immer in einem Dorf mit guter Luft gewohnt, auf dem Lande. Gekocht habe ich für meine Familie mit unbehandelten Bio-Naturstoffen. Beruflich war ich Lehrerin und keinen besonderen chemischen Stoffen ausgesetzt."

Mit der Bemerkung „Auf dem Land werden viele Gifte gegen Unkraut gespritzt, oder nicht? Obwohl es Unkraut nicht gibt, denn das sind oft Heilpflanzen.", verunsicherte Gwen, um das Gespräch in ihre Richtung zu lenken.

„Ja, das ist natürlich richtig. Da ist sicher auch etwas in meinen Körper gelangt."

„Schau Elisabeth, wenn du starke Osteoporose hast, was bei deinem Krebsleiden normal ist, dann wird das beispielsweise mit Zoledronsäure kuriert. Dafür werden nur vier Milligramm alle vier Wochen in dein Blut gegeben. Was glaubst du, wieviel hundert oder tausend Mal mehr dich die Pflanzenschutzmittel oder Autoabgase vergiftet haben?"

„Ja, Gwen, ich weiß. So gesehen ist das alarmierend. Da hast du absolut recht, Gwen. Pflanzenschutzmittel heißt ja nicht Menschenschutzmittel."

Gwen lachte zusammen mit Elisabeth wegen dieser zynischen Bemerkung über die Gier der Werbemittelindustrie, alles mit einem Täuschungswort zuzudecken.

„Ich finde keine Alternative zu meiner jetzigen Krebsbehandlung, Gwen. Mir ist bei diesen chemischen Stoffen nicht wirklich wohl. Ich habe meinen Mann jahrelang mit Heilkräutern gegen seine Depression behandelt. Erfolgreich. Meine ganze Persönlichkeit ist auf einen engen Umgang mit der Natur ausgelegt. Ich bin Spezialistin für Heilpflanzen. Aber bei Krebs muss ich meine Identität aufgeben. Hans sagt, nur die chemischen Krebsmittel würden mich am Leben halten. Was hast du gemacht?", erklärte Elisabeth.

„Ich habe mir überlegt, dass meine Krankheit vor allem von dem ausgelöst und unterhalten wird, was Spritzmittel in unserer Umwelt am Leben lassen. Spritzmittel verteilen sich weit über die Äcker hinaus. Deshalb habe ich Kräuter gesucht, die nie mit Spritzmitteln in Berührung kamen, die aber, wenn sie gespritzt worden wären, zugrunde gegangen wären. Diese Kräuter sammle ich seither und nehme jeden Morgen und Abend ein Teelöffelchen voll.", informierte Gwen über diesen Aspekt.

„So hast du deinen Brustkrebs unter Kontrolle gebracht?", fragte Elisabeth hoffnungsvoll.

„Ja. Ich kann ihn noch tasten, er wird nicht größer. Das reicht. Manchmal denke ich sogar, dass er kleiner und weniger hart wird, also im Gewebe verschwindet."

„Ich nehme mal an, dass Kräuter gegen Brustkrebs auch gegen Blutkrebs wirken. Solche Kräuter sind nicht einfach zu finden, oder?", fragte die umsetzungsorientierte, praktisch denkende Elisabeth.

„Bei uns auf den Bergen schon. Der starke Westwind, der unser Wetter in Großbritannien weitgehend bestimmt, lässt keine Pflanzenschutzmittel auf die Berge. Dort suche ich dann Kräuter, die es in den besiedelten und landwirtschaftlich genutzten Gebieten nicht mehr gibt. Nach sechs Jahren Selbstbehandlung sehe ich diese Kräuter auf einen Blick. Es ist gar nicht mehr mühsam.", erwiderte Gwen.

„Ja. Diese Vorgehensweise ist richtig, denke ich. Aber helfen denn alle Kräuter gegen alles?", warf Elisabeth zweifelnd ein.

„Alle Kräuter stabilisieren deinen Körper und sein Immunsystem. Wie das geht und welche Rückkopplungen hier denkbar sind, weiß noch keiner. Nach vielem Grübeln habe ich mir gesagt, nimm alles. Mein Körper wird's schon richten.", sagte Gwen, schulterzuckend.

„Dieses Denken entspricht voll und ganz meinem Denken und Fühlen. Das überzeugt mich. Als Biologin würde ich schon tiefer untersuchen wollen, welche Stoffe meinen Krebs angreifen sollen. Das wissen unsere Nachfolger vielleicht erst in zehn Generationen. Dennoch, deine Kräuterkur möchte ich nutzen. Kannst du mir helfen, solche Kräuter zu finden?", fragte Elisabeth, hin und her gerissen zwischen ihrer erfolgreichen Krebstherapie und ihrer Sehnsucht nach biologischer, natürlicher Behandlung.

„Viel mehr als ich brauche habe ich in meinem Gepäck. Ich kann dir gerne ein paar Kilo abgeben. Willst du?"

„Ja. Gerne. Mensch, Gwen, das wäre unglaublich nett von dir. Da habe ich auch ein besseres Gefühl als bei der Chemo. Wenn es schief geht, wird mich Hans schon wieder kurieren.", lachte Elisabeth, glücklich über diese rasche und, wie sie meinte, risikolose Lösung. „Aber du hast recht. Ich zerfalle in zwei Identitäten inzwischen. Ich habe ein Persönlichkeitsproblem, das seit Monaten immer mehr zunimmt.", sagte Elisabeth.

Gwen meinte: „Ich habe dir das angesehen. Genau das macht dich noch mehr krank. Wer seelisch nicht mit sich im Reinen ist, kann nicht gesund werden."

„Hans wird wieder dagegen argumentieren. Meine Freundin Heike sagte mir einmal, Hans nehme mir die Luft zum Atmen. Helmut hatte mich immer unterstützt bei meinen Gedanken. Er fehlt mir unendlich, um selbstsicher zu bleiben. Hans mag ich auch, aber er verunsichert mich bei medizinischen Themen, obwohl ich oft mehr weiß als er. So wie ich erzogen wurde, bin ich schwach, hin- und hergerissen, unfähig zu entscheiden. Ich werde, wenn ich mich da hineinsteigere, oft unerträglich aggressiv. Ich könnte ihn dann würgen. Alles ist mir dann verleidet.", antwortete Elisabeth.

„OK. Komme nachher noch mit mir an meinem Zimmer vorbei, dann gebe ich dir einen ersten Pack. Morgen gehen wir weitab der landwirtschaftlichen Flächen spazieren, und ich zeige dir die Kräuter, die hier dazugehören könnten. In Deutschland werden es nicht andere Kräuter sein, denke ich.", sagte Gwen und machte einen Knoten dran.

„Ja, Gwen. Ich fotografiere sie. Zuhause erstelle ich mir ein Kräuter-Fotobuch. Damit kann ich Kräuter suchen und ihre Wirkstoffe zudem analysieren."

„Elisabeth, bitte schicke mir das auch. Vielleicht können wir zusammen für unsere Leidensgenossen ein Buch schreiben. Mit dir zusammen hätte ich den Mut dazu.", schlug Gwen vor.

„Das ist ein prima Projekt, Gwen. Das machen wir. In Englisch, damit ganz viele Kranke profitieren können.", war Elisabeth ganz eifrig dabei.

„Weiß Dan, wie du dich selbst therapierst?"

„Dan ist da nicht sehr aufmerksam. Er denkt, ich hätte das irgendwie in den Griff bekommen. Falls er überhaupt noch an die damalige Krebsdiagnose denkt."

„Das mache ich ähnlich. Ich lasse meine Krebstabletten, die täglichen Revlimid, einfach weg und nehme die Kräuter-Löffelchen.", sagte Elisabeth mit verschmitztem Lächeln.

„Hast du sonst keine Tabletten?", wollte Gwen wissen.

„Nein, Tabletten nicht, aber alle zwei Wochen eine Infusion. Na ja, doch, wenn ich ehrlich bin, dann habe ich noch regelmäßig Antibiotika gegen Lungenentzündung und ein Mittel gegen Herpes und Gürtelrose. Egal. Das muss ich Hans ausreden. Ich werde mich einfach weigern. Das schaffe ich." Auf diese Gelegenheit hatte Elisabeth gewartet. Ihr Einerseits-Andererseits hatte jetzt ein Ende. Mutig und entschieden hatte sie jetzt ihre Entscheidung getroffen.

„Ich freue mich auf unseren morgigen Spaziergang. Wann wirst du wach sein?"

„Gwen, sei ehrlich, falls es dir zu früh ist. Aber ich persönlich liebe die Morgenstunden. Wir können gerne um fünf frühstücken. Kaffee und Croissant sind Tag und Nacht an der Rezeption kostenlos."

Gwen gab Elisabeth einen Kuss. Dann sagte sie: „Du bist wie ich. Lass uns um fünf Uhr an der Rezeption sein. Dann nehmen wir etwas Kaffee und Croissants. Dann wandern wir los. Vergiss nicht, eine Tasche und deinen Fotoapparat, Handy oder sonst eine Kamera, mitzunehmen."

Die beiden sagten ihren männlichen Begleitern, dass sie noch kurz auf Gwens und Dans Zimmer gehen würden. Morgen früh würden sie einen frühen Morgenspaziergang machen. Hans und Dan war alles Recht. Sie dachten beide nicht im Traum daran, andere irgendwie einzuschränken oder ihnen enge Vorhaltungen zu machen. Für ihre Frauen galt dies, selbstverständlich für Dan und Hans, in ganz besonderer Weise.

Bevor Elisabeth und Hans nach einigen Tagen ihre Reise in Richtung Lyon fortsetzten, wollte Hans noch in die Apotheke. Elisabeth sagte, sie habe noch genug Medikamente. Er dachte darüber nicht weiter nach und sie fuhren los. Der nächste und letzte Hotelaufenthalt war in Mâcon. In der Innenstadt kannte Hans eine Brasserie, ein Brauereihotel, in dem er wieder ein Doppelzimmer reserviert hatte. Das zugehörige Restaurant war ausgezeichnet. Elisabeth, die Lust auf ein Bier bekam, weil es sich um eine Brasserie handelte, bestellte sich ein Fläschchen zum Abendessen. Möglichst ein Bier von einer regionalen Brauerei, meinte sie. Die Kellnerin stutze und wurde einsilbig. Das gebe es nicht, meinte sie. Elisabeth staunte. Eine Brasserie und kein Bier, gab es sowas?

„Wieso?"

„Wir sind hier in einem der besten Weinbaugebiete der Welt. Da trinken wir kein Bier.", gab die Kellnerin zur Antwort.

Hans lachte leise in sich hinein und übernahm die Regie: „Wir trinken eine Flasche von dem Mâconnais. Haben Sie einen guten Cabernet?"

„Naturellement, Monsieur!"

„Dann bringen Sie uns doch ein Fläschchen von einem guten Jahrgang."

Und zu Elisabeth gewandt meinte er: „Brasserie wird hier nicht in dem ursprünglichen Sinn von ‚Brauerei' verwendet, eher im Sinn von ‚gut bürgerliches Restaurant'. Du wirst staunen. Der Cabernet ist ein Gedicht. Bald fahren wir weiter in den Beaujolais, das nächste Weinanbaugebiet.

Dann nach Lyon. Und unseren Chablis haben wir immer noch nicht getrunken. Das machen wir dann in Lyon. Ich koche Jakobsmuscheln dazu, in einer schönen leichten Käsesoße. Dazu ein leichter Salat und ein Baguette. OK?"

„Klar, Hans. Ich kenne mich bei Wein überhaupt nicht aus und du findest immer noch einen Wein, der mir ganz neue Genusswelten eröffnet. Was deine Kochkünste anbelangt, bin ich sehr gespannt. Helmut konnte und wollte nicht kochen. Was ich von anderen Männern gesehen habe, war auch nichts Besonderes."

Mit „Dann mache dich mal auf etwas Leckeres gefasst!" spannte Hans sie auf die „Folter".

Das Handy von Hans klingelte. Zoe rief an. Hans nahm ab.

„Hallo Papa, wo seid ihr?"

„Hallo Zoe. Wir sind kurz vor Lyon, in Mâcon."

„Wir wollen in einigen Tagen eine Spritztour nach Südfrankreich starten. Wir könnten euch doch in Lyon treffen. Was meinst du?", sagte Zoe.

„Eine super Idee ist das, finde ich. Wo übernachtet ihr?", wollte Hans wissen.

„Auf dem Campingplatz natürlich. Und zwar auf dem, der sehr stadtnah liegt. Da können wir mit dem öffentlichen Nahverkehr direkt vom Platz aus in die Stadt fahren." Zoe hatte sich offenbar gut informiert.

„Zoe, dann gehen wir auch dahin. Wieviel Plätze braucht ihr? Ich miete euren auch gleich mit, dann sind wir nebeneinander."

„Du bist ein Schatz, Papa. Ja, wir kommen und dann machen wir uns ein paar schöne gemeinsame Tage."

„Wir freuen uns auf euch. Passt auf und gute Reise.", verabschiedete sich ihr Vater.

Elisabeth freute sich ebenfalls auf den Besuch von Zoe und ihrem Freund. Sie hatte Zoe als Schülerin mit sechzehn in Französisch. Sie liebte Zoe, weil diese blitzgescheit und sehr sprachbegabt war. Hans und Elisabeth waren sich einig, dass sie zwei besonders schön gelegene Plätze nehmen würden. Jetzt im frühen Frühling war sowieso nicht viel Betrieb auf dem Campingplatz.

15 Bio statt Chemo

Schon in Mâcon hustete Elisabeth immer wieder, wie es bislang nicht der Fall war. Hans wurde hellhörig und wollte wissen, was los ist. Nach drei Tagen wurde Hans energisch.[70]

„Irgendein Frosch im Hals, Hans. Was soll es denn sonst sein." Elisabeth schwindelte. Sie hatte nie gelernt, eine Konfrontation professionell auszuhalten, sich durchzusetzen und ihre persönliche Wahrheit zu verteidigen. Das hätte bedeutet, sich beharrlich durchzusetzen, ohne jemanden vor den Kopf zu stoßen oder zu verletzen. So griff sie, unverhältnismäßig, zur großen Angst-Keule.

Hans warnte sie: „Elisabeth, du darfst keine Infektionen bekommen. Dein Immunsystem ist zu schwach. Infektionen können dich ganz schnell in Todesgefahr bringen."

„Ach Blödsinn, Hans. Mir geht es doch gut. Das weißt du. Übertreibe nicht. Selbst eine kleine Erkältung könnte ich überstehen.", sagte Elisabeth. Sie hatte ihre Heilmittel-Therapie so sehr verinnerlicht, dass sie ahnte, sie würde davon nicht mehr abgehen, auch wenn es ihren frühen Tod bedeuten würde.

„Kleine Erkältungen gibt es nicht. Ich will dich mal abhören.", hakte Hans nach.

„Vergiss es. Lass uns in die Weinberge fahren, ich möchte die ersten blühenden Blumen sehen."

---

[70] Typischer schwäbischer Dialog, wenn die Chemie zwischen zwei Partnern nicht mehr stimmt. Das bildet eine absolut unüberwindbare Mauer.
Hans: „Was isch los mit dir?"
Elisabeth: „Nex isch. Lass me gao."
Hans: „Freile isch was. Iatz sag scho."
Elisabeth: „Gang ane. Mi fahrat iatz a weng weg."

Hans gab wieder nach. Die Fahrt in die Weinberge führte wieder durch eine Schlucht mit einem Bach, der durch ein wildromantisches, naturbelassenes Wäldchen führte. Dort lag noch Tau auf den Felsen und Ästen. Moos wucherte noch, mit der Aussicht, in der kommenden sommerlichen Hitze rasch auszutrocknen.

Der gemeinsame Tag in den Weinbergen war idyllisch. Hans konnte viele Szenen fotografieren und frühlingshafte Stimmungen einfangen. Die Weinreben hatten zu der Zeit kaum ausgetrieben, waren auf den Bildern somit als abstrakte Strukturen erkennbar. Dazwischen lagen teils einzelne Blumen und Blüten, teilweise auch ganze Teppiche winziger Bodendecker, in weiß oder gelb. Andere Stellen wiederum blühten blau. Daneben lagen hellgrüne Grasflächen, im Hintergrund mit stabilen Burgen oder ausgedehnten Bauerngehöften. Hans vergaß alles um sich herum und genoss die Sonnenstrahlen, weil diese die Szenen in berückendes Licht tauchten. Farben, Strukturen und Schlagschatten konnte er virtuos auf seinen Fotos kombinieren. Ihre Harmonie schien vollkommen. Elisabeth tauchte mehr und mehr ein in die Welt der Künstler, wie sie ihre Umgebung sehen.

Abends wollte Elisabeth nicht mehr viel unternehmen, ganz im Gegensatz zu bisher. Sie ging früh zu Bett und hustete, teils schwer atmend und schwitzend. Für Hans war dies jetzt Alarmstufe Eins. Am nächsten Morgen stellte er sie zur Rede.

„Elisabeth, du nimmst deine Medikamente nicht. Du bekommst heute Morgen noch eine Infusion mit den Antikörpern und mit den Immunglobulinen."

„Nein, Hans. Bitte versuche mich zu verstehen. Das will ich nie mehr. Ich will dieses chemische Zeug nicht mehr nehmen. Gwen hat mir einen anderen Weg aufgezeigt. Der ist natürlich, biologisch, im Einklang mit der menschlichen und göttlichen Natur. Den Weg will ich von nun an ohne Abstriche gehen.", bat Elisabeth Hans, sie zu verstehen und ihren Weg mitzugehen.

„Auch ich will natürliche Therapien verwenden. Aber: Was soll das denn für ein Weg sein? Gwen hat keine Ahnung von Krebsbehandlung beim Multiplen Myelom."

„Gwen hat ihren Brustkrebs besiegt. Mit einer Kräutertherapie. Die überzeugt mich. Ich habe mit Gwen Kräuter gesammelt. Das ist der richtige Weg für mich. Mein Körper kann sich mit diesen Kräutern selbst helfen. Er muss sich anpassen, was Zeit kostet. Da muss ich jetzt erst durch ein tiefes Tal, bevor es besser wird. Das ist der Weg meiner Persönlichkeit."

„Elisabeth, du hast bereits ernsthafte Infekte. Du benötigst sofort deine Antibiotika und den Virenschutz. Du bist in Gefahr!"

„Hans, ich will das nicht. Was ich wirklich will ist, dass wir zusammen noch viele Monate reisen und dass ich mich so therapiere, wie ich das für richtig halte. Ich lasse dich nicht los. Ich lasse dich auch nicht mehr zurück nach Hürben. Du bleibst bei mir.", sagte Elisabeth und kehrte wieder ihre Persönlichkeit nach außen, die nur bestimmen wollte, egal wie unvernünftig es war. Hans hatte sie wieder in ihr Dilemma gerückt, Schulmedizin oder Alternativmedizin. Sie spürte, wie ihr Ärger in ihr hochstieg.[71]

---

[71] Im Original ging der Dialog etwa so; hört sich vielleicht an wie eine Schnulze, ist aber in der Gegend bis runter zum Allgäu wirklich so gefühlt:
Elisabeth: „Hans, i mag bei dir bleiba. Du ghörscht zu mir. Des hand mir et vor em Altar gsait, aber dr Hergot will's trotzdem so."
Hans: „Wenn mir zsamma ghearat, nao musch au do was i dir rat."
Elisabeth: „Noi Hans. In der Not muss ma doa, was oim di oigene Seele sait. Ond dui sait „Bio" statt Chemie. Hans, des muas ma gelta lau, so isch es seit eh ond jeh."
Hans: „Oh mei, was soll i dao no ausrichta?"

„Elisabeth, das geht doch nicht. Du lehnst meine Hilfe für dich ab, willst mich aber unumkehrbar an dich binden. So können zwischen zwei Menschen doch kein Vertrauen und keine dauerhafte Zuneigung bestehen."

„Hans, ich bin jetzt müde. Bitte streite nicht, bloß weil dir irgendwas gerade nicht passt. Wir gehören zusammen. Das spüre ich mehr als je zuvor. Ich schlafe jetzt und du machst morgen früh für mich ein schönes Frühstück. Gute Nacht."

Hans war zutiefst besorgt. Was hatte Gwen bloß alles aus unausgegorenem Bauchgefühl heraus erzählt. Der Krankheitsverlauf beim multiplen Myelom ist mit einigen kleinen Abweichungen vorhersehbar. Völlig klar war Hans, wie das bei Elisabeth weitergehen würde. Dass Kräuter die aggressivsten Krebszellen, die es im Menschen gibt, beeinflussen würden, hielt er für völlige Utopie. Zugegeben, er hatte sich nie tiefgehend in die alternativ-medizinischen Möglichkeiten eingearbeitet. Aber wie sollte er ihr seine Haltung erklären? Sie hatte auf stur geschaltet. Erst viel später, wenn Elisabeths wohlgehütete Geheimnisse an den Tag gebracht würden, wird er Elisabeth verstehen können. Wie viele andere auch wird er dann verfluchen, dass er einen Menschen nicht rechtzeitig ernst genommen hatte. Bis dahin werden noch einige Monate mit schrecklichen Erlebnissen vergehen.

Die Elisabeth von früher kam ihm wieder in den Sinn, und jetzt erinnerte er sich an die Tanzstundenzeit, an ihre trotzigen, unbelehrbaren Phasen. Damals stritten sie um die Frage, welche Kapelle und welche Musik die Tanzgruppe zum Abschlussball auswählen sollte. Dabei, das fiel Hans jetzt wieder ganz genau ein, verhielt sich Elisabeth so bestimmend und verletzend, fast aggressiv, dass er sich von ihr abwandte. Einer seiner Lehrer hatte ihn damals gebeten, sich von Elisabeth fern zu halten. Schließlich hatte ihn der Direktor gefragt, ob er nicht in die Parallelklasse wechseln wolle, weg von Elisabeth, denn dort würde man ihn benötigen, um die Klassenzusammenhalt zu verbessern. Hans fand das damals alles seltsam. Jetzt fragte er sich, was Elisabeth hinter seinem Rücken intrigiert hatte, damit ihn seine Lehrer aus der Schusslinie holen mussten. Leider würde er seine Lehrer nie mehr fragen können, da sie nicht mehr lebten. So war es gewesen, ging es Hans durch den Kopf. Gut möglich, dachte Hans weiter, dass Helmut nicht depressiv, sondern enttäuscht und verletzt

---

Elisabeth: „Komm, lass me schlaufa. Des isch mei Leaba. Des muas am Ende i verantworta."

war, vielleicht sogar unter dem Einfluss von Drogen stand. Hatte Helmut nur so getan, als hätte er Depressionen? Wie waren die beiden seelisch miteinander verbunden gewesen? Was fehlte ihr jetzt und was erleichterte sie?

Hans rief sich die Situation nochmals in Erinnerung, wie er damals Helmut auf seinem sommerlichen Rundgang vorgeführt bekam und, später, wie er Elisabeth nach der Meldung des Freitods ihres Helmut vorgefunden hatte. Der Kuchen und der Kaffee standen auf dem Tisch, noch nicht angeschnitten und nicht in die Tassen eingeschenkt. Das war doch eine Show, oder? Was stimmte denn daran nicht? Konnte denn Helmut als depressiver Mann sich so aufhängen, wie er es gemacht hatte? Hans kamen immer wieder Zweifel. Andererseits sagte sich Hans, dass er Gespenster sah. Doch langsam schlich sich nach und nach in sein Denken die Vorstellung, dass Elisabeth ihrem Helmut aufgetragen hatte, sich aufzuhängen. So könnte das alles irgendwie auch passen. Auch die Aufgekratztheit, die Elisabeth beim Besuch der Leichenbestatter an den Tag legte, wäre so erklärlicher, als wenn Elisabeth ihren Mann bis zum Tod geliebt und geehrt hätte. Oder war es doch eine Tarnung, um ihren tiefen Schock über den erhängten Ehemann zu überspielen? Letztlich, so dünkte es Hans jetzt, erschien ihm Elisabeth erlöst. Sah er das wirklich realistisch, fragte sich Hans. In den Grenzsituationen ist so vieles möglich. Elisabeth war sicher im Zwiespalt. Einerseits wollte sie vielleicht ihren lästigen Mann loswerden. Sie wollte noch das Leben genießen und da war ihr Helmut im Weg. Aber da hätte es auch andere Möglichkeiten gegeben, etwa ein Klinik- oder Heimaufenthalt. Helmuts Depressionen waren grundsätzlich heilbar. Musste er sich nicht schämen, wenn er negativ von Elisabeth dachte und ihr so ein verwerfliches Verbrechen wie einen Mord zutraute?

Hans wurde zudem deutlich, dass Elisabeth ihm gefährlich werden könnte. Sie hatte Phasen, in denen sie vor nichts zurückschrecken würde. Wie in Trance handelte sie da, fremdgesteuert von etwas in ihr. Bislang wollte sie ihn noch behalten. Sobald das aber vorbei sein würde, wäre sie möglicherweise kompromisslos, uneinsichtig gegen ihn, hasste ihn vielleicht sogar. Sie könnte ihn mit praktisch allem beschuldigen, Diebstahl, Vergewaltigung, falsche medizinische Behandlung. Hans stellte fest, dass er – falls es zum Äußersten käme - noch nie in einer so schwierigen Lage war. Wozu Elisabeth in der Lage ist zeigte sie, als sie ihm die aktive Sterbehilfe für seine Mutter vorwarf. Die Schweizer Dokumente hatte Hans zwar vernichtet, aber falls sich Elisabeth noch an Namen und Ort erinnern würde, könnten die Ermittlungsbehörden natürlich diese Dokumente jederzeit aus der Schweiz anfordern. Er, Dr. Emmerda, hätte keinerlei Chance. Sein restliches Leben würde er im Gefängnis verbringen müssen. Hans musste sich zugestehen, dass Elisabeth sich nicht oft durchsetzte. Aber wenn sie es tat, übertrieb sie meistens, nahm die große Keule, wohl mangels Routine. Wo lag die Wahrheit?

Hans machte hier einen nicht mehr gut zu machenden Fehler. Er sprach mit Elisabeth nicht über ihre Patientenverfügung. Er fragte sie nicht, ob sie diese noch so wollte, wie er sie vorgefunden hatte. Er sagte ihr nicht, dass er sie überhaupt kannte und dass er sie als selbstverständlich bindend akzeptierte.

Hans blieb Ich-zentriert und ihm ging nur ängstlich durch den Kopf, dass er ein gewisses Risiko lief, das er nicht wirklich einschätzen konnte. Ihm schien, wollte er kein Risiko einer Anklage durch Elisabeth eingehen, dass er Elisabeth zu Gefallen sein musste, bis er sich gerettet hatte. Das würde noch dauern. Völlig klar war ihm, dass er mit ihr nicht nach Spanien reisen konnte. Dort wären, würde Elisabeth diffuse Vorwürfe erheben, die Gesetze und die Staatsanwälte noch schwieriger zu beherrschen als in Frankreich. Er musste hier in Frankreich eine Lösung finden.

In dieser Nacht konnte Hans nicht schlafen. Sein Gehirn hämmerte, sein Denken kreiste und seine Sorgen, die er niemand mitteilen konnte, machten ihm Angst und Bange. Ihm wurde nicht klar, dass er Elisabeth dringend über ihren letzten Willen befragen musste.

Am nächsten Morgen hatte Hans seinen Plan fertig. „Geht doch!", meinte Elisabeth als sie aufstand und das herrliche Frühstück mit dem dampfenden Kaffee, den duftenden Croissants, einen Blumensträußchen und verschiedenen Marmeladen auf dem Tisch stehen sah. Sie erinnerte sich also genau an den Abend zuvor. Ihre Domina-Phase hielt an.

„Du bist mein Schatz, Hans. So hätte das sonst keiner gekonnt."

Hans lachte, strich ihr zärtlich über die Haare und las ihr aus der Zeitung die neuesten Nachrichten von Frankreich und der Welt vor. Elisabeth war etwas müde, konnte sich aber frei bewegen und litt offenbar nicht an Schmerzen. Ihre Lunge atmete geräuschvoll. Hans war klar, dass dies eine beginnende Lungenentzündung war, die sich ohne Medikamente nicht verbessern würde. An diesem Tag machten sie einen kleinen Ausflug in die Stadt. Große Spaziergänge machte Elisabeth nicht mehr. Hans wusste, dass dies die Patienten nicht bemerkten, denn subjektiv empfanden sie ihre kurzen Unternehmungen als anstrengend und somit als normal lang. Für abends hatte er sich vorgenommen, ein koreanisches Gericht zu kochen. Das war problemlos, schmeckte immer ohne viel Arbeit zu sein und mit etwas Wein war Elisabeth bald wieder eingeschlafen. Für den nächsten Tag hatten sich Zoe und Herbert mit ihren Oldtimer-Motorrädern angemeldet. Elisabeth und Hans freuten sich sehr auf Zoe. Welcher Typ dieser Herbert ist, beschäftigte sie bereits am Frühstückstisch. Hans hatte ihn bereits in Hürben kennen gelernt, als er mit Zoe das alte Motorrad abgeholt hatte und ein paar Tage in Hürben geblieben war. Sehr sympathisch habe er ihn damals gefunden, sagte Hans und ergänzte, dass Elisabeth sicher dasselbe denken werde.

„Ich denke, dass er zu Zoe passt und auch ehrgeizig ist.", meinte Elisabeth.

„Ja, sehr wahrscheinlich. Zoe ist aber auch geduldig. Sie kann sich in Themen, die sie wirklich interessiert, vertiefen. Da lässt sie dann nicht mehr los. Ich weiß noch, wie wir damals über Sarkozy sprachen. Zoe wollte wissen, wieso er den örtlichen Conseil Général einerseits ein eigenes Parlament gegeben hatte, sich aber weigerte, ihnen ein Gesetzgebungsrecht zu geben.", meinte Hans.

„Und?"

„Sarkozy wollte keine Macht abgeben. Ihm kam es nur darauf an, die Franzosen zu beschäftigen.", sagte Hans.

„Das ist echt zynisch.". So bewertete Elisabeth, die politische Machtspiele nie genauer überdacht hatte, diese Politik. Mit politischen Machtspielchen konnte sie noch weniger als mit persönlichen Konfrontationen umgehen. Sie ergänzte: „Ja, Hans, so war Sarkozy. Zynisch und gierig."

Nach dem Frühstück schlug Hans vor, aufs Land zu fahren, in Richtung Ardèche. Dort gebe es viele schöne Täler und Hügel, eine ganze Reihe von Bio-Höfen und Reitställen. Die Bewohner Lyons würden dort bevorzugt ihre Freizeit verbringen. Elisabeth war bei dieser Schilderung sofort mit dem Plan einverstanden. Sie meinte, man könne auf dem Land auch einkaufen. Wenn Zoe und Herbert ankommen, hätten sie sicher einen großen Appetit.

Kaum hatten sie den Campingplatz und die Vororte von Lyon verlassen, war die Landschaft malerisch und lieblich. Das Rhônetal ging bald in ein Hügelland über, mit teils tiefen Tälern und malerischen Fluss- und Bachläufen. Zypressen mit ihren dunklen Silhouetten, Mandelbäume in rosa Blütenschäumen sowie Büsche und Eichen an den steilen Hängen bestimmten das Bild. Darüber war fast wolkenloser Himmel, mit ein paar kleinen, verspielten Wölkchen, in denen man viele Tiere sehen konnte. Das anzusehen und zu deuten machte beiden Spaß. Wer die meisten Tiere phantasierte, war Sieger. Hans ließ Elisabeth gewinnen. Etwa dreißig Kilometer weiter fuhren sie durch ein Hügelland. Hans hielt auf einer Anhöhe. Jetzt im Frühjahr blühten auch hier die ersten Mandel- und Mirabellenbäume. Die Wiesen waren saftig hellgrün und Weidetiere standen auf den Koppeln. Der Blick von der Anhöhe war berauschend. Wer lange auf der kargen, schwäbischen Alb lebte, musste das als bukolisch empfinden. Elisabeth fühlte sich wie Gott, wenn er auf sein Paradies hinabblickte.

„Siehst du Hans, dass ich gar nicht so krank sein kann, wie du meinst. Ich fühle mich unendlich glücklich. Das ist so berauschend schön. Dass ich als todkranker Mensch hier ein Teil des Paradieses sein soll, ist schlicht unmöglich. Solche abartigen Gegensätze, von Leben und Tod, von Blühen und Sterben, sind in der Welt nicht vorgesehen.", sprach Elisabeth, wobei der warme Westwind mit ihren Haaren spielte.

„Elisabeth, ich wollte, es wäre so."

„Du unkst wieder rum. Fahr endlich los.", sagte Elisabeth. So einladend war dieser sonnige Fleck Erde, mit einem Himmel voll Schäfchenwolken darüber gespannt.

Hans hielt bald vor einem Reitstall. Trotz des frühen Morgens war der Betrieb lebhaft. Vor allem viele junge Frauen führten Pferde aus dem Stall. Allein oder in Gruppen ritten sie davon.

„Wie können wir Ihnen helfen?", fragte ein Angestellter.

„Uns interessiert ihr Stall. Sieht ganz so aus, als könnten hier auch Touristen reiten. Können wir einmal den Stall besichtigen?", fragte Elisabeth.

„Sie können nach Belieben Reitstunden buchen. Jetzt, in der Nebensaison, fast immer ohne Voranmeldung. Und ja, gerne können Sie den Stall besichtigen. Sieht so aus, als wüssten sie, wie man sich im Stall verhält. Dann arbeite ich weiter, falls es Sie nicht stört. Wenn Sie Fragen haben, kommen Sie bitte."

Elisabeth ging voraus. Der Stall war von hoher Qualität. Die Tiere hatten viel Platz in den Boxen. Alles war reinlich. Die Wasserstellen waren sauber und das Futter war von ausgezeichneter Güte. Elisabeth lobte, was immer sie sah in diesem Stall. Gut die Hälfte der Tiere war noch im Stall. Ganz ungezwungen und frei durften sie sich bewegen.

„Bei uns in Hürben sagt man doch, dass das Einatmen von Stallluft gesund ist. Irgendwelche Nitrate haben offenbar eine positive Wirkung auf die Lunge.", meinte Elisabeth.

„Sagt man. Stimmt wohl auch.", meinte Hans.

„Gut. Da du immer an meiner Lunge herummäkelst, mache ich jetzt dir zuliebe tiefe Atemzüge. Möglichst auch hier, wo der Mist gesammelt wird."

„Elisabeth, ja, wenn du meinst, dass es dir guttut.", sagte Hans, wohl wissend, dass ihr schwaches Immunsystem diesen vielen Keimen aus der Stallluft nichts entgegensetzen konnte. Ihre Infektionen würden zunehmen. Hans wiederholte dies nicht erneut. Wäre es für ihn nicht am besten, Elisabeth würde hier einfach sterben? Niemand würde ihm einen Vorwurf machen können. Die Patientenverfügung hatte er dabei. An diese hätte er sich strikt gehalten. Aber mit seinem Eid als Arzt war dieses Verhalten nicht vereinbar. Hans hatte keinerlei Lust, sich mit solchen Fragen zu befassen. Aber ausweichen würde er ihnen nicht mehr lange können.

„Da bin ich ganz sicher, Hans. Schon lange habe ich keine solche Freude und Begeisterung in mir gefühlt. Eine wunderbare Idee war es von dir, uns hierher zu führen."

Sie verblieben mit dem Angestellten so, dass Elisabeth jederzeit zum Reiten kommen dürfte. Jetzt im Frühjahr seien immer Pferde frei, die sie spontan übernehmen und ausreiten könne. So wild werde sie es schon nicht treiben. Sie könnte auf der großen Koppel üben und sich ihr Lieblingspferd aussuchen.

Nach einer guten Stunde und nachdem Elisabeth nochmals tiefe Atemzüge genommen hatte, fuhren sie weiter. Der Reitlehrer hatte ihnen den Weg zu einem Bio-Bauernhof gezeigt. Dort könnten sie Bio-Fleisch vom Schwein und Lamm kaufen, Bio-Kuhmilch gebe es auch und Ziegen könnten sie auch streicheln. Das Gehöft lag malerisch auf Halbhöhenlage, grüne Wiesen und blühende Bäume umgaben es. Einige Weinberge an den Hängen unterhalb des Gehöfts gehörten dazu. Ein großer sauberer Parkplatz stand den Kunden zur Verfügung. Auch dieser Hof war sehr sauber gehalten, voll im Einklang mit dem Tierschutz und mit vielen liebevollen Einrichtungen versehen, die den Tieren und den Tierhaltern entgegenkamen. Auch hier wurden sie sehr freundlich begrüßt. Zwei

Katzen schnurrten um ihre Füße. Die Besitzer schätzten sie schon deshalb spontan, weil sie beide fließend und fehlerfrei Französisch sprachen. Das ungeschickte und oft als arrogant empfundene deutsche Verhalten, mit einem Kauderwelsch aus falschem Englisch und miserablem Französisch eine Konversation zu führen, stößt bei Franzosen auf Abneigung. Franzosen lieben ihre Sprache. Wer sie ehren will, sollte auch ihre Sprache ehren und möglichst sprechen. Wer das nicht kann, sollte seine eigene Sprache ehren und nicht verkauderwelschen. Wie gesagt, da beide sprachlich perfekt waren, flogen ihnen die französischen Herzen im Nu zu. Die Ställe durften sie nach Belieben durchstreifen. Danach erhielten sie im Hofladen Proben der Leberwurst, Käse auf französischem Baguette und dicke Butterstücke auf Hefestückchen. Einen Espresso oder einen Marc konnten sie selbst holen[72]. Entsprechend umfangreich fielen ihre Einkäufe für sie beide und ihre beiden Besucher aus.

Elisabeth hatte Hans im Stall ihre Atemübungen vorgeführt. Stolz zeigte sie ihm, dass sie Bauchatmung beherrschte und ein großes Volumen aufnehmen konnte. Nach etwas Erklärung staunten auch die Einheimischen nicht mehr über ihre seltsam anmutende Gymnastik. Von der Heilkraft des Stallgestanks hatten sie noch nie gehört, aber, so sagten sie, man lerne doch jeden Tag etwas dazu. Als Elisabeth fertig war und sie ihre üppigen Einkäufe verstaut hatten, fuhren sie zurück zum Campingplatz. Aller Wahrscheinlichkeit nach wären Zoe und Herbert schon angekommen.

Elisabeth war, als sie ankamen, rechtschaffen müde. Es schien als hätten ihre Atemübungen sie eher müder als fitter gemacht. Allerdings war sie auch viel unterwegs und auf den Beinen gewesen, so dass man letztlich nichts daraus schließen konnte. Hans beschränkte sich darauf, Käsetoast mit trockenen Tomaten und Oliven zuzubereiten. Der fand reißenden Absatz. Zoe und Herbert aßen jeder sechs dicke Stück Brot, also halbe Baguettes in der Mitte durchgeschnitten und dick mit Butter und Käse belegt. Elisabeth saß noch ein wenig beim Gespräch dabei, dann verabschiedete sie sich ins Bett. Hans hatte, um ihr mehr Freiraum zu geben, für sich das Doppelbett im Alkoven und für Elisabeth das Bett auf der Sitzgruppe reserviert. Auf eine gemeinsame Bettstatt und später eine Lungenentzündung hatte er keine Lust.

Als Hans das Bett von Elisabeth und sein Alkoven-Bett für die Nach herrichtete, damit sie sich hinlegen konnte, raschelte es unter der Matratze

---

[72] Im Schwäbischen holt man sich das nicht, sondern „langt" sich das.

im Alkoven. Hans hatte das Geräusch schon mehrfach gehört, jetzt aber endlich identifizieren wollen. Er griff unter die Matratze und hatte nach einigem Herumrudern einen Ordner mit Bauplänen in der Hand, der sich geöffnet hatte und aus dem Pläne gerutscht waren. Daher das Rascheln. Gezeichnet war eine überdachte Terrasse, die Porch, wie Elisabeth sie sich immer gewünscht hatte. Hans zeigte Elisabeth die Pläne.

„Helmut. Du wolltest mich überraschen! Mist. Wir hätten doch …", rief Elisabeth leise, mit liebevollem Andenken, und überrascht aus.

„Was wolltest du da sagen? Was hätte man machen können?", fragte Hans. Ihm war bekannt, dass Elisabeth ihrem Ehemann Helmut immer – ernst oder neckisch - vorgeworfen hatte, er würde keine Porch um ihr Haus bauen. Der Vorwurf war unberechtigt. Das bewies der Ordner. Elisabeth hatte ihrem Mann, der sie bedingungslos liebte, zu Unrecht einen Vorwurf gemacht, überlegte sich Hans. Vielleicht war sie jetzt zu schwach, um das alles zuzugeben. Verstanden hatte sie es jedenfalls.

„Lass mich. Ich bin müde und traurig." Damit legte sie sich hin, versunken in ihren Gedanken, und reagierte nicht, als er sie ansprach. Hans blieb noch nachdenklich und fürsorglich einige Minuten bei ihr stehen. Offensichtlich, dachte Hans, hätte sie ihren Helmut weit mehr geschätzt, hätte sie von diesen geheimen Arbeiten an ihrem Wunsch-Umbau des Hauses gewusst. Jetzt war es zu spät. Sie hatte, fürchtete Hans, wieder unvernünftig schroff geurteilt. Und ihren liebevollen Helmut zu Unrecht verurteilt.

Der Abend war mild und ihr Stellplatz war großzügig, auch etwas abseits. Hans, Zoe und Herbert setzten sich zusammen an einen Campingtisch. Hans hatte den Chablis geöffnet. Sie waren alle voll des Lobes und freuten sich, zusammen zu sein. Herbert erwies sich als ein guter Beobachter und vielseitig informierter, interessierter Freund. Nachdem sie über ihre Oldtimer berichtet hatten, wie die Strecke war und wo sie hinfahren könnten, kamen sie zu den ernsteren Themen.

„Elisabeth sieht nicht so gut aus, wie ich das erwartet hatte.", meinte Herbert.

„Wieso denn das? Sie beteiligt sich am Gespräch und macht alles mit. Sie ist auch recht schwer krank, oder Papa?", sagte Zoe.

„Herbert hat schon recht. Elisabeth hat eine Lungenentzündung. Sie lässt sich aber nicht behandeln. Wir haben unterwegs eine Britin getroffen, die hat ihr was von einer Kräuterheilung erzählt. Seither kann ich nichts mehr machen. Diese Idee ist ihr sympathisch, der Hürbener ‚Kräuterhexe', und jetzt ist sie ihr hoffnungslos verfallen. Mir scheint, nichts kann sie mehr zur Schulmedizin zurückbringen."

„Aber … weiß sie nicht, dass sie nur dank der Chemo überlebt hat?", fragte Zoe.

„Wissen vielleicht schon, aber es darf ihrer Auffassung nach nicht so sein. Sie meint, die Kräuter würden ihr helfen, wenn sie etwas wartet, bis sie vollständig wirken können. Ich denke, sie müsste jetzt wieder Antikörper bekommen und eine Infusion zur Verbesserung des Immunsystems. Sie will beides nicht. Sie isst nur Kräuter.", informierte Hans knapp, klar, teils frustriert, teils froh, dass Elisabeth so keine Angriffe auf ihn starten konnte. Nach einigen Nachdenken fügte Hans hinzu: „Mir ist das als Arzt schon öfter begegnet."

„Was? Du sprichst in Rätseln.", sagte Zoe.

„Überraschend viele Menschen, die todkrank sind, hängen gar nicht so verkrampft an ihrem Leben, wie ihre Angehörigen und Bekannte denken. Viele sind sehr entspannt, durchaus auch bereit was zu wagen und ihr Leben aufs Spiel zu setzen. Da ist Elisabeth keine große Ausnahme, geht es doch um Naturheilmittel, die ihr eine Herzenssache sind.", erläuterte Hans seine Gedanken ausführlicher.

„Hans, mag sein, aber das ist für dich eine vertrackte Situation. Man kann dir ärztliches Fehlverhalten vorwerfen. Da siehst du ganz schlecht aus.", sorgte sich Herbert.

„Stimmt. Ich habe noch keine Idee, was ich tun könnte."

„Dann wirft man dir vor, sie nicht richtig beraten zu haben.", ergänzte Zoe.

„Deshalb bin ich so froh, dass ihr vorbeigekommen seid. So habe ich Zeugen. Ihr müsst mir notfalls bestätigen, dass sie jede Behandlung abgelehnt hat. Schlagt ihr morgen bitte die Fortsetzung der klassischen Krebsbehandlung nach der Schulmedizin vor. Dann sehen wir rasch, was sie sagt."

„Du meinst, auch in Frankreich darf man einen Patienten nicht zwangsweise therapieren.", sagte Herbert.

„Ja, selbstverständlich. So sehe ich das. Wenn sie es nicht will, dann wird auch der französische Arzt nur eine Aktennotiz anfertigen. Behandlung über eine erste Notfallbehandlung hinaus gibt es dann nicht.", sagte Hans.

„OK Papa. Das machen wir."

„Nach kurzem Schweigen besprachen Sie, was man in Lyon unbedingt ansehen müsste. Hans hatte da klare Vorstellungen: den Zusammenfluss von Saône und Rhone, die Industrie- und Verwaltungsgebäude entlang der beiden Flüsse, das Stadtzentrum von Lyon und das Restaurantviertel unterhalb der weißen Kathedrale entlang des Flusses. Mit einem Oldtimer-Motorrad müsste das ein Riesenspass sein. Zoe und Herbert sprachen ebenfalls gut Französisch und freuten sich schon auf die vielen Gespräche, die ihre Motorrad-Runde provozieren würde. Das Wehrmachts-Bike von Hans, das Zoe fuhr, verlor am Vorderreifen ständig Luft. Hans konnte helfen. In seinem Allrad fand er überraschend seine kleine Schachtel wieder, in der er solche Ersatzteile für das Motorrad gesammelt hatte.

„Hans, was machst du, wenn dir die Ersatzteile mal ausgehen und du keine mehr auf den Oldtimer-Messen finden kannst?", fragte Herbert.

„Gute Frage, Herbert. Wahrscheinlich müsste ich jahrelang suchen und würde das Teil letztendlich doch nicht finden."

„Weißt du, dass man es mit einem modernen 3D-Drucker nachdrucken kann, wenn man es vorher genau vermessen hat?", interessierte Herbert.

„Nein, Herbert. Davon verstehe ich nichts. Erkläre mir das mal."

„Mit einem 3D-Drucker kannst du eigentlich alles herstellen, was auch Metall oder Plastik oder beidem zusammen ist. Der Drucker fügt eine ganz dünne Schicht über die nächste und am Ende hast du das Bauteil, das du haben willst. Also zum Beispiel einen Verteiler oder ein kleines Getriebeteil zu einem Elektromotor kannst du so herstellen."

„Wahnsinn. Dauert aber wohl ewig und kostet ein Vermögen!", lachte Hans.

„Dauert schon etwas. Aber preislich gilt ganz das Gegenteil. Das geht über Nacht, ist spottbillig und eher stabiler als das Originalteil.", schmunzelte Herbert, als er sah, wie Hans bei dieser Antwort ungläubig umherblickte.

Zoe sagte: „Papa, Herbert hat solche Drucker bei uns zuhause. Er machte bereits wunderschöne Schlüsselanhänger mit kleinen Plastikfiguren, die exakt die Kinder unserer Freunde darstellen. Das verschenken wir an sie. Er muss die Kinder nur vorher scannen. Da müssen sie ruhig hinstehen."

„Wahnsinn. Damit kannst du ein Vermögen machen, Herbert. Geh auf die Oldtimer-Messen, etwa die Technorama in Ulm, und die reichen Oldtimer-Eigentümer zahlen dir jeden Preis für die Teile.", motivierte ihn Hans, immer noch kopfschüttelnd und im Grunde ungläubig. Zoe zeigte Hans ihren Schlüsselanhänger, der tatsächlich eine rote Figur am Ring hatte, die exakt wie Herbert aussah.

„Hans, ich würde gerne mein Studium abbrechen. Ich muss etwas Praktisches machen. Das theoretische Studieren vor allem der Mathematik ist nichts für mich. Was hältst du davon?"

Hans überlegte ein paar Minuten. Er kratzte sich am Hals und meinte dann: „Ja, das kann ich verstehen. Wenn du so komplizierte Dinge machen kannst, kommst du auch ohne Studienabschluss über die Runden. Zieht doch zu uns nach Hürben. Wir können euch jederzeit eine geräumige Werkstatt einrichten. Platz ist genug da."

Zoe war erstaunt, als sie Herberts Antwort hörte: „Das überlegte ich mir schon. Hürben ist sehr schön. Ich würde gerne nach Hürben ziehen. Aber was macht Zoe von Hürben aus? Bei meinem Geschäft könnte man überall wohnen, wo es einen Postversand gibt."

„OK. Gebongt.", sagte Hans lapidar. Herbert strahlte.

„Macht mal langsam, ihr Zwei. Das müssen wir noch überlegen.", goss Zoe erst mal Wasser in die Glut der Begeisterung. „Das will ich schon noch einige Zeit überschlafen."

„Schlafen. Das ist eine gute Idee.", nahm Hans den Faden auf, nahm das Geschirr vom Campingtisch und räumte es in die Spülmaschine des Campingwagens.

Zoe schickte noch eine Nachricht vom Handy an ihre Mutter Marie in Hamburg: „Elisabeth lässt sich nicht mehr therapieren. Papa ist in einer sehr schwierigen Lage. Wir helfen ihm."

Solche Nachrichten dienen nicht der Entspannung. Das hätte Zoe bekannt sein müssen. Insoweit war sie noch Kind, das der Mama immer alles Besorgniserregende mitteilen darf. Hans hatte die Drohungen von Elisabeth für sich behalten. Davon zu berichten hätte ihm nichts gebracht. Höchsten später bei eventuellen Ermittlungen hätte es Ärger geben können, etwa weil die Zeugen einen Sachverhalt unrichtig widergeben würden oder die Staatsanwaltschaft die Handy-Nachrichten beschlagnahmt.

Als Zoe am andern Morgen Elisabeth ansprach, war schnell klar, was diese wollte.

„Wie bist du mit deiner Therapie zufrieden?", wollte Zoe mit harmlosem Blick wissen.

„Zoe, ich habe deinem Papa gesagt, dass ich nicht mehr dieses chemische Zeug will. Ich nehme jetzt Kräuter. Mir geht es echt gut. Ich komme wohl nie mehr auf die frühere Therapie zurück. Da könnt ihr sagen was ihr wollt. Das dauert halt noch ein paar Tage bis die Kräuter voll wirken.", sprach Elisabeth in betont langsamer und eindringlicher Weise. Herbert hatte alles unbemerkt mit dem Handy-Mikrofon und der Diktierfunktion aufgenommen.

„Hast du dir das gut überlegt?", fragte Zoe nach.

„Ja. Viele Studien der Schulmedizin, wie zum Beispiel eine Metastudie zur Auswertung von über 80 medizinischen Untersuchungen, bewiesen, dass Krebs durch mediterrane Diät zu über 50% unterdrückt werden kann. Asiatische Mediziner haben nachweisliche mehr Erfolg mit Heilkräutern als mit chemischen Mitteln. Selbst Derwische und Placebos weisen in manchen Studien größere Heilerfolge nach als teure chemisch oder biologisch hergestellte Mittel.", erwiderte Elisabeth. Dann fuhr sie empört fort: „Stell dir vor, dein Papa hat mir Aspartam in den Kaffee getan!"

„Papa!", rief Zoe entrüstet. Das hielt sie definitiv für giftig. Hans schwieg. Eine kurze Pause entstand. Da waren sich Elisabeth und Zoe einig. Aspartam war eindeutig der schlimmste Stoff, den man als Lebensmittel zu sich nehmen konnte.

„Aspartam ist ein No-go. Ja, aber hast du denn eine belastbare Strategie, mit welchen Substanzen du den Krebs beseitigen kannst. Statt beseitigen wäre natürlich auch eine dauerhafte Hemmung schon ein Gewinn.", meinte Zoe.

„Zoe, du bist zwar schon erwachsen, aber dafür fehlt dir das was man Lebenserfahrung nennt. Das muss ich für mich selbst entscheiden. Dein Vater unterstützt mich da inzwischen zumindest halbherzig, habe ich manchmal das Gefühl. Es bleibt dabei. Keine chemischen Mittel kommen jetzt noch in meinen Köper."

„OK, Elisabeth. Dann wünsche ich dir einfach auch alles Gute.", schloss Zoe ihre Fragerunde ab.

Als Zoe und Herbert nach einer guten Woche ihre Oldtimer-Fahrt fortsetzten, war Elisabeth bereits so geschwächt, dass sie auch nicht mehr nach Spanien weiterfahren wollte. Sie wollte sich in Lyon ausruhen. Das Tal mit dem Reitstall und den Bio-Höfen hatten sie noch zwei Mal besucht. Ein Pferd hatte sie sich zwar ausgesucht, als sie es jedoch aus der Stallgasse zur Koppel führen wollte, musste sie umkehren. Ein Hustenanfall hatte ihr die Grenzen aufgezeigt.

Elisabeth war ihren gesundheitsschädlichen Atemübungen unbeirrt treu geblieben. Dann hustete Elisabeth eines Morgens beim Aufstehen pausenlos und so tief, dass Hans sie in das beste Krankenhaus am Platz einlieferte. Das Krankenhaus hatte er schon vor der Abfahrt ausgesucht, es stand auf seiner Besten-Liste. Der Krankenwagen kam, ohne Notarzt, da Hans sich als Arzt ausgegeben hatte, und nahm Elisabeth mit. Einverstanden war sie nicht, das wurde deutlich, aber ihre Ablehnung konnte sie nicht mehr energisch durchsetzen. Den Sanitätern war auf den ersten Blick klar, dass hier eine Sofortversorgung notwendig war. Sie erhielt bereits im Krankenwagen Sauerstoff.

In der Klinik zeigte sich der Chefarzt in der Notfallaufnahme sehr überrascht, dass Hans sie so spät eingeliefert hatte. Hans war allerdings gut vorbereitet. Er hatte von Zoe und Herbert ein schriftliches Dokument dabei, das bestätigte, dass Elisabeth keine klassische Therapie mehr wollte. Hans hatte auch die Patientenverfügung, die er vor ihrer Abfahrt ungefragt im Haus von Elisabeth fotografiert hatte, dabei. Er erläuterte sie dem Arzt.

„OK, Herr Kollege, wir mischen uns nicht in deutsche Verfügungen ein, schon gar nicht, wenn sie auch französischen Maßstäben gerecht werden. Mir scheint das, was sie sagen plausibel. Mehr benötige ich nicht. Aber wir können diese schwer kranke Patientin doch nicht zurück bringen auf den Campingplatz, oder?"

„Nein. Das können wir nicht. Sie hat jetzt eine ganze Reihe von Infektionen. Darunter sind Vireninfektionen, ihre Gürtelrose, und bakterielle Infektionen, Infektionen in der Lunge. Elisabeth hat auch Pilz-Infektionen, scheint mir."

„Ja, so ist es. Wie sehen Sie das als deutscher Arzt? Ich denke, wir geben ihr zusätzlich zu den Antibiotika eine Infusion mit Immunglobulinen und eine mit den Antikörpern, ob sie das will oder nicht. Sozusagen als Notfallmaßnahme und Erste Hilfe."

„Ja. Das machen wir. Ich halte das auch für geboten und das ist auch nach deutschem Recht die richtige Vorgehensweise. Erst wenn es sich um eine Dauerbehandlung handelt, dann kommt die Patientenverfügung uneingeschränkt zur Geltung. Hätten Sie notfalls eine Palliativstation hier in Ihrer Klinik? Ich würde nämlich, wenn wirklich nichts mehr zu machen wäre, ihre Familie informieren. Dann könnte diese, falls sie es will, Abschied nehmen. So lange können wir, denke ich, sie in jedem Fall am Leben halten."

„Ja. Das lässt sich gut machen.", bestätigte der Arzt des Lyoner Krankenhauses.

Mit den Notfallmaßnahmen, vor allem mit der Infusion der Immunglobuline, verbesserte sich der Zustand von Elisabeth innerhalb eines Tages. Am anderen Morgen konnte sie bereits aufstehen. Sie dankte den Ärzten und Pflegern ihrer Station so überschwänglich, dass diese sicher waren, das Richtige gemacht zu haben.

Hans Emmerda fühlte sich erleichtert und plötzlich frei. Elisabeth war gut aufgehoben. Er konnte endlich etwas für sich unternehmen. Ganz offensichtlich, so gestand er sich ein, hatte er zu viel für Elisabeth gemacht. Er hatte sich selbst aufgegeben. Obwohl er Anderen, vor allem Angehörigen von Todkranken und Pflegefällen, schon zig-Mal gesagt hatte, dass sie genau dies nicht machen dürften, hatte er sich selbst gehen lassen, seinen eigenen Rat gröblichst vergessen. Er rief in der Klinik an und bat, Elisabeth doch noch ein paar Tage dort zu behalten und sie weiter zu stabilisieren. Die Klinik kam diesem Wunsch gerne nach.

Hans Emmerda fuhr nach Grenoble, nach Savoyen, nach Orange und Avignon. Land und Leute liebte er, das gute Essen, die grenzenlose Freiheit und die Schleichwege, die ihn sein Navi immer wieder entdecken ließ. Am dritten Tag rief ihn der Arzt aus der Klinik an. Durch die Immunglobuline seien praktisch alle Keime auf ein normales Maß zurückgeführt worden. Doch die letzte Probe habe eine ganz überraschende massive Zunahme eines Keims aufgezeigt, nämlich des Staphylocochus Aureas. Hans Emmerda wusste, dass dies einerseits ein Keim ist, den gut die Hälfte aller Menschen an oder in sich tragen, der andererseits aber im Fall einer Infektion zu den klinikresistenten Keimen zählt, die man kaum in den Griff bekommt. Der Arzt sagte zudem, man habe bei Elisabeth einen so hohen Vitamin A – Gehalt im Blut festgestellt, dass sie offenbar Vitamintabletten zu sich genommen hatte. Beiden Ärzten war klar, dass Vitamin A diese und andere Keime umhüllen kann und sie vor dem Zugriff der körpereigenen Killerzellen schützt. Die Immunabwehr durch Makrophagen wird dann ausgesetzt, Immunglobuline wirken nicht mehr und der Patient kann allenfalls noch durch spezielle Antibiotika gerettet werden. Diese würden selbstverständlich seit der Entdeckung der Infektion gegeben, sie sprächen allerdings bis jetzt praktisch nicht an, informierte der Arzt. Atem und Kreislauf würden technisch bereits unterstützt. Die Patientin verweigere im Übrigen jedes Gespräch, woher sie die beiden Stoffe haben könnte. Hans Emmerda sagte zu, am Abend wieder in der Klinik vorbei zu schauen. Er wusste, für einen Krebspatienten wie Elisabeth reichte ein Keim, den man nicht sofort in den Griff bekommt, um ihn zu töten. Im Grunde ist das der perfekte Mord. Beide Ärzte waren sich am Telefon einig, dass die Antibiotika bis zum späten Abend wirken müssten.

Als Hans gegen zwanzig Uhr in der Klinik ankam, war der Zustand von Elisabeth dramatisch schlecht. Sie konnte kaum mehr sprechen, litt unter immensen Schmerzen trotz der hohen Betäubungsmittelgaben, und konnte ohne die Maschinen die Nacht wohl nicht mehr überstehen. Hans Emmerda erkannte sie, versuchte zu kommunizieren aber nachdem dies trotz höchster Anstrengung nicht ging, hatte sie ihm offenbar nichts mehr mitzuteilen. Sie wollte nur noch seine Gegenwart. Hans Emmerda saß eine gute halbe Stunde an ihrem Krankenbett auf der Intensivstation. Nach der Patientenverfügung hätte er sofort alle Maschinen abschalten lassen müssen. Elisabeth konnte ihren Willen nicht mehr äußern. Vielleicht wollten ihre Kinder noch von ihr Abschied nehmen. Ein Gespräch wäre dann allerdings nicht mehr zu erwarten, falls sie ihre Kinder überhaupt erkennen könnte.

Den nächsten Tag verbrachte Hans fast vollständig am Telefon. Über die eigensinnige Selbstbehandlung von Elisabeth informierte Hans vollständig und schonungslos. Sie hatte ihn genug unter Druck gesetzt. Das war jetzt vorbei, hoffte Hans. Wenig Neigung bestand bei den Kindern von Elisabeth, sie angesichts ihres Zustands nochmals zu besuchen. Natürlich war es vernünftig, auf eine lange Reise zu jemanden, der einen doch nicht mehr erkennt, zu verzichten. Die Kinder hatten nicht erwartet, dass sich die Gesundheit ihrer Mutter so rasch verschlechtern könnte. Als Vorwand wurden, verständlicherweise, auch berufliche Termine genannt. Zudem könnten Elisabeths Enkel die Schule nicht schwänzen. Hans solle doch bitte die Urne mitbringen. Das war, empfand Hans, letztlich eine kühle, fast gefühllose Reaktion. Hans war verwundert. So hatte er sich das Verhältnis der Fausts zu ihren Kindern nicht vorgestellt. Oder hatten sie sich vorher schon verabschiedet? Wohl wissend, was passieren könnte? Bei der Beerdigung des Vaters waren sie alle gekommen. Die Familie sah harmonisch, ja sogar liebevoll, aus. Natürlich telefonierte Hans auch mit Marie in Hamburg. Sie war erleichtert. Er solle jetzt endlich aufhören, sich so intensiv für andere einzusetzen. Er sehe jetzt doch, wie der Dank aussehe.

Die Urne mitzubringen empfand Hans auch nach einigen Stunden immer noch wie eine kalte Dusche. Wie konnte ihre Familie erwarten, dass er noch mehr für sie tat als er schon getan hatte? War Elisabeth so gemein zu ihren Kindern gewesen, dass sich ein so tiefes Zerwürfnis entwickeln konnte, dass sie sich so rächten? Wie war sie wirklich? Hans entschied zu versuchen, das herauszufinden. Ihre Kräfte müssten dafür noch reichen, schätzte Hans.

Nach dem Frühstück und dem Besuch der Morgenvisite kam Hans in das Krankenzimmer von Elisabeth auf der Intensivstation. Über Nacht hatte sie offenbar ein paar Kräfte sammeln können. Allerdings hatte sich Hans mental schlecht auf den Besuch vorbereitet. Ihm hätte bewusst sein müssen, dass Sterbende loslassen. Sie führen keine Debatten wie Lebende, für die ein Thema noch wichtig ist. Für Sterbende haben praktisch keine Themen mehr Bedeutung. Sie leben kompromisslos im Hier und Jetzt, eben im Sterben.

„Deine Kinder können dich nicht mehr besuchen, Elisabeth."

Nach einer Weile sagte sie leise: „Vielleicht wollen sie das auch nicht mehr."

„Wieso sollen sie das nicht wollen? Hast du dich mit ihnen gestritten?"

„Ja. Sie wollten weit weg ziehen von Hürben, Sie sagten immer, ich würde sie bevormunden. Ich könnte ihnen keine Freiheiten lassen."

„War das falsch?", fragte Hans.

Elisabeth wurde wütend. Es platzte jetzt aus ihr heraus: „Du bist doch genauso. Schon in der Tanzstundenzeit hast du mich verlassen. Meine Kinder studierten nicht, was ich wollte, und sie heirateten irgendein Gesindel. Helmut war zu bequem, nach seiner Rente das Haus zu renovieren. Ich wollte schon immer eine Porch, rund um das Haus, mit

Glasfenstern und einem Pellet-Ofen. Nichts wollte er tun, gar nichts. Und Heike kam gestern und hat mir auch bloß Vorwürfe gemacht."

„Nein, Helmut hat viel gemacht. Ich habe dir seinen Ordner gezeigt. Du bist ungerecht, zu ihm und zu mir. Jetzt zu mir, Elisabeth. Was hast du in der Tanzstundenzeit alles über mich erzählt?"

„Ich sterbe Hans. Ich will nicht streiten. Ich liebte dich doch so sehr, ich vergötterte Helmut,   und wollte euch beide für immer. Ich bin so durcheinander. Damals, doch, da warst du so leichtsinnig, dachtest nur an heute und nicht auch an morgen und übermorgen. Ich wollte eine Zukunft, ich wollte ganz hoch hinaus. Und ihr alle, meine Adoptiveltern, mein leiblicher Vater, alle zogen mich nur ständig herunter. Keiner glaubte an mich. Was sollte ich denn tun?", fragte Elisabeth.

„Wir hätten darüber reden können, oder?", meinte Hans. Was sollte Elisabeth jetzt, in den Stunden vor ihrem Tod, mit solchen Fragen anfangen? Sich entlasten durch erinnern, vielleicht.

„Du warst ein dummer Primaner mit Pickeln. Ich musste anderes versuchen. Dass du mich vergewaltigt hast, erzählte ich. Dass du mir ein Kind aufhängen wolltest. Dann, als alles nichts half und dir niemand Bescheid sagte, nannte ich dich einen charakterlosen, schmierigen Kerl, der mir ständig nachsteigt. Wärst du das doch gewesen. Dann glaubte ich an Helmut. Er wollte mich aber bloß noch beschützen. In Wahrheit, so dachte ich jedenfalls ab und zu, hat er mich in ein mentales Korsett eingesperrt." Elisabeth stöhnte und holte mehrmals tief Luft. Sie fuhr fort.

„Was ist dann später aus dir geworden? Wo du mit Naturmedizin hättest helfen können, hast du sogar deine Mutter umgebracht. Ein schmieriger Dorfarzt bist du geworden, oder nicht? Und wie viele hast du sonst noch umgebracht? Ich habe eine Liste gemacht, die werde ich rausholen, wenn wir wieder zuhause sind. Wo du mit Heilkräutern erfolgreich hättest behandeln können, hast du Chemie gespritzt, verabreicht in Tablettenform oder in Tropfen. Mir hast du meine Identität genommen. Ich musste mich dir und deiner Chemie bedingungslos und diskussionslos beugen. Oh Hans, ich bringe dich ins Gefängnis."

„Was habe ich getan, dass du so böse auf mich bist?", wollte Hans wissen.

„Du bist wie eine Walze. Da hat Heike recht. Du tust nicht, was ich will. Das ist es. Genauso wenig wie meine Kinder. Ich liebe euch, ich hasse euch, ich hasse und liebe euch alle. Manchmal empfinde ich so tief: Ihr habt mich alle enttäuscht. Habt ihr mich nur ausgenützt? Du wolltest doch die ganze Zeit nur mit mir schlafen. Ich bekomme dich aber noch. Ich bringe dich für den Rest deines mickrigen Lebens in Haft. Wenn ich so lang leben darf. Habe ich nicht Helmut dazu gebracht, sich selbst umzubringen? Jetzt kommst du dran." Sie atmete schwer und sammelte ihre Kräfte. „Ich bin so durcheinander. Keiner ist da, der bedingungslos zu mir steht. Ich bräuchte so jemanden jetzt, gerade jetzt, wo es mir so schlecht geht." Wieder fokussierte sich Helmuts männliches Hirn nur auf seine Ziele, ohne zu erkennen, in welcher seelischen und emotionalen Not Elisabeth sich befand.

„Du hast doch Helmut nicht umgebracht. Das ist ja lächerlich." Das war eine Finte. Hans wollte es genau wissen. Elisabeth musste wieder Kraft sammeln. Die Antwort kam erst langsam.

„Ja, ich habe ihn behandelt, erfolgreich. Sehr erfolgreich sogar. Über Jahre. Seine Depressionen hatte niemand bemerkt. Auch du nicht.", prahlte Elisabeth. „Als ich Krebs hatte, musste ich an mich denken und habe doch an Helmut gedacht. Deshalb konnte ich für mich keine natürliche Therapie ausarbeiten. Depressionen und Krebs waren zu viel für mich allein. Zwei so komplizierte Therapien haben mich überfordert. Heike hatte mich auch im Stich gelassen. Erst als Helmut tot war, meldete sie sich. Und gestern kam sie, mit Vorwürfen und Hass hierher. Was habe ich euch getan? Wieso liebte mich niemand wegen meiner Leistung?"

„Was hat Heike denn gemacht?", wollte Hans wissen.

„Sie gab mir Olivenöl, damit mein Körper die fettlöslichen Wirkstoffe aus den Heilmitteln aufnehmen können. Ich habe das halt genommen. Ich vertraute Heike, obwohl sie mir fremd vorkam. Ich hatte keine Kraft, ihre Konflikte zu analysieren.", gab Elisabeth zur Antwort. „Von Polyphenolen hat sie gesprochen. Sie verdaut der Körper scheints zu kleinen Stücken, die der menschliche Körper auf magische Weise neu zusammensetzt und so unglaublich wirksame individuelle Heilmittel herstellt. Irre, was sie alles so wusste."

Hans kam auf zurück auf das, was Elisabeth an Liebe und Hass im Dorf erfahren hatte.

„Hass im Dorf? Hm?", zweifelte Hans. „Das ganze Dorf hat dich geliebt und anerkannt. Obwohl du manchmal eklig warst, zu allen."

„Ja, war ich. Wenn ich in Druck war, in meinem Dilemma. Wahrscheinlich denkt ihr, ich habe Helmut aufgehängt. Oder ihm den Befehl gegeben. So, denkt ihr, macht man das, wenn man seine Freiheit will." In dieser Tonart sprach sie weiter, teils so leise, dass es ein Selbstgespräch war.

Unerwartete Kräfte regten sich offenbar in Elisabeth, sobald sie ihren Willen durchsetzen wollte. Keine Grenze gab es, zu der sie nicht bereit war zu gehen. Ihr Gehirn konnte sich noch alle guten Szenarien und bösen Intrigen ausdenken. Alles ging durcheinander, Wahrheit, Traum und Verleumdung. Ihr schauspielerisches Talent war nicht besonders groß, aber sie würde immer noch viele Menschen, die sie nicht kannten, überzeugen können.

„Und dein Vater?", wollte Hans noch wissen. „Was war mit dem?"

„Der besoffene Sack wollte an mich ran. Da habe ich ihm ein Kondom aus der Hosentasche und über den Kopf gezogen.", sagte Elisabeth ganz leise.

„Und dann?", wollte Hans wissen. Doch darauf bekam er keine Antwort mehr. Elisabeth war erschöpft auf ihr Kissen gesunken.

Hans spürte, dass er aufpassen musste, wenn er nicht doch noch ernsthafte Probleme bekommen wollte. Auch mit den Mitteln der Schulmedizin hätte man seine Mutter noch am Leben halten können. Eine Ethik-Kommission hätte einer Sterbehilfe zur Tötung seiner Mutter nie zugestimmt. Doch sie hatte ihn inständig gebeten, sie sterben zu lassen. Hans hatte immer noch den engen Bezug zu seiner Mutter, wie in seiner Kindheit. Was sie sagte, galt für ihn. Dass er ihren Wunsch zu sterben erfüllte, war eindeutig strafbar. Jeder Richter hätte ihn wegen Mord verurteilen müssen. Auch noch Jahre danach. Hans musste verdammt gut aufpassen. Er wurde wieder versöhnlich, lobte Elisabeth und wartete, bis sie wieder tief eingeschlafen war. Die Wahrheit, was mit Helmut und ihrem leiblichen Vater geschehen war, was Heike gesagt hatte und vieles mehr hatte Hans nicht mehr erfahren können. Elisabeth hatte nach diesem einen Gespräch nicht mehr zusammenhängend sprechen können.

16 „Wahre Dinge sind wie umgekehrt"[73]

„Marie, ich habe viel mitgemacht, in den letzten Wochen.", begann Hans Emmerda ernüchtert, als er das erste Abendessen mit Marie wieder im Hürbener Zuhause einnahm. Marie war an diesem Nachmittag aus Hamburg gekommen.

„Ich auch, mein Schatz. Die Kinder haben mich völlig fertig gemacht. Ich schaffe das nicht noch einmal. Die müssen sich für das nächste Mal eine andere Lösung ohne die Großeltern überlegen."

„Ja, Marie. Wir müssen unsere Kräfte sparen. Alt geworden, kümmern wir uns jetzt vor allem um unsere Aufgaben. Weißt du, sonst fallen wir noch anderen zur Last."

„Da hast du Recht. Unser Haus ist auch nicht geeignet für einen Rollstuhl. Wenn einer von uns ernsthaft krank würde, müsste ihn der andere weggeben. Ich will das nicht.", sagte Marie.

„Ja. Lass uns lange zusammenbleiben. Was anderes. Ich muss dir noch etwas erzählen."

Dann erzählte Hans, wie ihn Elisabeth unter Druck gesetzt hatte. Er begann mit der Tanzstundenzeit, berichtete von ihren Kindern und Elisabeths wechselhafte und teils fieser Art mit denjenigen umzugehen, die nicht machten was sie wollte. Den möglichen aber letztlich nicht bewiesenen, vielleicht auch gar nicht verübten, Mord an ihrem Ehemann ließ er nicht aus. Schließlich berichtete er, wie sie versucht hatte, ihn dauerhaft an sich zu binden. Hans vergaß auch nicht ihre inneren Spannungen zu erklären, also wieso sie einerseits immer eine gute Freundin war, die alles mitmachte, und innerlich dennoch einsam war und mit der Zeit verbitterte. Marie zeigte sich nicht sonderlich bereit, lange über Elisabeth nachzudenken. Letztlich bemerkte sie kühl und wenig einfühlsam: „Sie war doch vorher schon gestorben. Was hast du dir hier für unnötige Gedanken gemacht?"

---

[73] Zitat aus dem Tao Te Ging von Lao Tse in der Übersetzung von Richard Wilhelm. Seine Bedeutung ist, dass vieles von dem, was im ersten Anschein realistisch aussieht, in Wirklichkeit nicht die Wahrheit ist.

Hans konnte hier nicht mitgehen. Er widersprach: „Diese Gedanken waren überhaupt nicht unnötig. Ich habe zugelassen, dass Elisabeth ihr Immunsystem geschwächt hat. Die Stallbesuche und ihr heftiges Einatmen haben sichergestellt, dass ihr gesamter Körper mit den übelsten Keimen zersetzt wurde. Bei entsprechender Therapie hätte sie noch jahrelang leben können. Selbst mit diesen Kräutern hätte sie noch sechs bis acht Monate gelebt. Im Grunde habe ich gegen meinen ärztlichen Eid gehandelt, fürchte ich."

„Du meinst, du hast sie gezielt umgebracht.", wollte Marie wissen.

„Ich wollte es, bin dann aber doch davor zurückgeschreckt und habe sie in die beste Klinik in Lyon gebracht. Der klinikresistente Keim und das Vitamin A waren nicht von mir.", beteuerte Hans.

„Von wem dann?", wollte Marie wissen.

„Der Chefarzt hatte nur von einem einzigen Besucher erfahren, nämlich Heike. Ich war an dem Tag, wie auch am Tag zuvor, gar nicht in der Klinik."

„Hoffentlich glaubt dir das jemand. Aber, du warst ja tagelang nicht im Krankenhaus. Stimmt, diese Infektion hat nichts mit dir zu tun.", machte ihm Marie wieder Mut.

„Wer hier noch sein Süppchen kocht, Heike, oder ob Elisabeth eine falsche Spur gelegt hat, ich weiß das nicht. Das überlasse ich jetzt meinem Schicksal. Notfalls muss ich kämpfen, selbst wenn jemand Beweise gegen mich konstruiert hätte.", meinte Hans. Damit fühlte er sich besser, mit dem Rücken an der Wand, bereit alles zu geben.[74]

„Ihr trotz allem zu helfen, das war schon mutig. Sie hätte einige der alten Geschichten vielleicht doch noch zu einem anrüchigen Anschein umdeuten können. Jedenfalls konntest du nicht mit diesem ständigen Risiko leben. Wenn ich bloß daran denke, was das für mich geheißen

---

[74] In einer solchen Situation fühlt ich ein Schwabe durchaus wohl: „Dr Hergott wird's schon richta." oder „latz soll's Schicksal doa was es will." In beiden Sätzen ist eine gewisse pietistische Religiosität enthalten, auch wenn die Betroffenen dem gar nicht zustimmen könnten. Wilhelm Hauffs „Lichtenstein" hat dazu schon Beispiele aus 1516, als der württembergische Herzog sein Reich verlor. Besser als diese Haltung wäre aber, sich den Sachstand nochmals kühl bewusst machen und dann weiterdenken.

hätte. Ach was, das vergessen wir einfach. Komm mit, lass uns ins Bett gehen."

An diesem Abend waren einige im Bett. Die Wiesen-Marie war zu ihrem Polizeidirektor gezogen, in ein gemeinsames Bett. Rosie war mit ihrer Tochter im Bett. Als diese endlich schlief, war auch Rosie eingeschlafen. Die Ermittlungen im Hürbener Milieu ließ sie schleifen. Ihre Kraft reichte zu der Zeit einfach nicht mehr aus. Evelyn und Sepp hatten sich für den linken Anbau am Schloss entschieden, weil beide die Morgensonne genießen wollten. Die Rulaman-Höhle hatte niemand mehr besucht und die Schätze aus der Stein- und Keltenzeit können immer noch gehoben werden.

Zoe und Herbert waren sich inzwischen einig, nicht nur in eine gemeinsame Wohnung zu ziehen, sondern auch nach Hürben umzusiedeln. Zoes Mutter Marie hatte mit etwas „Haushaltsgeld" zum Kauf des Nachbarhauses bei der Villa verholfen. Auf der Ostalb konnte von Wohnungsnot keine Rede sein. Viele Bauernhäuser der ehemaligen Nebenerwerbslandwirte waren renovierungsbedürftig und billig zu haben. So war es auch mit dem Nachbarhaus. Die Renovierung selbst konnte dann fast die Kosten eines Neubaus verursachen. Es war gleichgültig, denn Herbert hatte bereits eine lange Kundenliste, eine große Datenbank mit den gescannten Maßen vieler Oldtimer-Bauteile und einen Fan-Club in den sozialen Netzwerken vergleichbar einem Polit-Promi. Der stille Herbert erwies sich im Übrigen für Zoe als idealer Partner. Zoes spontane Aktionen konnte er charmant und liebevoll verebben lassen. Nicht einmal mehr erziehen musste sie ihn. Sie hätte sowieso nicht gewusst, welchen Typ Partner sie wirklich benötigte. Auf eigene Kinder freute er sich auch schon. Bis dahin hatte sie eine hochinteressante Stelle in der Presseabteilung des Stuttgarter Staatsministeriums angenommen. Sie hoffte, Pressearbeit auch machen zu können, wenn sie ein oder zwei Kinder hatte. Umtriebig schaffte sie sich ein riesiges Netzwerk von Bekannten, vor allem mit Abgeordneten und Regierungsmitgliedern. An zwei oder drei Tagen der Woche reiste sie nach Stuttgart, Berlin, München oder Brüssel oder auch einmal nach St. Petersburg oder Peking. Ihre Sprachkompetenz und ihre unerschöpfliche Freundlichkeit wurden immer mehr bekannt. Jeder Politiker ließ sich gerne mit einer hübschen Zoe, die die beschriebenen fachlichen Qualifikationen besaß, begleiten. Und ein kleines Bäuchchen von der Schwangerschaft wirkte immer sympathisch und erleichterte manche Gesprächseröffnung.

KHK Zäh war zwar glücklich verheiratet. Sein Beruf war ihm dennoch wichtig. Sicher war für ihn, dass Dr. Emmerda Dreck am Stecken hatte.

Nur wie man die dunkle Seite von Dr. Emmerda beweiskräftig dokumentieren könnte, darüber zerbrach er sich seit Monaten den Kopf und lag lange wach. Irgendwann, gegen Mitternacht, griff jedoch auch seine Frau Babette zu ihm hinüber, zog ihn unter ihre Decke und brachte ihn auf bessere Gedanken.

Am nächsten Morgen sah Zäh klar. Vom Büro aus beraumte er eine weitere Besprechung an, im Lagezentrum der Giengener Polizei. Rosie wurde eingeladen. Zur Vorbereitung wurde nochmals eine Hausdurchsuchung bei Fausts angewiesen. Auch wollte er die Details über Elisabeths Tod in Lyon wissen. Zwei Wochen später kam es zu der Besprechung.

KHK Zäh fasste den aktuellen Stand wieder zusammen: „Ich berichte jetzt nur die Neuigkeiten seit unserer letzten Besprechung. Bei der Haus-Durchsuchung fanden wir einen handschriftlichen Zettel mit sieben Namen drauf. Weibliche Schrift, sagte der Schriftexperte. Sonst nichts. Im Melderegister fanden wir, dass jemand die Namen von sieben älteren Bürgern Hürbens notiert hatte, die allesamt verstorben sind. Die Handschrift muss wohl Elisabeth zugeordnet werden. Alle waren, wenig überraschend, Patienten von Dr. Emmerda. Bei vier der sieben Namen erfuhren wir, dass in zwei Fällen eine Geldzuwendung und in zwei Fällen eine Grundstücksübergabe an Dr. Emmerda erfolgte. Bei den Grundstücken gibt es einen notariellen Vertrag, aus dem sich auch der Preis ergibt. Die Kontoanalyse von Emmerdas Konto ergab keine besonderen Zahlungen. Allerdings haben die Emmerdas in der Zeit auch zwei Autos gekauft und bar bezahlt. Dazu gibt es keine Verträge mehr. Die Autohändler gibt es seit über zwanzig Jahren nicht mehr. Man kann folglich nicht genau sagen, ob Geld geflossen ist, in welcher Höhe und von wem an wen.

Zweite Neuigkeit. Emmerda hat Elisabeth in Lyon in das für ihre Erkrankung beste Hospital am Platz eingewiesen. Dort waren die Ärzte erstaunt über die vielartigen Infektionen. Das und ihre Weigerung, schulmedizinische Hilfe anzunehmen, hätte nicht zwingend zu einem so raschen Tod geführt. Emmerda habe sich beispielhaft um sie gekümmert. Die Klinik hätte Elisabeth mit der Hilfe von Hans Emmerda praktisch so gesund machen können, dass sie theoretisch wieder zehn Jahre Lebenserwartung hatte. Dann kam der unerwartete Keim und das Vitamin A. Klinik und Polizei haben herausbekommen, dass Elisabeth Besuch hatte, als Hans Emmerda allein durch die südfranzösischen Landschaften fuhr. Offenbar Besuch von ihrer depressiven und rachsüchtigen

Busenfreundin Heike. In etwa fünf Prozent der Fälle werden depressive Menschen aggressiv. Das sei vergleichbar mit dem Germanwings-Piloten, der das Flugzeug absichtlich an den Alpenfelsen zerschellen ließ, sagten mir die Ärzte. Nachdem diese Heike wieder gegangen war, bestand keine Rettung mehr für Elisabeth. Die Dosis beider Mittel war so extrem toxisch. Heike beging übrigens Selbstmord und sprang von einem sehr hohen Felsen bei Chasselas. Sie hinterließ keinen Brief. Oder, besser gesagt, niemand hat bislang einen Abschiedsbrief gefunden.

Elisabeths sterbliche Überreste habe man verbrannt und Emmerda habe die Genehmigung erhalten, die Urne nach Deutschland zu überführen. Ob die Urne in Frankreich oder Deutschland begraben worden ist, wisse man nicht. Emmerda habe auch eine Patientenverfügung vorzeigen können, die er strikt eingehalten habe. Das Klinikpersonal hatte auf der Palliativstation erregte Debatten vernommen. Worum es gegangen sei, wisse man nicht. Elisabeth habe sich aber mehrfach bemüht, auf Französisch zu erklären, wie Dr. Emmerda in Hürben Patienten falsch behandelt habe. Selbst die Polizei habe sie zu sich gebeten, dann aber keine Kraft gehabt zu erzählen. Medizinisch habe man sich bei dem Zustand fragen müssen, ob sie alles versteht was sie sagt. Kurz darauf sei sie auch verstorben." So weit erhellte der Bericht von KHK Zäh die Polizistenrunde. Derartige Fälle waren in Giengen nie vorgekommen. Froh waren alle, dass das Landeskriminalamt mit seinem viel größeren Erfahrungsschatz beteiligt war.

„Rosie, was hast du herausbekommen?", ergriff Zäh wieder das Wort.

„Ich muss mich nochmals als befangen erklären. Wenn ich berichte, was hier alles als Geschwätz und Gerücht im Dorf herum geht, dann werde ich aus dem Dorf ausgestoßen. Ich muss euch auch sagen, dass ich gerade meine Kündigung abgegeben habe. Sie wurde, wie es bei Beamten möglich ist, sofort angenommen. Ich bin jetzt schon nicht mehr Polizistin und deshalb auch in Zivil hier. Meine Geheimhaltungspflicht ist natürlich nicht erloschen. Ich werde von dieser Besprechung nichts weitergeben. Wertvolle Inhalte waren sowieso nicht darunter."

„Ja, wieso gehst du?"

„Ich habe mit meinem Mathias und unserer Tochter unseren früheren Kollegen Sepp und seine schottische Ehefrau Evelyn in Schottland besucht. Ihnen geht es übrigens gut. Sie erwarten ein Kind. Stammhalter. Voll im Glück genießen sie das Schloss und die herrliche Landschaft der

Region. Ich werde als Sepps Vertreterin das Sicherheitsunternehmen steuern. Drei Fälle habe ich schon gelöst. Das ist echt cool. Wir wohnen im Schloss, im anderen Flügel, der mit der Abendsonne."

„Wolltest du nicht den Hof übernehmen?"

„Mathias will bei seiner Elektronik bleiben. Er ist kein Bauer. Sein Vater will den Hof noch lange nicht übergeben. Sebastian will Bauer werden. Das passt also alles gut zusammen. Unser Sicherheitsdienst braucht unbedingt einen Elektronik-Fachmann. Besser könnte es gar nicht laufen. Mathias hat sein Unternehmen bereits gegründet. Die Aufträge häufen sich. Wir fliegen übermorgen."

„Mensch, da kommt echt Neid auf. Wir wünschen dir alles Gute für dein neues Leben. Du wirst uns fehlen, Rosie.", sagte KHK Zäh.

„Danke. Kollegen, ihr fehlt mir auch. Ich gehe nicht, weil es mir nicht gefiel. Ich hatte hier verständnisvolle Vorgesetzte. Ich durfte machen, was ich für richtig hielt. Jeder hilft hier jedem. So was werde ich in Schottland auch aufziehen. Die Leute dort ticken wie wir hier. Aber, sorry, ich muss jetzt wieder zu meiner Tochter nach Hause. Die Oma betreut sie, will aber weg."

„Tschüss." Nachdem Rosie gegangen war, meinte KHK Zäh: „Ich spreche jetzt mit dem Staatsanwalt, ob wir hier ein Verfahren gegen irgendjemanden eröffnen. Ich bin allerdings sicher, dass wir bei dieser Beweislage darauf verzichten. Menschliche Gerechtigkeit ist offensichtlich beschränkt."

„Walter, jetzt kannst du nicht aufhören. Wie war das mit Jakob Würmle? Gibt es da neue Erkenntnisse?", fragte Karl Gscheidle.

„Verdammt, das hätte ich jetzt vergessen. Danke Karl."

„Und?", wollte Karl wissen.

„Ihr habt nochmals eine Hausdurchsuchung bei den Würmles durchgeführt. Da sind ein paar Zettel aufgetaucht, mit einer verstellten Handschrift, aber wohl auch der von Elisabeth. Sie wollte Geld, für ihre Kinder, nehme ich an. Auf einem Zettel stand „Die paar Hundert Tausend .... egal sein.". Elisabeth hatte Gewissheit erlangt, dass Jakob auch ihr Vater war. Grete musste also offensichtlich zwei Mädchen aussetzen, die Wiesen-Marie und die Elisabeth, später verheiratete Faust. Elisabeths Psyche und Vorstellung von Ordnung ging das Verhalten von Jakob Würmle so gegen den Strich, dass sie ihn richtig bloßstellen wollte. Dazu verfolgte sie offenbar sein abendliches Luderleben." KHK Zäh war immer etwas unsicher, wenn er psychologische Sachverhalte auseinandersetzen musste. Er nahm sich eine Pause, um seine Gedanken zu ordnen und sie in die richtigen Worte zu fassen.

„Elisabeth hatte irgendwie zwei Persönlichkeiten. Sie konnte unglaublich charmant, liebevoll und einfühlend sein. Andererseits litt sie an fehlender Anerkennung und mangelnden Liebebezeugungen. Wenn das Gefühl, nicht geliebt zu werden, in ihr hochkam, konnte sie etwa bei einem Grillfest im Dorf gegen jeden und jedes ätzend scharf sprechen. Ich vermute, sie konnte nur gegenüber wenigen Personen uneingeschränktes Vertrauen aufbauen. Immer bedachte sie, dass sie auch hereingelegt werden könnte. Unsere Polizeipsychologin meinte, das könnte durch ihr Schicksal als Findelkind entstanden sein. Vielleicht hatten ihre Adoptiveltern ihr den Sachverhalt zu früh oder zu spät offenbart.", explizierte KHK Zäh.

„Ihr Ehrgeiz wurde offenbar von niemand unterstützt.", ergänzte Karl Gscheidle.

„Ja. Ich denke, das hat sie auch geschmerzt.", nickte Zäh.

Als alle gegangen waren, nahm Karl Gscheidle seinen Kollegen Walter Zäh vom Landeskriminalamt zur Seite. „Walter, die Faust hat promoviert, in medizinischer Biologie. Sie ist in wissenschaftlichen Kreisen eine Berühmtheit. Ich war kürzlich wegen einer anderen Sache in der Universität in Tübingen. Da lief ich doch – wirklich zufällig – am Vorzimmer ihres Doktorvaters vorbei. Ich klopfte an, man machte mir auf und der Chef hatte sein Zimmer zum Vorzimmer hin geöffnet. Seine nette Vorzimmerdame war in meinem Alter, sie lächelte mich an und als ich meinen Ausweis zeigte, wies sie bloß mit der Hand zum Chefzimmer. Na gut, dachte ich. Ging rein und sprach ihn mal auf Dr. Faust an."

„Ja, und? Du hast doch hoffentlich nichts erzählt.", fragte Walter Zäh. Er wusste, dass in solchen spontan sich bietenden Gelegenheiten vielen Ermittlern die Zurückhaltung schwer fiel, frei nach dem Motto „Wessen Herz voll ist, dem läuft der Mund über."

„Komm Walter. So naiv bin ich wirklich nicht.", protestierte Karl Gscheidle, Chefkriminaler von Giengen.

„Sorry. Also, leg los."

"Nun, der Prof sagte mir, dass Elisabeth Faust zu den weltweit besten Forschern in ihrer Disziplin gehört. Sie forscht über Krebstherapien mit individuell auf jeden Patienten eingestellten Abwehrmechanismen. Das sind sogenannte Antikörper, die offenbar in Tieren gezüchtet werden, dann in komplizierten Prozessen auf den Menschen angepasst werden. Das nennen die Humanisieren. Und in einem dritten Verfahren werden die Antikörper auf den speziellen Patienten angepasst."

„Wahnsinn, was die heute können, Karl. Für welche Krebsarten ist das denn? Für alle?", wollte Zäh wissen.

„Ja, irgendwann schon. Speziell habe Dr. Faust für das Multiple Myelom geforscht, weil diese Krankheit bislang nicht heilbar ist und sich alle ein bis zwei Jahre verändert.", sagte der Chefkriminalist.

„Also genau ihre Krankheit. Sie wusste mehr als Dr. Emmerda. Sie wusste, sie kann überleben. Hat der Prof noch was berichtet?", wollte Walter Zäh wissen, der immer mehr Feuer fing. Irgendwie musste das doch mit den seltsam geheim gehaltenen Proben aus der Kanalisation des Brenzer Schlosses zusammenhängen. Da war dieses Baugefühl in ihm, das ihm schon oft den Weg gewiesen hatte.

„Oh ja. Der Prof weiß, die Wissenschaft transparent zu gestalten. Ich durfte mehr als eineinhalb Stunden mit ihm reden. Er kann fantastisch erklären. Gerade Laien kann er alles anschaulich darstellen. Also folgendes. Der Prof eröffnete mir, die Baroness Angélique zu Ravenstein und Dr. Faust haben einen gemeinnützigen Forschungsverein gegründet. Sie haben dafür Millionen an Forschungsgeldern aus den Ministerien bekommen. Die drei Vereinsgründer publizieren viel, aber die wahren Ergebnisse halten sie geheim, weil sie eine deutsche Bio-Tech-Firma aufbauen, die im internationalen Maßstab allen anderen mindestens zwei Jahre voraus sein muss. Ich musste versprechen, das auch geheim zu halten. Er hatte mir das erst eröffnet, als er meinen Polizeiausweis nochmals genau geprüft hatte."

„Mensch Karl. Deshalb haben uns die Gesundheitsämter nichts gesagt. Bei der Dimension müssen wir natürlich dicht halten.", sagte Zäh.

„Stimmt, Walter. Was ich auch noch interessant fand. Der Professor sagte, Elisabeth sei immer mit ihrem Mann Helmut gekommen. Er habe viele Patente auf Computertechnik zur Produktion der individualisierten Proteine erarbeitet und dem Verein zu einem lächerlichen Spottpreis übereignet. Die sind ein so verliebtes Forscherehepaar, meinte der Prof, wie er es bisher kaum erlebt habe. Und Geld bräuchten sie nicht. Über den Verein darf jedes Gründungsmitglied unbeschränkt Forschungsgelder abrufen, wenn sie in einer Rundmail oder einem Telefonat das untereinander verabredet haben."

„Karl, das gibt uns den Einblick, den wir haben wollten. Danke. Das hast du gut gemacht.", lobte Zäh. Ihm war jetzt klar, wie der Freundeskreis von Elisabeth ausgesehen hatte. Da also lag ihr Lebensmittelpunkt. Wahrscheinlich fuhr sie regelmäßig zu ihrer Freundin, der Baroness Angélique, um die Forschungserkenntnisse zu diskutieren. Tübingen und ihr Doktorvater waren auch nicht weit. Außer einem Notebook braucht ein Forscher heute nicht mehr viel. Seinen Kopf, das Internet, und ein Ziel auf das hinzuarbeiten der Schweiß der Edlen wert war. Ihren Kopf bräuchte man halt noch, dachte Zäh. Wieso musste sie auf die Schnapsidee mit den Heilkräutern kommen? Was wusste sie über die Nebenwirkungen ihrer personalisierten Anti-Krebs-Therapie? Würde diese deutsche Weltspitzen-Firma eventuell nicht davor zurückschrecken Produkte zu vermarkten, die letztlich sehr negative Nebenwirkungen haben würden? Es war sehr schlau von den Dreien, die Ministerien gleich hungrig zu machen auf diesen Forschungserfolg. Bei der Situation war die Freigabe der Medikamente zumindest für klinische Studien ein Kinderspiel. Klinische Studien durfte jede Universität zumindest erst einmal in der EU machen. So ließ sich bereits ein Milliardenumsatz erreichen. Parallel konnte man weiterforschen und die Nebenwirkungen verringern. Vielen Menschen hätte man da schon das Leben gerettet, manche würden an den Nebenwirkungen krank werden oder auch sterben. Die amerikanische Gesundheitsbehörde müsste die personalisierten Medikamente ebenfalls innerhalb weniger Wochen zulassen. Die Bio-Tech-Firma könnte im zweistelligen Milliardenbereich an einen großen europäischen Pharmakonzern verkauft werden. Klar, da konnte man ein Herumschnüffeln der örtlichen Polizei nicht brauchen. Es war ja auch nichts kriminell. Man musste unbedingt jetzt die Frau Schneider beruhigen. Damit die nicht auch noch einem Presse-Fritzen was erzählte. Das musste er jetzt gleich in Auftrag geben. Ansonsten, war doch die Akte Faust geschlossen. Wenn die so verliebt waren, dann hatte doch der Helmut in seinem ingenieurmäßigen Denken ohne Mühe eine Methode gefunden sich aufzuhängen. Elisabeth konnte die Not des geliebten Ehemanns nicht mehr aushalten und ließ seinem Wunsch, sich umzubringen, letzten Endes notgedrungen freien Lauf. Nur so konnte das gewesen sein, überlegte Zäh. Und wenn sie ihm bei seinem Selbstmord geholfen hätte, was wäre schon dabei gewesen. Jetzt war sie tot, ob Mörderin, Mitläufer oder jemand, der auf Hilfe im Notfall sträflich verzichtet hatte. Jetzt hatte das alles nichts mehr zu bedeuten.

Ja, dachte Zäh, er hätte es in dem gemeinsamen Haus von Helmut und ihr auch nicht mehr ausgehalten. Komme was da wolle, er hätte auch fliehen müssen. Dazu hatte sie Dr. Emmerda instrumentalisiert. Na ja, so unangenehm wird ihr das nicht gewesen sein. Dennoch, es gehörte schon eine Portion klarer Kopf, Mut, Selbsterkenntnis und Disziplin dazu, das alles so durchzuziehen. Mit Rosie hatte Elisabeth das in der Ulmer Osteria so ausgeheckt. Zäh bewunderte Elisabeth Faust mehr und mehr. Er hätte sie gerne lebend kennen gelernt. Sie musste ein wunderbarer Mensch gewesen sein, jedenfalls zu denen, denen sie sich öffnete. Dumm nur, dass er seiner Frau, die er über alles liebte und anhimmelte, das nicht erzählen durfte. Mit ihrer Verschwiegenheit konnte er nicht so sicher rechnen. Als allgemeine Kriminalgeschichte verpackt konnte es vielleicht gehen, überlegte er weiter. Meistens fiel ihm schon was ein. Aber das hier war echt ein dickes Ding. Hier musste er höllisch vorsichtig sein.

Die anderen Geschäfte, denen sich KHK Walter Zäh widmen musste, schienen bei weitem nicht so faszinierend zu sein. Dennoch, er musste sich jetzt konzentrieren. Kindesmissbrauch, Geldwäsche und verbotene Kinderpornos. Diese Fälle lagen auf seinem Tisch. Wie breit man denken musste, welche unglaublichen Verwicklungen und im Hintergrund liegende Wahrheiten zu bedenken waren, hatte er gerade beim Fall der Elisabeth Faust gelernt. Diese Mentalität musste er wieder anwenden. Er musste mehr vom Menschen her denken, überlegte er. Was motiviert diese Menschen? Bei Elisabeth war allgemein bekannt, dass sie ehrgeizig war. Wer hätte bei dem Bild, das ein Außenstehender erhielt, glauben können, dass sie auf diese einzigartige Weise ihren Ehrgeiz befriedigen könnte. So musste er auch beim Kindesmissbrauch denken. Aber wie konnte sich ein gesunder Mann in jemanden hineindenken, der kleine Kinder missbraucht, diese im Internet für Quälereien anbietet. Das war doch irre. Welche Perversionen hatten diese Männer und Frauen in ihrer Kindheit erlebt? Wie war ihnen mitgespielt worden? Bei Geldwäsche war es nicht viel anders. Wie aussichtslos musste das Leben eines Jugendlichen sein, dass er als Mafiosi einstieg, sich einschlägig tätowieren ließ und analog zu einem Mönch sein Leben einem Mafia-Clan widmete? Wenn er dann genug Geld hatte und Prügel bekam, wollte er sicher aussteigen, wenn er noch einen klaren Kopf besaß. Was war in seinem Fall los? War das ein Mafiosi-Chef, der aufsteigen wollte? War es ein kleiner Mitläufer, der raus wollte?

Den Fall Faust hatte er schon längst vergessen, als er seine Tür zum Flur hin öffnete. Das bedeutete für seine Mitarbeiter, dass jeder ungefragt hereinkommen konnte. Alles war dann erlaubt. Er unterschrieb

Geburtstagskarten, trank eine Tasse Kaffee mit einem Team, das nicht weiterkam, unterschrieb einen Dienstreiseantrag. Alles war möglich und die Arbeit ging ihren Gang. Meistens keine acht Stunden, wie vorgeschrieben, sondern zehn. Seine Frau Babette hielt ihm den Rücken frei. Das schrieb er ihr sehr zugute. Besser hätte er es im Leben nicht treffen können.

17 Männer

Das Wetter spielte jedes Jahr verrückter als im Jahr zuvor. Hans Emmerda war wegen extremem Starkregen ohne den Wohnwagen aus Lyon abgefahren. Jetzt, nachdem er zwei warme und sonnige Wochen in Hürben verbracht hatte, kamen die sintflutartigen Regenfälle von Frankreich herüber nach Hürben und auf die Ostalb. Ein wilder Sturm, wie man ihn seit dem Orkan „Lothar[75]" nicht erlebt hatte, riss die Bäume ganzer Alleen aus und warf sie auf die Straßen, Felder und Wiesen. Hunderte Autos waren zwischen den zerfetzten Bäumen auf den Straßen eingesperrt. Ihre Fahrer waren froh, wenn ihre Autos als einige der wenigen unversehrt geblieben waren. Dr. Emmerda hatte es auch erwischt. Sein Auto war zwischen Bäumen eingesperrt, aber unbeschädigt. Mit seiner Medizintasche ging er, eingepackt in einen Hochseejacht-tauglichen Regenschutz, die Straße entlang und verband Schnittwunden, wo immer er einen Patienten fand. Gott-sei-Dank hatte es in seiner Umgebung keine ernsthaften Verletzungen gegeben. Als er zu seinem Wagen zurückkam, standen einige Autofahrer mit ihren langen Regenmänteln im peitschenden Regen herum und gönnten sich ein Fläschchen Bier. Einer kam vom Getränkeeinkauf, war gut sortiert und spendabel.

„Oh, Sie müssen, wenn ich Ihr Kennzeichen ansehe, noch nach Stuttgart?", fragte er einen Audi-Fahrer, der, weniger gut geschützt als Dr. Emmerda, eine sichtbare, sich kräuselnde Regenspur vom Haar über den Hals in den Kragen hinein trotz Wischen nicht verhindern konnte.

„Ja, das wird aber heute nicht mehr gehen.", meinte dieser fatalistisch. Nahm sich noch eine Flasche Bier, öffnete diese und eine weitere Flasche für Dr. Emmerda. Der Regen peitschte ihm ins Gesicht. Ohne Regenmantel wäre er wahrscheinlich auch nicht nasser gewesen. Der Regenmantel hielt wenigstens die Kälte des nassen Sturms ab.

„Nicht gut. Das ist ein Quattro. Schöne Autos, die Q-Serie." Dr. Emmerda lobte gerne. In dem Fall hatte seine Nachbarin ein solches Auto, nagelneu, und er durfte schon mal mitfahren. Da waren schon ein paar

---

[75] Orkantief von 1990, das einen der höchsten Versicherungsschäden verursachte.

Assistenzsysteme drin, die er bei seinem alten BMW Geländewagen auch gerne gehabt hätte. Aber jetzt bei knapp 200.000 km einen neuen Wagen zu kaufen war unvernünftig. Der läuft nochmals 200.000 km war seine ständige Rede, wenn ihn jemand darauf ansprach.

„Ja, ich hätte lieber einen BMW wie Ihren gekauft. Aber das Land Baden-Württemberg kauft keine BMW.", meinte der Audi-Fahrer und bewies damit, dass die Kirschen in Nachbars Garten immer besser aussehen als die eigenen.

„Na ja, letztlich ist es nur gebogenes Blech.", stellte Hans den Konsens her. Er liebte Autos, wie wohl die meisten Männer, aber fanatisch werden konnte er bei dem Thema Auto nicht.

Der andere lachte. „Was machen Sie denn beruflich, wenn Sie beim Staat sind?", fragte Dr. Emmerda und zog seine Kapuze etwas mehr ins Gesicht, um nicht auch noch Regen in den Kragen zu bekommen.

„Ich bin bei der Polizei.", kam als Antwort, nachdem der Angesprochene nochmals einen tiefen Schluck aus der Bierflasche genommen hatte. Die Flasche war dann leer und er stellte sie zurück in den Kasten des Gönners ihrer Getränke. Der Regen floss jetzt ungehindert in den Kragen, denn der Audi-Fahrer hatte es aufgegeben, ihn abzuwehren. Wahrscheinlich war er eh schon patschnass.

„Dann könnten Sie Hilfe her funken. Obwohl, das hilft jetzt auch nichts. Was denken Sie? Wenn wir unsere Autos hier auf der Wiese am Straßenrand abstellen, können wir doch diese Unfallstelle verlassen, oder? Durch den flachen Graben müssten wir noch hinüberkommen, oder?"

„Klar. Wir haben niemanden geschädigt. Wir wären kein Hindernis. Das könnten wir machen.", sagte der Polizist. „Dann sehen wir gleich mal ob unsere hochgelobten Allrad-Autos wirklich was taugen."

„Kommen Sie mit. Dann machen wir das. Ich habe ein Gästezimmer, was zu essen und ich wohne nur eine halbe Stunde zu Fuß entfernt. Morgen früh sind wir immer noch rechtzeitig genug hier.", lud ihn Dr. Emmerda ein.

„Gut. Fahren Sie mal da rein. Ich muss halt einen Koffer mitnehmen, mit meinem Notebook und ein paar Akten.", sagte der Stuttgarter, setzte sich in den Audi und ließ gleich mal zwei Liter Wasser auf den Sitz fließen.

„Ich nehme meine Medizintasche auch mit. Da sind Betäubungsmittel und andere gefährliche Arzneien drin.", erwiderte Dr. Emmerda. „Die Zeit haben wir."

Die beiden räumten ihre Pkw weg. Beide Allrad zeigten keine Probleme, als sie über den sumpfig nassen Graben fuhren und mitten in der Wiese, weit ab von fliegenden Bäumen, einen Stellplatz auswählten. Auf das Armaturenbrett legten sie ihre Visitenkarten. Dann konnte man sie anrufen, falls nötig. Als sie ausstiegen schien es eher, als hätten sie in einem See geparkt. Sie suchten ihre Siebensachen zusammen und trafen sich auf der Teerstraße wieder.

„Wo geht's hin?", riefen ein paar der Gestrandeten.

„Die Nacht über stehen wir hier nicht herum.[76]", meinten die beiden und zogen los, den Hang hinauf. Nach ein paar Schritten waren sie von den Regenmassen[77] verschluckt.

„Hoffentlich wird ihr Notebook nicht nass, bei den Fluten.", meinte Dr. Emmerda, als er mit seinen Schuhen auf dem schlammigen Untergrund wieder den Hang herunterrutsche und neben dem Polizisten Halt fand.

„Das ist eine Militärversion. Die kann man auch in einen Fluss werfen und sie geht immer noch."

„Irre, was es alles gibt.", meinte PC-Laie Dr. Emmerda schwer atmend, weil der Hang rutschig und seine Sohlen nicht für derartige Querfeldeinmärsche geeignet waren. „Mein PC zuhause verträgt nicht mal ein Glas Wein auf der Tastatur. Kürzlich ist mir das umgekippt. Dann musste ich die Tastatur tauschen."

„Scheiße, meine Schuh rutschen hier in dem schmierigen Dreck am Hang.", fluchte Dr. Emmerda. Der Polizist gab ihm Hilfe, soweit ihm das möglich war.

„Übrigens, ich bin der Emmerda aus Hürben. Sagen Sie Hans zu mir."

„Danke. Sehr gerne. Ich bin der Walter Zäh aus Cannstatt. Walter ist mir recht."

---

[76] Moinat ihr, mir standat ons mit uich d'Fiaß en Bauch? Ond lassat ons da Reaga da Buckel na laufa!
[77] Dao soichts was ragaht.

„Auf Brüderschaft müssen wir hier nicht trinken. Das Wasser läuft uns sowieso ins Gesicht, in den Hals und in die Schuhe.", lachte Hans. Walter stimmte mit heller Stimme ein. Die beiden hätten sich nichts Schöneres vorstellen können, als so eine abenteuerliche Regentour. Beide waren im Grunde ihres Herzens Waldschrate, Outdoor-Ratten, Abenteurer mit einer Sucht nach Extremen. Vergnügt stapften sie nebeneinander her. Wo der eine keinen Weg über ein Hindernis fand, hatte der andere einen Trick gefunden. Die Wassergräben entlang der Straßen und in den Furchen der Äcker wurden immer tiefer und reißender. Nach wie vor entwurzelte der Orkan Bäume. Nur mit großer Vorsicht und gemeinsamer Achtsamkeit konnten die beiden, inzwischen pitschnassen und verdreckten, Wanderer weiterkommen. Viel zu reden gab es da nicht. Stumm und höchst konzentriert gingen sie direkt auf Hürben zu, gleichgültig, ob es über einen frisch bestellten Acker, eine Wiese oder um einen eingezäunten Schrebergarten herum ging. Beide hatten ein unfehlbares Gefühl dafür, in welche Richtung zu gehen war. Nie kam es vor, dass sie über die richtige Richtung diskutieren mussten. So entstand eine Gemeinsamkeit, wie man sie nur in seltenen Ausnahmesituationen, im Krieg oder in Katastrophen, entwickeln kann. Die Umgebung war fast völlig finster. Nur schemenhaft konnten sie die Landschaft und die darauf befindlichen Gegenstände wahrnehmen. Immer wieder peitschte der Regen so dichte Schwaden, dass sie gar nichts mehr sehen konnten. Schließlich stiegen sie hinab ins Hürbetal. Einzelne Kalkfelsen gaben Halt und einen Schutz vor dem gewaltigen Wind. Kein Licht war zu sehen. Sie hörten in an- und abschwellenden Tönen Hunde bellen, aber sie sahen nichts. Schließlich standen sie in einem kleinen Flusslauf. Das musste die Hürbe sein. Gemütlich und lachend wuschen sie sich den dicksten Dreck von den Kleidern und Schuhen. Walter hatte seinen Notebook-Koffer in das Wasser gestellt, um ihn leichter zu finden, und Hans hatte seine Medizintasche daneben gestellt. Die Fläschchen darin waren hygienisch sauber verpackt. Die Beipackzettel und Schachteln waren schon längst nasser Papier-Brei.

„Jetzt gehen wir noch die Straße hoch, dann sind wir bei mir.", meinte Hans Emmerda.

„Mensch, Hans, das war eine unvergessliche Wanderung. Sollen wir wieder zurück gehen?", lästerte Walter Zäh ironisch.

„Eine reizvolle Idee. Nasser werden wir dabei nicht. Aber, eins sage ich dir, das Abendessen, das uns meine Marie gleich serviert, wird noch weitaus besser als jede Regenwanderung.", lachte Hans. Walter hatte auch Appetit. Das Bier allein ist, auch wenn mancher Säufer das meint, kein

Abendessen. Sein Hunger nahm jetzt, wo er darauf angesprochen worden war, heftig zu.

Marie öffnete überrascht und dann glückstrahlend die Haustüre. Sie hatte mit dem Schlimmsten gerechnet. Beide Männer schickte sie erst einmal zusammen ins Bad, legte Handtuch um Handtuch nach, jedem einen Bademantel dazu und sagte, die Sauna sei heiß. Bei dem Wetter hätte sie das für Hans schon vorbereitet.

„Super Idee!", klang es unisono aus dem Bad.

Im Saunaraum sagte Walter: „Hans, ich muss mit jemandem darüber sprechen, was ich heute erlebt habe. Das muss jetzt raus. Meine Babette sehe ich heue nicht mehr. Darf ich dir das anvertrauen?"

„Klar. Leg los."

„Gestern Abend erhielten wir im Landeskriminalamt eine anonyme Anzeige, eine Mutter würde ihre sechsjährige Tochter im Internet für Sexspiele und Quälereien anbieten. Meine Mitarbeiter und ich reagierten sofort. Anschrift und Telefonnummer sind zusammen mit Bildern von Mutter und Tochter im Internet sofort lesbar, nichts ist versteckt. Das hat mich schon misstrauisch gemacht. Dennoch, das Jugendamt, der Bürgermeister und der Landrat wollten, dass das Mädchen sofort von der Mutter weggenommen und dem Vater übergeben wird. Das machten wir dann natürlich, pflichtgemäß, wenn auch mit einem unguten Gefühl im Bauch. Die Mutter warnte uns vor dem Vater, heulte. Das Mädchen klammerte sich an die Mutter. Ich ging der Sache weiter nach und wollte den Vater zuhause, bei der von ihm genannten Anschrift, aufsuchen. Das war überhaupt keine Wohnung von ihm, nur Saufkumpane. Wir schrieben ihn sofort zur Fahndung aus und schnappten ihn heute Morgen im Schwarzwald, an der Schlucht runter nach Titisee-Neustadt. Drei Polizeiautos umringten ihn. Er drohte, das Mädchen in die Schlucht zu werfen, falls wir uns nähern. Ein sechsjähriges Mädchen, Hans, das weißt du, bekommt das alles mit."

„Au verdammt. Warst du vor Ort dabei?", wollte Hans wissen.

„Ja. Ich hatte meinen Scharfschützen angewiesen, den Vater zu töten. Er traf ihn in den Kopf. Das Mädchen hatte auch das mitbekommen. Bevor er es hinunterwerfen konnte, hatten wir die zwei ergriffen, den toten Vater und das sechsjährige Mädchen, das geschrien hatte, wie man ein Kind nie schreien hören will.", fuhr Walter Zäh fort.

„Oh Gott. Das ist der Abgrund menschlichen Verhaltens. Trotz allem ging das dann nicht ganz schlecht aus. Du hast dich professionell verhalten.", stützte Hans den erzählenden Walter.

„Jetzt kommts. Ich ließ das Mädchen mit einer Polizeipsychologin mit Blaulicht zum Untersuchungsgefängnis fahren. Die Mutter sollte auf den Empfang des Kindes vorbereitet werden. Das war meine Anweisung. Die Kollegen machten die Zellentür auf. Die Mutter lag mit durchgeschnittenen Schlagadern in einer Blutlache auf dem Boden."

„Oh Mist. Das ist ja grausam."

„Die Ärzte konnten die Mutter stabilisieren, mit vielen Bluttransfusionen. Sie ist jetzt völlig traumatisiert, das Mädchen ebenso.", berichtete Walter weiter.

„Du hast alles richtig gemacht, Walter. Dein Instinkt war richtig. Der Vater von dem Mädchen hat das alles ins Internet gesetzt, um selbst das Mädchen missbrauchen zu können.", meinte Hans.

„Ja, so ist es. Das musste mir jetzt einfach jemand sagen, dass ich alles richtig gemacht habe.", sagte Walter Zäh und holte tief Luft. Entspannt war er noch lange nicht.

„Ich verstehe!", meinte Hans. „Das Jugendamt, der Bürgermeister und der Landrat haben nämlich gesagt, dass sie alles richtig und die Polizei alles falsch gemacht hat."

„Hans, du hast verdammt viel Erfahrung. Genauso war es.", stimmte ihm Walter zu. Seine Anspannung ließ nach.

„Walter, das ist im öffentlichen Dienst mit dem Gehalt abgegolten. Da kannst du der Presse alles erklären, was du willst, ihnen alles offenlegen, alles nachweisen. Die berichten trotzdem irgendeine erfundene Geschichte.", sagte Hans. „Was habe ich mich schon über diese Effekthascherei und Lügenfantasien der Medien geärgert."

Die beiden schwiegen viele Minuten.

„Ich erzähle dir nachher beim Abendessen eine Geschichte, die mich genauso tief getroffen hat."

„OK, Hans. Wenn es dir recht ist, mache ich jetzt erst einmal einen Aufguss. Deine mitfühlende Art hat mir sehr gut getan. Danke Hans."

Nach zwei weiteren Saunagängen und etwas Ausruhen, kam Marie und rief die beiden zum Abendessen. Beide wollten kalt vespern.

Marie hatte den Zweiertisch am Panoramafenster hergerichtet. Draußen tobte immer noch der Orkan mit peitschenden Regenvorhängen, die Bäume und Sträucher fast auf den Boden drückten. Wasserbäche liefen an der Scheibe des Panoramafensters herunter. Selbst das Terrassenlicht war immer wieder nicht zu sehen.

Auf der inneren, kuschelig warmen Seite der Fensterscheibe standen Bier, Aufschnitt, zwei Ripple, grobe Landleberwurst, Fleischsalat, drei Sorten Brot, etwas Käse. Alles lag wie in einer Fernsehsendung bereit. Kerzen wollte Hans eher nicht auf dem Tisch, wenn er es sich schmecken ließ. Ein paar Paprika, Zwiebel, Tomaten lagen deshalb daneben und brachten auch Farbe auf den Tisch.

„Donnerwetter, Marie. Du kannst das. Ich danke euch.", freute sich Walter.

„Greif zu!"

Nachdem jeder sein erstes Brot verspeist hatte, ergriff Hans das Wort.

„Schau, Walter, ich war jetzt mit der todkranken Patientin, sie hieß Elisabeth, unterwegs. Sie sollte noch etwas Lebensfreude tanken, während Marie auf unsere Enkel aufpasste. Das ergab sich zufällig so. Gestern kam mein Kreditkartenauszug. Ich habe praktisch immer für sie bezahlt. In der Summe gute acht Tausend Euro. Was sie mir dann in Lyon alles an den Kopf geworfen hat, war schon ein starkes Stück."

„Hans, halt. Ich bin dienstlich damit befasst. Sage nichts, was dir schaden könnte."

„Walter, ich sehe da keine Gefahr. Du bist Manns genug, die Dinge richtig einzuordnen.", sagte Hans, der jetzt auch in seinem Inneren Ruhe finden wollte. Das ging besonders gut mit jemandem, der wusste wohin schwierige Lebenslagen uns Menschen führen können.

„OK. Dann leg du auch los."

„Weißt du, was mich am härtesten getroffen hatte, war, dass sie zwar sagte, sie haben ihren Mann therapiert. Aber sie sagte auch, und das scheint mir auch möglich, sogar im Augenblick wahrscheinlich, dass sie eiskalt ihren Mann, den Helmut, umgebracht hat."

„Wie das? Hans, dich kann man doch kaum hinters Licht führen!", meinte Walter.

„Sie hatte es offenbar geschafft. Wenn sie zuerst ihren Helmut mit Beruhigungstabletten und dann auch mit Depressiva abgefüllt hätte, wäre das denkbar. Sie hat ihn mir vorgeführt, vor dem Haus an einem wunderschönen Sommertag."

Hans atmete schwer. Nach einer Weile fuhr er fort.

„Schließlich, so hatte sie es mir an den Kopf geworfen, hatte sie Helmut befohlen, auf einen Stuhl zu steigen, sich die Schlinge um den Hals zu legen, und den Stuhl wegzustoßen."

„Hans, da hat sie angegeben. Das geht doch nicht.", zweifelte Walter.

„Walter, die war eine sehr gute Biologielehrerin. Naturheilmittel, auch die zerstörenden, hatte sie alle gekannt. Ich glaube ihr das. Zig Mal habe ich mir das in einer schlaflosen Nacht überlegt. In ihrem Haus habe ich auch ein paar Kräuter gefunden, die nach meinen zwischenzeitlichen Recherchen solche lenkbaren Wahnvorstellungen ausüben könnten."

„Diese Geschichte muss ich überschlafen. Wie war sie denn sonst so?"

„Charmant und charakterlos gleichzeitig[78]. Sie hat mich massiv erpresst, immer wieder auf der Reise, und dann wieder liebevoll umgarnt. Letztlich war sie destruktiv. Sie wollte meinen Untergang, möglichst mit meinem lebenslangen Gefängnisaufenthalt."

Walter musste – so war er als Kriminalexperte jahrelang geschult worden - mehr wissen. Die Psychologie der Verbrechen konnte er vor allem anhand von Details nachempfinden.

„Da muss mehr dahinter gewesen sein. Bei euch beiden. Euer ganzes Leben habt ihr euch nicht wirklich losgelassen. Dann seid ihr zusammen in Urlaub gefahren, mit der Aussicht eines immerwährenden Urlaubs.

---

[78] Dui war dees, was ma bei ons a richtiga Huddl hoißt. Liadrig bis end Negel na. Woraufhin Walter meinte: „Ha no, dui Schweschdr von deanr, woisch dui Marie, isch ja a ehnlichs Luadr. Wie dui an onsr Chef nachkrabselt, da haouts de om. Iatz heirigatse no, hao i gheart. En deam Altr muss dees doch nemme sei. Aber gell, d'Pension von ehm will se schon no."

Fangen wir mal so an, dass du mir sagst, was ein Mann an Elisabeth so reizvoll fand.", begann Walter seine Analyse der Beziehung.

Hans versuchte, sich selbst zu verstehen: „Da war ein an sich widersprüchlicher Reiz. Sie war ein richtiger Kumpel. Fragten wir Klassenkameraden sie, ob sie mit uns Rad fährt, an den Baggersee schwimmen geht, abends grillt oder in den steilsten Felsen des Brenztals klettert, dann hat sie immer mitgemacht. Spontan. Kein Gezicke, kein Bitten lassen. Zudem war sie hübsch, hat das aber nie für uns, damals sehr dumme, Buben spürbar ausgespielt. Was haben wir damals alle zusammen gelacht!"

„Wieso haben ihre Schulkameradinnen sie nicht sofort verhauen, wenn sie ihnen wieder einen Jungen ausgespannt hat?", wollte Walter weiter wissen.

Hans konnte sofort antworten: „Mit den Mädchen war sie wie mit den Jungs. Schminkkurs: na klar. Ins Ballett reinschnuppern: sofort. Im Straßencafé herumkichern: jederzeit."

„Aber mit dem Herzen war sie doch nie richtig dabei. Hat sie immer einen innerlichen Abstand gehalten?"

„Nein, Walter, gar nicht. Sie ging immer voll und ganz in dem auf, was sie machte."

„Und was habt ihr alle an Elisabeth zurückgegeben?", wollte Walter jetzt wissen.

„Eigentlich nichts. Wir waren halt mit ihr. Auch später blieb das so, bis zu ihrem Tod.", meinte Hans.

„Dann seid ihr richtige Holzklötze gewesen. Sie muss doch irgendwann vertrocknet sein, und euch alle zum Teufel gewünscht haben. Sie wollte sicher ausbrechen. Sie sehnte sich doch nach Anerkennung, nach einer ebenso überschäumenden Liebe zum Leben wie sie es selbst an euch verschwendet hatte.", kam von Walter die Bewertung dessen, was er erfahren hatte.

Hans wurde kleinlaut. „Du kannst einem ein verdammt schlechtes Gewissen machen, Walter."

„Mit etwas offeneren Augen wäre wohl vieles ganz anders gekommen. Wahrscheinlich hätte es keine Morde gegeben, bloß einige unbedeutende, wenn auch laute, Streitereien. Hans, du warst gebildet genug, um das alles erkennen zu können. Auch Helmut hätte nach dem, was in den 60er Jahren alles neu möglich wurde, die psychologische Situation von Elisabeth wenigstens näherungsweise erkennen können. Mit Heike ist es ja kein wenig anders. Auch sie habt ihr achtlos und lieblos verkümmern lassen. Offenbar klebten die zwei aneinander, weil sie in vielem gleich empfanden. Trotzdem haben sie sich grausam weh getan.", meinte Walter.

„Wieso soll ich heute Nacht schlafen können? Walter, ja. Du hast Recht. Ich weiß nichts zu meiner Verteidigung und der meiner Schulkameraden. Zudem war sie ein Findelkind. Ich denke, ich gehe jetzt besser schlafen. Heute Abend wird das nichts mehr.", sagte Hans, ohne Walter etwas nachzutragen. Im Gegenteil hatte Hans darüber auch schon sinniert, allerdings nicht in dieser Klarheit.

Walter bezog das Gästezimmer. Marie hatte seine Kleider gereinigt und aufgebügelt in einen der beiden Schränke gehängt. Im Gästebad waren eine Zahnbürste, ein Handrasierer und natürlich Handtücher und ein Schlafanzug. Als Walter aus dem Bad in sein Zimmer zurückkam, war er rechtschaffen müde, sozusagen richtig erledigt. Er öffnete den falschen Schrank. Der war leer bis auf einen Wäschekorb mit lauter dünnen, blauen und grünen Akten darin. Kopfschüttelnd schloss Walter den Schrank, ging zum anderen, öffnete ihn. Dann blieb er wie angewurzelt stehen. Aus dem ersten Schrank holte er den Wäschekorb mit den Akten heraus und blätterte einige davon durch.

„Stock-schwere-Not! Da ist ja alles, fein geordnet, was ich seit Monaten gesucht hatte.", sagte er leise zu sich. Geduldig blätterte er die Akten durch. „Das muss ich jetzt überschlafen. Dieser Abend hat es wahrlich in sich."

Am Frühstückstisch trafen sie sich wieder, mit Marie.

Nach Bussis mit Marie, links und rechts, ergriff Hans das Wort: „Walter, jetzt wo ich dir das über Elisabeth gesagt hatte, hat sich mein Denken verändert. Heute Morgen meine ich, irgendwie passt das alles nicht zu Elisabeth. Wir haben sie beide noch nicht richtig verstanden. Sie sagte mir auch, sie habe ihren Vater Jakob Würmle kurz vor dessen Tod an der Hürbe unterhalb der Kaltenburg getroffen. Ein Kondom sei aus seiner Hosentasche heraus sichtbar gewesen. Den hätte sie genommen und ihm über den Kopf gezogen."

„Hans, das klärt den Fall auf. Elisabeth hat kein Kondom sondern eine dünne Plastiktüte aus Würmles Tasche gezogen. Danach hat sie ihn wahrscheinlich von sich weggeschubst, in den Straßengraben zu den Wiesen. Die dünne Tüte hat der Würmle sich, besoffen wie er war, erst herunterziehen können, als er praktisch schon erstickt war. Sozusagen in seinen letzten Zuckungen.", brachte Walter jetzt alle Fakten in eine mögliche Reihenfolge.

„Ihr wisst mehr als ich. Kläre mich auf, Walter.", sagte Hans.

„Gerne. Wir wissen von einem Paar aus Dresden, das sehr nahe am Tatort war, dass Jakob Würmle seine Tochter vergewaltigen wollte. Er wusste, dass Elisabeth seine Tochter war, wahrscheinlich seit ihrer Geburt.", informierte Walter kurz und klar.

„Die Sau die elende.", rief Hans aus.

„Ja. Recht hast du. Bloß Notwehr wird man das nicht bezeichnen können. Elisabeth war, selbst als kranke Frau, stärker als er. Sie war auch nicht betrunken.", meinte Walter. Hans dachte ein paar Minuten nach. Er blickte Walter in die Augen und sagte: „Ich mache dir einen Vorschlag. Ich habe den Schlüssel zu Elisabeths Haus von den Kindern erhalten, um nach dem Rechten zu sehen und immer wieder zu lüften. Wir gehen zusammen rein und suchen nach einem Tagebuch oder so was. Du ziehst einen blauen Anton an, nimmst einen Werkzeugkoffer in die Hand und gehst als vermeintlicher Handwerker mit."

„Hans, die Polizei hat schon mehrere Hausdurchsuchungen vorgenommen. Da findest du nichts mehr. Dennoch. Ich finde auch, wir brauchen endlich Klarheit. Hat sie ihren Mann wie ihren Vater ermordet? Das wollen wir jetzt endlich wissen. So machen wir's."

Beide langten herzhaft zu und genossen die frischen Backwaren von Marie, die schon seit einer Stunde das Haus mit ihrem Duft erfüllten.

Marie sagte: "Walter, in dem zweiten Schrank liegen unten Patientenakten. Die sind nicht für dich bestimmt. Sie unterliegen dem Arztgeheimnis. Wahrscheinlich hast du sie gar nicht gesehen."

„Ich habe nur den Schrank benutzt, den du mir aufgemacht hast. Nein, Akten habe ich dort nicht gefunden. Sie wären für polizeiliche Ermittlungen sowieso nicht zu gebrauchen da sie, wie du zu Recht sagst, gar nicht verwendet werden dürften.", antwortete Walter. Er hatte gegen Morgengrauen offenbar eine juristische Offenbarung erhalten.

Hans lachte und sagte: „Ich müsste dich, lieber Walter, glatt ins Gefängnis bringen. Tu mir das nicht an. Du bist mir in den letzten Stunden ganz sympathisch geworden." Walter lachte mit.

Nach dem Frühstück nahm Hans seine Kamera und einen größeren Rucksack mit. Walter gab er seinen Elektro-Werkzeugkasten. Zusammen sahen sie aus, als würden sie etwas an der Elektroinstallation im Haus reparieren müssen. Dann nahmen sie Maries Kleinwagen und fuhren los.

Elisabeths Haus war ruhig und noch versiegelt von der Polizei. Walter Zäh riss das Siegel ab und Hans sperrte die Haustür auf.

„Wie gehen wir vor?", fragte Walter.

„Jetzt suchen wir das, was die Polizei nie verstanden oder mitgenommen hätte. Die Heilkräuter. Sie musste ihre Tinkturen, Tees und Kräutermischungen im Winter wie im Sommer in Ruhe und hoher Exaktheit mischen können. Also, das stimmt nur, wenn sie Helmut wirklich jahrelang therapiert hätte. Kräuterhexen arbeiten nur in einem warmen Raum. Damit die Kräuter nicht verderben, sollte der Raum kein großes Fenster haben und vor allem trocken sein. So einen Raum finden wir im Keller der Scheune, in der Nähe der Mostfässer. Trocken sind hier alle Keller, weil wir am Berghang kein fließendes oder stehendes Wasser haben. In dem Raum hatte schon ihr Großvater im Krieg heimlich Schnaps gebrannt. Da gehen wir mal hin.", erklärte Hans, holte den Schlüssel für die Scheune und überquerte mit Walter im Schlepptau, den Rucksack auf dem Rücken und die Kamera im Anschlag, den Hof. Die Scheune war in all den Jahren seit der Schulzeit von Hans etwas umgebaut worden. Ratlos stand er am offenen Tor und versuchte, sich zu erinnern. Walter suchte nach Gebrauchsspuren. Elisabeth musste doch fast täglich dort gewesen sein, über Jahre hinweg. Da musste man doch Spuren finden, dachte er.

Die Scheune war sauber geputzt. Heu und Stroh waren kaum mehr gelagert, denn die Landwirtschaft hatten die Adoptiveltern von Elisabeth schon vor ewigen Zeiten aufgegeben. Museumsreife landwirtschaftliche Maschinen standen an den Wänden. Auch die waren sauber geputzt, denn Elisabeth gab sie zum jährlichen Bauernfest heraus, bei dem frühere Arbeitsmethoden vorgeführt wurden. Hans nahm einen Stock und stieß ihn leicht auf den Boden. Da, wo die Scheune am Berg stand, klang es hohl. Da erinnerte er sich, dass der von ihm gesuchte Raum im Krieg als Luftschutzbunker genutzt worden war. Nur von der Familie, die ihn geheim hielt. Natürlich war dort auch geheim und verbotenerweise geschlachtet worden. Der Raum war also auch geruchfest und hatte eine Lüftung über den Berg, wahrscheinlich eine Felsspalte oder kleine Höhle.

Walter lachte plötzlich laut los. „Wie in jedem Krimi!", brüllte er. Schau, diese alte Tür, scheinbar als Gerümpel abgestellt, lässt sich bewegen. Perfekt geschmiert gibt sie lautlos den Weg frei in den Keller. Dahinter kam eine Stahltüre, unabgeschlossen. Die Beiden hatten ihr Ziel gefunden.

Der Kellerraum war modern eingerichtet, mit Computern, elektronischen Waagen, hochauflösende Mikroskope, Einrichtungen zum Destillieren und Verdicken von Flüssigkeiten. Sogar Tabletten konnten gepresst werden. Auf den Regalen standen, sorgfältig geordnet und beschriftet, Reihen von Gläsern mit Heilkräutern als Blätter, Blüten oder Rinden, Samen, Nüsse und chemische Stoffe, die zur Erhöhung der Konzentration der Essenzen verwendbar waren.

Die Beiden drehten sich, um den Raum weiter abzusuchen. Die andere Hälfte des Raumes war mit Instrumenten, Materialien und Computern für einen Forschungsplatz eines Ingenieurs eingerichtet. Auch hier war alles geordnet, blitzsauber, sorgfältig beschriftet und übersichtlich angeordnet. Ganz offensichtlich hatte Helmut hier erforscht, wie man einen Roboter konstruieren und steuern könnte. Mehrere Prototypen standen herum. Auf der Heilkräuter-Seite des Raumes standen zwei pink-farbene Roboter, die zum stundenlangen Schütteln von Flüssigkeiten genutzt worden waren.

„Ja, Sakrament!", rief Hans. „Helmut und Elisabeth haben hier zusammen ihre Forschungen betrieben. Die waren ein Herz und eine Seele. Von wegen Umbringen. Was war ich für ein Depp, dass ich dachte, der Helmut hätte den ganzen lieben langen Tag nichts zu tun und würde nur fernsehen."

„Stimme dir zu.", sagte leise Walter. „Da war kein Mord. Der Tod von Helmut war für Elisabeth vielmehr eine furchtbare Tragödie. Niemand hat diese hochintelligente Frau verstanden und wirklich geehrt und geliebt, niemand außer ihrem Helmut. Nach Helmuts Tod war sie einsam. Sie suchte Liebe. Nur, darüber zu reden und darum zu bitten, das hatte sie nie gelernt."

Ehrfürchtig gingen die beiden weiter umher. Die Bücherregale enthielten die Standardwerke der Heilkräuterkunde. Daneben standen Ordner mit den modernsten Forschungsergebnissen der modernen Medizin, ausgedruckte pdf-Dokumente. Ganz offensichtlich war der Themenkomplex „Krebs" erst im Aufbau.

„Oh Gott. Welche Chancen auf neue Therapien hätte ich ignoranter und arroganter Depp mit Elisabeth zusammen nutzen können.", sagte Hans leise.

Walter nahm ihn in den Arm. Hans fasste sich nach einigen Minuten.

„Wobei, wenn ich mir das in dem Labor so ansehe. Ich vermute, sie hat gemerkt, dass das Multiple Myelom eine sehr komplexe Materie ist.", meinte Hans.

„Ja, so sieht der Berg an Dokumenten, die wir gesehen haben, schon aus. Sicher hatte sie auch viel auf ihrem Computer gespeichert." Sie blickten noch einmal genauer hin, auf die vernetzten Computer und den Hochleistungsdrucker. Die Bedienungsanleitungen für die Computer standen ebenfalls in einem Regal, direkt hinter den Rechnern. „Du Hans, das ist eine Terra-Byte-Platte mit Ausfallsicherheit Raid 5. Das Feinste vom Feinen."

„Walter, davon verstehe ich kein Wort.", druckste Hans verlegen.

„Darauf kann man die polizeilichen Daten einer Polizeidirektion speichern. Oder mehrere Millionen Bibeln. Oder die Bücher eines mittelgroßen Verlags. Falls dir das anschaulicher vorkommt."

Der Raum enthielt zwar viel Technik, war dennoch fraulich sympathisch und gemütlich eingerichtet. Eine Sitzecke mit einem roten Sofa und zwei roten Sesseln, eine Kaffeemaschine mit mehreren Alternativen, bunte Kerzen und moderne Designerlampen waren zu sehen. Sie setzten sich in diese Ecke und fühlten sich sofort sehr wohl.

Walter stand wieder auf und drehte eine Runde in diesem hübschen Wohnzimmer-Eck. „Nachdem Helmut gestorben war, wollte sie offenbar nur noch fliehen. Der Gedanke, aus Lyon, nach dieser erregenden Reise mit dir, wieder heim zu kommen, muss für sie ein Graus gewesen sein."

„Ja. Das verstehe ich. Ich war ja auch nicht zu bekommen, außer halt als guter Nachbar."

Hans nahm einige der Papiere in die Hand. „Weißt du, ich bezweifle jetzt sogar, dass sie wirklich sterben wollte. Ich denke, dass sie an ihre Patientenverfügung gar nicht mehr dachte. Sie wusste auch nicht, dass ich sie benutzte. Hätte Heike sie nicht umgebracht, dann wäre sie wieder so weit genesen, dass sie eine neue Entscheidung hätte treffen können. Wir hatten sie voll therapiert. Mir wird plötzlich klar, dass diese

Patientenverfügung nicht mehr ihren wirklichen Willen beschrieb. Hätte Elisabeth gewusst, dass ich sie noch hatte, dann hätte sie das Papier zerrissen. Da siehst du, wie wichtig es ist, immer und immer wieder den Willen des Patienten zu erfragen. Ich habe jedenfalls versagt."

„Aber du warst nur von einer Sorge zerfressen: Dass sie dich anzeigt.", ergänzte Walter nachdenklich.

„Mein Lieber. Das hätte sie in ihrem Gefühls-Wirrwarr sicher gemacht. Ich hätte jahrelange Probleme bekommen können. Das war gar keine unbegründete Sorge von mir.", erwiderte Hans nachdenklich. Da schlich sich aber eine Gedanke in sein Gemüt, der ihn Zeit seines Lebens nicht mehr loslassen wird. „Was war ich doch für ein Ich-zentrierter Idiot, dass ich sie nicht ebenbürtig mit mir gesehen habe, sondern als naiven Patienten letztlich verachtet habe. Natürlich hatte sie Recht, dass sie ihr Leben so lebte, wie es ihr richtig erschien. Ich habe ihre non-verbalen Hilferufe nicht gehört. Ich hatte Angst statt Nächstenliebe."

„Komm, lass uns gehen. Die Kinder sollen das baldmöglichst übernehmen. Ich rufe sie an. Da kann eine von den Familien herziehen. Der Bauernhof ist wunderschön.", sagte Hans, um selbst von den quälenden Gedanken an die Zeit in Lyon weg zu kommen. Walter stimmte gerne zu. Auch er hatte in den letzten Tagen genug erlebt.

Sorgfältig schlossen sie alles ab. Als sie im Hof standen, regnete es immer noch. Sie gingen in raschen Schritten zu Maries Auto. Doch plötzlich blieb Walter Zäh stehen. Der Kriminalist meldete sich zu Wort. „Oh ich Oberdepp. Hans, können wir nochmals zurück. Wir sind zwei blinde Kühe gewesen, dort in dem Keller. Da muss noch viel, viel mehr stecken."

Hans zeigte wenig Lust, nochmals rein zu gehen. Da erklärte ihm – unter dem Siegel der Schweigepflicht und allen göttlichen Strafen – Walter, was Karl Gscheidle von dem Doktorvater von Elisabeth erfahren hatte. Hans musste sich setzen, im Regen auf einen Holzklotz, auf dem immer eine Topfpflanze gestanden hatte. Elisabeth hatte promoviert. Sie wusste tausendmal mehr über Medizin und Krebstherapie als er! Hans brauchte gut zehn Minuten, um sich zu fassen. Da war offensichtlich ein geheimes Leben von Elisabeth, von dem er bislang nur die Aspekte, die mit Heilmitteln zu tun hatten, entdeckt hatte. Sie hatte Freunde in dem Verein zur Krebsforschung mit personalisierten Antikörpern. Da mussten noch Belege zu finden sein. Dann musste da aber auch eine Freundesgruppe zu den Heilmitteln vorhanden sein. Hans musste sie über den Tod von Elisabeth informieren.

„Walter, gut dass ich jetzt als Arzt nicht mehr länger praktiziere. Ich verstehe die modernen Zeiten offenbar nicht mehr. Mir fiel gerade noch etwas ein. Elisabeth hatte mir gesagt, dass Helmut als Rentner sehr aktiv war. Er hatte bei der Batterieforschung mitgearbeitet. Weil er so kompetent war, durfte er mit dem schnellsten Computer Süddeutschlands arbeiten. Wie der heißt, weiß ich nicht mehr. Er steht wohl in München. Jetzt geht mir auch auf, wieso zu seiner Beerdigung so viele Wissenschaftler der Universität erschienen waren.", erzählte Hans mit rotem Kopf.

„SuperMUC heißt der. Ja. Und?", wollte Walter wissen.

„Von Helmut müssen wir in dem Kellerraum auch etwas finden. Für seine Batterie-Forschung und Rechnungen hat er so starke Computer gebraucht, wie du sie gefunden und erkannt hast. Ich meine das mit dem RAID. Oder war das der Speicher? Egal!"

Walter schaute Hans nachdenklich an. Das musste er erst einige Minuten lang verdauen, bevor er langsam sagte: „Ja. Du hast da Recht. Wir dürfen nicht zulassen, dass die Forschungsergebnisse der Beiden verloren gehen. Das sind wir ihnen schuldig. Du darfst ihre Kinder erst rein lassen, wenn die Wissenschaftlerkollegen von Elisabeth und Helmut genau geprüft haben, was von deren Arbeiten gesichert werden muss. Ich denke, ich benutze dein Gästezimmer noch eine Nacht. Zusammen mit dem Bundesgesundheitsamt und der Staatsanwaltschaft bekommen wir das hin."

„Klar, Walter. Wir gehen nochmals hin. Ich musste jetzt in zehn Minuten alles das verdauen, was du seit Wochen verdaut hast. Entschuldige. Klar, komm mit. Jetzt werden wir akribisch suchen, was da alles gelaufen ist und noch läuft. Du kannst auf meine volle Verschwiegenheit vertrauen. Und bei dir unterstelle ich jetzt einfach die ärztliche Schweigepflicht. Allein kommt keiner voran, Wir müssen im Team arbeiten."

„So ist es, Hans."

Wieso dieser Roman?

Viele Leser wollen wissen, wieso der Autor seinen Roman geschrieben hat. Nur wenige Autoren lassen sich darauf ein. Die meisten wollen interpretiert werden, geheimnisvoll bleiben und sich selbst vielleicht auch nicht hinterfragen. Wie es auch sein mag bei den Anderen, dieser Roman wurde mit folgenden Absichten geschrieben. Das soll und darf jeder wissen.

Erzählen macht einfach Spaß. Der Schriftsteller erwartet dabei in erster Linie keinen kommerziellen Erfolg. Es macht ihm einfach Spaß, Menschen zu erfinden und sie zum Leben zu erwecken. Erstaunlich ist, dass sie tatsächlich konsequent handeln. Hat der Autor einmal einige Menschen in seinem Roman erfunden, kann er nicht mehr nach Belieben mit ihnen umgehen. Nur bestimmte Handlungen passen zu ihnen. Spannend ist, wie sich diese Community so nach und nach entwickelt. Besonders spannend ist das, wenn eine erfundene Person jemandem ähnelt, den der Autor im realen Leben kennen lernte. Plötzlich erkennt der Autor diesen Menschen tiefer, weil er ihn zum Leben erweckt.

Mit der Fantasie spielen, weckt das Schöpferische im Autor und macht ihn glücklich. So wie ein Kind sich freut, wenn es mit einem Baukasten ein neues Objekt geschaffen hat. Nur, dass die Schriftstellerei etwas anspruchsvoller ist. Szenen müssen erfunden werden, Schauplätze sind zu suchen oder zu erfinden, Worte müssen in den Mund gelegt und Gedanken assoziiert werden. Na ja, und noch ein wenig mehr. Schreiben ist so wie modernes Programmieren.

Unglaublich, was ein Leser alles verdaut, ohne stutzig zu werden! Jeder Autor muss, um spannend zu bleiben, Kurven in seine Handlungen legen. Das kommt hier nicht oft vor. Aber wo ein Autor davon Gebrauch macht gilt: der Leser schluckt das. Oft erzählt der Leser dem Schriftsteller genau diese Stellen und sagt bewundernd, wie sein Horizont dadurch erweitert worden ist. So was verunsichert den Autor dann erheblich, weil er nicht mehr weiß, ob er oder der Leser noch mit beiden Füssen auf dem Boden steht.

Der Autor hat in seinem Buch über Mythen untersucht, wieso der Mensch logisch denken und zudem träumen kann. Mythen sind widersprüchlich, so wie Träume. Wir träumen etwa, reich zu sein. Dass wir dann unseren Reichtum verwalten müssten, davon träumen wir normalerweise nicht. Und auch, welche Gesetzmäßigkeiten die Mythen verfolgen, von denen wir alle träumen (auch wenn wir dies kategorisch von uns weisen), hat der Autor in seinem Buch über

Mythen beschrieben. Diese Wirkung der Mythen in einem Roman zu verflechten, genießt ein Autor. Wer dies alles nicht glaubt, sollte einen Zettel hernehmen und die gefundenen Mythen, die Wendungen der Handlung, die eigenartigen Persönlichkeiten, usw. aufschreiben. Dann erkennt der Leser / die Leserin, welchen Spaß der Autor wohl hatte, als er all dies zu Papier brachte. Dem wachen Autor ist dies alles sehr bewusst, übrigens.

In diesem Roman wird zudem versucht, die Schönheit der Landschaft und die Seele seiner Bewohner zu beschreiben, ohne die sonst so plumpen Redewendungen zu benutzen. Ein Schwabe sagt eben nicht jede Stunde, „Leck mi…", „Da hauts mi um", „Alter Depp …" oder sonst was Unflätiges. Aber natürlich hat er seine ganz spezielle Art, etwas auszudrücken und Dinge anzusehen. Das Wirkliche soll der Leser kennen lernen, nicht das grob Falsche.

Schließlich und endlich soll auch der alte schwäbische Dialekt des Brenztals dokumentiert werden.